Kate Sedley

Fromme Unschuld

Roman

Deutsch von Edith Walter

Mit einem historischen Kommentar
von Dietrich Schwanitz

Wunderlich

Die Originalausgabe erschien 1994 unter dem Titel
«The Holy Innocents» bei Headline Book Publishing, London
Redaktion Siv Bublitz
Umschlaggestaltung Walter Hellmann
Pieter Brueghel d. Ä.: «Die Elster auf dem
Galgen» (Ausschnitt).
Darmstadt, Hessisches Landesmuseum.
© Archiv für Kunst und Geschichte, Berlin

1. Auflage März 1996
Copyright © 1996 by Rowohlt Verlag GmbH,
Reinbek bei Hamburg
«The Holy Innocents» Copyright © 1994 by Kate Sedley
Alle deutschen Rechte vorbehalten
Satz aus der Galliard (Linotronic 500)
Gesamtherstellung Clausen & Bosse, Leck
Printed in Germany
ISBN 3 8052 0584 8

Fromme Unschuld

Erstes Kapitel

Ich sah sie, bevor sie mich sahen, daher konnte ich mich seitlich im Schatten der dichten Bäume verbergen, die sich an beiden Ufern des Flusses Harbourne bis ans Wasser drängten. Es war kurz vor Tagesanbruch, und ein kalter, klebriger grauer Nebel sickerte durch die ineinander verschlungenen Äste von Eiche und Erle, Esche und Buche und schützte mich vor den näher kommenden Räubern.

Sie gingen im Gänsemarsch; ihre Füße machten kein Geräusch auf dem dicken Laubteppich vom vorigen Jahr, der jetzt von den Regenfällen Anfang April durchweicht war. Einmal knisterten Bucheckern, und ein Zweig knackte, als einer achtlos darauf trat, was seine Gefährten sofort mit einem wütenden Zischen tadelten. Inzwischen roch ich sie auch – roch diese Mischung aus Feuchtigkeit, Schweiß und Dreck, die aus ihrer Kleidung aufstieg, und verstohlen zog ich mich noch tiefer in den Schutz der Sträucher zurück, legte eine Barriere aus Stechpalme und verkrüppeltem Holunder zwischen mich und diese schrecklichen, zu allem entschlossenen Männer; denn ein Blick hatte mir genügt, um mich davon zu überzeugen, daß es Banditen waren, Wolfsschädel, die in den Forsten von Süd-Devon hausten.

Als der Anführer auf gleicher Höhe mit meinem Versteck war, drang ein Strahl wäßrigen Sonnenlichts durch den überhängenden Baldachin der Bäume und beleuchtete ein schmales, frettchenähnliches Gesicht und einen Rücken, der unter der Last eines über die Schulter geworfenen Sacks tief gebeugt war. Zu seiner nächtlichen Beute gehörten unverkennbar auch Tiere von einer abseits gelegenen Farm, nach dem Blut zu urteilen, das aus der groben Sackleinwand tropfte und sich als dunkler Fleck auf dem weitmaschigen Gewebe ausbreitete. Auch der nächste Mann schleppte einen prallen Sack, dessen Höcker und Ausbuchtungen allerdings keinen Hinweis darauf gaben, was er enthalten mochte. Der dritte Bandit hatte sich nicht die Mühe gemacht oder es in der Eile nicht geschafft, seinen Sack ordentlich zuzubinden, der jetzt aufklaffte und seinen Inhalt preisgab – Gemüse aus den geplünderten Gärten und Kleinbauernhöfen. Der vierte Halunke hielt eine lebendige, sich heftig wehrende Henne unter dem Arm fest, der er mit einem schmutzigen Stoffstreifen den Schnabel zugebunden hatte, um ihr hysterisches Gakkern zu dämpfen. In diesem Augenblick verblaßte das Sonnenlicht jedoch wieder, und der Rest der zerlumpten Prozession verlor sich als Schatten auf dem Pfad, der von vielen Füßen ins Unterholz getrampelt worden war. Ich zählte insgesamt zehn, eine Bande von Halsabschneidern, die offensichtlich die Umgebung der Gemeinde Totnes terrorisierten. Daß sie verzweifelte Männer waren, die vor nichts haltmachen würden, nicht einmal vor Mord, erkannte man an den gefährlich aussehenden Messern und Dolchen, die in ihren Gürteln steckten. Ich bezweifelte nicht, daß jeder einzelne von ihnen genauso zum Vergnügen wie aus Habgier morden würde und nicht die geringsten Gewissensbisse hätte, jede arme Seele vom Leben zum Tode zu befördern, die das Unglück hatte, seinen Weg zu kreuzen. Ich, ein fahrender Händler, der über Land zog, Geld und Waren bei mir trug, wäre ein toter Mann gewesen, hätten sie mich auch nur zu Gesicht bekommen.

Noch lange nachdem der letzte Räuber aus meinem Blickfeld verschwunden war, stand ich mucksmäuschenstill und wagte kaum zu atmen, für den Fall, daß ein Nachzügler in aller Eile versuchte, seine verbrecherischen Genossen einzuholen. Ich war mir der tiefen Stille des Waldes bewußt, der wie Säulen aufragenden Bäume und des undurchdringlichen Dickichts, das bis an den Rand des Flusses reichte; ebenso wie des ruhig dahinziehenden Wassergefunkels, das man dort sah, wo der Harbourne friedlich durch sein steiniges Bett plätscherte. Als ich schließlich sicher sein konnte, daß die Banditen außer Hörweite waren, kehrte ich wieder auf den Pfad zurück und setzte meine Reise fort, der Heiligen

Jungfrau für meine Rettung dankend. Denn wenn er seine Kumpane nicht zu Hilfe rufen konnte, bereitete ein einzelner Mann, der vielleicht noch daherkam, mir keine Sorgen. Meine Größe und mein Körperumfang reichten – wie Leser meiner früheren Aufzeichnungen wissen – damals aus, um mich aus jedem Kampf von Mann zu Mann als Sieger hervorgehen zu lassen.

Ich war jetzt seit mindestens zwei Monaten unterwegs, zog von Bristol, das nach den Ereignissen des vergangenen Jahres mein Zuhause geworden war, gen Süden. Den Winter hatte ich im Cottage meiner Schwiegermutter Margaret Walker verbracht und in den Monaten mit Frost und Schnee meine Waren nur in den umliegenden Dörfern feilgeboten, während ich versuchte, Margaret wenigstens ein wenig über den Verlust meiner Ehefrau, ihres einzigen Kindes, hinwegzutrösten. Dabei half mir Elizabeth, meine kleine Tochter, deren Geburt den vorzeitigen Tod ihrer Mutter verursacht hatte. Am tiefsten bedauerte ich und bedaure – inzwischen ein alter Mann von siebzig Jahren – bis zum heutigen Tag, daß ich um Lillis so wenig trauern konnte. Aber ich hatte sie, als sie starb, weniger als ein Jahr gekannt. Ich war nicht darauf ausgewesen, seßhaft zu werden, doch die Umstände hatten mich zur Heirat gezwungen. Und hätte Gott in Seiner Weisheit nicht beschlossen, Lillis zu sich zu nehmen, wären wir vielleicht miteinander glücklich geworden, obwohl ich es irgendwie bezweifle. Lillis war zu besitzergreifend und ich zu versessen darauf, auf die Straße zurückzukehren, sobald der Frühling mit helleren Nächten und längeren Tagen gekommen war, so daß es um den häuslichen Frieden bei uns wohl nicht sehr gut bestellt gewesen wäre.

Meine Schwiegermutter war viel eher bereit, mich als das zu nehmen, was ich war. Obwohl sie es offenkundig lieber gesehen hätte, wenn ich in Bristol geblieben wäre und ihr geholfen hätte, das Kind aufzuziehen, versuchte sie nicht, mich zurückzuhalten, als ich lange vor Ostern meine Absicht verkündete, bald aufzubrechen.

«Ich komme wieder, ehe der Winter zu weit fortgeschritten ist», sagte ich, küßte sie auf die wettergegerbte Wange und hievte meinen Packen auf die Schultern. «Paß mir gut auf Elizabeth auf.»

Sie nickte, und ich beschwichtigte mein schlechtes Gewissen damit, daß ich ihr genug Geld daließ, damit sie ihre Arbeit, das Spinnen, nicht wiederaufnehmen mußte, wenn sie nicht wollte. Sie trat an die Tür des Cottage und sah mir nach, als ich mich zum Redcliffe Gate hin entfernte, doch selbst mit ihren Augen im Rücken brachte ich es nicht fertig, den frühlingshaften Schwung zu unterdrücken, den die Aussicht auf Freiheit meinen Schritten verlieh.

Ich zog nach Süden, verkaufte meine Waren in den Dörfern und Weilern an der Küste von Somerset und Devon, wo mein Handel blühte, denn die Bewohner waren nach den langen Wintermonaten nach Besuchern und Neuigkeiten ausgehungert. Sie behandelten mich fürstlich, wie es sich für einen ihrer ersten Frühlingsboten geziemte, und boten mir aus Dankbarkeit so manche freie Mahlzeit und ein kostenloses Bett. Ich wiederum versorgte sie mit dem Klatsch über ihre Nachbarn, den ich im Lauf meiner Reisen zusammengetragen hatte, und konnte sie auch über die Gerüchte informieren, die kurz vor meiner Abreise Bristol erreicht hatten: König Edward schmeichelte einem widerstrebenden Parlament Geld ab und sammelte seine Streitkräfte, um die Invasion Frankreichs vorzubereiten. Schließlich wandte ich mich landeinwärts, über das Ödland von Dartmoor und weiter hinunter auf die üppige Halbinsel südlich und östlich von Plymouth. The Hams nannten sie unsere angelsächsischen Vorfahren, eine Landschaft, die mit ihren hellen, anmutigen Höhen und den geheimnisvoll schattigen Tälern gewiß keiner anderen auf Gottes Erde nachsteht. Und so erreichte ich langsam das Häusergewirr an der Mündung des Dart, folgte dann dem Südufer des Flusses, bis ich den Bow Creek und den Nebenfluß des Dart, den Harbourne, erreichte, wo ich bei den Ehefrauen und Töchtern von Tuckenhay, einer entlegenen Ansiedlung, gute Geschäfte machte; man war dort ebenso begierig, Neues zu erfahren, wie überall auf meiner Reise.

Am nächsten Tag, einem Sonntag, hatte ich geruht, dann eine unerwartet warme Nacht im Freien verbracht und war vor Tagesanbruch aufgestanden, um mir Gesicht und Hände im kristallklaren Wasser des Harbourne zu waschen. Irgendwo hoch über mir flimmerte zwischen den Ästen der Bäume der letzte Stern blauweiß wie Frost, bevor auch er im heller werdenden Licht zu verblassen begann. Und die ersten gedämpften Vogelstimmen waren eben an mein Ohr gedrungen, als ich die Räuberbande entdeckte, die mir mit fast lautlosen Schritten entgegenkam.

Als ich Bow Bridge erreichte, hungerte mich, also setzte ich mich ans Ufer, stellte meinen Packen auf die Erde und holte den Kanten Weizenbrot und den Ziegenkäse heraus, die mir eine der Frauen in Tuckenhay gestern zum Abendessen gegeben hatte. Die Portionen waren sehr groß gewesen, daher hatte ich mir wohlweislich einen Teil für heute morgen aufgehoben, wohl wissend, wie mein leerer Magen sich nach dem Aufwachen fühlte. Am gegenüberliegenden Ufer stieg der Wald steil bergan, und mir stand ein schwerer Aufstieg bevor, daher legte ich mich, nachdem ich gegessen hatte, ins Gras und schloß für ein paar Minuten die Augen. Zumindest war das meine Absicht gewesen. Denn als ich die Augen wieder öffnete, stand die Sonne schon hoch über dem Horizont, und ihr flach über die Landschaft gebreitetes Licht versprach einen Tag, genauso warm wie der vorhergehende. Ein Mann, der mit einer Axt auf der Schulter die Brücke überquerte, wünschte mir grinsend einen guten Tag. Ihm folgten bald darauf andere, von denen der erste eine Hippe trug und der zweite einen Spaten in der sehnigen Hand schwenkte. Ich erinnerte mich, daß es jetzt, im April, im Wald viel Arbeit gab; das Holz mußte gefällt werden, bevor der Boden für die Karren, die es wegbrachten, zu weich wurde; für die Gerbereien mußte die Rinde abgeschält und der Wald wieder aufgeforstet werden.

Ich rappelte mich auf die Beine und winkte dem letzten Mann, der, wie mir schien, ein wenig ungeduldig wartete, bis ich meinen Packen geschultert hatte und auf ihn zukam. Dennoch lächelte er freundlich, bis ich die Banditen erwähnte.

«O ja!» rief er erbittert. «Und ob wir die kennen. Terrorisieren unsere Gegend seit Monaten. Der Sheriff und sein Aufgebot haben schon lange vor Weihnachten nach ihnen gesucht, aber ohne Erfolg. Sie haben Schlupflöcher, die keiner findet, es sei denn, er kennt jeden Zoll dieser Forste. Und das tut natürlich niemand. Ich möchte wissen, welche Farmen und Kleinbauernhöfe sie gestern nacht überfallen haben, diese Teufel.»

«Ist es nicht möglich, nachts Wachen aufzustellen?» fragte ich.

Er zuckte mit den Schultern. «Ein paar tollkühne Kerle haben es versucht, Master, doch es sind zu viele Banditen, und es sind Mordbuben. Einen Mann, der sich ihnen entgegenstellte, haben sie mit seiner eigenen Heugabel durchbohrt und einem anderen den Arm abgehauen. Schlimmer noch, sie haben ein paar Kinder getötet. Seit damals stecken wir alle nachts den Kopf unter die Decke und hoffen, daß wir sie nicht hören, wenn sie unseren Besitz überfallen. Es ist besser, seiner ganzen Habe beraubt zu werden und am Leben zu bleiben, um es erzählen zu können, als ein toter Held zu sein.»

Ich nickte zustimmend und sagte mit gezwungener Fröhlichkeit: «Eines Tages wird das Gesetz die Burschen schon erwischen.»

Der Mann knurrte zweifelnd. «Vielleicht. Wahrscheinlicher ist, daß sie sich in einen anderen Teil der Grafschaft verziehen und so plötzlich verschwinden, wie sie aufgetaucht sind. Das ist verständlich, nehme ich an. Keiner im Aufgebot des Sheriffs möchte sein Leben sinnlos aufs Spiel setzen, und die Schurken morden skrupellos. Du warst schlauer, als du wußtest, als du dich verstecktest und nicht mit ihnen eingelassen hast. Sie hätten selbst aus einem so großen Kerl wie dir Hackfleisch gemacht. Aber wenn du in die Stadt willst, kannst du einem Warden berichten, was du beobachtet hast. Er wird es dem Bürgermeister erzählen, und der wiederum wird es dem Sheriff sagen. Und so hast du auch deine Pflicht getan.»

«Das will ich gern tun», versprach ich und wünschte ihm einen guten Morgen. Als ich die Brücke etwa zur Hälfte überquert hatte, rief er hinter mir her: «Chapman!»

Ich drehte mich fragend um. Der Waldarbeiter grinste. «Sei gewarnt! Die Frauen der Dörfer hier herum sind heute außer Rand und Band.» Ich muß ein verwirrtes Gesicht gemacht haben, denn er fügte ungeduldig hinzu: «Es ist der zweite Montag nach Ostern – Hock-Montag!»

War es tatsächlich schon wieder zwei Wochen nach Ostern? Meine Zeitrechnung schien durcheinandergeraten zu sein. Ich hob die Hand. «Danke für die Warnung, Freund. Ich werde vorsichtig sein. Hat man dich schon erwischt?»

Er schüttelte den Kopf. «Ich bin außen herum gekommen. Aber jetzt wird man ihnen nicht mehr ausweichen können. Um ein Pfand zu ergattern, stehen alle früh auf. Ich wette, ehe es dämmert, werden sie auch mich geschnappt haben.» Doch er sagte es fröhlich, wie einer, der sich darauf freute.

«Na gut, aber du und die anderen Männer könnt es ihnen morgen heimzahlen.»

Die Augen des Waldarbeiters funkelten abenteuerlustig, als er sich verabschiedete. «Kann nicht den ganzen Tag hier rumstehen und klatschen. Hab eine Menge zu tun. Ich wünsch dir viel Glück, wenn du den Frauen in die Hände fällst.» Er zwinkerte mir verschwörerisch zu. «Sie werden einen so gutaussehenden jungen Kerl wie dich nicht so leicht davonkommen lassen. Ich kann mir schon vorstellen, was für ein Pfand sie von dir verlangen werden.» Mit einem dröhnenden Lachen verschwand er zwischen den Bäumen.

Die Sonne brannte derweil schon ziemlich heiß und sagte einen jener Apriltage voraus, die oft wärmer sind als die Tage im Hochsommer, so launisch ist das Wetter auf dieser Insel. Ich plagte mich den Hang hinauf, wo die Bäume allmählich spärlicher wurden und zu beiden Seiten des Pfades zurückblieben, bis kaum noch einer oder zwei den furchigen Weg säumten. Ich hatte meinen Warenvorrat auf einem Frachtschiff ergänzt, das in der Wasserstraße von Dartmouth vor Anker lag, und kam von meiner Last gebeugt daher, den Kopf gesenkt, ohne darauf zu achten, wohin ich ging. Meine ganze Aufmerksamkeit war auf meine Füße gerichtet, um sicher zu sein, daß ich nicht stolperte und mir den Knöchel verstauchte. Dabei half mir ein kräftiger Knüppel, mein zuverlässiger «Plymouth-Degen», wie man solche Waffen in diesem Teil des Landes nannte, so daß ich den Aufstieg ohne allzu große Mühe schaffte. Dennoch war ich müde, als ich den Kamm erreichte, und meine Aufmerksamkeit hatte nachgelassen.

Plötzlich wickelte sich etwas um meine Schienbeine, und ich landete bäuchlings, mit der Nase im Staub, auf dem Boden. Einen Moment oder auch zwei lag ich da, schnappte nach Luft und versuchte, meine fünf Sinne zu sammeln und festzustellen, was mit mir passiert war. Bevor es mir so recht klar wurde, hörte ich lautes Gelächter und fand mich von drei oder vier Frauen umringt. Alles, was ich in meiner Lage sehen konnte, waren ihre Rocksäume und ihre Schuhe. Ich richtete mich auf die Knie auf, wobei mir peinlich bewußt war, daß ich eine lächerliche Figur abgab, was mich keineswegs sanftmütig stimmte.

Tatsächlich hatte ich mich von den *Hockers* einfangen lassen und mußte mich mit einem Pfand auslösen. Ich ließ meinen Packen von den Schultern gleiten und erhob mich zu meiner vollen Größe – in jenen Tagen, bevor der Rheumatismus mich ein wenig gebeugt hatte, maß ich über eins achtzig. Es war eine stattliche Größe und auffallender als heute, da die jungen Leute viel größer werden, und nicht sehr viele Männer, denen ich begegnet bin, konnten sich damals mit mir messen. (Eine Ausnahme war natürlich König Edward, dieser goldene Riese, Großvater unseres derzeitigen Henry.)

Ich hörte, wie eine der jüngeren Frauen erstaunt den Atem anhielt, während die älteste der Gruppe, ein zahnloses Großmütterchen, gackernd lachte.

«Gott bewahre uns! Goliath selbst ist zu uns gekommen. Nun, Master Chapman, du kennst die Regeln. Du mußt uns ein Pfand geben.»

Die *Hockers*, ein halbes Dutzend etwa, hatten jetzt einen Kreis um mich gebildet. Das Seil, das zwischen zwei Bäumen gespannt gewesen war und mich zu Fall gebracht hatte, wurde losgebunden und mir locker um die Handgelenke geschlungen.

«In meinem Packen habe ich vielerlei Sachen», sagte ich hastig. «Nadeln, Faden, Bänder, Spitze und eine Bahn Seidenbrokat, erstanden von einem portugiesischen Handelsmann, der bei Dartmouth vor Anker lag. Bedient euch bitte.»

Die alte Frau lachte wieder. «Die feinen Mädchen hier können sich diese Dinge von dem Nadelgeld kaufen, das sie von ihren Ehemännern bekommen. Ein kräftiger, junger Kerl wie du hat Besseres zu bieten.»

Das Blut schoß mir ins Gesicht, was bei den Frauen große Heiterkeit auslöste. Ich habe im Lauf meines Lebens oft bemerkt, daß eine Frau allein zwar mädchenhaft erröten und sich spröde zieren mag, Frauen im Rudel jedoch derber und rauher sein können als Männer. Eine, die aussah, als sei sie die Jüngste, ein apfelbäckiges Mädchen von kaum – so schätzte ich zumindest – vierzehn oder fünfzehn Jahren, sagte kichernd: «Bitten wir ihn doch um die Verschnürung seines Hosenbeutels.»

Ich wurde noch röter und machte instinktiv einen Schritt zurück, rief damit bei meinen Peinigerinnen jedoch einen noch größeren Heiterkeitssturm hervor.

«Er ist schüchtern!» rief ein hübsches junges Mädchen mit großen kornblumenblauen Augen und einer weizenblonden Locke, die vorwitzig unter seinem Häubchen herausschaute. «Ein großer Lümmel wie er, und er wird rot!»

«Alles, was ihr wollt aus meinem Packen», bot ich ihnen wieder verzweifelt an.

Großmütterchen wackelte warnend mit dem uralten Zeigefinger. «Du stehst in unserer Schuld, Chapman. Kennst die Regeln so gut wie wir. Morgen sind die Männer an der Reihe, heute wir. Wenn Jane hier die Verschnürung deines Hosenbeutels haben will, dann ist das ihr gutes Recht.» Sie grinste zahnlos, genoß ganz unverhohlen meine Verlegenheit.

Kichernd und sich gegenseitig in die Rippen stupsend, rückten meine Peinigerinnen näher. Ich bemühte mich nach Kräften, mich von der Fessel zu befreien, mit der sie mir die Hände auf den Rücken gebunden hatten, stellte jedoch fest, daß das Seil, obwohl locker geschlungen, dennoch fest verknotet war. Wenn ich Fersengeld gab, verstieß ich nicht nur gegen die Regeln und die Tradition des Hock-Tages, ich mußte auch meinen Packen und meinen Knüppel zurücklassen, die von den Frauen dann als ihre rechtmäßige Beute betrachtet werden konnten.

Plötzlich kam mir eine zu Hilfe, die bisher ein wenig abseits gestanden, gelächelt, sich aber nicht an der überschäumenden, lärmenden Fröhlichkeit der anderen beteiligt hatte. Sie trat zwischen mich und ihre Gefährtinnen und breitete die Arme aus, um mich zu schützen.

«Genug!» protestierte sie lachend. «Fordert euer Pfand, und laßt den armen Jungen gehen! Wir haben unseren Spaß gehabt. Also, was soll es sein? Ich glaube, ein Kuß für jede würde genügen, meint ihr nicht? Großmutter Praule, aus Ehrerbietung für dein Alter, du kannst als erste gehen.»

Sie schrien zwar: «Spielverderberin, Grizelda!», schienen jedoch im allgemeinen mit dieser Lösung zufrieden. Großmutter Praule preßte ihre welken, trockenen Lippen auf die meinen, und erleichtert gab ich ihr einen schmatzenden Kuß, für den sie sich mit einem neuerlichen Gackern und einem Klaps auf meinen Arm bedankte.

«Oh, oh!» Sie machte einen kleinen Freudensprung. «Du bist ein guter Junge, Chapman! So hat mich seit dreißig Jahren keiner mehr geküßt! Du hast mir die Erinnerung an meine Jugend zurückgebracht, von der ich dachte, ich hätte sie vergessen. Ich war ein hübsches Mädchen, wenn es dir auch schwerfallen wird, mir das heute noch zu glauben. Die Männer schwirrten um mich rum wie die Bienen um den Honigtopf.»

Die anderen Frauen holten sich der Reihe nach ihr Pfand – einige kecker als die anderen – und preßten sich an mich, wenn sie den Mund auf meinen legten. Meine Retterin, von den Frauen Grizelda genannt, kam als letzte, und aus der Nähe sah ich, daß sie nicht mehr so jung war wie die meisten ihrer Gefährtinnen. Ich schätzte sie auf einige dreißig Jahre; eine schöne Frau mit kraftvollen Zügen und sehr dunklen braunen Augen. Auch ihr Teint war dunkel, und wäre sie ein Mann gewesen, hätte ich vielleicht dazu geneigt, sie schwarz zu nennen, doch dazu war ihre Haut zu weich und zu zart. Ihre Farben erinnerten mich an die von Lillis, daher wußte ich, ohne es zu sehen, daß ihr Haar, säuberlich unter der schneeweißen Haube und der blauen Kapuze versteckt, schwarz war. Damit aber hatte die Ähnlichkeit auch schon sein Ende. Grizelda war größer und viel kräftiger als meine verstorbene Frau. Sie strahlte auch eine gewisse Reife aus, anders als Lillis, die trotz ihrer zwanzig Jahre noch kindlich gewesen war.

Zwei der Frauen bereiteten, nachdem sie meine Handgelenke losgebunden hatten, die Falle für ihr nächstes ahnungsloses Opfer vor, während die anderen sich im Gebüsch versteckten. Alle außer Grizelda, die sich verabschiedete. Als ihre Freundinnen protestierten, schüttelte sie lachend den Kopf.

«Ich habe zu arbeiten. Muß Käse machen und die Henne füttern. Das arme Ding ist heute den ganzen Vormittag noch nicht aus seinem Stall herausgekommen, weil ich so früh aufgebrochen bin.» Sie wandte sich an mich. «Master Chapman, wenn Ihr mich zu meinem Besitz begleiten wollt, kann ich Euch vor anderen Frauenzimmern schützen, die es vielleicht auf Euch abgesehen haben, und ihnen sagen, daß Ihr Euer Pfand schon abgeliefert habt. Mein Name», fügte sie hinzu, «ist Grizelda Harbourne.»

«Ich heiße Roger», antwortete ich, «und nehme Euer Angebot mit Vergnügen an. Ich würde höchst ungern Euren Mitschwestern in die Hände fallen, wenn sie so sind wie Ihr und Eure Gefährtinnen.»

Sie kreischten vor Entzücken über dieses Kompliment, verstummten jedoch sehr schnell, als die Jüngste der Gruppe – sie hieß Janet, wenn ich mich recht erinnere – darauf aufmerksam machte, daß ein anderer Mann den Weg heraufkam. Hastig schulterte ich meinen Packen und bot Grizelda Harbourne den Arm.

Wir umgingen das winzige Dörfchen Ashprington, durchquerten einen Baumgürtel und kamen schließlich auf eine Lichtung. Hier stand ein niedriges eingeschossiges Cottage inmitten eines kleinen Gehöftes, zu dem ein Stückchen Land gehörte, wo Getreide gesät und ein paar Gemüse gepflanzt werden konnten, außerdem gab es einen Hühner- und einen Schweinestall und eine Wiese, auf der eine Kuh weidete. Im Cottage selbst standen ein Tisch auf zwei Böcken, zwei an die Wand gerückte Bänke, von denen eine mit einem bunten Teppich bedeckt war; auch ein Herd war da und drum herum alle nötigen Küchenutensilien. An einem Ende des Raumes verdeckte ein zweiter ausgeblichener und geflickter Teppich nur unvollkommen ein Bett, dessen Fußende ein paar Zoll darunter hervorragte.

Ich war überrascht, als ich, von Grizelda aufgefordert, über die Schwelle trat. Es gab keinen Grund für mein Erstaunen; das Cottage war ganz typisch in seiner Art und nicht anders, als ich es normalerweise auf jedem Kleingehöft zu finden erwartet hätte. Doch da war etwas an meiner Gastgeberin – an ihrer Haltung, dem herrischen Ton, mit dem sie zu den anderen Frauen gesprochen hatte, dem leicht geringschätzigen Blick, mit dem sie ihr derzeitiges Heim betrachtete –, das mir den Eindruck vermittelte, sie habe bessere Zeiten gekannt, sei eine edlere Umgebung gewohnt gewesen.

«Habt Ihr gegessen?» fragte sie und winkte mich auf eine Bank.

«Vor ungefähr einer Stunde Brot und Käse, unten am Fluß. Was ich eben so von gestern abend übrig hatte.»

Sie lächelte verständnisvoll. «Nicht genug für einen so großen Mann wie Euch. Wenn Ihr eine Weile wartet, bekommt Ihr ein Frühstück. Ale und Brot und gesalzenen Speck, ich kann Euch aber auch Rühreier machen, wenn Euch das lieber ist.»

«Eier wären eine erfreuliche Abwechslung», sagte ich. «Habt Ihr vielleicht auch einen Topf heißes Wasser, damit ich mich rasieren kann?»

Sie nickte. «In dem großen Kessel über dem Feuer ist genug heißes Wasser.» Sie nahm einen Eisentopf mit Stiel vom Bord. «Hier, nehmt den. Und während Ihr Euch rasiert, hole ich die Eier und befreie den armen Vogel aus seinem Stall.»

Sie ging hinaus, ich nahm das Rasiermesser aus meinem Packen und sah mich nach etwas um, woran ich es schärfen konnte. An einem Haken hinter der Tür entdeckte ich einen ledernen Streichriemen. Ich fragte mich, wem er gehören mochte, denn es gab im Cottage keine weiteren Anzeichen für die Anwesenheit eines Mannes. Ich tauchte den Eisentopf in das siedende Wasser, seifte mir das Kinn mit der billigen schwarzen Seife ein, die ich immer bei mir trug, und begann mir die Stoppeln abzukratzen. Ich hatte kaum angefangen, als Grizelda schon wieder auf der Schwelle erschien. Sie streckte die Hände aus. «Nun, hier sind die Eier, aber von der Henne ist weit und breit nichts zu sehen. Jemand hat die Tür des Hühnerstalls aufgebrochen, und auf dem Boden liegen Federn. Ich fürchte, man hat sie gestohlen.»

- - -

Zweites Kapitel Hastig beendete ich meine Rasur und folgte Grizelda dann zum Hühnerstall, wo ich niederkniete, um alles genau zu untersuchen. Sie hatte recht gehabt, das hölzerne Schloß war aufgebrochen worden, und in der Nähe lagen Büschel weißer Federn. Ich sah zu der Kuh auf, die zufrieden weidete, und musterte dann das Schwein, das in seinem Koben prustete und in der Erde wühlte.

«Ihr dürft Euch sehr glücklich schätzen, Mistress Harbourne, daß sie nur die Henne gestohlen haben», sagte ich. «Sie müssen auf dem Rückweg zufällig bei Euch vorbeigekommen sein, als sie nicht mehr viel Zeit und schon zuviel zu tragen hatten. Sonst hättet Ihr Eure anderen Tiere auch eingebüßt.»

«Sie?» Grizelda runzelte die Stirn. «Wer sind ‹sie›, Master Chapman?»

«Nun, die Banditen, die, soviel ich verstanden habe, den Bezirk seit ein paar Monaten terrorisieren. Da Ihr in dieser Gegend wohnt, können Euch ihre Raubzüge doch nicht entgangen sein.»

Sie wurde sehr blaß und preßte eine Hand aufs Herz, als wollte sie es beruhigen. Ihre Augen weiteten sich.

«Die Raubgesellen, meint Ihr? Der Gedanke ist mir nicht gekommen. Ich habe an einen hiesigen Dieb gedacht – vor allem deshalb, nehme ich an, weil nur Félice gestohlen wurde und sonst nichts passiert ist. Ich weiß natürlich von diesen Männern, aber sie schlachten Vieh und verwüsten ganze Pflanzungen.» Sie holte tief und zitternd Atem. «Sie morden sogar. Aber nichts davon ist hier geschehen. Nur meine arme kleine Henne wurde gestohlen. Warum glaubt Ihr, daß sie es gewesen sind?»

Kurz berichtete ich ihr von meiner Begegnung mit den Räubern am frühen Morgen. «Und einer trug eine Henne unter dem Arm. Den Schnabel hatte er ihr zugebunden, um zu verhindern, daß sie gackerte.»

Grizelda blinzelte ihre Tränen fort. «Werden sie sie umbringen?»

Ich richtete mich auf, streckte meine verkrampften Beine und lächelte tröstend. «Ich glaube nicht. Hätten sie das beabsichtigt, hätten sie ihr den Hals umgedreht, bevor sie sie mitnahmen. Sie hätten sich nie die Mühe gemacht, sie zu knebeln. Sie brauchen wohl eine Legehenne. Banditen, nehme ich an, mögen Eier genauso gern wie ihre gesetzestreueren Mitbrüder.» Ich sah mich noch einmal auf der kleinen Lichtung um, auf der frisches Frühlingsgrün sproß und die von schattigen Bäumen gesäumt wurde. «Ich wiederhole, Ihr habt unwahrscheinliches Glück gehabt. Sie müssen an Eurem Cottage vorbeigekommen sein, nachdem sie schon schwer Beute gemacht hatten. Vermutlich haben sie die Henne gackern gehört und sich entschlossen, sie zu stehlen, ohne lange zu überlegen. Es tut mir leid. Ihr werdet sie vermissen.»

Grizelda nickte langsam. «Félice war nicht nur eine Gefährtin, sondern auch eine Einnahmequelle für mich. Ich konnte ihre Eier auf dem Markt in Totnes verkaufen und den Kot aus ihrem Stall als Bleiche an die Waschfrauen der Stadt. Aus Vogeldung gewinnt man eine hervorragende Lauge, wie

Ihr vermutlich wißt.» Ihr besorgter Blick traf mich, und sie schüttelte sich. «Ich kann nicht glauben, daß diese Teufel hier waren und, während ich drinnen ahnungslos geschlafen habe, um mein Cottage herumgeschlichen sind. Ich bekomme Gänsehaut, wenn ich nur daran denke.»

Ich zögerte, weil ich mich nicht festlegen wollte, andererseits aber von Schuldbewußtsein gepeinigt wurde bei dem Gedanken, daß sie hier allein schlief. Nachdem die Räuber gewissermaßen über Grizeldas Besitz gestolpert waren, würden sie wahrscheinlich wiederkommen, um die Kuh und das Schwein zu stehlen, die sie gezwungenermaßen zurückgelassen hatten. Widerstrebend sagte ich: «Ich habe die Absicht, meine Waren heute in Totnes feilzubieten, kann aber bei Sonnenuntergang wiederkommen, wenn Ihr es wünscht. Wenn Ihr mir ein paar Farnwedel als Unterlage und eine Decke zur Verfügung stellen könnt, kann ich es mir auf dem Fußboden bequem machen. Das bin ich gewohnt.»

Ein Lächeln hob ihre Mundwinkel, und sie berührte flüchtig meinen Arm.

«Ihr seid sehr gütig, Master Chapman, aber ich brauche Euch nicht zu behelligen. Ich habe in Ashprington eine Freundin. Sie und ihr Ehemann werden mich und meine Tiere bei sich aufnehmen, wenn ich sie darum bitte.»

Vor Erleichterung seufzte ich heimlich auf und erhaschte dann einen spöttisch-verständnisvollen Blick ihrer braunen Augen. Ich wurde rot. «Dann bitte ich Euch, das zu tun, wenn Eure Freunde Euch Zuflucht bieten können, wenigstens für heute nacht und für ein paar weitere Nächte.»

«Ich werde meine Freundin aufsuchen, sobald Ihr gegangen seid. Und jetzt will ich Euch Euer Frühstück machen. Wir haben noch die letzten Eier, die Félice gelegt hat, bevor sie gestohlen wurde.» Ihre Stimme bebte, sie drehte sich abrupt auf dem Absatz um und ging auf das Cottage zu.

Schon wollte ich ihr folgen, blieb jedoch plötzlich wie festgewurzelt stehen. Wäre ich ein Hund gewesen, hätte sich mir das Fell gesträubt. Grizelda, die ebenfalls stehenblieb und über die Schulter zurückblickte, rief: «Was ist los?» Als ich nicht antwortete, kam sie ein paar Schritte zurück. «Was ist denn?» wiederholte sie.

Als Antwort schüttelte ich den Kopf, winkte ihr, sie solle still sein, und spähte zu den umstehenden Bäumen hinüber, aber nur das ferne Hämmern eines Spechtes war zu hören, nichts sonst. Vorsichtig näherte ich mich dem von Bäumen wie von Säulen gesäumten Waldrand und der Dunkelheit dahinter und tappte zwischen den efeuumrankten Stämmen dahin, von denen einige gähnende Löcher hatten, groß genug, um Eulen als Nistplatz zu dienen... Dann entdeckte ich aus dem Augenwinkel eine blitzartige Bewegung und fuhr herum, um mich ihr zu stellen, fluchend, daß ich meinen Knüppel nicht mitgenommen hatte. Er war im Cottage, wo ich ihn liegengelassen hatte, als Grizelda und ich hinausgegangen waren, um den Hühnerstall zu inspizieren.

Der vogelscheuchenähnliche Mensch, der sich auf mich stürzte, hatte ein Messer. Die Klinge blitzte hell, als er sie hob, um zuzustechen. Grizelda, die herbeistürmte, schrie auf und lenkte zum Glück die Aufmerksamkeit meines Angreifers lange genug ab, daß ich sein Handgelenk packen und ihm mit einem zermalmenden Griff den Arm auf den Rücken drehen konnte. Der Mann heulte auf vor Schmerz, und das Messer fiel ihm aus den Fingern, in denen er plötzlich kein Gefühl mehr hatte. Ich ließ ihn los und bückte mich schnell nach der Waffe, bevor er sie aufheben konnte. Während er sich noch immer das verletzte Handgelenk rieb, legte ich ihm von hinten einen Arm um den Hals, umschlang mit dem anderen seinen Körper und machte ihn praktisch bewegungsunfähig.

«Lauft zurück ins Cottage und holt etwas, womit man ihn fesseln kann!» befahl ich Grizelda.

Sie rührte sich jedoch nicht. «Ich kenne den Mann», sagte sie. «Er ist kein Bandit, falls Ihr das denkt. Sein Name ist

Innes Woodsman, und er schläft schon seit ein paar Jahren in den umliegenden Wäldern. Als mein Vater noch lebte, hat er ihm gelegentlich auf dem Hof geholfen und dafür sein Essen und im Winter eine Schlafstatt bekommen. Laßt ihn los, Chapman. Er ist harmlos.»

«Kein Mann ist harmlos, der ein solches Messer bei sich hat.» Mit einem Nicken wies ich auf die bösartig aussehende Klinge, die ich mir in den Gürtel gesteckt hatte.

Grizelda hob eigensinnig das Kinn. «Dennoch, ich bin ihm etwas schuldig. Ich wäre Euch dankbar, wenn Ihr ihn loslassen und niemandem von diesem Zwischenfall erzählen würdet.» Mit einem Anflug von Trotz fügte sie hinzu: «Mir zuliebe.»

Ich gab meinen Gefangenen nur widerwillig frei. «Nun gut, Euch zuliebe», fügte ich mich. «Aber das Messer behalte ich. Er ist viel zu schnell bereit, es gegen Fremde zu benutzen.»

«Es ist mein Jagdmesser.» Innes Woodsman sprach abgehackt, mit boshaft klingender, heiserer Stimme. «Ich brauche es, um Kaninchen und so 'n Zeug umzubringen.»

Ich musterte ihn voller Abscheu. Das starke Gefühl des Bösen, das mir vorhin seine Anwesenheit verraten hatte, war geblieben und ließ sich nicht abschütteln.

«Warum hast du versucht, mich damit zu töten, wenn es ein Jagdmesser ist?»

Innes Woodsmans schmales, wettergegerbtes Gesicht nahm einen unsteten Ausdruck an, und er antwortete nicht. Grizelda sagte ruhig: «Wahrscheinlich hat er gedacht, daß ich es bin. Oh, er hätte mir nichts getan», erklärte sie hastig. «Er wollte mich nur erschrecken. Er grollt mir nämlich.»

Ich war entsetzt. «Und Ihr wollt ihn gehen lassen? Man sollte den Halunken dem Sheriff übergeben, damit er ihn in den Kerker wirft.»

«Nein», antwortete sie fest. «Er grollt mir nicht ohne Grund. Es wäre ungerecht, ihn einzusperren.» Sie sah dem

Waldmenschen ins Gesicht. «Das ist deine letzte Chance, das letzte Mal, daß ich Nachsicht übe, Innes. Meine Geduld geht zu Ende. Wenn du nicht von hier verschwindest und mich in Ruhe läßt, werde ich Master Chapmans Rat beherzigen und dich verklagen.» Sie legte den Kopf zur Seite, und als ein Sonnenstrahl durch die Zweige der Bäume stach, sah ich etwas, das mir erstaunlicherweise bisher entgangen war: eine schwache, weiße, runzlige, schon lange verheilte Narbe, die sich von ihrer rechten Braue bis in die halbe Wange zog. Sie fuhr fort: «Ich hoffe, du warst es nicht, der mir meine Henne Félice gestohlen hat.»

Innes Woodsman spuckte verächtlich aus. «Ich würde den dürren Vogel nicht anfassen, und wenn Ihr mich dafür bezahlen tätet.»

Grizelda nickte. «Gut, ich glaube dir. Aber denk an das, was ich dir gesagt habe, und verschwinde von hier, oder ich mache meine Drohung wahr. Ich meine es ernst.»

«Ich gehe nicht ohne mein Messer», antwortete er mürrisch.

Sie wandte sich an mich. «Gebt es ihm bitte, Chapman. Er braucht es, um zu überleben.» Ich gab nach, wenn auch mit den schlimmsten Befürchtungen. Sie lächelte dankbar, und nachdem der Mann zwischen den Bäumen verschwunden und außer Sicht war, nahm sie meinen Arm und drückte ihn. «Und jetzt gehen wir ins Haus, und ich brate Euch die Eier.»

Ich leerte meinen Teller und tunkte die Reste mit einem trokkenen Stück Schwarzbrot auf. Die Eier, geschlagen und in zerlassenem Speck über dem Feuer gebraten, hatten köstlich geschmeckt. Grizelda saß neben mir auf einer Bank, die ich an den Tisch gezogen hatte, und schob einen Teller mit Weizenkuchen und einen Topf mit Honig zu mir herüber.

«Nachdem ich Euren schlimmsten Hunger gestillt habe, möchte ich Euch etwas fragen. Woher habt Ihr gewußt, daß Innes im Wald war? Ich bin sicher, daß Ihr ihn von dem Platz

- 25 -

beim Hühnerstall, wo Ihr gestanden habt, weder gehört noch gesehen haben könnt.»

Ich träufelte Honig, dick und golden, auf einen Weizenkuchen und biß hinein, ehe ich antwortete. «Ich – ich hatte das Gefühl von etwas Bösem, irgendwo ganz in der Nähe.»

Halb und halb erwartete ich, daß sie mir einen schiefen Blick zuwerfen würde, aber er blieb aus. «Habt Ihr das Zweite Gesicht?» fragte sie.

Ich biß noch einmal in meinen Weizenkuchen, wischte mir mit dem Handrücken Honig vom Kinn und blickte verstohlen zur offenen Tür, als fürchtete ich, jemand könnte draußen stehen und lauschen. Ich senkte die Stimme.

«Nicht richtig, nein, aber ab und zu habe ich Träume und manchmal, wie heute morgen, ein Gefühl der Bedrohung. Findet Ihr das – ketzerisch?»

Sie schüttelte den Kopf. «Ich selbst habe nicht die Gabe, doch meine Mutter hatte sie, ein bißchen. Sie hielt es vor allen geheim aus Angst, man könnte sie als Hexe brandmarken.»

Eine Weile blieb es still zwischen uns, während ich mich durch einen zweiten Weizenkuchen futterte. Als ich den letzten Krümel geschluckt hatte, sagte ich: «Jetzt ist die Reihe an mir, eine Frage zu stellen. Was für einen Grund hat dieser Halunke, Euch zu grollen?»

Einen Augenblick dachte ich, sie werde sich vielleicht weigern, mir zu antworten, oder mir sagen, daß mich das nichts angehe; daß mir, weil ich das Brot mit ihr brach, noch lange nicht das Recht zustehe, mich in ihre persönlichen Angelegenheiten zu mischen. Ich glaube, sie zog eine solche Antwort tatsächlich in Erwägung, denn sie preßte die Lippen fest zusammen und warf mir unter halbgeschlossenen Lidern einen forschenden Blick zu. Aber dann gab sie beinahe sofort nach, öffnete die Augen und lächelte.

«Als mein Vater vor fünf Jahren starb, erlaubte ich Innes Woodsman, eigentlich wider besseres Wissen, weiterhin hier zu wohnen, als Gegenleistung für seine Arbeit auf dem Hof.

Wie ich Euch erzählt habe, hatte er meinem Vater geholfen, als er in die Jahre kam, und war mit der Arbeit hier vertraut. Ich selbst hatte seit meinem neunten Geburtstag, kurz nach dem Tod meiner Mutter, nicht mehr hier gelebt. Ich nehme an, es ist begreiflich, daß Innes glaubte, er sei für den Rest seiner Tage versorgt, und wahrscheinlich hätte ich ihn auch ungestört hierlassen sollen, und sei es nur, weil ich zu bequem war, den Besitz loszuschlagen.» Sie nahm einen Weizenkuchen von der Platte und begann zerstreut daran herumzuknabbern. Ihr Miene verfinsterte sich. «Wenigstens ... Vielleicht traf das eine Zeitlang zu, aber in den letzten Jahren...»

Sie verstummte und schaute gedankenverloren an mir vorbei.

«Aber in den letzten Jahren?» drängte ich, als ich meine Neugier nicht länger unterdrücken konnte.

Grizelda zuckte zusammen. «Entschuldigt, Chapman, ich war nicht bei der Sache. Was hatte ich gesagt?»

«Daß Innes Woodsman hier zur Miete wohnen durfte, weil Ihr zuerst zu bequem wart, den Besitz loszuschlagen, daß jedoch später...»

«Ach ja. Später», fügte sie in bewußt leichterem Ton hinzu, «muß mich, wie ich glaube, eine Eurer Vorahnungen oder etwas Ähnliches überkommen haben. Es war fast so, als wüßte ich, daß ich eines Tages hierher zurückkehren müßte.»

«Was Ihr getan habt.»

«Ja. Vor ungefähr drei Monaten hat es sich ergeben, daß ich hierher zurück mußte.» Das Lächeln, mit dem sie mich ansah, war erkennbar gekünstelt, und das leichte Zittern in ihrer Stimme verriet unterdrückte Erregung. «Daher mußte ich Innes Woodsman wegschicken, und ich fürchte, ich habe es nicht sehr freundlich getan. Mir war damals nicht gerade − nach Freundlichkeit zumute. Er sah sich gezwungen, wieder im Freien zu schlafen, der Zuflucht beraubt, die für ihn schon zu etwas Selbstverständlichem geworden war.»

Ich merkte, daß sie ein schlechtes Gewissen hatte, und beeilte mich, sie nach Kräften zu trösten. Die Ellenbogen auf den Tisch aufstützend, sagte ich: «Aber das Gehöft gehört Euch, wie es Eurem Vater gehört hat? Es ist kein Lehen, nicht im Besitz eines Lehnsherrn?»

Diesmal war ihr Lächeln aufrichtig. «Soll ich darauf ja oder nein sagen? Ja auf Eure erste Frage, nein auf Eure zweite.»

«Nun, dann wart Ihr im Recht», ermutigte ich sie. «Ihr braucht Euch nicht schuldig zu fühlen.»

Noch immer lächelnd, schüttelte sie den Kopf. «Wie ich schon sagte, hätte ich Innes freundlicher behandeln, mehr Rücksicht auf seine mißliche Lage nehmen können.» Sie stand auf und holte mir in einem großen Trinkgefäß aus Maserholz Ale aus dem Faß, das in einer Ecke stand.

«Ihr seid zu streng mit Euch», antwortete ich. «Nichts, was Ihr gesagt oder getan hättet, hätte seinen Groll gemindert. Alles in allem war es wahrscheinlich besser, es ihm ohne Umschweife zu sagen, als ihm das Unerfreuliche versüßen zu wollen.»

Sie lachte, kam an den Tisch zurück und stellte den bis zum Rand gefüllten Krug vor mich hin. Doch dann setzte sie sich nicht wieder, sondern blieb am Tischende stehen und sah mir zu, während ich trank.

Ich war durstiger, als mir bewußt gewesen war, leerte den Krug in einem Zug und wischte mir mit dem Handrücken den Mund ab. «Das ist ein gutes Ale», sagte ich.

Grizelda nahm den Krug, um ihn noch einmal zu füllen. «Oh, hier bekommt Ihr kein minderwertiges, schlabbriges Gebräu, wie Ihr es offenbar gewohnt seid.» Sie sah sich geringschätzig um. «Das Haus mag genau nach dem aussehen, was es ist – eine Bruchbude, Chapman, aber ich habe bessere Verhältnisse gekannt.» Ihr Ton war spöttisch, doch auch ein wenig bitter.

Ich antwortete sanft: «Das ist keine Bruchbude, glaubt mir. Ich kann es beurteilen. Auf meinen Reisen habe ich viele gesehen.»

Sie antwortete nicht, ging zur Tür und blickte hinaus, während ich den zweiten Krug Ale leerte. Im Profil wirkte sie ein bißchen älter als Auge in Auge; aber alles in allem war sie eine schöne Frau. Ich spürte die vertraute Anziehungskraft, unterdrückte das Gefühl jedoch hastig. Ich war erst viel zu kurz verwitwet, um schon mit einer anderen Frau ins Bett zu gehen, und war überzeugt, es hieße die Erinnerung an Lillis verraten, wenn ich es zu früh täte. Selbstauferlegte Enthaltsamkeit beschwichtigte zwar mein Gewissen, bewahrte mich jedoch nicht davor, Grizelda Harbourne zu begehren.

Sie fühlte meinen forschenden Blick und wandte halb den Kopf, um mich anzusehen. Einen Moment später kam sie leicht lächelnd an den Tisch zurück, als habe sie meine Gedanken erraten.

«Ich muß Euch danken, Chapman», sagte sie.

Ich schüttelte den Kopf. «Ich habe nichts getan», protestierte ich. «Hättet Ihr es zugelassen, hätte ich gern härter durchgegriffen. Wenn es nach mir gegangen wäre, säße Innes Woodsman inzwischen im Burgverlies.»

«Das habe ich nicht gemeint.» Sie spielte mit den gefransten Enden des Ledergürtels, den sie um die Taille trug. «Ich weiß, daß ich Dinge gesagt haben muß, die Eure Neugier wecken mußten, aber Ihr habt Euch beherrscht und keine Fragen gestellt, dafür bin ich Euch dankbar. Mein Leben war nicht leicht. Es hat Ereignisse gegeben ...» Erregung erstickte ihr die Stimme, und es dauerte eine Weile, ehe sie imstande war, fortzufahren. Doch endlich hatte sie ihre Fassung soweit zurückgewonnen, daß sie weitersprechen konnte: «Es hat Ereignisse gegeben, die für mich zu schmerzlich sind, um darüber sprechen zu können. Und die letzten Monate waren die schwärzesten von allen.»

Sie war sehr blaß geworden, und einen Moment lang fürchtete ich, sie werde ohnmächtig. Ich sprang auf, bereit, sie aufzufangen, wenn sie stürzte, doch sie bedurfte meiner

Hilfe nicht. Sie erholte sich fast sofort und errötete ob ihrer Schwäche. Als die Röte ihr wie eine Welle ins Gesicht stieg, fiel mir wieder die Narbe auf der rechten Seite auf, die dünne weiße Linie, die sich von der Braue bis zur Wange zog. Als sie merkte, worauf mein Blick gerichtet war, hob sie die Hand und berührte die Narbe.

«Ich bin als Kind vom Baum gefallen und habe mir an einem Ast die Wange aufgerissen. Ein belangloser Unfall, der mir ein lebenslanges Andenken hinterlassen hat.»

«Ihr hättet Euch den Hals brechen können», sagte ich. «Das würde ich nicht belanglos nennen.»

Sie zuckte mit den Schultern. «Ich war noch jung, nicht älter als dreizehn Jahre, und in diesem Alter fällt man leicht. Die Knochen sind geschmeidiger. Aber Ihr habt recht. Ich hätte mich viel schlimmer verletzen können. Doch alles, was von meiner Unvorsichtigkeit übrig ist, ist die Narbe, und sie, schmeichle ich mir, fällt nicht allzusehr auf.»

«Nein, wirklich nicht.» Ich musterte sie bewundernd. «Ihr seid eine schöne Frau. Das brauche ich Euch nicht zu sagen. Aber verzeiht, wenn ich das frage, warum habt Ihr nie geheiratet? Die Männer können doch nicht so mit Blindheit geschlagen sein, daß noch keiner Euch gefragt hat.»

Sie lachte tief und kehlig auf, über meine Kühnheit nicht ungehalten. Aber ihr Ton war hart, als sie sagte: «Was für eine Mitgift habe ich denn, Master Chapman? Wer sollte mich nehmen?»

«Ihr habt das Gehöft, das ein Anreiz wäre für viele Männer, hätte ich gedacht.»

Ich merkte sofort, daß ich sie beleidigt hatte, und mir fiel ein, wie sehr sie alles hier verachtete, daß sie das Cottage eine Bruchbude genannt und erklärt hatte, sie habe «bessere Verhältnisse» gekannt. Ich begriff, daß sie genauso hochgesteckte Erwartungen an eine Ehe stellen würde und nicht bereit wäre, sich mit einem Kleinbauern oder Waldarbeiter zufriedenzugeben; vielleicht nicht einmal mit einem respektablen Handelsmann. Und da die Anträge von Höhergestellten ausblieben, zog sie eine würdige Jungfernschaft vor.

Es gab noch vieles, das ich über Grizelda Harbourne nicht wußte, und viele Fragen, die ich ihr gern gestellt hätte, doch ich hatte weder die Zeit noch das Recht zu fragen. Ich drehte mich um und griff nach Packen und Knüppel.

«Ich muß weiter», sagte ich. «Habe schon zuviel von Eurer Zeit beansprucht und möchte lange vor dem Abendessen in Totnes sein. Doch bevor ich aufbreche, müßt Ihr mir versprechen, daß Ihr zu Euren Freunden in Ashprington geht und für die nächsten Nächte um ein Bett bittet. Nach all dem, was geschehen ist, solltet Ihr hier nicht allein bleiben.»

«Ihr glaubt wirklich, ich sei in Gefahr, noch einmal beraubt zu werden?» Als ich nickte, lächelte sie resigniert. «Also gut. Und um Euch meine Dankbarkeit für Eure Fürsorge zu beweisen, begleite ich Euch ein Stück auf dem Weg in die Stadt. Es könnten sich noch immer ein paar Frauenzimmer in der Gegend herumtreiben, die es auf ein Pfand von einem wie Euch abgesehen haben. Wahrscheinlich würdet Ihr wieder erwischt.»

Ich lachte. «Und Ihr denkt nicht, daß ein großer Kerl wie ich fähig ist, sich zu wehren?»

«Vor einer Stunde habt Ihr Euch aber nicht so besonders gewehrt», erwiderte Grizelda trocken. «Habt sogar ziemlich hilflos dreingeschaut, als Ihr dort auf dem Boden gelegen habt.» Nachdenklich fügte sie hinzu: «Große Männer wie Ihr haben oft eine Scheu vor Frauen, wenn sie in größeren Gruppen auftreten. Ich habe am Hock-Montag schon so manchem Mann ein Pfand abgenommen, und es sind meist die kleinen Kerle, die ganz ungezwungen sind, sich nichts gefallen lassen, nicht nur einstecken, sondern auch ordentlich herausgeben und jeden Augenblick des Pfänderspiels genießen. Denkt an meine Worte: wenn Ihr morgen an der Reihe seid, es den Frauenzimmern heimzuzahlen, werden die Kleinen Eure Trupps anführen.»

- 31 -

Ich war verblüfft darüber, wie gut sie mich durchschaute. Es traf zu, ich neigte in Gegenwart jüngerer Frauen zu Schüchternheit, hatte jedoch gehofft, diese Tatsache verbergen zu können. Dann tröstete ich mich mit dem Gedanken, daß nur wenige Leute so scharfsichtig waren wie Grizelda Harbourne und daß die Umstände, unter denen wir uns kennengelernt hatten, für mich sehr peinlich gewesen waren.

Ein letztes Mal versuchte ich noch, sie davon abzubringen, daß sie mich begleitete, meinte besorgt, sie müsse müde sein, da sie so früh aufgestanden war. Doch sie lachte nur und wischte meine Befürchtungen beiseite.

«Ich bin wie mein Vater», sagte sie, «habe eine kräftige Konstitution. Mehr noch, ich wandere gern, daher ist es für mich keine Strafe, ein Stückchen mit Euch zu gehen.»

Als ich sie so entschlossen fand, fügte ich mich, und gemeinsam brachen wir in Richtung Totnes auf. «Wie werdet Ihr ohne Eure Henne zurechtkommen?» fragte ich.

«Eier von meinen Nachbarn kaufen oder ein paar Silbermünzen von meinem sauer erarbeiteten Ersparten nehmen und mir eine neue kaufen. Aber kein Vogel wird mir je meine liebe Félice ersetzen können.»

Wir begegneten keinen Pfändersammlerinnen mehr, wenn wir auch einmal von ferne fröhliches Gelächter und vor Übermut laut kreischende Frauenzimmer hörten, denen wieder ein ahnungsloser Mann ins Netz gegangen war. Da, wo wir waren, hörte man als einziges Geräusch das Laub in einer leichten Brise rascheln, die in den Bäumen flüsterte. Grizelda schien die entlegeneren Waldwege zu kennen, wo sich unter unseren Füßen ein dicker goldener Teppich aus Bucheckern ausbreitete und der grüne Dunst sich entfaltender Buchenblätter Schatten warf, die außer uns niemand störte.

Plötzlich traten wir auf das hochgelegene, offene Plateau oberhalb von Totnes hinaus, und vor uns lag die Stadt, zog sich kunterbunt den Abhang hinunter und reichte über ihre

Mauern hinaus zu den Gezeitenmarschen und den belebten Schiffahrtskais auf dem Fluß Dart tief unter uns. Rechts von uns erhob sich die Burg auf ihrem Hügel, dahinter fand man die wichtigsten Gebäude der Stadt – das Benediktinerkloster Saint Mary, das Zunfthaus und die Häuser der bedeutendsten Bürger, alle von Mauern eingefriedet, von Gräben und Wällen umgeben, die einst vielleicht auch noch von Palisaden überragt worden waren. Und dahinter lagen noch mehr Häuser, die Mühlen, Wiesen und Obstgärten des Klosters. Die Straßen wimmelten vor Leben, und meine Stimmung hob sich. Ich konnte hier gute Geschäfte machen, auf dem Marktplatz und wenn ich an Türen klopfte. Eine blühende Gemeinde nach allem, was man sah.

Grizelda sagte: «Ich verlasse Euch hier. Geht den Hügel hinunter und zum Westtor hinein. Es ist in der Nähe des Viehmarktes, den sie den Rotherfold nennen. Ihr könntet auch über die South Street gehen, sie bringt Euch südlich des Osttores in den nicht von Mauern umgebenen Teil der Stadt.» Sie reckte sich und küßte mich ganz unerwartet auf die Wange. «Viel Glück, Chapman.»

Bevor ich mich von meiner Überraschung erholte, hatte sie auf dem Absatz kehrtgemacht und war gegangen. Als sie in dem Waldgürtel verschwand, aus dem wir eben gekommen waren, rief ich: «Gott sei mit Euch!» Aber wenn sie mich gehört hatte, ließ sie es sich nicht anmerken, nicht einmal durch einen Blick über die Schulter. Ich schaute ihr nach, bis ich das Blau ihres Rockes zwischen den Bäumen nicht mehr sehen konnte, hievte dann meinen Packen ein bißchen höher auf die Schultern und begann den Hügel hinunterzusteigen.

- - -

Drittes Kapitel
In seiner *Historia regum Britanniae* berichtet Geoffrey of Monmouth, daß Brutus, Sohn des Sylvius, Enkel von Aeneas dem Trojaner, Totnes gegründet und seinen Namen der ganzen britischen Insel gegeben hat – doch ein paar Dinge gibt es, die man nicht als feststehende Tatsachen betrachten, sondern dem Zweifel überlassen sollte. Andererseits würde ich, da ich es selbst gesehen habe, jedermann Glauben schenken, der sagt, Totnes sei eine wohlhabende und blühende Stadt, die ihren Reichtum der Wolle zu verdanken habe. Jedes Gewerbe, das mit der Bearbeitung dieses Rohstoffes befaßt ist – mit Walken, Zupfen, Spinnen, Weben, Färben –, ist innerhalb und außerhalb der Stadtmauern häufig vertreten; und obwohl dort natürlich auch andere Berufszweige florieren, ist es das Vlies des Devonshire-Schafs, das den allgemeinen Wohlstand begründet hat. Oder vielleicht sollte ich sagen «war», denn ich habe die Stadt seit vielen Jahren nicht mehr besucht.

Doch zumindest eines weiß ich, das sich verändert hat. In jenem Frühling 1475 war die Burg noch im Besitz der mächtigen Familie Zouche, leidenschaftlichen Anhängern des Hauses York, und natürlich waren auch die Bürger der Stadt Yorkisten. In der Zeit, die ich dort verbrachte, hörte ich nicht ein einziges geflüstertes Wort, das sich gegen König Edward oder seinen jüngeren Bruder, Prinz Richard, gerichtet hätte. Heute jedoch herrscht dieser freibeuterische Anhänger des Hauses Lancaster, Sir Richard Edgecombe of Cotehele, über Totnes und ernennt die Burgvögte.

Aber ich schweife ab … Ich folgte Grizeldas Hinweisen und betrat die Stadt durch das Westtor, in der Nähe des Viehmarktes. Direkt vor mir führte ein Viehtreiber zwei seiner Tiere ins Schlachthaus, und ich fragte ihn, an welche Amtsperson ich mich wenden könne, um zu melden, daß ich die Banditen gesehen hatte. Er nannte mir die Namen mehrerer Town Warden, die meine Information an den Bürgermeister weitergeben würden, der dann entschied, ob sie wichtig genug war, daß der Sheriff davon unterrichtet werden sollte.

«Doch wenn du das Morgengeschäft noch mitnehmen willst», riet mir der Mann und wies mit einem Nicken auf meinen Packen, dann würde ich an deiner Stelle meine Bürgerpflicht bis später aufschieben. Die Frauenzimmer werden heute schon bald unterwegs sein. Die meisten sind seit dem Morgengrauen auf, haben ihr Mütchen an uns Männern gekühlt und sind jetzt in der Laune, Geld auszugeben. Wenn du blaue Bänder in deinem Packen hast», fügte er hinzu, «dann heb ein paar für mich auf. Mein Weib gefällt sich mit einem blauen Band, wenn ich auch nicht weiß, warum. Ein häßlicheres Gesicht als das ihre wirst du zwischen hier und Dartmoor kaum finden. Wenn du einen guten Platz haben willst», fügte er wohlmeinend hinzu, «dann such dir einen gegenüber vom Kloster in der Nähe des Zunfthauses.»

Ich bedankte mich bei ihm und ging weiter. Er rief mir nach: «Wegen der anderen Sache versuch's bei Thomas Cozin, dem Warden des Leech Well. Er wird dir aufmerksam zuhören und nicht zu viele peinliche Fragen stellen.» Die freundlichen Augen zwinkerten. «Zum Beispiel, warum du die Schurkenbande nicht ganz allein gefangen hast.»

Ich lachte, weil ich begriff, wie scharfsinnig der Viehtreiber durchschaute, welche Fallstricke man sich im Umgang mit den Obrigkeiten selbst legen konnte, dankte ihm noch einmal und ging weiter, vorbei am Pranger und am Schlachthaus, vorbei an wohlhabend aussehenden Häusern und Geschäften und kam schließlich in der Nähe des Osttors auf den offenen Platz vor dem Zunfthaus. Einige wenige Händler waren schon da, boten Kuchen und heiße Schweinsfüße, Binsenbündel und irdene Töpfe feil. Ein fahrender Spielmann blies auf seiner Flöte eine Gigue, und drei *Jongleurs* unterhielten die Bürger, die ihr Geld schon ausgegeben hatten, aber noch nicht zum Mittagessen nach Hause wollten.

Zu meinem größten Glück hatte sich noch kein anderer

Hausierer eingefunden, um seine Waren feilzubieten, daher konnte ich die ungeteilte Aufmerksamkeit der Frauen auf mich lenken, nachdem ich meinen Packen geöffnet und den Inhalt ausgelegt hatte. Ich machte bei Ehefrauen und Großmüttern ein gutes Geschäft mit Nadeln, Faden, Spitzen und ähnlichen praktischen Dingen; aber die flatterhafteren jüngeren Frauen überboten einander im Kauf von Bändern und Broschen, bunten Lederquasten für ihre Gürtel und mit Honitonspitze besetzten Tüchlein aus feinem weißem Linnen.

Ich hatte schon mehr als die Hälfte meines Vorrats verkauft, als sich mir eine kleine Gruppe von Frauen näherte, deren lebhafte Gesichter großes Interesse für meine Waren verrieten. Ein zweiter Blick überzeugte mich, daß ich es mit einer Mutter und ihren drei sehr jungen Töchtern zu tun hatte, so ähnlich waren sie sich in ihrer natürlichen Lebhaftigkeit und strahlenden Gesundheit. Alle waren drall und rund wie junge Rotkehlchen mit einem feinen, zurückhaltenden Benehmen, das sie über den Durchschnitt hinaushob. Aber von Adel waren sie nicht; sie wurden von einer Dienstmagd begleitet, die den Korb trug, und ihre Mäntel waren aus Kamelott, mit Eichhörnchenfell, nicht mit Pelz besetzt und mit Seidenband gepaspelt. Die Familie eines reichen Städters, sagte ich mir, obwohl eine Schlußfolgerung, die so auf der Hand lag, gewiß kein Kunststück war.

Während sie mich lachend und schwatzend umringten, sah ich, daß der Altersunterschied zwischen Mutter und ältester Tochter höchstens sechzehn Jahre betrug; es war ein Mädchen an der Schwelle zur Frau und sich dieser Tatsache sehr bewußt, nach den herausfordernden Blicken zu schließen, die es mit funkelnden haselnußbraunen Augen allen in der Nähe stehenden Männern zuwarf. Ich selbst war das Ziel mehr als eines Blickes, weigerte mich jedoch standhaft, ihn zu erwidern, richtete meine ganze Aufmerksamkeit auf die Ältere der beiden und war überaus dankbar, daß Joan, wie ihre Schwestern sie nannten, nicht zu dem Frauentrupp gehört hatte, von dem ich in die Falle gelockt und beinahe um ein «Pfand» erleichtert worden wäre. Die beiden jüngeren Mädchen, Elizabeth und Ursula genannt, interessierten sich noch nicht für das männliche Geschlecht, mit Ausnahme ihres Vaters, den sie, nach ihrer Unterhaltung zu schließen, als treusorgenden Ernährer und Quell aller guten Dinge betrachteten.

«Mutter, darf ich diese Brosche haben? Sie ist so hübsch, und ich bin sicher, Vater wäre es recht, wenn ich sie bekomme. Meinst du nicht auch?»

«O Mutter, schau dir diese Puppe an! Vater hat gewiß nichts dagegen, wenn du sie mir kaufst.»

«Mutter, ich möchte ein neues Nadelkästchen, und hier ist eins aus Elfenbein, groß genug für wenigstens ein halbes Dutzend Nadeln. Wenn ich Vater erkläre, daß ich es wirklich brauche, hat er bestimmt nichts dagegen, wenn du's mir kaufst.»

«Mutter, dieses Tüchlein aus feinstem Leinen paßt sehr gut in den Ausschnitt meines grünen Wollkleides. Vater hat erst gestern gesagt, daß es ein bißchen zu schmucklos ist.»

Die Mutter, die nur mit halbem Ohr auf die Wünsche der beiden jüngeren Töchter hörte, war für sich selbst beschäftigt, begutachtete die Waren, die kleinen weißen Hände wie Raubvögel über meinem geöffneten Packen von einem Stück zum anderen flatternd, zuerst dieses berührend und dann jenes, nicht imstande zu entscheiden, wonach es sie am meisten gelüstete. Auch sie schien nicht zu befürchten, daß ihr Gatte ihr wegen ihrer Verschwendungssucht Vorwürfe machen könnte, denn unbekümmert wählte sie Bänder, Spitzen, zwei schön gehämmerte Gürtelschnallen aus Zinn und ein Paar in Spanien gearbeitete Handschuhe aus. Doch das Objekt ihres größten Verlangens war der elfenbeinfarbene Seidenbrokat, ebenso wie die Handschuhe aus dem Frachtraum des portugiesischen Handelsmannes stammend, der in der Nähe von Dartmouth vor Anker lag.

Sie betastete ihn sehnsüchtig, doch als ich ihr den Preis nannte, zögerte sie, als würde ein solcher Kauf die Nachsicht selbst des treusorgendsten Ehegatten auf eine zu harte Probe stellen.

«Kauf ihn, Mutter», drängte die mittlere Tochter, die wie mein Kind nach unserer Königin Elizabeth hieß. «Vater hat erst vor ein paar Tagen gesagt, daß du ein neues Kleid brauchst, nicht wahr, Joan? Und wenn er über den Preis murrt, bin ich überzeugt, daß Onkel Oliver entzückt wäre, dir den Brokat zu schenken. Erst gestern hat er gefragt, wie er dir deine Gastfreundschaft vergelten könnte. Er ist jetzt seit fast drei Wochen bei uns.»

Ihre Mutter zögerte jedoch noch immer. «Du hast sicherlich recht, Liebling, aber ich will weder die Großzügigkeit eures Onkels noch den guten Willen eures Vaters ausnutzen. Doch schön ist er», hauchte sie und strich wieder über den Brokat. «Sieh, wie er im Licht schimmert.» Sie überlegte einen Moment und schien dann einen Entschluß zu fassen.

«Handelsmann», sagte sie, «wärt Ihr so freundlich, mir nach dem Mittagessen, wenn Ihr hier fertig seid, den Seidenstoff in mein Haus zu bringen, damit mein Gatte ihn begutachten und sich von der Qualität selbst überzeugen kann?»

«Ich bin Euch nur allzugern gefällig», antwortete ich, «wenn Ihr mir sagt, wohin ich mich wenden muß.»

Sie winkte mit der zarten Hand, an der Ringe in allen Regenbogenfarben funkelten. «Ein Stückchen den Hügel hinauf. Fragt nach Warden Thomas Cozin. Jedermann weiß, wo wir wohnen.» Sie sprach mit der Selbstsicherheit einer Frau, die in der Gemeinde eine gewisse Stellung einnahm, und ich hatte auch von Anfang an bemerkt, daß die meisten Vorübergehenden sie und ihre Töchter mit einer Verbeugung, einem Knicks oder einem respektvollen Gruß bedachten.

«Thomas Cozin?» Ich blickte scharf auf. «Der Warden des Leech Well.»

Sie war geschmeichelt. «Ihr habt von ihm gehört?»

So schnell ich konnte, erklärte ich die Umstände, unter denen das geschehen war, und sie runzelte die Stirn, wobei ihre Brauen beinahe über der Wurzel der zarten Stupsnase zusammenstießen.

«Die Räuberbande hat gestern nacht wieder geplündert? Ach je, ach je! Sie wird zu einer schweren Bedrohung für unsere Gegend.» Sie senkte die Stimme, damit ihre Töchter nicht hörten, was sie sagte. «Wir befürchten sehr, daß die Schurken irgendwann frech genug sein werden, nachts Zugang in den oberen Teil der Stadt zu finden. Die Tore sind zwar von Sonnenuntergang bis zum Angelusläuten geschlossen, doch wie Ihr selbst seht, sind wir an einer Stelle nur durch einen einfachen Graben und durch einen Wall geschützt. Entschlossene, verbrecherische Männer können gewiß einen Weg in die Stadt entdecken.» Sie schauderte. «Und sie haben bewiesen, daß sie fähig sind, zu morden.»

«Sie haben zwei Kinder getötet, habe ich gehört.»

Mistress Cozin nickte, einen Augenblick nicht imstande weiterzusprechen. Endlich flüsterte sie: «Zwei unschuldige Kinder, zwei kleine, fromme Unschuldige, beide zusammen noch nicht zwölf Jahre alt.» Sie legte mir die Hand auf den Arm, und diese Vertraulichkeit einem Händler gegenüber war ein Beweis dafür, wie groß ihre Verzweiflung sein mußte. «Ihr müßt meinem Mann auf jeden Fall alles erzählen, woran Ihr Euch im Zusammenhang mit diesen Verbrechern erinnert. Die kleinste Kleinigkeit kann wichtig und nützlich sein.»

Ich bezweifelte es, denn es war noch nicht sehr hell gewesen, und wenn ich sie beschreiben sollte, waren sie nur Männer wie hundert andere. Keiner hatte einen Klumpfuß oder einen monströsen Buckel gehabt, die ihn von seinen gesetzestreuen Zeitgenossen unterschieden hätten. Dennoch, da ich das Haus der Cozins jetzt ohnehin aufsuchen mußte, sollte ich auch meine Pflicht tun und dem Warden berichten, was ich gesehen hatte.

«Ich komme nach dem Mittagessen zu Euch», versprach

ich. «Wenn die Geschäfte weiterhin so gut gehen, wird mein Packen schon viel früher leer sein.»

Mistress Cozin drückte mir die Hand und ließ mich dann los, weil sie sich plötzlich ihres ungehörigen Benehmens bewußt wurde.

«Ich werde meinem Gatten sagen, daß er Euch erwarten soll. Kommt, Mädchen», fügte sie mit lauterer Stimme hinzu, «wir müssen gehen. Legt eure Einkäufe in Jennys Korb. Ursula, Elizabeth! Beeilt euch jetzt. Joan, trödle nicht, bitte.» Letztere wandte sich zögernd von einem jungen Mann ab, der dem Spielmann lauschte und den sie nachdenklich betrachtet hatte, warf mir unter den Wimpern hervor einen langen, glühenden Blick zu und folgte widerwillig Mutter und Schwestern. Ich wurde rot und wandte hastig die Augen ab. Mistress Cozin rief über die Schulter: «Vergeßt es nicht, Handelsmann!» Und mit der getreuen Jenny im Schlepp, die hinter ihnen hertrottete, begannen Mutter und Töchter den Hügel hinaufzusteigen.

Lange bevor die Sonne im Zenit stand, hatte ich den größten Teil meiner Waren verkauft und dachte ans Mittagessen. Es schien mir viele Stunden her, seit ich in Grizeldas Cottage gefrühstückt hatte, und mein Appetit, der immer groß war, sagte mir, es sei Zeit, mich auf die Suche nach etwas Eßbarem zu machen. In einem Pastetenladen kaufte ich mir zwei Fleischpasteten und eine Flasche Ale und ging durch das Westtor zurück. Von da folgte ich dem Weg, der hügelabwärts führte, vorbei am Viehmarkt, an der Heilquelle der Stadt, dem Leech Well, vorbei am St.-Magdalenen-Hospital für Aussätzige und gelangte zu den Wiesen um den St. Peter's Quay in der Nähe der uralten Domäne von Cherry Cross. Hier, in Sichtweite des ruhig fließenden Dart und des Deichs, der die Gezeitenmarschen südlich des vorderen Tores gezähmt hatte, stillte ich meinen Heißhunger und dachte über die Ereignisse des Vormittags nach.

So viel war geschehen, seit ich im Schutz einer Hecke kurz
vor Tagesanbruch die Augen aufgeschlagen hatte, daß ich
mißtrauisch wurde; mißtrauisch, daß der Herr bei meinen
Angelegenheiten wieder einmal die Hand im Spiel hatte und
mich als Sein göttliches Instrument gegen das Böse benutzte.
Denn seit ich vor viereinhalb Jahren mein Noviziat aufgegeben hatte, kurz nachdem meine Mutter gestorben war und
ihren Wünschen zuwider, war ich in eine Reihe von Abenteu-
ern gestolpert, die mich einigen Gefahren aussetzten, aber am
Ende stets dazu führten, daß ich Verbrecher der strafenden
Gerechtigkeit auslieferte. Ich wußte nun, daß ich ein Talent
hatte, Rätsel zu lösen und Geheimnisse zu enthüllen, die andere Leute verwirrten; und längst hatte ich akzeptiert, daß
Gott mich auf diese Weise für die Lossagung vom religiösen
Leben bestrafte. Natürlich nahm ich es nicht demütig und mit
ganzem Herzen hin. Weit davon entfernt! Ich war zornig auf
Gott. Ich sagte Ihm ganz offen, ich fände es sehr unfair, daß Er
sich ständig so in mein Dasein einmischte. Ich sagte Ihm, es
gebe keinen Grund, warum ich Ihm gehorchen sollte, und ich
das Recht auf ein ruhiges Leben ohne Ärger und ohne Risiko
hatte. Er hörte mitfühlend zu. Das tat Er immer. Und ich verlor immer.

Langsam trank ich mein Ale, blickte in die Ferne jenseits des
anderen Ufers, wo der Horizont verschleiert und die Umrisse
der Hügel im Nachmittagsdunst weich und verwischt aussa-
hen. Vielleicht hatte ich doch unrecht, denn bisher war nichts
geschehen, das meine besonderen Talente erforderlich gemacht hätte. Ich hatte nicht das Gefühl, daß man von mir erwartete, ich hätte ganz allein eine Bande gefährlicher Verbrecher verfolgen sollen; dazu bedurfte es der unermüdlichen,
mit einer guten Portion Glück verbundenen Hartnäckigkeit
des Sheriffs und seines Aufgebots. Doch ebensowenig konnte
ich den nagenden Zweifel abschütteln, daß es etwas gab, das
mir entgangen war; irgendeine Botschaft, daß Gott mich wieder für Seine Zwecke brauchte.

Ich rappelte mich auf die Füße, wechselte ein paar freundliche Worte mit den Arbeitern am Kai, die dabei waren, ein Schiff mit Stoffballen zu beladen, und nahm den Weg zurück, den ich gekommen war. Ich war auf gleicher Höhe mit dem Spital für Aussätzige – einem lobenswert großen Gebäude mit Kapelle und Saal und Unterbringungsmöglichkeit für etwa ein halbes Dutzend Lazarusse – und wandte mich dem Weg zwischen Krankenhaus und Leech Well zu, als ich das Klirren von Zaumzeug und das Donnern von Hufen hörte, die einen näher kommenden Reiter ankündigten. Den Kopf wendend, sah ich einen großen Braunen mit heller Mähne und hellem Schweif, der mir aus hochmütigen Augen einen leuchtenden Blick zuwarf. Das Licht rann wie flüssige Bronze über sein glänzendes Fell und die mächtigen Muskeln. Ein herrliches Tier, das seinen Besitzer ein Vermögen gekostet haben mußte.

Ich richtete meine Aufmerksamkeit auf den Reiter, einen Mann, dessen untere Gesichtshälfte von einem dichten, vollen dunkelbraunen Bart bedeckt war. Er war modisch und vornehm gekleidet, mit Reitstiefeln aus weichem rotem Leder, einem kurzen, mit Zobel besetzten roten Umhang und einer schwarzen Samtkappe, die eine kostbare Brosche zierte – ein mit Perlen eingefaßter großer, schimmernder Rubin. Offensichtlich ein wohlhabender Mann, der jedoch irgendwie nervös wirkte, als sei er es nicht gewohnt, ein so feuriges Pferd zu reiten. Er hielt den Zügel zu kurz und saß linkisch im Sattel. Ich beobachtete seinen hektischen Ritt den Hügel herunter in Richtung der Brücke über den Dart. Dann stieg ich den Abhang zum Westtor hinauf und kehrte in die Stadt zurück.

Wie Mistress Cozin vorhergesagt hatte, fiel es mir nicht schwer, das Heim zu finden, in dem sie mit Gatten und Töchtern lebte. Die erste Person, die ich fragte, zeigte mir das Haus im Schatten des Klosters und sagte mir, die Familie sei zu Hause. Offenbar interessierten sich ihre Nachbarn sehr für das

Kommen und Gehen der Cozins, und mein erster Eindruck, daß sie bedeutende und einflußreiche Bürger der Stadt waren, wurde bestätigt.

Die Fassade des Hauses war zwei Räume tief und zwei Stockwerke hoch. Wie ich später entdeckte, führte ein seitlicher Durchgang, von dem die Treppe zum oberen Stockwerk steil anstieg, in einen Hof, hinter dem die Küche lag; und hinter der Küche fand man die Ställe, Werkstätten und Vorratshäuser. Da es keinen Hintereingang zu geben schien, nahm ich mein Herz in beide Hände und klopfte laut an die Haustür.

Jenny, die kleine Dienstmagd, die ich schon vormittags gesehen hatte, öffnete mir. Sie führte mich in den ersten Stock in das Wohngemach, wo die Herrin des Hauses mit ihren Töchtern saß. Dieser Raum ragte, auf Säulen ruhend, über die Straße hinaus, ein Privileg, für das die Hausbesitzer einen ordentlichen Batzen bezahlen mußten. Auf eine so vorzügliche Behandlung nicht gefaßt, blieb ich verlegen an der Tür stehen und bückte mich leicht, um nicht mit dem Kopf an die Decke zu stoßen. Die beiden jüngeren Mädchen begannen sofort zu kichern, doch ihre Mutter hieß sie mit einem Stirnrunzeln schweigen.

Mistress Cozin zeigte auf einen Hocker. «Bitte setzt Euch, Handelsmann. Mein Gatte und sein Bruder werden bald bei uns sein. Inzwischen könnt Ihr den Brokat auslegen.» Ihr Blick wurde ein wenig stechend vor Angst. «Ihr habt ihn doch noch? Habt ihn nicht verkauft?»

«Nein, nein», beruhigte ich sie, holte die Seide aus meinem Packen und drapierte sie mir wie eine schimmernde Kaskade über den Arm.

Sie atmete erleichtert auf, und im selben Moment wurde hinter mir die Tür geöffnet. Ihr Ehemann und sein Bruder traten ein. Stolpernd erhob ich mich noch einmal und bemühte mich zugleich, mir mein Erstaunen nicht anmerken zu lassen.

Thomas und Oliver Cozin waren Zwillinge und einander so ähnlich wie eine Weizenähre der anderen. Doch meine Überraschung galt nicht ihrer Ähnlichkeit, sondern der Tatsache, daß einer der beiden zu den vier hübschen und lebhaften Frauen um mich herum gehörte. Daß Thomas Cozin viel älter war als seine Frau, sah man sofort; er muß, wie ich später erfuhr, damals fünfundvierzig Jahre alt gewesen sein, denn er und sein Bruder behaupteten, sie seien ungefähr um die Zeit geboren, als die Hexe La Pucelle bei Compiègne von den Burgundern gefangengenommen worden war. Mein erster Eindruck von den beiden war grau; graues Haar, graue Augen, graue Kleidung. Beide gingen leicht gebeugt und waren sehr hager, die Schädelform unter der pergamentähnlichen, straff gespannten Haut deutlich sichtbar. Sie wirkten irgendwie verstaubt und vertrocknet. Zwar konnte ich mir in meiner jugendlichen Arroganz eine Vernunftehe zwischen Thomas und seiner lebhaften, anziehenden Frau vorstellen; daß es eine Liebesheirat gewesen war, schien mir unmöglich.

Meine Dummheit wurde sofort widerlegt, als alle vier Frauen aufstanden, auf Ehemann, Vater und Onkel zuflatterten und leise Freudenschreie ausstießen, sie zu den besten Sesseln führten und sogar die in sich versunkene Joan sich beeilte, ihnen Wein einzuschenken. Die Männer erwiesen den Frauen die gleiche Herzlichkeit und Wärme, küßten Wangen und legten die knochigen Arme um schlanke Taillen. Wie ich der folgenden Unterhaltung entnahm, waren sie seit dem Mittagessen nicht länger als eine Stunde getrennt gewesen, und daher war die zur Schau gestellte Zuneigung um so bemerkenswerter. Selten habe ich eine Familie erlebt, die einander so zugetan gewesen wäre wie diese.

«Das also ist der Handelsmann», stellte Thomas Cozin fest, während er seinen Wein schlürfte, und lächelte mir ermutigend zu. «Ich glaube, Ihr habt mir etwas über die Banditen zu berichten. Und das sollt Ihr auch» – jetzt funkelte ein Lachen in den grauen Augen –, «nachdem der wichtigere Teil

Eurer Angelegenheit abgeschlossen ist.» Er wandte sich an seine Frau. «Alice, meine Liebe, ich nehme an, das ist der Brokat, den du mir unbedingt zeigen wolltest.»

Sie nickte und strich fast ehrfürchtig über die Seide. «Ich weiß, es ist viel Geld, Thomas, aber nicht annähernd soviel, wie du hier in Totnes dafür bezahlen müßtest.»

«Oder in Exeter», warf Oliver Cozin ein. «Es ist wirklich ein wunderschöner Stoff, und nachdem ich ihn gesehen habe, würde ich ihn dir gern schenken, meine liebe Schwester, zum Dank für deine Gastfreundschaft während dieser drei Wochen.»

Sofort entbrannte zwischen ihm und seinem Bruder eine freundschaftliche Auseinandersetzung darüber, wer den Brokat bezahlen sollte; ich bereinigte sie, indem ich vorschlug, jeder solle die Hälfte übernehmen.

«Eine salomonisch weise Lösung», sagte Thomas Cozin lächelnd.

«Ein alter Kopf auf jungen Schultern», stimmte sein Bruder zu.

Nachdem die Angelegenheit zu jedermanns Zufriedenheit erledigt worden war, nahmen Alice und ihre Töchter den Brokat in ihr Schlafgemach mit, um ihn dort genauer zu betrachten, während ich bei den Männern blieb, um ihnen mein morgendliches Abenteuer zu schildern. Als ich geendet hatte, bedankte Thomas Cozin sich höflich, war jedoch der Meinung, daß es sinnlos wäre, Bürgermeister und Sheriff damit zu behelligen.

«Ihr habt zuwenig gesehen, Master Chapman, und daher nutzt uns Eure Geschichte nicht viel.»

Ich neigte zustimmend den Kopf. «Ihr sagt es, Euer Ehren, daher will ich Euch nicht länger belästigen.» Ich nahm meinen Packen, verstaute die beiden Engelstaler in dem Geldbeutel an meinem Gürtel und verschnürte ihn sicher. «Ich wünsche Euch einen guten Tag und halte Euch nicht mehr auf.»

Als ich jedoch aufstand, hielt Oliver Cozin mich zurück.

«Einen Moment noch, Chapman.» Er musterte mich nachdenklich mit klugen grauen Augen. «Bleibt Ihr über Nacht in Totnes?» Ich nickte. «Wo wollt Ihr schlafen?»

«Im Kloster, wenn sie mich in ihrem Gästesaal unterbringen können. Sonst» – ich zuckte mit den Schultern – «irgendwo, wo es warm und trocken ist. Unter einer Hecke, in einer Scheuer, sogar ein Graben tut es, solange er nicht mit Wasser gefüllt ist. Ich habe einen guten, flauschigen Wollumhang in meinem Packen, der mich gegen die Unbilden des Wetters schützt.»

Oliver Cozin warf seinem Bruder einen wortlos fragenden Blick zu und bekam eine ebenso stumme Antwort. Dann fragte er: «Was würdet Ihr zu einem Haus ganz für Euch allein sagen?» Ich sah ihn verblüfft an, und er fuhr fort: «Oh, glaubt ja nicht, ich hätte Euch großen Luxus zu bieten. Das Haus steht seit zwei Monaten leer, und überall haben sich Staub und Spinnweben angesammelt. Ich bin Anwalt, und es gehört einem meiner Klienten, den ich beim Erwerb eines Besitzes in dieser Gegend vertrete. Er war heute vormittag bei mir und hat mir gesagt, daß er um sein bisheriges Domizil, das eben erwähnte Haus, besorgt ist. Obwohl er sich sehr bemüht, einen Mieter zu finden, ist es noch immer unbewohnt. In normalen Zeiten wäre er darüber nicht beunruhigt, aber da diese Banditen die Gegend unsicher machen, fürchtet er, sie könnten in die Stadt eindringen und das Haus ausrauben.»

«Warum bewohnt er es dann nicht selbst?»

Der Ton des Anwalts wurde schärfer. «Entweder, Ihr nehmt mein Angebot an, oder Ihr tut es nicht, Chapman. Alles andere geht Euch nichts an.»

Ich zögerte. Die Aussicht, eine Nacht behaglich in einem gut möblierten Haus zu verbringen, noch dazu in einem, das ich für mich allein hätte, war verlockend. Doch irgend etwas hier war mir nicht ganz geheuer, und mein Instinkt sagte mir, ich sollte ablehnen.

«Aber ich muß morgen früh sehr bald aus Totnes aufbrechen», antwortete ich mißmutig. «Was kann mein Schutz dem Haus in einer einzigen Nacht schon nützen? Die Banditen können es morgen überfallen. Außerdem, woher wollt Ihr wissen, daß Ihr mir vertrauen könnt? Ich könnte mir selbst etwas vom Eigentum Eures Klienten aneignen und damit verschwinden.»

Oliver Cozin war gekränkt. «Haltet Ihr mich für einen solchen Narren, daß ich einen ehrlichen Mann nicht erkenne, wenn ich ihn sehe? Und was Eure andere Frage angeht, eine Nacht ist besser als keine. Wie der heilige Martin schon sagte, ein halber Mantel ist besser als gar keiner.»

Ich sah Thomas Cozin an, der neben seinem Bruder stand, und die beiden grauen Gestalten waren sich so ähnlich, daß mir war, als hätte ich zuviel Ale getrunken und sähe doppelt. Ihre Gesichter waren im Moment ausdruckslos, obwohl ich in Thomas' Augen ein winziges besorgtes Flackern zu entdecken glaubte. Er konnte seine Gefühle nicht so erfolgreich verbergen wie ein Anwalt.

Bildete ich mir etwas ein? Was hatten sie mir denn anderes angeboten als eine bequeme Unterkunft für die Nacht? Es wäre sehr dumm von mir abzulehnen, dachte ich, wenn ich auch keine Sekunde daran glaubte, daß die Banditen es riskieren würden, in die Stadt einzudringen. Diese Möglichkeit bestand wirklich nur in der übersteigerten Phantasie dieser Städter.

«Nun gut», sagte ich, «ich akzeptiere. Und ich danke Euch.»

- - -

Viertes Oliver brachte mich zu einem Haus, das dem
Kapitel Schlachthaus gegenüber auf der nördlichen Seite
der High Street lag, die dort einen Bogen zum
Westtor schlug. Er sperrte die Tür auf und ging vor mir hinein, wobei er vorsichtig über den mit einer dicken Staub-
schicht bedeckten Boden tappte und empfindlich die Nase
rümpfte, weil es muffig roch.

«Am besten ist es wohl, ich führe Euch herum und zeige
Euch, wo die einzelnen Räume liegen», sagte er ein wenig
mürrisch, als wir in dem mit Steinplatten ausgelegten Flur
standen. Er stieß eine Tür an seiner rechten Seite auf. «Das
ist der untere Wohnraum, wo mein alter Freund und Klient,
Sir Jasper Crouchback, die meisten seiner Geschäfte erle-
digte, und dahinter liegt das Kontor. Die Treppe in der Ecke
führt in den oberen Wohnraum und die großen Schlafgemä-
cher, um die Ihr Euch nicht kümmern müßt. Denn wenn die
Banditen kommen, dringen sie bestimmt im Untergeschoß
ein. Folgt mir, und ich zeige Euch auch die Küche und die
Nebengebäude.»

Wir gingen durch den Flur bis zu einer festen Eichentür
am anderen Ende, jetzt verriegelt und mit einem Querbalken
gesichert. Dank meiner Körpergröße konnte ich Oliver helfen, die Riegel aus ihren Scharnieren zu ziehen; und indem
ich mit all meiner Kraft an dem eisernen Griff des Schnapp-
schlosses zog, gelang es mir schließlich, den hölzernen Tür-
flügel zu öffnen, der sich nach dem Regenwetter der letzten
Wochen verzogen hatte und am Rahmen klebte. Wir betraten einen gepflasterten Hof, der auf allen Seiten von einer
hohen Steinmauer eingefriedet wurde. Vor uns lag ein anderer Gebäudeblock, dessen oberes Stockwerk mit dem des
Hauses hinter uns durch eine überdachte hölzerne Galerie
verbunden war, die, von Streben gestützt, die ganze Länge
der rechten Mauer einnahm.

Die Küche, in die Oliver Cozin mich führte, glich allen
anderen Küchen, in denen ich bisher gewesen war, mit einem

Tisch in der Mitte, einem Wasserfaß, Borden mit Töpfen, Pfannen und allen Geräten, die man zum Kochen brauchte, und einer Feuerstelle, die in die wuchtige Backsteineinfassung des offenen Kamins eingebaut war. Über eine Leiter gelangte man in die Vorratsräume und zu den Schlafplätzen des Gesindes, während eine Tür in einer Ecke uns zu den Werkstätten, dem Hühnerstall, dem Schweinekoben und zum Stall brachte, in dem Platz für zwei Pferde war. Wie die anderen Nebengebäude wurden auch sie von einer hohen Mauer geschützt, und Zugang von außen fand man nur durch eine schmale Gasse zwischen dem Haus und seinem Nachbarn. Ein mit Eisennägeln beschlagenes Eichentor hielt Eindringlinge ab.

Nachdem ich alles gesehen hatte, gingen wir zurück.

«Ich schlage vor, daß Ihr im unteren Wohnraum schlaft», sagte der Anwalt, «und die ganze Nacht eine Kerze brennen laßt, so daß man das Licht durch die Ritzen in den Fensterläden sieht. Wie Ihr gemerkt habt, sind die Nebengebäude leer, und nachdem die Räuber das festgestellt haben, werden sie glauben, daß das Haus unbewohnt ist, und versuchen, von vorn einzudringen. Wenn sie jemanden im Haus vermuten, weil das Licht brennt, werden sie vielleicht davon Abstand nehmen, sich gewaltsam Eintritt zu verschaffen.»

«Und wenn sie trotzdem kommen?» fragte ich ironisch. «Was soll ich dann tun?»

Der Anwalt musterte mich von oben bis unten. «Ein großer Kerl wie Ihr muß imstande sein, sich zu verteidigen, und ist es wahrscheinlich auch gewohnt. Ihr habt einen festen, dicken Knüppel bei Euch, und ich nehme an, Ihr wißt ihn zu gebrauchen.»

Ich sah ihn sehr direkt an. «Diese Männer sind Mörder, hat man mir gesagt. Ich glaube nicht, daß ein Knüppel mir da viel nützen würde.»

Es folgte ein Augenblick des Schweigens, dann verzog Oliver Cozin das Gesicht.

«Chapman, Ihr seid, vermute ich, ein vernünftiger Mann und von größerer Intelligenz, als man aus Eurem Gewerbe schließen könnte. Ihr glaubt ebensowenig wie ich, daß die Banditen die Befestigungen umgehen und sich in die Stadt wagen werden. Männer wie sie mögen keine Mauern um sich. Da ist ihnen jeder Fluchtweg versperrt. Aber mein Klient, Master Colet, der kein kluger Mann ist» – in der Stimme des Anwalts schwang ein leicht verächtlicher Unterton mit – «und sich von der allgemeinen Hysterie anstekken läßt, fürchtet um seinen Besitz, und deshalb tue ich, was ich kann, selbst wenn es nur für eine Nacht ist.»

Ich runzelte die Stirn. «Habt Ihr nicht gesagt, das Haus gehöre Eurem alten Freund Sir Jasper Crouchback?»

Oliver nickte. «Das war auch der Fall, früher einmal. Aber er ist vor fünf Jahren gestorben, und jetzt gehört es seinem Schwiegersohn Master Eudo Colet.»

In seinem Ton und seinem Verhalten war eine Zurückhaltung zu spüren, die mich daran hinderte, zu viele Fragen zu stellen. Trotzdem hielt ich es nicht aus und bohrte ein bißchen tiefer.

«Aber selbst wenn dieser Master Colet und seine Lady, Sir Jaspers Tochter, nicht in diesem Haus bleiben wollen, während sie sich nach einem anderen Besitz umsehen, muß es doch eine Menge Leute geben, die nur allzu bereit wären, hier einzuziehen. Mieter würden ihnen sogar Geld einbringen. Warum also sind sie gezwungen, sich auf den guten Willen eines fahrenden Handelsmannes zu verlassen?»

Wieder trat ein wachsamer Ausdruck in die grauen Augen des Anwalts, während er sich erfolglos bemühte, offen und ehrlich zu erscheinen.

«Mein Klient ist verwitwet und will das Haus nicht vermieten. Er will verkaufen. Er hat nur wegen der Bedrohung durch diese Banditen ein ungutes Gefühl, wenn es leersteht.»

Ich schüttelte den Kopf. «Das ist keine Antwort auf meinen Einwand. Wenn Master Colet aus mir unbekannten

Gründen nicht bereit ist, selbst hier zu wohnen, warum verkauft er dann nicht sofort?»

«Weil er noch keinen Käufer gefunden hat. Nun genug davon. Ihr stellt zu viele Fragen nach Dingen, die nicht Eure Sache sind. Ihr habt hier eine freie Unterkunft für die Nacht. Seid zufrieden.» Ich neigte respektvoll den Kopf, und der Anwalt schien erleichtert. «Ich verlasse Euch jetzt. Hier ist der Schlüssel. Er paßt in alle Schlösser, falls Ihr vor der Sperrstunde noch ausgehen wollt. Ihr werdet gewiß etwas zu essen brauchen. Aber ich habe auf einem Bord in der Küche einen Vorrat an Kerzen gesehen, also müßt Ihr wenigstens die nicht kaufen.»

Ich dankte ihm und begleitete ihn wie ein guter Gastgeber zur Haustür, aber als er über die Schwelle treten wollte, zögerte er und drehte sich um.

«Master Colet ist – ein wertvoller Klient», sagte er leicht verlegen. «Einer, dem ich gern zu Gefallen bin. Ich frage mich daher...» Er bemühte sich ganz offensichtlich um ein Lächeln, um seine Bitte so natürlich klingen zu lassen wie möglich. «Wärt Ihr bereit, bis zum nächsten Samstag zu bleiben? Dann reise ich nach Exeter ab, und was Ihr hinterher tut, ist Eure Sache. Aber ich hätte bewiesen, daß ich, solange ich hier war, Master Colets Wünschen bereitwillig nachgekommen bin, so daß er mir keine Vorwürfe machen kann.»

Und du verdienst dir damit sogar ein noch dickeres Honorar, als du ohnehin bekommst, dachte ich. Laut sagte ich: «Bevor ich Euch das beantworten kann, muß ich gründlich darüber nachdenken. Ich habe nicht beabsichtigt, länger als eine Nacht in Totnes zu bleiben.»

«Wenn – wenn es Euch um Geld zu tun ist, könnte ich vielleicht dafür sorgen, daß Ihre eine – eine kleine Summe bekommt.»

Ich schüttelte den Kopf. «Meine Börse ist im Moment so gut gefüllt, daß bestimmt nichts mehr hineingeht, Master Cozin. Aber es ist Frühling, und ich muß hinaus auf die

Straße. In vier Wänden eingesperrt zu sein ist im Winter gut und schön, wenn der Wind aus dem Norden bläst und der Boden mit Schnee und Eis bedeckt ist, doch sobald das Tauwetter einsetzt und die Bäume Knospen schlagen, bin ich gern auf der Straße unterwegs. Ich verspreche jedoch, daß ich mir Euren Vorschlag überlegen will. Morgen früh bekommt Ihr meine Antwort.»

Damit mußte der Anwalt zufrieden sein. Nach einer kurzen Pause sagte er: «Ihr seid ein ehrlicher Mann. Ich tue recht daran, Euch zu vertrauen. Sehr gut, ich erwarte morgen Eure Entscheidung. Wie Ihr wißt, findet Ihr mich im Haus meines Bruders. Und ich werde Euren Entschluß respektieren, wie er auch lauten mag. Ich werde nicht versuchen, Euch umzustimmen.»

Selbst wenn mein Verdacht noch nicht geweckt gewesen wäre, hätte dieses letzte Gespräch mit dem Anwalt mich wachsam gemacht und mir verraten, daß etwas nicht stimmte. Weder ein Hauswirt noch sein Beauftragter bietet einem Mieter an, ihn dafür zu bezahlen, daß er in einem bestimmten Haus wohnt; ein solcher Vorschlag hieße die Welt von Handel und Wandel auf den Kopf stellen. Abgesehen davon gab es jedoch auch noch andere Dinge, die mich neugierig machten. Warum wollte der verwitwete Eudo Colet nicht hier wohnen, selbst wenn er einen möglichen Überfall der Banditen fürchtete? Warum war der dienstbeflissene Master Cozin nicht imstande, einen Einheimischen zu finden, der ihm den Gefallen tat? War kein Nachbar bereit, einen Sohn oder einen seiner Männer zur Verfügung zu stellen, der vorübergehend die Rolle des Hausmeisters übernahm? Und warum schien niemand, wirklich niemand willens, ein so hübsches Haus zu kaufen, wenn vielleicht auch nur, um es an Dritte weiterzuvermieten?

Aus all diesen Fragen konnte man als Antwort nur einen Schluß ziehen. Etwas war in diesem Haus geschehen; etwas, das allen, den Besitzer inbegriffen, Widerwillen oder Furcht einflößte. Anders konnte ich mir, was ich erlebt hatte, nicht erklären. Ich kam daher zu dem Schluß, daß ich es mir noch bei Tageslicht gründlich ansehen sollte, je früher, desto besser. Ich stand auf und holte mir meinen Knüppel, der neben meinem Packen unmittelbar hinter der Haustür lag.

Den unteren Wohnraum, den der verstorbene Sir Jasper Crouchback zu seinen Lebzeiten auch benutzt hatte, um Geschäfte zu machen – was immer das für Geschäfte gewesen sein mochten –, kannte ich schon: die getäfelten Wände, die beiden schön geschnitzten Lehnsessel, den großen Tisch, den hübschen Kamin mit der dekorativen Einfassung und den mit Steinplatten ausgelegten Fußboden. In den Schrankfächern hatte sich früher vermutlich Silber- und Zinngeschirr gestapelt, jetzt jedoch standen die Schranktüren weit offen, und die Fächer enthielten nichts als Staub. Die Wendeltreppe in der Ecke, die in das obere Stockwerk führte, hatte ein kunstvoll geschnitztes Geländer, auf das man sich stützen konnte. Alles in allem war dies ein Raum, dazu bestimmt, mit seiner Einrichtung zu beeindrucken.

Im Gegensatz dazu war das Kontor dahinter nüchtern und zweckmäßig ausgestattet. Es wirkte so vernachlässigt, als sei es sehr lange nicht mehr benutzt worden. Ein Tisch, eine Bank, zwei Hocker und ein stabiler Schrank, mit einem rostigen Schloß und einer ebenso rostigen Kette gesichert, war alles, was es enthielt; auf dem gestampften Lehmboden lagen weder Überreste modernder Binsen, noch gab es irgendein anderes Anzeichen dafür, daß sich vor kurzem hier jemand aufgehalten hatte. Die Wände hatten eine grüngraue Farbe, aber auf den ersten Blick war es unmöglich zu erraten, ob sie einfach schmutzig oder mit Pottasche und Schwefel, mit Kalk vermischt, getüncht worden waren. Hier gab es nichts Interessantes, und ich kehrte auf den Flur zurück.

Ich betrat den Hof, der mit den blaßgoldenen Strahlen der untergehenden Sonne übergossen war. Die überdachte Galerie zu meiner Rechten warf lange, schräge Schatten auf das

Steinpflaster, wo sich weiche Moospolster, hohe Disteln und haarige Winterkresse durch die gesprungenen Platten zwängten. Der Brunnen und die Pumpe waren in der Nähe der Küchentür, die ich mit meinem Schlüssel aufsperrte. Da ich nichts entdeckte, was ich nicht schon in Begleitung von Master Cozin gesehen hätte, stieg ich die Leiter zum Vorratsraum und den Gesindezimmern hinauf. Hier roch es genauso muffig, feucht und unbewohnt wie im ganzen Haus, und die gähnend leeren Borde unterstrichen nur die Tatsache, daß es gewiß Monate her war, seit hier jemand geschlafen hatte. Auch hier waren die Wände gekalkt, doch diesmal bestand kein Zweifel daran, daß man dem Kalk rotes Oxyd beigemischt hatte, um ihm eine rötliche Farbe zu geben.

Eine Tür in der Wand gegenüber führte in den Vorratsraum, in dem es noch nach Äpfeln duftete, was die weniger angenehmen Gerüche ein wenig versüßte. Aber bis auf einen Sack mit Körnern in der Ecke war auch dieser Raum leer. Scharfe Zähne hatten ein Loch in den Sack genagt, und die Körner waren herausgerieselt. Eine flinkäugige Maus drehte sich zu mir um und verschwand dann mit zuckendem Schwänzchen und dem Kratzen winziger Krallen in einem Loch. In der Ecke mir direkt gegenüber war eine zweite Tür, die sich, als ich sie aufschloß, auf die Galerie öffnete, die die beiden Gebäude miteinander verband, aus denen das Ganze bestand.

Ich stieg in die Küche hinunter, sperrte die Tür von innen zu, kehrte in den Vorratsraum zurück, trat hinaus auf den überdachten Durchgang und schloß wieder sorgfältig hinter mir ab. Die Bodenplanken bebten und ächzten ein wenig unter meinem Gewicht, als ich die Hofmauer in ihrer ganzen Länge abschritt, und ich war froh, daß ich mich am Geländer festhalten konnte. Dennoch schien der Boden unter meinen Füßen sicher genug und nicht in Gefahr durchzubrechen. Eine weitere Tür am anderen Ende führte, nachdem ich aufgesperrt hatte, in die Schlafzimmer und das obere Wohnzimmer des Haupthauses.

Der Raum, in dem ich mich wiederfand, war, nach dem Himmelbett mit den blauen Seidenvorhängen zu schließen, offensichtlich das Schlafzimmer des Hausherrn und seiner Frau. Auf einer, wie ich bei näherer Untersuchung feststellte, Gänsefedermatratze lag eine grüne Tagesdecke, und die Wände zeigten ein kunstvolles Muster in Rot und Weiß, das, gewiß für einen beträchtlichen Preis, nur von einem sehr geschickten Handwerker geschaffen worden sein konnte. Es gab zwei wunderschön geschnitzte Kleidertruhen, und auf einer stand ein sechsarmiger Zinnleuchter mit den Stummeln echter Wachskerzen; über den Boden verstreut waren noch Binsenreste und Reste von getrockneten Kräutern, jetzt zerbröckelt und altersbraun. Ein Vorhang, über eine Ecke des Raumes gezogen, verbarg zwei Nachttöpfe und eine Badewanne.

Dieser Raum öffnete sich zu einem kurzen, schmalen, dunklen und luftlosen Flur, in dem ich die Wahl zwischen zwei Türen hatte. Ich öffnete die, welche in den vorderen Teil des Hauses führte, und stand im oberen Wohnraum, wo sich in einer Ecke die Treppe ins untere Stockwerk schlängelte. An drei Wänden hingen Gobelins; jetzt abgewetzt und ausgeblichen, mußten sie früher in kräftigen Farben geleuchtet haben wie Juwelen. Das Material war jedoch noch gut, und ich vermutete, auf die Kenntnisse bauend, die ich auf meinen Reisen erworben hatte, daß sie ursprünglich aus Frankreich stammten. Auf einem war Tobias dargestellt, den der Engel Azarias begrüßte; auf einem zweiten Judith, die das blutende Haupt des Holofernes in die Höhe hielt; der dritte erzählte die Geschichte von Gideon, wie er die Midianiter bezwang. Die Deckenbalken waren scharlachrot, blau und grün getüncht und an den Enden zu Heiligenfiguren gestaltet.

Der breite steinerne Kamin stand direkt über dem im Untergeschoß, und die Einfassung war sogar noch kunstvoller gemeißelt und farbiger als die untere. Tatsächlich waren hier Tisch, Sessel, Hocker und Schränke erlesenstes Handwerk und ebenfalls viel prächtiger als im anderen Wohnraum.

Zwei Teppiche auf dem Boden und das Glas in den oberen Fensterhälften zeugten ebenfalls, wenn auch stumm, von Wohlstand und Luxus.

Nachdem ich mir alles gründlich angesehen hatte, ging ich in den Flur zurück, wo ich nur den Arm auszustrecken brauchte, um die andere Tür zu öffnen und das zweite Schlafzimmer zu betreten. Es war ähnlich eingerichtet wie das erste, nur waren die Bettvorhänge und die Tagesdecke aus ungebleichtem Leinen und die Matratze, wie ich feststellte, mit Stoffabfällen ausgestopft. Auf einer Kleidertruhe standen ein Wasserkrug und eine Waschschüssel, und der Kerzenleuchter enthielt nur ein Binsenlicht. Neben dem Himmelbett hatte ein niedriges Rollbett mit einem Strohsack, einem groben Bettlaken und zwei derben Wolldecken seinen Platz, Beweis dafür, daß eine zweite oder dritte Person in diesem Raum geschlafen hatte, vermutlich eine Magd oder ein Hausdiener. Die Fensterscheiben waren aus geöltem Pergament und in den Holzrahmen genagelt, und ein Fensterladen hing nur noch halb in den Angeln; kein Zimmer, an das Sorgfalt oder Zeit verschwendet worden war.

Als ich mich umwandte, um zu gehen, knarrte ein Dielenbrett unter meinen Füßen, und ich zuckte zusammen. Zum erstenmal wurde mir bewußt, welche Verlassenheit das Haus ausstrahlte, wie unheimlich still es war. Prickelnde Furcht rieselte mir das Rückgrat hinunter, und ich begann zu schwitzen, spürte die Gegenwart von etwas Bösem, Unheilvollem. Es war hier, in diesem Raum, überall um mich herum. Die Haare sträubten sich mir im Nacken, und ich bekam Gänsehaut. Mir war eiskalt und in ein und demselben Augenblick sengend heiß. Die Beine gaben unter mir nach, ich war nicht fähig zu atmen und gefährlich nahe daran, den Verstand zu verlieren...

Die wahnwitzige Angst verging. An die Tür gelehnt, die Hände feucht von Schweiß, atmete ich wieder ganz natürlich, und meine Umgebung kam mir völlig normal vor.

Außer mir selbst war nichts und niemand hier, und ich war über diesen Anfall von Panik tief beschämt. Ich brauchte etwas zu essen; es war schon ein paar Stunden her, seit ich beim St. Peter's Quay meine Pasteten verzehrt hatte, und mein Magen schrie nach Nahrung. Ich riß mich zusammen, ging in den Wohnraum zurück und stieg die Treppe hinunter ins Untergeschoß. Ich hatte von meiner zeitweiligen Unterkunft alles gesehen, was es zu sehen gab, und wenn man den höchst unwahrscheinlichen Überfall durch die Banditen außer acht ließ, war hier nichts, wovor man sich fürchten mußte. Ich sagte mir energisch, daß das, was ich in dem zweiten Schlafraum erlebt hatte, nur eine von Hunger hervorgerufene körperliche Schwäche gewesen war.

Blieb das ungelöste Problem, warum niemand in dem Haus wohnen wollte. Es bestand eine allgemeine Abneigung dagegen, und bisher hatte ich noch nicht entdeckt, worauf sie sich zurückführen ließ. Vielleicht konnte ich im hiesigen Gasthof etwas erfahren. Also schloß ich alle Fensterläden und versperrte alle Türen, bevor ich auf die Straße trat und mich auf den Weg in das am nächsten gelegene Wirtshaus machte.

Ich fand es im Schutz der Burgmauer – ein schmalbrüstiges, wenig gastfreundlich aussehendes Gebäude mit einem grünen Busch auf einer Stange über dem Eingang, der anzeigte, daß hier Ale und Speisen verkauft wurden. Ich ging hinein, und nachdem sich meine Augen an das trübe Licht gewöhnt hatten, sah ich in der Mitte des Raumes einen langen Tisch, Bänke, die sich an den Wänden hinzogen, und eine hochlehnige Ruhebank dicht bei einer Feuerstelle, in der ein paar Scheite vor sich hin brannten. Außer mir waren, da die Sperrstunde unmittelbar bevorstand, nur noch ein oder zwei Gäste da; zweifellos machten es sich die Bewohner der Stadt schon am häuslichen Herd bequem, verbarrikadierten Türen und Fenster gegen einen möglichen Überfall der Banditen. Ich zog mir einen Hocker an den Tisch und rief nach dem Wirt.

Wie so oft in ländlichen Gegenden wurde der Gasthof von einer Frau betrieben. Sie kam von irgendwo aus den hinteren Regionen in den Schankraum; nach dem Geruch zu schließen, der von ihr ausging, wahrscheinlich aus dem Brauhaus. Auf den ersten Blick schien sie eine breite, mütterlich aussehende Person zu sein, ein Eindruck, der sofort verschwand, wenn man sie von nahem sah. Kleine dunkle Augen, tief in bleichen Hautfalten liegend, schätzten mich als jemanden ein, der großzügig mit Geld umging und dringend reichlicher Nahrung bedurfte. Sie war daher ganz leutselige Freundlichkeit, aber zwei muskulöse Arme und eine Faust, so groß und rötlich wie ein Schinken, waren eine deutliche Warnung, daß sie sich keinerlei Unfug gefallen lassen würde.

«Ale», sagte ich, «und Brot und Käse. Und von beidem ein ordentliches Stück.»

Sie nickte und musterte mich wohlgefällig.

«Für einen Kerl, so groß und breit wie Ihr, wäre kalter gebratener Speck auch nicht übel, meine ich. Und ein bißchen Knoblauch, frisch und saftig, der erste der Saison?»

«Warum nicht?» Ich grinste. «In meinem einsamen Bett wird niemand an meinem Atem Anstoß nehmen.»

Die Wirtin hob eine Braue und schnaubte. «Einsames Bett, tatsächlich? Dann aber nur, weil Ihr es so wollt. Es gibt hier herum genug Mädchen, die Euch allzugern wärmen würden, wenn Ihr nur mit dem kleinen Finger winkt. Ich täte es selber gern, wenn ich zwanzig Jahre jünger wäre.» Sie fügte einen unflätigen Scherz hinzu und entfernte sich gackernd.

Als sie wiederkam, war ich der einzige Gast. Das Ale-Haus war zu klein, um auch Herberge zu sein, und es schien keine Bewohner zu geben außer einem pferdegesichtigen Schankkellner, der mein Ale zapfte und sich dann lautlos zurückzog.

«Mein Sohn», sagte sie achselzuckend und mit einem Nikken in die Richtung, in die er verschwunden war. «Ein jämmerlicher Mistkerl, wenn's je einen gegeben hat, aber ich brauche ihn. Ich kann die Fässer nicht allein schleppen. Jetzt eßt!»

Sie stellte einen üppig beladenen Teller vor mich hin und zog sich selbst einen Hocker an den Tisch. «Und während Ihr eßt, könnt Ihr mir berichten, woher Ihr kommt. Es ist immer ein Vergnügen, einen Fremden kennenzulernen.»

Also erzählte ich ihr zwischen jeweils einem Mundvoll Brot und Schinken, Käse und Knoblauch, die ich mit gutem, starkem Ale hinunterspülte, meine bisherige Lebensgeschichte; ich war darin bestens geübt, denn ich schien immer die Neugier der Leute zu wecken. Zum dritten- oder viertenmal heute berichtete ich auch, daß König Edward eine Invasion Frankreichs anstrebte; worauf sie in das Sägemehl spuckte, das den Fußboden bedeckte, und erklärte, Männer seien geborene Narren, die unglücklicherweise nie klüger wurden.

«Müssen sich immer bekämpfen, wie Kinder. Bringen sich gegenseitig um für nichts und wieder nichts. Man müßte die Frauen mehr mitreden lassen, Master Chapman, dann würden wir erleben, daß auch Vernunft siegen kann.» Als sie sah, daß ich darauf nicht einging, lächelte sie mich zahnlückig an und wechselte das Thema. «Und wo schlaft Ihr heute nacht? Im Kloster?»

Ich schluckte den Bissen hinunter, den ich im Mund hatte. «Ich hab was Besseres, ein Haus ganz für mich allein», sagte ich und erzählte ihr dann, wie ich dazu gekommen war.

Nachdem ich die letzten Krümel auf meinem Teller zusammengekratzt hatte, blickte ich auf und stellte fest, daß sie mich merkwürdig ansah.

«So! Master Eudo Colet kommt also nicht wieder, eh? Nicht einmal, um sein Eigentum zu schützen.» Wieder spuckte sie verächtlich aus, diesmal fand sie ihr Ziel auf einem der schwelenden Scheite in der Feuerstelle. Der Speichel zischte und dampfte. «Ist aber kaum verwunderlich, nehme ich an. Mord ist immer und unter allen Umständen etwas Schreckliches. Doch der Tod von Kindern ist besonders abscheulich. Und wenn noch der Verdacht der Hexerei hinzukommt...» Sie brach ab und hob ihre breiten Schultern.

Ich starrte sie entsetzt an.

«Niemand hat mir gesagt ... Ich habe gehört, daß die Banditen zwei Kinder umgebracht haben, aber das, nehme ich an, sind nicht diejenigen, von denen Ihr sprecht?»

«O ja, dieselben. Bruder und Schwester, Rosamund Crouchbacks Kinder aus erster Ehe. Den ersten Mann hab ich nie gesehen. Stammte aus dem Norden, und nach der Heirat haben sie in London gelebt. Aber nach seinem Tod ist sie zu ihrem Vater nach Hause gekommen und hat ihre beiden Kinder mitgebracht. Sie war schon immer wild und eigenwillig, und als Sir Jasper starb und ihr alles hinterließ, hat sie gesagt, sie hätte ihren ersten Mann nur ihm zuliebe geheiratet und würde jetzt heiraten, wen sie wollte. Und genau das hat sie getan. Ging wieder nach London – am 24. August, dem Bartholomäustag, vor drei Jahren muß es gewesen sein –, blieb einen ganzen Monat oder noch länger weg und ließ die beiden Kleinen bei den Dienstboten zurück. Als sie wieder nach Hause kam, war sie zum zweitenmal verheiratet, mit Master Eudo Colet. Einem Abenteurer mit einem fixen Auge dafür, wie man schnell zu einem Vermögen kommt. Ich kenn mich aus mit solchen Kerlen. Und ich war nicht die einzige, die so dachte. Keiner mochte ihn, alle waren der Meinung, daß er nichts taugt. Doch am meisten gehaßt und am meisten mißtraut hat ihm Rosamunds Cousine, das Kindermädchen Grizelda Harbourne.»

- - -

Fünftes Kapitel

«Grizelda Harbourne?» Mein Kopf fuhr ruckartig in die Höhe, als ich den Namen hörte. «Die den kleinen Hof am Fluß bewirtschaftet?»

«Genau die. Das Gehöft hat ihrem Vater gehört, und als er kurz nach Sir Jasper starb, hat Grizelda es geerbt.» Die Wirtin runzelte die Brauen. «Woher kennt Ihr sie denn? Ich hab gedacht, Ihr wärt hier fremd.»

«Sie und ihre Freundinnen waren heute morgen auf Männerfang aus, und ich bin ihnen in die Hände geraten.» Leicht errötend fügte ich hinzu: «Mistress Harbourne hatte Mitleid mit mir und überredete die anderen, sich mit weniger zufriedenzugeben, als sie verlangten. Bin mit einem Kuß für jede davongekommen. Dann hat sie mich zu sich nach Hause mitgenommen und mir ein Frühstück gemacht.»

Die Geschichte schien der Wirtin großes Vergnügen zu bereiten.

«Seid also den *Hockers* in die Falle gegangen, mein Junge? Nun, nun. Ein Wunder, daß sie's Euch so leichtgemacht haben. Wäre ich dabeigewesen, hättet Ihr weniger Glück gehabt.» Sie warf mir einen lüsternen Blick zu und leckte sich die Lippen. Ich wurde noch röter, und sie gluckste laut vor Vergnügen. «Könnt Euch wirklich glücklich schätzen, daß Grizelda Mitleid mit Euch hatte. Aber sie ist eine gute Frau mit einem weichen Herzen, beschützt immer alle, die schwächer sind als sie. Kinder und kleine Pelztierchen.» Sie warf mir einen zweiten, diesmal leicht boshaften Blick zu. «Und große, dumme Kerle, die stark sind wie ein Ochse.» Die groben roten Züge wurden ernst. «Deshalb kann sie es sich auch nicht verzeihen, daß sie die beiden unschuldigen Kleinen an diesem schrecklichen Morgen allein gelassen hat.»

«An was für einem schrecklichen Morgen?» fragte ich. «Und warum sollte sich Grizelda schuldig fühlen? Wo war die Mutter der Kinder?»

«Tot. Im Kindbett gestorben, letzten November um den Sankt-Martins-Tag herum. Das Kind ist auch gestorben. Sein

Kind. Das Kind von Eudo Colet. Nur er war noch da, die beiden Kleinen, Grizelda und zwei Bedienstete: die Köchin Agatha Tenter und die Magd Bridget Praule. Grizelda blieb wegen der Kinder bei ihm, solange es ihr möglich war, aber sie hatte ihn nie gemocht, und nach dem Tod ihrer Cousine wurde ihre Abneigung noch tiefer. Es gab ununterbrochen Zank und Streit, das weiß ich von Bridget Praule. Und an jenem Wintermorgen vor drei Monaten, als Mary und Andrew verschwanden» – die Stimme der Wirtin sank zu einem Flüstern herab, sie bekreuzigte sich hastig und gab mir durch Zeichen zu verstehen, dasselbe zu tun –, «da hat sie es schließlich nicht mehr ausgehalten, auch nicht, um ihre kleinen Lieblinge zu beschützen. Sie packte ihre Truhe und bat Jack Carter, sie nach Hause an den Bow Creek zu bringen.

Die Kinder spielten oben, als sie ging, doch zwei Stunden später waren sie verschwunden, obwohl Bridget Praule und Agatha Tenter schworen, es sei nicht möglich, daß sie unbemerkt das Haus verlassen haben konnten. Sechs Wochen später hat man ihre furchtbar zugerichteten Leichen gefunden; sie hatten sich am Ufer des Harbourne in ein paar Zweigen verfangen. Flußabwärts, eine oder zwei Meilen von der Stelle entfernt, an der er in den Dart fließt.» Die Wirtin trank einen Schluck von meinem Ale, und ihre Hand zitterte so heftig, daß ein paar Tropfen aus dem Becher auf den Tisch schwappten. Ihr Gesicht war blaß und glänzte von Schweiß. «Die Banditen hatten sie ermordet.» Sie packte mein Handgelenk. «Aber wie hatten sie so weit laufen können, ohne daß jemand sie sah? Wie waren sie aus dem Haus gekommen, obwohl alle Türen im Blickfeld einer der beiden Bediensteten lagen? Das kann nur durch Hexerei geschehen sein, die dieser Teufel Eudo Colet praktiziert.»

«Aber man scheint ihn doch nicht unter Anklage gestellt zu haben», warf ich ein, «und die Behörden hätten sich ganz gewiß eingeschaltet, hätte es einen Beweis für eine von ihm verübte Übeltat gegeben. Wo war er, als die Kinder ver-

- 62 -

schwanden? Wie alt waren sie? Da gibt es so vieles, was ich noch nicht verstehe.»

Sie beantwortete meine letzte Frage zuerst. «Der Junge, Andrew, war der Ältere, gerade sechs Jahre alt geworden und freute sich auf sein siebentes Lebensjahr, als er so teuflisch hingemetzelt wurde. Seine Schwester Mary war ein Jahr jünger und ein so hübsches kleines Seelchen, wie man es sich diesseits des Himmels nur vorstellen kann. Augen so blau wie die Blüten des Immergrün und Haar so golden wie reifes Korn. Sie kam im Aussehen ihrer Mutter nach, war aber nicht so eigensinnig und widerspenstig wie Rosamund. Ein kleiner Engel, und ihr Bruder auch nicht viel anders; die Kinder von Rosamund Crouchbacks erstem Gatten, Sir Henry Skelton.»

Ich sagte nichts dazu. Meiner Erfahrung nach waren Kinder, wie brav sie auch sein mochten, selten engelhaft. Wenn ich mich an mich in diesem Alter erinnerte, war mir klar, daß ich für meine leidgeprüfte Mutter eine rechte Plage gewesen sein muß; ich bin von Bäumen gefallen, habe meine Kleidung zerrissen, Äpfel gestohlen und auf der Straße mit anderen Rangen wilde Fußballspiele ausgetragen.

«Also, was ist mit Eudo Colet?» drängte ich, als die Wirtin unter der Last rührseliger Erinnerung in sich zusammenzusinken schien. «Wo war er, als die Kinder verschwanden?»

Es dämmerte allmählich. Eine Flamme, die am Rand eines Scheites leckte, ließ die Schatten wachsen. Die Wirtin stand auf und zuckte mit den Schultern.

«Außer Haus», antwortete sie grollend, «in Geschäften bei Master Cozin. In Geschäften!» fügte sie verächtlich hinzu. «Was versteht der schon von Geschäften, außer wie man das Geld ausgibt, das sie ihm einbringen? Denn Ihr müßt wissen, daß nach Sir Jaspers Tod sein Partner Thomas Cozin alles Geschäftliche für Mistress Rosamund erledigt hat. Und zwar sehr erfolgreich, nach allem, was man so hörte: Sie wurde von Tag zu Tag reicher. Daher war er auch über die Maßen bestürzt, als sie mit einem Ehemann aus London zurückkehrte,

- 63 -

der von Geschäften nichts verstand. Und der es auch nie geschafft hat, was davon zu verstehen, obwohl er sich sehr bemühte, etwas darüber zu erfahren, wie wir alle. Ein Rätsel war Eudo Colet, als sie ihn mitbrachte, und ein Rätsel ist er geblieben.»

«Aber es steht fest, wo er war, als seine Stiefkinder verschwanden, das ist kein Rätsel», unterbrach ich sie freundlich. «Sie haben gesagt, er sei bei Master Cozin gewesen, der meines Wissens ein geachteter Bürger dieser Stadt ist. Wenn er sich für seinen Besucher verbürgte, würde wohl niemand seine Aussage anzweifeln, nehme ich an?»

Die Wirtin, die aufgestanden war, um mir frisches Ale nachzuschenken und für sich selbst auch einen Krug zu holen, kam an den Tisch zurück. Wieder ächzte der Hocker protestierend unter ihrem Gewicht. Sie warf mir einen beredten Blick zu, trank ausgiebig und wischte sich dann den Mund an ihrer Schürze ab.

«Deshalb», flüsterte sie zischend, «sage ich ja, daß es Hexerei war. Eudo Colet hat sich mit dem Teufel verbündet.» Wieder bekreuzigte sie sich.

Mir war klar, daß ich meinen Atem verschwendet hätte, wenn ich sie von ihrem Vorurteil hätte abbringen wollen. Daher fragte ich nur: «Es steht wohl fest, daß die Kinder am Leben waren, als sie das Haus verließen?»

«Das haben Bridget Praule und Agatha Tenter ausgesagt.» Sie schniefte. «Nachdem Master Colet das Haus abgeschlossen hatte, hat er sich bei Agatha und ihrer Mutter, Dame Winifred, auf der anderen Seite des Flusses eingemietet. Denkt darüber, was Ihr wollt.»

Im Moment dachte ich gar nichts darüber. «Und wie lange war Master Colet schon zu Hause, als die beiden Kinder nicht mehr gefunden wurden?»

«Bridget hat behauptet, er hätte sie sofort nach seiner Rückkehr gebeten, die Kinder zu holen. Er müsse ihnen etwas sagen, hätte er erklärt. Sie ging hinauf, aber – die Kinder waren nicht da. Zuerst hat sie natürlich gedacht, sie hätten sich nur versteckt, um sie zu necken. Doch obwohl sie überall suchte, fand sie nirgends eine Spur von ihnen. Und keine Menschenseele hat die beiden unschuldigen Kindlein lebendig wiedergesehen.»

Genau in diesem Augenblick begann die Glocke die Sperrstunde einzuläuten.

Mit größtem Widerstreben erhob ich mich.

«Ich muß gehen», sagte ich. «Ich habe Master Cozin versprochen, das Haus heute nacht zu hüten, und ich würde meine Pflicht versäumen, wenn ich länger fortbliebe. Ein Jammer. Ich hätte gern mehr erfahren.»

Die Wirtin begleitete mich zur Tür des Ale-Hauses. «Ärgert Euch nicht. Ich könnte Euch nicht viel mehr erzählen, als Ihr schon wißt. Hexerei war's, und Eudo Colet steckt dahinter. Aber Ihr habt Grizelda kennengelernt. Fragt sie, wenn Ihr mehr hören wollt. Sie hat besser als alle anderen gewußt, was vorging, und kann Euch gewiß Einzelheiten berichten. Das können auch Master Cozin und sein Bruder, der Anwalt, der sich seit drei Wochen in seinem Haus aufhält. Oliver Cozin lebt zwar in Exeter, war aber immer Sir Jaspers Freund und Anwalt und hat nach seinem Tod alle rechtlichen Angelegenheiten für Rosamund erledigt. Er hat auch ihr Testament aufgesetzt.» Die Wirtin tippte sich bedeutungsvoll an die Nase. «Es geschieht nicht viel in Totnes, von dem man nicht auf diese oder jene Weise etwas erfährt.»

Ich trat auf die Straße. Die Sonne war vom westlichen Himmel verschwunden, und ihre ersterbenden Strahlen färbten die Wolken rot. Die Stadttore waren jetzt geschlossen, und die Männer der Wache holten die Laternen aus dem Wachraum der Burg, um sich auf ihre erste Runde zu begeben. Ich schloß die Tür des leeren Hauses auf, das für heute nacht — und wenn ich wollte, auch noch länger — mein Zuhause war. Der muffige Geruch schlug mir entgegen, und als ich die Tür hinter mir absperrte, hüllte mich lautlos und drohend die Stille ein.

Es gab für mich jetzt keinen Zweifel mehr, warum meine Schritte nach Totnes gelenkt worden waren, und ich wußte auch, was von mir erwartet wurde. Aber zur Abwechslung erhob ich diesmal weder Einwände, noch versuchte ich, mit Gott zu hadern. Der Mord an kleinen Kindern wäre, meine ich, für mich immer das schlimmste aller Verbrechen gewesen; doch seit ich selbst Vater war, seit ich mein eigenes Kind in den Armen gehalten, seine nach Milch duftende Wärme an meiner Brust gespürt hatte, war es noch tausendmal schlimmer. Wer auch dafür verantwortlich war, daß Andrew und Mary im Wald ausgesetzt und von den Banditen ermordet wurden, hatte ihren Tod genauso verschuldet wie die Bande marodierender Strauchdiebe, die in der Morgendämmerung dieses Tages an mir vorbeigezogen war.

Ich ging durch den Flur, sperrte die Tür am anderen Ende auf und durchquerte den leeren, dunklen Hof zur Küche. Dort fand ich nach einigem Suchen auf einem Bord ein Bündel Talgkerzen. Ich entdeckte auch einen Kerzenhalter und tastete dann im Dunkeln nach einer Zunderschachtel. Als sich das als vergeblich erwies, kehrte ich in den unteren Wohnraum zurück und nahm die, welche ich immer in meinem Packen bei mir trug. Der zarte goldene Glanz der Kerzenflamme breitete sich langsam im Raum aus und lockte Schatten aus ihren Ecken, die sich wie samtpfotige nächtliche Raubtiere anschlichen.

Die Kerze in einer, meinen Knüppel in der anderen Hand, stieg ich mit wild klopfendem Herzen die Stufen zum oberen Stockwerk hinauf. Von hier waren, wenn man der Wirtin des Ale-Hauses Glauben schenken durfte, an einem Wintermorgen vor drei Monaten zwei Kinder aus dem Haus gegangen, und niemand hatte sie gesehen. Bisher hatte ich nur wenig in Erfahrung gebracht; möglicherweise gab es ein halbes Dutzend Wege, auf denen sie unbemerkt entkommen konnten. Ehe ich nicht die ganze Geschichte von Grizelda gehört hatte, war ich nicht bereit zu glauben, daß Hexerei hinter dem unerklärlichen Verschwinden der Kinder steckte. Ich war schon dahintergekommen, daß viel Böses in dieser Welt seine Wurzeln in den Herzen und Taten der Menschen hat – dazu bedarf es keiner außerirdischen Mächte.

Dennoch erinnerte ich mich unwillkürlich an das Gefühl des Unheils, das über mich gekommen war, als ich im anderen Schlafraum gestanden hatte, der, wie mir jetzt klar war, von Grizelda und ihren Schützlingen benutzt worden war. Sie war ihr Kindermädchen gewesen und hatte auf dem Rollbett geschlafen. Im Reichtum und dem Komfort des Crouchback-Haushalts hatte sie, wie viele andere Bedienstete vor ihr, ihren Geschmack für das entwickelt, was sie «bessere Verhältnisse» nannte ... Aber – war sie eigentlich eine Dienstmagd? Die Wirtin hatte sie als Rosamunds Cousine bezeichnet, und Grizelda hatte mir erzählt, sie habe das Gehöft ihres Vaters mit neun Jahren verlassen. Eine arme Verwandte. Das war ohne Zweifel die Antwort. Die Tochter eines verarmten Angehörigen von Sir Jasper, die er zur Gesellschaft seines einzigen Kindes ins Haus geholt hatte. Ich wäre sehr überrascht gewesen, wenn ich mich geirrt hätte.

Am oberen Ende der Treppe angelangt, öffnete ich die Tür des Wohnraums und stand wieder in dem engen Flur zwischen den beiden Schlafzimmern, die Schnappriegel ihrer Türen jeweils nur eine Armeslänge entfernt. Ich fühlte, wie mir eiskalter Schweiß den Rücken hinunterlief, lehnte meinen Knüppel an die Wand, öffnete den Riegel des kleineren Schlafzimmers und trat ein. Nichts hatte sich verändert. Hatte ich wirklich erwartet, etwas würde anders sein? Aber ich begann leichter zu atmen, mein Herz hörte auf, so wild zu hämmern, und die Finger, die den Kerzenhalter umklammerten, hörten auf zu zittern. Auch die Übelkeit und die Panik, die ich am Nachmittag empfunden hatte, kamen nicht wieder.

Ich hob die Kerze höher, sah wieder das Himmel- und das Rollbett, sah die Kleidertruhe mit Waschschüssel und Krug, das Binsenlicht in seinem Halter, den Fensterladen, der nur noch an einer Angel hing. Nachdem ich meine Kerze vorsichtig auf dem Boden abgesetzt hatte, stellte ich Waschschüssel und Krug daneben und hob dann den Deckel der Truhe. Darunter ein Abgrund aus Finsternis, aus dem mir der leichte Duft von getrocknetem Lavendel und Zedernholz in die Nase stieg. Ich hob meine Kerze wieder auf und entdeckte, ins Innere der Truhe leuchtend, ein trauriges Häufchen Kinderspielzeug.

Ich griff mit der freien Hand hinein und holte nacheinander ein Holzpferd mit brauner Mähne und karmesinrotem Sattel heraus, die farbigen Teile ganz zerkratzt, so oft war damit gespielt worden; ein Fangbecherspiel, die blaue Seidenkordel, die Becher und Ball zusammenhalten sollte, zerrissen, so daß das Spiel jetzt aus zwei Teilen bestand; eine Puppe, deren hölzerne Wangen noch immer rot und gesund schimmerten; ein paar grob geschnitzte Schachfiguren und ein Schachbrett; einen kleinen Leinenbeutel, der mit einer Lederschnur zugebunden war und in dem ich, nachdem ich ihn aufgemacht hatte, fünf glatte Kieselsteine fand. Der Boden der Truhe war mit dunklem Stoff bedeckt – zwei Frauenkleidern, wie ich feststellte, als ich genauer hinsah; sie hatten ihre besten Zeiten hinter sich, waren an einigen Stellen fadenscheinig und an anderen geflickt. Ich vermutete, daß sie Grizelda gehörten und sie sie zurückgelassen hatte, als sie für immer aus dem Haus ging, weil man sie nicht mehr tragen konnte.

Nachdem ich die verschiedenen Gegenstände in die Truhe zurückgelegt hatte, klappte ich den Deckel herunter. Dann richtete ich mich zu meiner vollen Höhe auf und stieß mit dem Kopf fast an die Zimmerdecke. Einen letzten Blick warf ich noch auf das Zimmer, aber es gab hier nichts mehr, das die Geschichte der Wirtin ergänzt hätte; keine Gespenster, deren unwillkommene Gegenwart sich in der warmen, muffigen Luft bemerkbar gemacht hätte. Was es auch gewesen

war, das am Nachmittag nach mir gegriffen und mich berührt hatte, es war nicht mehr da und hatte eine ungestörte
Stille hinter sich zurückgelassen.

Ich kehrte ins Wohnzimmer zurück. Am Himmel ging ein
Dreiviertelmond auf, das Licht sickerte durch die verglasten
oberen Fensterhälften und legte sich wie Schwaden matten
Silbers auf den staubigen Fußboden. Ich schloß die Läden,
bevor ich ins große Schlafzimmer ging, wo ich das gleiche tat
und mich auch überzeugte, daß die Tür zu der überdachten
Galerie abgeschlossen war. Unten machte ich noch einmal
die Runde, tappte aus dem Wohnzimmer ins Kontor, durch
den Hof in die Küche und dann in den zweiten Hof und
vergewisserte mich, daß alles abgesperrt war. Zwar glaubte
ich ebensowenig wie Oliver Cozin, daß die Banditen sich in
die Stadt wagen würden, aber es gab überall Diebe, und ein
leeres Haus ist immer eine Versuchung. Master Colet, dachte
ich, kann sich sehr glücklich schätzen, daß sein Besitz bisher
noch nicht ausgeraubt wurde.

Als ich wieder das Haupthaus betrat, geriet ich selbst einen
Moment in Versuchung, oben auf einer Federmatratze zu
schlafen anstatt unten, nur mit meinem Umhang als Decke.
Aber ich war der nächtliche Hüter des Hauses und konnte es
mir nicht leisten, allzu fest zu schlafen. Zuviel Bequemlichkeit würde meine Sinne einlullen. Ich mußte es mir unbe-
quem machen, um das Versprechen zu erfüllen, das ich dem
Anwalt gegeben hatte. Wenn ich bis zu einem gewissen Grad
wach blieb, würde mir kein fremdes, außergewöhnliches Geräusch entgehen. Im äußeren Hof war ein Abtritt, den ich
bereits benutzt hatte, also steckte ich eine frische Kerze in
den Halter, stellte sie so dicht an den Fensterladen, wie ich es
wagte, wickelte mich in meinen braven, flauschigen Wollumhang, setzte mich in einen Lehnsessel und legte die Füße auf
einen Hocker, den ich mir zu diesem Zweck aus dem Kontor
geholt hatte. Ich machte die Augen zu und war nach ein paar
Minuten fest eingeschlafen.

Dieser erste Schlaf dauerte jedoch nicht an, und wie vorhergesehen, wurde ich im Lauf der Nacht oft wach; einmal raffte ich mich auf und machte einen Kontrollgang durch den ganzen Flur, öffnete die Tür zum Hof und lauschte angestrengt auf jedes Geräusch, das vielleicht die nächtliche Ruhe störte. Aber alles war still, nicht einmal ein Hund bellte. Ein anderes Mal stand ich auf, ging hinauf und spähte durch einen breiten Spalt im Fensterladen des Wohnzimmers auf die leere Straße. Nichts und niemand regte sich. Wenn die Banditen auf einem Raubzug unterwegs waren, dann nicht innerhalb der Mauern und Befestigungen von Totnes.

Ich erwachte noch zweimal, ehe ich in einen Schlummer fiel, der andauerte, bis kräftiges Sonnenlicht, das durch die Läden stach, mir den Tag ankündigte. Ich fuhr aus meinem Sessel mit einem ohrenbetäubenden Prusten in die Höhe; im Mund hatte ich den widerwärtigen Geschmack des Knoblauchs, den ich gestern abend gegessen hatte. Die Kerze war beinahe heruntergebrannt, nur noch etwa ein Zoll Talg war übrig. Ich blies die Flamme aus, schälte mich aus meinem Umhang, nahm zusammen mit der Zunderschachtel Rasiermesser und Seife aus meinem Packen, griff nach dem Schlüssel und ging in den Hof. Dort zog ich mich aus und wusch mich, so gut ich konnte, während ich zuerst mit der einen und dann mit der anderen Hand den Pumpenschwengel betätigte, schüttelte mich dann trocken wie ein Hund, zog mich wieder an, holte mir Wasser aus dem Brunnen und trug den Eimer in die Küche. Im Kohlenbecken lag noch ein bißchen Zunder, den ich anzündete, während ich einen Topf mit Wasser aufsetzte, um es heiß zu machen. Während ich wartete, überlegte ich, was ich tun sollte und was das Beste für mich wäre.

Irgendwann im Lauf des Tages mußte ich Oliver Cozin aufsuchen und ihm sagen, ob ich sein Angebot, bis Ende der Woche im Haus zu bleiben, annehmen wollte oder nicht. Doch bevor ich das tat, wollte ich meine Bekanntschaft mit Grizelda Harbourne erneuern, was bedeutete, daß ich bis zu ihrem Ge-

- 70 -

höft am Bow Creek einen Fußmarsch von mehreren Meilen zurückzulegen hatte. Und für einen solchen Marsch mußte ich mich mit einer kräftigen Mahlzeit stärken. In meinem Magen rumorte schon der Hunger, und ich fühlte mich ganz schwach. Also mußte ich vorher ins Ale-Haus an der Burgmauer, um mir ein Frühstück zu kaufen. Das Wasser lief mir bei dem Gedanken im Mund zusammen.

Ich rasierte mich so schnell wie möglich und rieb mir die Zähne mit Weidenborke sauber, wie ich es bei den Walisern gesehen hatte; zu diesem Zweck trage ich immer ein Stück in der Tasche und sammle im Gehen neue. Endlich war ich fertig, kehrte in den vorderen Teil des Hauses zurück, verstaute meinen Packen, überzeugte mich, daß er sicher aufgehoben war, schloß die Haustür zur Straße hinter mir ab und steckte den Schlüssel in die Tasche. Dann steuerte ich den Burggasthof an.

Als ich die Lichtung betrat, pflanzte Grizelda auf dem kleinen Grundstück vor ihrem Cottage Lauch, aber weder Schwein noch Kuh waren zu sehen. Koben und Weide waren leer, und ich erschrak heftig. Waren die Banditen zurückgekommen und hatten sie wieder beraubt? Oder war sie so klug gewesen, die Tiere zu ihren Freunden zu bringen?

Ich mußte entweder ein Geräusch gemacht haben, oder sie spürte meine Anwesenheit, denn sie richtete sich plötzlich auf und blickte, die Augen mit der Hand gegen die blendende Morgensonne abschirmend, in meine Richtung. Als sie sah, wer es war, der da kam, verzog sich ihr voller Mund zu einem Begrüßungslächeln.

«Chapman! Was führt Euch wieder hierher?»

«Ich muß mit Euch reden. Aber sagt mir zuerst, wo sind die Tiere?»

«In Sicherheit auf dem Hof meiner Freunde bei Ashprington. Ich bin gestern abend hingegangen, wie Ihr mir geraten habt, und habe Betsy und Snouter mitgenommen. Sie sind in der Scheune eingeschlossen – einem festen Gebäude, in das einzubrechen sich jeder Räuber zweimal überlegen würde. Und dort bleiben sie, wenigstens ein, zwei Tage, bis ich es satt habe, Milcheimer hin- und herzuschleppen.»

«Und alles war in Ordnung, als Ihr heute morgen zurückkamt?»

«Alles haargenau so, wie ich es verlassen hatte. Und ich bin sehr früh zurückgekommen, vor Sonnenaufgang, um den männlichen *Hockers* zu entgehen, die uns heute heimzahlen wollen, was wir gestern mit ihnen angestellt haben.» Sie lächelte spitzbübisch. «Ich dachte, daß Ihr vielleicht mit den anderen Männern unterwegs seid, um Euch für gestern zu rächen.»

Ich schüttelte den Kopf und kam auf das ursprüngliche Thema zurück. «Ich an Eurer Stelle würde die Tiere bei Euren Freunden lassen, solange die bereit sind, sie zu behalten. Die Stadt brodelt heute morgen nur so von Gerüchten darüber, daß die Banditen gestern abend wieder unterwegs waren, jenseits des Flusses, in Richtung Berry Pomeroy. Sie könnten hierher zurückkommen. Der Bürgermeister hat, soviel ich weiß, dem Sheriff eine Botschaft nach Exeter geschickt, und morgen soll ein Aufgebot nach Süden reiten. Aber diese Männer sind nicht nur gefährlich, sie sind auch listig. Ich bezweifle, daß man ihrer ohne eine große Portion Glück habhaft werden wird, sie werden sich möglicherweise bald andere Jagdgründe suchen, wo sie neue Beute machen können. Sie sind schon sehr lange in dieser Gegend. Habt ein bißchen Geduld, vielleicht verschwinden sie von selbst.»

Grizelda lächelte und lud mich ins Haus ein. «Habt Ihr schon gegessen?» fragte sie, als ich ihr folgte.

«Ja, und das gut und reichlich», antwortete ich. «Gebratenen Speck, Rühreier, Weizenkuchen und Honig, die mir meine Freundin, die Wirtin des Ale-Hauses bei der Burg, aufgetischt hat.»

«Jacinta! Ich kenne sie. Eine gute Haut, aber geneigt, überall ihre Nase hineinzustecken.» Grizelda sah überrascht aus.

«Dann habt Ihr in Totnes übernachtet? Eigentlich habe ich gedacht, Ihr würdet schon gestern abend wieder auf der Straße unterwegs sein.» Sie runzelte die Stirn. «Ihr habt Euren Packen nicht dabei. Was ist passiert?»

Ich setzte mich auf eine Bank, lehnte den Kopf an die Wand, und sie schenkte mir einen Krug von ihrem ausgezeichneten dunklen Ale mit dem scharfen und würzigen Geschmack ein, bewirkt vor allem durch den Gamander, der, wie ich bemerkt hatte, in ihrem Garten wuchs.

«Ich habe in Eudo Colets Haus übernachtet», sagte ich und streckte die Hand aus, um ihr den Krug abzunehmen.

Sie zuckte zusammen, verschüttete ein wenig von dem Ale, und ihre braunen Augen wurden groß vor Schreck.

«Was habt Ihr denn dort gemacht?» fragte sie.

Ich erzählte es ihr; berichtete ihr von meinem Zusammentreffen mit Mistress Cozin und ihren Töchtern; von meinem Besuch in ihrem Haus; von dem Angebot, das Oliver Cozin mir gemacht hatte, das Haus eine Nacht lang zu hüten; von seinem späteren Vorschlag, länger zu bleiben; und von meiner Unterhaltung mit der Wirtin des Gasthofs an der Burg. «Die Ihr Jacinta genannt habt», schloß ich.

«Und jetzt seid Ihr gekommen, um die ganze Geschichte zu hören», sagte Grizelda und setzte sich neben mich auf die Bank. Sie hatte eine rasche Auffassungsgabe. Ich brauchte ihr die Gründe für mein Handeln nicht zu erklären.

«Wenn Ihr bereit seid, sie mir zu erzählen», antwortete ich.

Sie überlegte einen Moment mit ernster, fast brütender Miene, und ich fragte mich, was ihr durch den Kopf gehen mochte. Dann zuckte sie mit den Schultern.

«Ja, ich bin bereit, wenn Ihr interessiert genug seid, um mir zuzuhören. Aber ich warne Euch, zur Lösung des eigentlichen Rätsels kann ich nichts beitragen. Was Andrew und Mary zugestoßen ist, nachdem ich an diesem schrecklichen Morgen das Haus verlassen hatte, ahne ich nicht einmal.» Sie preßte die Lippen zu einer schmalen, harten Linie zusammen, und ihr Gesicht verdüsterte sich vor Gram. «Doch von den Ereignissen, die ihrem Verschwinden vorausgingen, kann ich Euch erzählen, soviel Ihr wissen wollt, denn mein Leben war mit dem von Rosamund verstrickt, seit wir Kinder waren.»

- - -

Sechstes «Mein Vater», begann sie, «war ein entfernter
Kapitel Verwandter von Sir Jaspers Ehefrau Lucy, und
die Blutsbande zwischen ihnen war eng genug,
daß sie sich ‹Cousin und Cousine› nannten. Sir Jasper akzeptierte es, half meinen Eltern in schlechten Zeiten, so gut er konnte, und nutzte seinen Einfluß beim Grundherrn aus, uns dieses Gehöft zu verschaffen. Er war auch einflußreich genug, vertraglich festlegen zu lassen, daß es für zwei Generationen in unseren Besitz überging, gleichgültig, ob der Erbe männlich oder weiblich war.

Lucy Crouchback starb, als Rosamund geboren wurde. Es war ihr erstes Kind, und Lucy nicht viel älter als neunzehn Jahre. Für Sir Jasper war es ein bitterer Schlag, denn er hatte erst spät geheiratet und war fünfzehn, wenn nicht sogar sechzehn Jahre älter als seine Frau. Natürlich erwartete jeder, daß er wieder heiraten werde, damit er einen Sohn bekam, aber er tat es nicht. Er blieb für den Rest seines Lebens Witwer, überschüttete Rosamund mit seiner Liebe und mit Geld. Das Ergebnis war, wie Ihr Euch wahrscheinlich vorstellen könnt, ein eigensinniges, verwöhntes Kind, gewohnt, immer und überall seinen Willen durchzusetzen, ein Kind, das seinen Vater um den kleinen Finger wickeln konnte.»

«Ihr sagt das ganz ohne Groll», unterbrach ich sie. «Ihr habt sie gern gehabt, trotz ihrer Fehler, nicht wahr?»

- 74 -

Grizelda lächelte. «Ich hatte sie gern und sie mich, denke ich. Oh, natürlich haben wir uns gestritten, und manchmal sogar sehr bitter. Es wäre absurd, wenn ich das leugnen wollte. Aber von zwei Mädchen, die miteinander im selben Haus aufwachsen, mit denselben Spielsachen spielen und dasselbe Bett teilen, erwartet man es nicht anders. Doch ich greife mir selbst vor. Als ich neun Jahre alt war, starb meine Mutter. Rosamund war damals ungefähr fünf und hatte nur die alte Kinderfrau der Familie zur Gesellschaft. Sir Jasper bot meinem Vater an, ihm die Sorge für mich abzunehmen. Fortan wohnte ich bei ihm und wurde Rosamunds Spielgefährtin. Ich denke, mein Vater war dankbar, daß er mich gehen lassen konnte, obwohl auch ich sein einziges Kind war. Er verstand nichts von Mädchenerziehung.» Sie lachte. «Um die Wahrheit zu sagen, ich glaube, Frauen waren für den Ärmsten immer ein Rätsel.»

«Und seid Ihr bereitwillig mitgegangen?»

«Anfangs nicht. Ich habe geweint und meinen Vater gebeten, mich nicht wegzuschicken. Aber er sagte mir, es sei zu meinem Besten, und am Ende sah ich ein, daß er recht hatte. Bei Sir Jasper und bei Rosamund aufzuwachsen bescherte mir eine Freundin und dazu ein Leben, das ich bis dahin nur vom Hörensagen gekannt hatte.»

«Sir Jasper war ein schwerreicher Mann», sagte ich; es war keine Frage, sondern eine Feststellung. «Wie hat er sein Geld verdient?»

Grizelda legte den Kopf auf die Seite und betrachtete mich nachdenklich. «Verstehet Ihr etwas vom Tuchhandel?»

Ich trank mein Ale aus und stellte den leeren Krug neben mich auf die Bank. «Meine Schwiegermutter ist Spinnerin und wohnt mitten im Weberviertel von Bristol. Ihr Vater hat fast sein Leben lang am Webstuhl gearbeitet. Man könnte sagen, daß ich ein bißchen über den Tuchhandel weiß.»

Grizelda nickte. «Dann wißt Ihr auch, was ein ‹Gemengsel› ist?»

«Ich habe davon gehört, aber es wurde immer nur ziemlich verächtlich erwähnt. Gemengsel sind schlechte, derbe Stoffe aus der Wolle minderwertiger Schafe, deren Vlies für feine englische Wollstoffe nicht gut genug ist.»

Grizelda lachte. «Ihr habt Eure Lektion offensichtlich gründlich genug gelernt, um sie auswendig hersagen zu können. Aber Gemengsel werden nicht überall als minderwertig angesehen, im Ausland verkaufen sie sich ausgezeichnet, besonders bei den Bretonen. So mancher Kaufmann aus Totnes hat sein Vermögen in der Bretagne gemacht, Sir Jasper war nur einer davon. Seine und Thomas Cozins Boote fuhren viele Jahre lang regelmäßig über den Kanal und zurück – und tun es noch, obwohl das Unternehmen jetzt allein von Master Cozin geleitet wird. Und ehrenhaft, wie er nun einmal ist, hat er dafür gesorgt, daß der Erlös aus Sir Jaspers Geschäftsanteilen auch weiterhin seinen Erben zugute kam. Als Rosamund voriges Jahr an St. Martin im Kindbett starb und Eudo Colets Sohn tot geboren wurde, war sie sogar noch reicher, als ihr Vater es gewesen war.»

«Und ihrem Ehemann gehört jetzt das ganze Vermögen? Nun, so will es das Gesetz. Aber geht ein bißchen weiter zurück. Erzählt mir etwas über die erste Ehe Eurer Cousine.»

«Über die Ehe mit Sir Henry Skelton? Sehr gern. Er war königlicher Kammerjunker und hatte Ländereien in Yorkshire, doch da er Witwer war und einen erwachsenen Sohn hatte, fiel das Erbe diesem Sohn zu, als Sir Henry getötet wurde. Er und Rosamund waren nur etwas über zwei Jahre verheiratet. Sie lernten sich kennen, als Sir Jasper uns beide vor etwa – oh, neun Jahren nach London mitgenommen hatte. Rosamund war damals gerade achtzehn geworden, und ich war vier Jahre älter.» Sie blinzelte mir zu. «Ich sehe, daß Ihr Euch mit den Zahlen schwertut, Chapman, also will ich Euch sagen, daß ich in dem Jahr geboren wurde, in dem der verstorbene König die Franzosenfrau Margaret von

Anjou heiratete. Ich bin also, meiner Rechnung nach, jetzt dreißig.»

Ich versuchte erstaunt auszusehen, doch sie war zu klug, um sich durch meine geheuchelte Überraschung hinters Licht führen zu lassen.

«Gesteht», sagte sie lachend, «daß Ihr mich selbst auch schon so alt geschätzt habt. Nein, nein! Gebt Euch keine Mühe, es zu leugnen. Ich habe nicht den Wunsch, für jünger gehalten zu werden.»

«Und warum solltet Ihr auch», sagte ich ritterlich, «da Ihr eine so schöne Frau seid.»

Darüber mußte sie noch mehr lachen, aber dennoch errötete sie vor Freude. Und ich sagte nur die Wahrheit. Sie sah sehr gut aus.

«Wo war ich stehengeblieben?» fragte sie leise.

«Sir Jasper hatte Euch und Rosamund nach London mitgenommen.»

«Ach ja. Er hatte ein Haus in der Paternoster Row, innerhalb des Bannkreises von St. Paul's Cathedral. Dort wohnten wir jedes Jahr ein paar Monate. Sir Jasper hatte nämlich beschlossen, daß Rosamund sich gut verheiraten sollte, und in Totnes gab es keinen, der auch nur annähernd gut genug gewesen wäre, ihr Ehemann zu werden. Sie sollte einen Mann mit einer Stellung bei Hofe heiraten, der auch Einfluß beim König hatte.»

«Dann war Sir Jasper also auf der Seite des Hauses von York?»

«Aber gewiß. Er war König Edward treu ergeben.»

«Und dieser Sir Henry Skelton war offenbar ein Mann, wie er sich ihn für Eure Cousine wünschte. Aber wie stand sie zu der Sache?»

Grizelda zuckte mit den Schultern. «Ich habe nie gehört, daß sie seinen Wünschen widersprochen hätte. Ihr denkt vielleicht, das sei bei einer pflichtgetreuen Tochter nur natürlich, aber Rosamund konnte, wie ich schon gesagt habe, ab und zu sehr eigenwillig sein und das verwöhnte Kind hervorkehren. In diesem Fall war sie jedoch absolut fügsam. Warum fragt Ihr?»

«Weil Jacinta mir erzählt hat, Eure Cousine habe gesagt, das erstemal habe sie ihrem Vater zu Willen geheiratet, aber beim zweiten Mal wolle sie den heiraten, der ihr gefiel.»

«Die Frau klatscht zuviel.» Grizelda runzelte ärgerlich die Stirn. «Nicht, daß sie nicht recht haben könnte, wenn ich selbst dergleichen auch nie von Rosamund gehört habe. Jedenfalls hat sie sich Sir Jaspers Plänen nicht widersetzt, als die Heirat arrangiert wurde, obwohl ...» Sie zögerte und sah leicht verlegen aus.

«Obwohl –», drängte ich.

Grizelda nahm meinen leeren Alekrug, stand auf, um ihn frisch zu füllen, und drehte mir dabei einen Moment den Rücken zu.

«Ich denke, die Ehe, so kurz sie auch gewesen sein mag, war für meine Cousine eine Enttäuschung. Rosamund war – eine leidenschaftliche Natur, und nachdem diese – diese Gefühle einmal in ihr geweckt worden waren, brauchte sie einen leidenschaftlichen Mann, der sie besänftigte.» Grizelda wischte ein paar Aletropfen vom Tisch, wischte am Boden des Kruges herum und setzte sich wieder, wobei sie meinem Blick noch immer auswich. «Sir Henry Skelton war, wie ich schon angedeutet habe, etliche Jahre älter als sie. Ein Witwer und, soweit ich das beurteilen konnte, kein der Ehefrau besonders treu ergebener Mann. Was sehr gut der Grund dafür gewesen sein kann, daß sich Rosamund, als sie sich wieder verheiratete und niemand da war, der ihre Wahl überprüfte und guthieß, wider besseres Wissen von – ihren Wünschen überrumpeln ließ und nicht auf ihre Vernunft hörte.»

«Ich verstehe», sagte ich ruhig, nahm ihr den Krug ab und hielt ihn zwischen beiden Händen.

«Ja», sie holte tief Atem. «Aber um fortzufahren: Vielleicht zum Glück für Rosamund dauerte die Ehe nicht lange.

Mein kleiner Andrew wurde im Jahr nach der Hochzeit geboren, und zwar Anfang Mai. Mary dreizehn Monate später, doch da war Sir Henry schon tot.»

«Woran ist er gestorben?»

«Er wurde getötet, als er seine Ländereien im Norden verteidigte, ungefähr zwei Monate bevor Mary zur Welt kam. Ich erinnere mich jetzt nicht mehr so genau an alle Einzelheiten, aber es war zu Beginn größerer Unruhen im Herbst, als der Earl von Warwick den König entführte und auf Schloß Pontrefac gefangensetzte. Es hatte während der Weihnachtstage Gerüchte gegeben, daß es zwischen König Edward und dem Earl Unstimmigkeiten gab, doch niemand konnte es so richtig glauben. Sie waren nahe Verwandte und standen einander seit langem so nahe wie Blutsbrüder.»

Ich nickte. «Ich erinnere mich.» Damals hatte ich gerade mein Noviziat angetreten, und die Nachrichten von den aufregenden Ereignissen waren sogar durch die geheiligten Mauern der Abtei gedrungen, hatten mich von meiner Langeweile erlöst und von der wachsenden Überzeugung abgelenkt, daß ich mich, wie sehr meine Mutter es sich auch wünschen mochte, nie mit dem religiösen Leben abfinden konnte. «Es war der Anfang des Weges, der Warwick schließlich in das Lager der Lancaster und nicht ganz zwei Jahre später in den Tod auf dem Barnet Field führte.»

«Ihr kennt die Ereignisse besser als ich. Aber ich weiß, daß es im Frühling bevor der König gefangengesetzt wurde, in Yorkshire zu mehreren Aufständen kam, denn Sir Henry wurde von seinem älteren Sohn aufgefordert, zurückzukehren und seinen Besitz zu verteidigen. Er fand bei einem Scharmützel mit den Rebellen den Tod.»

«Ihr seid auch während ihrer Ehe bei Eurer Cousine in London geblieben?»

Grizelda antwortete mit Würde: «Ich habe den kleinen Andrew versorgt, war seine Kinderschwester.»

Ich sagte nichts dazu, doch es war für mich offensichtlich,

daß die Beziehung der beiden Frauen sich nach Rosamunds Hochzeit unausweichlich verändert hatte. Sie waren einander nicht mehr gleichgestellt gewesen; die mittel- und mitgiftlose Grizelda war auf einen untergeordneten Platz verwiesen worden.

Sie muß mir meine Gedanken angesehen haben, denn sie sagte ruhig: «Es hat mir viel bedeutet, daß ich noch gebraucht wurde. Man hätte mich sehr leicht mit Sack und Pack zu meinem Vater zurückschicken können, aber Rosamund wollte, daß ich blieb. Und was das Persönliche anging, hatte sich zwischen uns nichts geändert. Wir blieben weiterhin Freundinnen und Vertraute.»

«Und nachdem Mary geboren worden war, seid Ihr nach Devon zurückgekehrt, um bei Sir Jasper zu leben.»

Grizelda lächelte. «Ihr sagt das so sicher; Jacinta scheint Euch eine ganze Menge erzählt zu haben. Doch Ihr habt recht. Wir kamen nach Hause, und ich war froh darüber. Ich mochte das schmutzige und laute London nicht. Dort gibt es an einem Tag mehr Verkehr auf den Straßen, als man in Totnes in sechs Monaten zu sehen kriegt. Über ein Jahr lang lebten wir hier ruhig und waren glücklich, und ich hatte die Magd Bridget Praule, die mir mit den Kindern half. Ihr habt ihre Großmutter gestern morgen kennengelernt, sie hat Euch mit uns anderen aufgelauert.»

«Ich erinnere mich», sagte ich erbittert. «Was ist am Ende dieses Jahres geschehen, das Euch aus Eurem Frieden aufgeschreckt hat?»

«Sir Jasper starb plötzlich am Abend vor dem Fronleichnamsfest. Er war im Kontor und sprach mit seinem Schreiber, als er mit einem schrecklichen Stöhnen zu Boden fiel. Als man ihn aufhob, war er tot. Zwei Monate später starb mein Vater an einem Schnupfen, den er zu lange nicht beachtet hatte; er bekam hohes Fieber und wurde innerhalb weniger Tage dahingerafft. Ich wäre damals schon hierher zurückgekehrt, wie es meine Pflicht gewesen wäre, aber Rosamund bat mich, zu bleiben und mich weiterhin um die Kinder zu kümmern. Sie kannten und sie liebten mich, sagte sie, genauso wie ich sie kannte und liebte. Und obwohl ich Rosamund sehr gern hatte, muß ich zugeben, daß sie keine gute Mutter war. Sie war von Natur aus zu träge und zu selbstsüchtig.

Also blieb ich. Wie Ihr schon wißt, kümmerte sich Innes Woodsman um den Hof und durfte dafür hier wohnen, und so ging das Leben noch zwei Jahre lang weiter. In dieser Zeit hatte Rosamund eine Reihe von Bewerbern, wie bei einer so wohlhabenden jungen Witwe nicht anders zu erwarten, besonders bei einer, die dank Master Thomas Cozin immer reicher wurde. Aber keiner fand Gnade vor ihren Augen. Keiner war der Mann, den sie sich wünschte. Dann beschloß sie im Spätsommer vor drei Jahren, nach London zu gehen und eine Zeitlang bei ehemaligen Nachbarn in der Paternoster Row zu bleiben – einer gewissen Ginèvre Napier und ihrem Mann Gregory. Gregory Napier ist Goldschmied mit einem eigenen Laden in der West Cheap zwischen Foster Lane und Gudrun Lane.»

«Ihr und die Kinder habt sie nicht begleitet?»

«Nein. Rosamund hatte angefangen sich zu langweilen. Sie war rastlos, suchte Aufregung, Ablenkung. Sie sagte, sie werde vor der Zeit alt. Zufällig ergab es sich im August, daß ein älteres Ehepaar von der anderen Seite des Flusses, alte Freunde von Sir Jasper, nach London reiste, um seine verheiratete Tochter zu besuchen, die in der Bread Street Ward wohnte, und Rosamund schloß sich an. Sie sollte drei Wochen später auch wieder mit den beiden zurückkommen, aber als Master Harrison und seine Ehefrau sie abholen wollten, sagte Rosamund, Ginèvre habe sie gedrängt, noch länger zu bleiben, und sie werde ihre Rückreise nach Totnes allein bewerkstelligen. Das war die Nachricht, die mir die Harrisons nicht ganz frei von Sorge überbrachten, denn ich denke, sie fühlten sich für Rosamund verantwortlich. Außerdem hatten sie für Ginèvre Napier nicht besonders viel übrig. Das merkte ich an ihrem Verhalten und an der Art, wie sie über sie sprachen. Aber sie konnten nichts tun. Rosamund war für das, was sie tat, niemandem verantwortlich, außer sich selbst.»

Grizelda seufzte, machte eine kurze Pause und fuhr dann fort: «Sie kam erst im Oktober nach Hause; Ende Oktober, denn es war nur ein, zwei Tage bis Allerheiligen, als sie in einem eleganten Break hier vorfuhr, der innen mit Samtkissen gepolstert war und Samtvorhänge an den Fenstern hatte, um die Kälte fernzuhalten. Sie war nicht allein. Ein Mann war bei ihr. Als sie aus dem Wagen stieg, liefen die Kinder ihr entgegen, um sie zu begrüßen. «Meine Lieblinge», sagte sie und bückte sich, um sie zu küssen, «das ist euer neuer Vater, Mamas neuer Ehemann, Master Eudo Colet.»

Lastendes Schweigen herrschte im Cottage, und ich hörte wieder die Vögel in den Bäumen singen. Ich hörte auch das Schnauben und Grunzen einer Schweineherde, die ihr Besitzer in den Wald trieb, wo sie im Boden nach Bucheckern und Trüffeln wühlen sollten. Eine Männerstimme rief einen Gruß, den Grizelda erwiderte. Dann kehrte die Stille zurück, tiefer als vorher.

Vor meinem geistigen Auge stand lebhaft die Szene, die Grizelda eben heraufbeschworen hatte, der Break, der vor der Tür vorfuhr, die Pferde, die aus den Nüstern Dampf in die kalte, winterliche Luft ausstießen, die beiden Kinder, die aufgeregt angerannt kamen, um ihre Mutter zu begrüßen, die so viele Monate nicht dagewesen und endlich zurückgekommen war. Ich sah Rosamund – oder vielmehr das Bild, das ich mir von ihr gemacht hatte –, die sich bückte und von den Kindern umarmen ließ. Und hinter ihr stieg lässig die schattenhafte Gestalt eines Fremden aus dem Wagen.

«Was ist dann geschehen?» fragte ich endlich.

«Nichts», sagte Grizelda heftig. «Was konnte denn geschehen? Sie hatte ihn geheiratet, und er hatte die Heiratsurkunde, die es bewies. Er war unser neuer Herr, der Stiefvater der Kinder. Wir mußten ihn akzeptieren.»

«Aber Ihr habt ihn nicht gemocht», sagte ich ruhig, als sie offenbar nicht weitersprechen wollte.

«Ich habe ihn auf den ersten Blick gehaßt.» Ihre Stimme war leise, aber um so leidenschaftlicher.

«Ihr müßt einen Grund gehabt haben», sagte ich drängend, nachdem sie wieder verstummt war.

Grizelda setzte sich anders zurecht und lehnte sich mit dem Rücken an die Wand. Sie schien sich plötzlich zu entspannen, als sei sie erleichtert, endlich offen mit einem mitfühlenden Fremden sprechen zu können.

«Aber das war's ja gerade. Ich hatte keinen triftigen Grund für das, was ich für Eudo Colet empfand, außer einem instinktiven Mißtrauen gegen den Mann. Von Anfang an hatte er etwas an sich, das mir verriet, daß er aus ganz armseligen ländlichen Verhältnissen stammte. Oh, der Knabe sah sehr fein aus in seinen eleganten Kleidern, die zweifellos Rosamund ihm gekauft hatte. Aber er fühlte sich nicht wohl darin. Er war solche Eleganz nicht gewohnt und paradierte wie ein Pfau umher, während sie für einen Gentleman, der sich immer so trug, etwas ganz Selbstverständliches gewesen wäre. Und es war dasselbe, wenn er ein Pferd bestieg. Er konnte reiten, doch er hatte eine schwere Hand, zerrte am Zügel und an der Kandare im Maul des Tieres. Er war robustere Pferde gewöhnt, Arbeitspferde, nicht die feurigen Tiere aus Rosamunds Ställen.»

«Und Ihr habt ihn für einen Abenteurer gehalten, der es auf das Geld Eurer Cousine abgesehen hatte?»

«Ja. Wie wäre es mir möglich gewesen, anders zu denken? Und weder Rosamund noch er erzählten je etwas von seinem Leben bevor sie sich kennengelernt hatten. Was er war, woher er kam, blieb ein Geheimnis, das nur sie miteinander teilten. Wie ich schon früher gesagt habe, konnte nicht einmal Master

Cozin etwas über ihn erfahren, obwohl er zwei seiner Bediensteten nach London schickte, die Erkundigungen einziehen sollten. Rosamund war außer sich vor Zorn, als sie es herausbekam, und es führte zu einem monatelangen Bruch zwischen ihr und Master Cozin. Aber sie brauchte Thomas, damit er sich um ihre Angelegenheiten kümmerte, und als sie feststellte, daß er erfolglos geblieben war, verzieh sie ihm.»

«Was ist mit Master Cozins Bruder, dem Anwalt? Hat er je versucht, hinter die Wahrheit zu kommen?»

«Vielleicht hat er es getan. Ich halte es sogar für sehr wahrscheinlich, aber ich habe nie etwas davon gehört. Rosamund vertraute sich mir nicht mehr an. Ich fürchte, ich hatte meine Abneigung gegen Eudo zu deutlich gezeigt. Wäre ich ihr bei den Kindern nicht so nützlich gewesen, hätte sie mich wohl aufgefordert, zu gehen und hierher zurückzukehren. Aber während ich die Kleinen versorgte, brauchte sie sich ihretwegen nicht den Kopf zu zerbrechen. Sie war frei, ihre Zeit mit ihrem Gatten zu verbringen, wie sie es wollte.»

«Und wie waren die beiden miteinander?»

«Am Anfang ging es gut. Sie betete ihn an.» Wieder errötete Grizelda leicht. «Eudo Colet gab ihr – was sie in einem Mann suchte. Das – worüber wir eben gesprochen haben. In dieser Hinsicht war er alles, was Henry Skelton nicht gewesen war. Doch mit der Zeit kam es zu Mißstimmungen zwischen ihnen. Denn es war nur allzu offensichtlich, daß sie ihn mehr liebte als er sie, was meinen Verdacht bestätigte – er hatte sie ihres Geldes wegen geheiratet. Unter diesen Umständen war es nur natürlich, daß er ab und zu auch Augen für andere Frauen hatte. Aber», fügte Grizelda hinzu, «ich glaube nicht, daß er sie auf gröbere Weise betrogen hat.»

«Und die Kinder?» fragte ich. «War er nett zu ihnen?»

Sie zuckte mit den Schultern. «Weder nett noch nicht nett. Wenn er gezwungen war, von ihnen Notiz zu nehmen, war er freundlich, doch meistens ignorierte er sie genauso wie Rosamund. Solange ich für alles sorgte, was Andrew und Mary brauchten, sahen ihre Mutter oder Eudo Colet nicht ein, warum sie sich viel mit ihnen abgeben sollten.»

Ich warf hier eine Frage ein, die ich schon seit einiger Zeit stellen wollte, weil im Hintergrund meines Bewußtseins eine unbestimmte Erinnerung nagte.

«Wie sieht er denn aus, dieser Eudo Colet?»

Grizelda überlegte, ließ sich mit ihrer Antwort Zeit. Endlich sagte sie: «Dunkles Haar und dunkle Haut. Haselnußbraune Augen, eine leicht gekrümmte Nase und volle Lippen über einem buschigen dunkelbraunen Bart. Ein Jahr jünger als Rosamund. Fünf Jahre jünger als ich.»

«Dann habe ich ihn gesehen!» rief ich triumphierend. «Gestern, am frühen Nachmittag. Ich ging gerade in die Stadt zurück, nachdem ich unten am St. Peter's Quay mein Mittagessen verzehrt hatte, als ich in der Nähe des Lepraspitals einem Reiter begegnete. Er saß auf einem Braunen mit heller Mähne und hellem Schweif, schien aber mit dem Tier nicht zurechtzukommen. Ein bärtiger Mann, vornehm gekleidet.»

Grizelda nickte. «Eudo, ohne Zweifel. Wohin wollte er?»

«Wir haben nicht miteinander gesprochen, aber er ritt zur Brücke hinunter.»

«Dann war er auf dem Weg in seine derzeitige Unterkunft. Seit er nach dem Mord an den Kindern aus dem Haus ausgezogen ist, wohnt er bei Agatha Tenter und ihrer Mutter.»

«Das hat mir Jacinta schon erzählt. Sie scheint die Tatsache für sehr bedeutsam zu halten.»

Grizeldas Kopf fuhr in die Höhe. «Bedeutsam? In welcher Hinsicht?»

«Das hat sie mir nicht erklärt, aber wenn ich raten sollte, würde ich sagen, sie vermutet zwischen Master Colet und Agatha Tenter eine Beziehung, die das Licht zu scheuen hat. Ihr habt selbst gesagt, daß er gern seine Augen schweifen ließ. Vielleicht sind sie sogar auf der Köchin haftengeblieben. Schließlich waren sie Tag und Nacht unter demselben Dach beisammen.»

Grizelda biß sich auf die Unterlippe. «Ich habe nie ein Anzeichen für eine solche Beziehung bemerkt, was aber nicht
bedeutet, daß es sie nicht gab. Agatha ist ungefähr ein Jahr
älter als ich, leidet aber noch nicht gerade an Altersschwä-
che.» Sie warf mir einen verstohlenen Seitenblick zu, denn
ihr wurde bewußt, daß sie dabei war, ein Kompliment her-
auszufordern, und sprach hastig weiter: «Eine recht gut aussehende Frau überdies, wenn Euch rotes Haar und eine
dralle Figur gefallen.»

Ich sagte nichts, schüttelte nur grinsend den Kopf. Fast,
aber nicht ganz zufällig, rutschte ich auf der Bank ein bißchen näher an Grizelda heran. Sie zuckte zwar kurz zusammen, bemühte sich jedoch nicht, einen größeren Abstand
zwischen uns zu schaffen. «Weil ich Euch so oft unterbro-
chen habe, habt Ihr jetzt den Faden Eurer Geschichte verloren», entschuldigte ich mich. «Daß Eure Cousine im Kindbett starb, muß vieles verändert haben.»

«Das hat es. Rosamund hat im Februar vorigen Jahres entdeckt, daß sie schwanger war. Das Baby sollte um den Sankt-
Martins-Tag herum kommen. Merkwürdigerweise hatte sie
bei Andrew und Mary schwierige Schwangerschaften, aber
jeweils eine leichte Geburt. Bei ihrem dritten Kind war es
genau umgekehrt. Sie war während der ganzen neun Monate
gesund und glücklich, und Eudo umtanzte sie und überschüttete sie den ganzen Tag mit Aufmerksamkeiten. Damit
ich ihm nicht unrecht tue: ich habe noch nie einen Mann
erlebt, der sich so darüber gefreut hat, daß er Vater werden
sollte. Wenn ich auch das Gefühl nicht loswerde, daß er in
dem kommenden Kind ein Mittel zum Zweck sah, das die
Gerüchte und den Klatsch zum Verstummen bringen sollte,
die sich auch jetzt noch, nach zwei Jahren, hartnäckig hielten. Doch dann ging am Ende alles schief, und er verlor nicht
nur seinen Sohn, sondern auch seine Frau. Aber», fuhr Grizelda zynisch fort, «Rosamunds Tod hat ihn zu einem sehr
reichen Mann gemacht.»

«Nicht reicher, als er schon durch die Heirat mit ihr geworden war», warf ich ein.

Grizelda rümpfte die Nase. «Ich denke, er war sich bis zu diesem Moment nicht richtig klar darüber gewesen, daß alles, was sie besaß, auch ihm gehörte. Für mich ein weiterer Beweis, daß er nicht von vornehmer Geburt ist. Er ließ sich von der Macht des Geldes – und von Menschen wie Anwälten zum Beispiel – zu leicht ins Bockshorn jagen. Aber nach Rosamunds Tod änderte sich das alles. Er begriff allmählich, wie reich er eigentlich war.» Ihre freundlichen Züge verhärteten sich. «Sein Pech, daß die Partnerschaft zwischen Sir Jasper und Thomas Cozin gesetzlich mit Sir Jaspers Tod aufgehört hatte zu bestehen. Aus reiner Herzensgüte hatte Thomas die Gewinne des Unternehmens weiterhin mit der Tochter seines alten Freundes geteilt. Doch kaum war Rosamund zur Ruhe gebettet und die Beerdigung vorbei, verkündete Thomas, er habe nicht die Absicht, das auch weiterhin zu tun. Und von da an», fügte Grizelda fast flüsternd hinzu, «fing ich an, mich um die Sicherheit meiner beiden Schutzbefohlenen zu sorgen.»

- - -

Siebentes Inzwischen stand die Sonne hoch am Himmel, **Kapitel** und die Schatten, die auf dem festgestampften Lehmfußboden lagen, wurden kürzer, je näher sie dem Zenit kam. Es wurde warm; zu warm für Anfang April; die Erfahrung hatte mich gelehrt, daß Hitze, die zu früh im Jahr kam, Vorbotin eines nassen und kühlen Sommers war. Ich war hungrig, denn die Mittagszeit war längst vorbei, aber ich war zu begierig, den Rest von Grizeldas Geschichte zu hören, um sie mit einer Bitte um Essen zu unterbrechen. Zum Glück dachte sie jedoch selbst daran, stand auf und schüttelte ihren Rock aus. Es war noch derselbe blaue, den sie am Tag vorher getragen hatte.

«Wird Zeit, daß wir etwas essen», sagte sie energisch. «Ich kann Euch Brot und Käse, Äpfel und Weizenkuchen anbieten, die Ihr mit meinem Ale hinunterspülen könnt, für das Ihr eine Vorliebe zu haben scheint.»

Ich ließ mir alles auftischen, nur kein Ale mehr. Sie braute einen starken Saft, und ich hatte genug getrunken. Mir war schon ganz schwummrig im Kopf. Also schöpfte sie mir aus dem Faß, das draußen vor der Tür des Cottage stand, einen Krug voll Wasser und schlug dann vor, daß auch wir hinausgehen und uns in der Sonne wärmen sollten. Wir setzten uns auf die Steinbank, die sich an der ganzen Südmauer hinzog, aßen Grizeldas ausgezeichnetes selbstgebackenes und mit Kornradensamen gewürztes Brot, Käse aus der Milch ihrer Kuh, mit Honig gesüßte Weizenkuchen und ein paar kleine, verschrumpelte Äpfel von der letzten Ernte im vergangenen Herbst; sie hatte sie von einer Nachbarin bekommen. Das Regenwasser aus dem Faß war kühl und erfrischend; in Trockenzeiten, erzählte sie mir, mußte sie, wenn ihr Vorrat aufgebraucht war, das Wasser eimerweise vom Fluß heraufschleppen.

«Schwere Arbeit.» Sie schnitt eine Grimasse. «Aber zum Glück bin ich kräftig. Und ein noch größeres Glück war, daß ich's, seit ich im Januar ins Cottage zurückgekommen bin, nur zweimal tun mußte.»

«Ich fülle Euch das Faß bis zum Rand, bevor ich gehe», versprach ich. «Es ist das wenigste, das ich tun kann, um Euch Eure Geduld zu vergelten.»

«Ich habe mir selbst etwas Gutes getan», antwortete sie. «Es ist eine Erleichterung, mit einem Menschen über die Ereignisse zu sprechen, der weder die Beteiligten noch die Geschichte kennt und mir bisher keine Theorie angeboten hat, die mich beim Erzählen ablenkt. Es hilft mir, mich genauer an das zu erinnern, was geschehen ist.»

Als wir gegessen hatten und zufrieden dasaßen, in der hellen Stille des Tages geborgen, vor uns das üppige Gras, mit gelben Schlüsselblumen wie mit Sternchen übersät, um uns die in der leichten Brise raschelnden Blätter der Bäume des Waldes – ein Geräusch wie sanfter Regen –, bat ich sie fortzufahren; mir zu erklären, warum sie nach Rosamunds Tod um die Sicherheit der beiden Kinder besorgt gewesen war.

Grizelda blickte auf ihre Hände hinunter, die, lang und kräftig, mit den Fingern einer Arbeiterin, gefaltet auf ihrem Schoß lagen, und dachte einen Augenblick nach. Dann hob sie den Kopf, schaute starr vor sich hin und sagte: «Ich denke, es war Sir Henry Skeltons Testament, das mir Unbehagen bereitete. Ich war mit Rosamund und ihrem Vater in London, als es im Frühling 1469 aufgesetzt wurde, kurz bevor Sir Henry nach Norden aufbrach, um die Rebellen zu bekämpfen.

Sir Jasper war es, der darauf bestanden hatte, daß für Rosamund und die Kinder entsprechend Vorsorge getroffen wurde für den Fall, daß sein Schwiegersohn zu Tode kam; Sir Henrys Absichten sollten nach Recht und Gesetz schriftlich niedergelegt, beglaubigt und bezeugt werden. Sir Jasper erklärte, er habe zu viele Rechtsstreitigkeiten erlebt, die keinem etwas genutzt hätten außer den Anwälten, weil der Erblasser seinen Letzten Willen nicht deutlich genug ausgedrückt hätte. Das große Haus in Yorkshire sollte Sir Henrys ältester Sohn erben, doch er war ein sehr reicher Mann, und es war noch genug Geld übrig für Andrew und Mary, die damals natürlich noch nicht geboren war. Sir Jasper ließ Oliver Cozin aus Exeter holen, der bei den juristischen Auseinandersetzungen Rosamund vertrat. Und glaubt mir, sie haben tagelang gedauert.

Am Ende kam man jedoch überein, daß die Einkünfte aus verschiedenen Unternehmen, an denen Sir Henry beteiligt war, den Kindern aus seiner zweiten Ehe zufallen sollten.

Aber Master Cozin, damit nicht zufrieden, wollte um jeden Preis, daß die beträchtlichen Summen in der Familie seiner Klientin verblieben. Angenommen, sagte er, die Kinder starben vor Lady Skelton; das eine oder das andere oder beide. Was dann? Warum sollte das Geld an ihren Halbbruder zurückfallen, für den schon überreich gesorgt war? Das Geld, das für Andrew und das zu erwartende Kind bestimmt war, mußte an Rosamund gehen oder – das Gehirn eines Anwalts hat so viele Windungen, daß er jede Möglichkeit vorhersieht –, sollte Rosamund vor ihnen sterben und sollten die Kinder ihr, noch minderjährig, in den Tod folgen, so sollten ihre nächsten Verwandten das Geld erben. Nach langem juristischem Hin und Her trug er den Sieg davon. Die entsprechende Klausel wurde in Sir Henrys Testament aufgenommen.»

Ich holte tief Atem. «In einer solchen Klausel stecken natürlich verborgene Gefahren? Das kommt wenigstens mir so vor.»

Grizelda lächelte bitter. «Und mir auch. Aber das, Master Chapman, hat seinen Grund darin, daß wir einfache Menschen sind, die unter anderen einfachen Menschen leben und ihre Fehler kennen. Wir kennen die Habgier und die Gelüste unserer Mitmenschen. Doch wenn Ihr Anwalt seid und im Elfenbeinturm des Gesetzes lebt, befaßt nur mit unerlaubten Handlungen und Vergehen, woher sollt Ihr dann wissen, was in der Welt um Euch herum vorgeht? Seiner Meinung nach hatte Oliver Cozin für seine Klientin das Beste getan, und Sir Jasper war mächtig erfreut und prahlte eines Abends beim Essen vor uns allen, daß niemand im Königreich, nicht einmal der König selbst, einen geschickteren Anwalt habe.

Und um Sir Jasper und Master Cozin Gerechtigkeit widerfahren zu lassen: man kann weder dem einen noch dem anderen vorwerfen, daß er Rosamunds Heirat mit einem Mann wie Eudo Colet nicht vorhergesehen hat. Denn ich brauche Euch wohl nicht eigens zu erklären, Master Chapman, daß nach ihrem Tod nur noch das Leben der Kinder zwischen ihm und einer erheblichen Vermehrung seines Vermögens stand.»

«Ich habe Euch schon gestern gesagt, daß mein Name Roger ist», unterbrach ich sie. «Könntet Ihr Euch nun, da wir uns besser kennen, nicht entschließen, ihn zu benutzen?»

Sie lächelte. «Nun schön. Wenn du mir versprichst, mich Grizelda zu nennen.»

«Darauf gebe ich dir mein Wort. Und nun, nachdem wir das geregelt haben – versuchst du mir beizubringen, daß du Eudo Colet des Mordes verdächtigst?»

Sie zuckte mit den Schultern. «Er war der einzige, der durch ihren Tod gewonnen hat. Und wie ich dir schon früher erklärt habe, ist er nach Rosamunds Tod noch viel habgieriger geworden. Er findet es jetzt aufregend, Geld um des Geldes willen zu haben.»

«Aber...» Ich zögerte, es widerstrebte mir, einen Mann eines so entsetzlichen Verbrechens zu beschuldigen, ohne mehr Beweise für dieses Verbrechen zu haben, als man mir bisher vorgelegt hatte. Ich fuhr fort: «Es scheint keinen Beweis dafür zu geben, der darauf hinweist, daß er die Kinder ermordet hat. Es sei denn, du glaubst wie Jacinta an Hexerei, deren sie ihn beschuldigt.» Ich trank noch einmal tüchtig Wasser, um die hartnäckigen Ale-Nebel aus meinem Kopf zu vertreiben. «Erzähl mir von dem Tag, an dem sie verschwanden, soweit du dich eben daran erinnerst.»

Grizelda lehnte den Kopf an die Mauer des Cottage und schloß die Augen, um sie vor dem grellen Sonnenlicht zu schützen.

«Eudo Colet und ich sind nie gut miteinander ausgekommen. Er spürte von Anfang an meine Abneigung gegen ihn, ebenso wie Rosamund, die immer kühler zu mir wurde. Wir lebten uns auseinander und wurden uns fast fremd. Doch das habe ich dir schon erzählt. Nach dem Tod meiner Cousine geriet der ganze Haushalt in Unordnung, wie du dir vorstellen

- 91 -

kannst, aber nachdem der erste Schock überwunden war, sagte uns Master Colet, er wünsche, daß wir alle blieben. Was mich betraf, wäre er mich bestimmt gern losgeworden, aber das war unmöglich, weil Andrew und Mary zu sehr an mir hingen, und er hatte für beide Kinder nichts übrig. Er brauchte mich noch, und ich schwor mir, nichts würde mich dazu bringen, meine Lieblinge im Stich zu lassen.

Aber die Dinge spitzten sich zwischen uns immer mehr zu. Master Colet und ich stritten uns wegen der Kinder fürchterlich. Mehr als einmal mußte ich sie vor seinem Zorn schützen, denn» – sie seufzte – «ich kann nicht leugnen, daß sie oft sehr frech zu ihm waren. Sie mochten ihn genausowenig wie ich, taten immer ihr Bestes, so ungehorsam zu sein, wie sie es nur wagten, und mißachteten seine Anordnungen. Als Rosamund noch lebte, hatte er sich nicht allzuviel darum gekümmert und es ihr überlassen, sie zu Zucht und Ordnung zu erziehen. Jetzt jedoch stand nur ich zwischen ihm und ihrer... Ich fürchte, ich kann es nicht anders nennen als Ungezogenheit. Aber ich wußte, wie unglücklich die beiden waren, wie verzweifelt sie ihre Mutter vermißten, und ich verteidigte sie, so gut ich konnte, lenkte Master Colets Zorn oft auf mich, bis er sich ein wenig abgekühlt hatte.

Weihnachten war eine schwierige Zeit, doch wir hatten stillschweigend eine Art Burgfrieden geschlossen, damit die Festlichkeiten, soweit es sie so bald nach Rosamunds Tod überhaupt geben sollte, nicht beeinträchtigt wurden. Aber als der Dreikönigstag vorbei war und die bittere Januarkälte, Wind und Regen uns ans Haus fesselten, war es, als platze die schwelende, über Weihnachten mühsam unterdrückte Zwietracht wie ein lepröses Geschwür auf.

Es war an einem Donnerstag Mitte des Monats, und ich hatte die Frühmesse im Kloster besucht. Ich weiß noch, daß es auf dem Heimweg leicht zu schneien begann und daß ich Hunger hatte, denn ich hatte noch nicht gefrühstückt. Als ich das Haus betrat, hörte ich aus dem oberen Wohnzimmer laute

Stimmen. Eudo Colet brüllte, und die Kinder weinten. Bridget und Agatha standen dicht aneinandergedrängt am Fuß der Treppe, lauschten und fragten sich, ob sie sich einmischen sollten oder nicht.

Ich stieß sie beiseite und stürmte wie eine Furie die Treppe hinauf. Oh, ich gebe es ja zu, es war dumm von mir. Ich hätte mich besser in der Gewalt haben müssen, bevor ich Master Colet angriff. Ich weiß nicht mehr genau, was wir zueinander gesagt haben, aber mir hat es genügt, um zu begreifen, daß ich in diesem Haus nicht länger bleiben konnte. Ich rief zu Bridget hinunter, sie solle laufen und Jack Carter holen, ich brauchte ihn dringend. Dann packte ich meine Truhe, bedauerte aber meinen voreiligen Entschluß schon wieder, da mir die beiden Kinder am Rockzipfel hingen und mich inständig baten, nicht zu gehen. Doch es war zu spät. Eudo Colet hätte mir nicht erlaubt zu bleiben, auch wenn ich es wirklich gewollt hätte.

Als Bridget mit Jack und seinem Wagen zurückkam, war alles wieder ruhig. Mary und Andrew hatten aufgehört zu weinen und mit der merkwürdigen Gefühllosigkeit, mit der Kinder oft ihren Kummer und den der Erwachsenen abschütteln, vergnügt miteinander zu spielen begonnen. Jack Carter trug meine Truhe hinunter, verstaute sie in seinem Wagen, ich kletterte zu ihm auf den Bock, und nachdem ich mich von Agatha und Bridget verabschiedet hatte, brachte er mich – hierher.» Sie lächelte bitter. «Ich wollte sagen ‹nach Hause›, aber nach so vielen Jahren war es das nicht mehr für mich; nur ein Dach und vier Wände, die mir Zuflucht boten.»

«Und das war das letzte Mal, daß du die Kinder gesehen hast?» fragte ich so rücksichtsvoll wie möglich. Ich fühlte ihre Verzweiflung und wollte es ihr nicht noch schwerer machen als nötig.

Sie nickte stumm, und es dauerte eine Weile, ehe sie ihrer Stimme wieder trauen konnte. Endlich sprach sie weiter: «Ich erfuhr erst am nächsten Tag, daß Mary und Andrew nur ein paar Stunden nachdem ich das Haus verlassen hatte, verschwunden waren. Agatha Tenter ließ es mir durch Jack Carter ausrichten, der zufällig wieder in diese Richtung fuhr, und ich bat ihn, mich, wenn er zurückkam, nach Totnes mitzunehmen, damit ich an Ort und Stelle erfahren konnte, was wirklich geschehen war.»

«Und was hast du herausgefunden?» Ich griff nach dem letzten Apfel und biß hinein, ohne zu merken, was ich tat.

«Das ganze Haus war in Aufruhr, wie du dir denken kannst, Agatha war blaß und spitz, Bridget weinte hysterisch. Auch in der Stadt herrschte Unruhe, die halbe Bevölkerung war unterwegs, um die Kinder zu suchen, und die andere Hälfte drängte sich im unteren Wohnzimmer oder vor der Haustür, gab gute Ratschläge oder stellte neugierige Fragen. So kam es mir wenigstens vor. Robert Broughton, der Bürgermeister, und Master Thomas Cozin waren da, und bald darauf kam ein Sergeant von der Burg herunter, um weitere Erkundigungen einzuziehen.»

«Und zu welchem Ergebnis führte diese Untersuchung? Deine Freundin Jacinta hat mir gesagt, Master Colet sei nicht zu Hause gewesen, als die Kinder verschwanden, sondern angeblich zu Besuch bei Thomas Cozin, der das auch bezeugte.»

Grizelda nickte mit größtem Widerstreben.

«Das ist richtig. Er war offensichtlich sofort nach dem Frühstück weggegangen, und Bridget und Agatha schworen, daß die Kinder um diese Zeit noch oben gewesen waren. Sie beschworen auch, daß weder Andrew noch Mary weggegangen sein konnten, ohne daß die eine oder die andere sie gesehen hätte. Bridget staubte ab und polierte die Möbel im unteren Wohnzimmer, und Agatha hielt sich in der Küche auf und bereitete Gemüse und Fleisch für das Mittagessen vor. Obwohl es ein kalter Morgen war, hatte sie die Tür weit geöffnet, um den Dampf entweichen zu lassen, der aus mehreren Töpfen mit kochendem Wasser aufstieg. Sie hatte den Innenhof fast die ganze Zeit im Blick, bis Bridget angelaufen kam und sagte, Mary und Andrew seien nicht zu finden. Der Herr sei zurückgekommen und habe nach den Kindern geschickt, aber sie seien weg. Einfach nicht mehr da. Zu zweit suchten sie in den Vorratsräumen und Schlafzimmern über der Küche, auch im äußeren Hof, den Ställen, überall eben, aber ohne Erfolg.

Anfangs sagten sich natürlich alle, es müsse eine einfache Erklärung geben; die Kinder müßten ein Versteck gefunden haben, an das noch niemand gedacht hatte, weil sie ihrem Stiefvater einen tüchtigen Schreck einjagen und es ihm heimzahlen wollten, daß er sie am Morgen so angebrüllt hatte. Doch als es immer später wurde und sie nicht auftauchten, fingen alle an sich zu sorgen und machten ein großes Geschrei. Ganze Gruppen von Nachbarn durchstöberten bis zum Einbruch der Dunkelheit Straßen und Häuser in der Stadt und der näheren Umgebung. Als ich mit Jack Carter kam, wurden die Kinder schon eine ganze Nacht vermißt, und alle begannen zu fürchten, daß ihnen etwas Schlimmes zugestoßen war. Die Banditen hatten seit ein paar Wochen die Gegend unsicher gemacht und auf einem ihrer Raubzüge bereits ein Kind entführt. Das ist nichts Ungewöhnliches, wie du bestimmt weißt. Sie benutzen ihre Gefangenen als Sklaven und nehmen sie mit, wenn sie in andere Landesteile weiterziehen. Diesen Männern ist nichts zu gemein.»

«Aber in diesem Fall haben sie ihre Opfer ermordet. So sieht es zumindest aus.»

Grizelda sah mich scharf an. Als sie den Kopf wandte, fiel die Sonne auf ihre rechte Gesichtshälfte, und ich sah wieder die weiße Narbe, die sich von der Braue bis zur Wange zog.

«Du redest, als hättest du Zweifel am Schicksal der Kinder», sagte sie vorwurfsvoll.

«Hast *du* sie nicht?» entgegnete ich. «Haben sie nicht auch andere?»

Sie biß sich auf die Unterlippe, wandte sich wieder ab und blickte über die Lichtung, wo die Buchenstämme im Sonnenlicht glänzten wie mit Silber gesprenkelt.

«Ich kann es nicht leugnen», antwortete sie und sprach so leise, daß ich den Kopf neigen mußte, um sie richtig zu hören, «für Eudo Colet war es ein ganz besonderer Glücksfall, daß die Kinder so kurz nach dem Tod ihrer Mutter getötet wurden, denn dadurch erbte er das Geld, das Sir Henry ihnen hinterlassen hatte. Und ich war nicht die einzige, deren Verdacht geweckt wurde. Es gab viele, die den Fall lange und sehr gründlich untersuchten, weil sie erwarteten, ihn schuldig zu finden. Doch zu ihrer größten Enttäuschung, wie ich vermute, konnten sie die Zeugenaussagen von Agatha und Bridget nicht erschüttern. Keiner von Sir Jaspers alten Freunden hatte ihn je gemocht, und auch in der Stadt war er nicht besonders beliebt. Ich tue ihm wahrscheinlich nicht einmal unrecht, wenn ich sage, ich habe noch kein einziges gutes Wort über ihn gehört. Aber» – Grizelda breitete mit einer hoffnungslosen Geste die Arme aus – «man konnte ihm nichts nachweisen. Agatha und Bridget blieben eisern bei der Behauptung, daß er mit dem Verschwinden der Kinder nichts zu tun gehabt haben kann. Sie waren oben, als er das Haus verließ, um Master Cozin aufzusuchen, und waren nicht mehr da, als er zurückkam. Der Sheriff, der eigens aus Exeter kam, um eine Untersuchung durchzuführen, war gezwungen, ihn freizusprechen, weil er ihm das Gegenteil nicht beweisen konnte.»

«Aber hat denn niemand daran gedacht, daß er mit der Köchin oder der Magd eine geheime Absprache getroffen haben könnte?»

Grizelda überlegte. «Vielleicht haben sie es in Betracht gezogen», sagte sie endlich. «Aber wieder gab es keine Beweise, die eine solche Theorie untermauert hätten. Nicht einmal ein Raunen brachte seinen Namen mit einer der beiden Frauen in Verbindung. Und um ehrlich zu sein, Roger, ich kann mir nicht vorstellen, daß ihm eine von ihnen gefallen könnte. Die Mädchen, denen er nachsah, waren jung und hübsch. Bridget mag jung sein, aber hübsch ist sie ganz bestimmt nicht, und Agatha ist noch drei Jahre älter als ich. Außerdem, nachdem man sechs Wochen später die Leichen der Kinder am Ufer des Harbourne gefunden hatte, bezweifelte kaum noch jemand, daß sie von den Banditen umgebracht worden waren. So jedenfalls lautete der Spruch des Untersuchungsrichters.»

Nachdenklich strich ich mir übers Kinn. «Nun», sagte ich, «obwohl Magd und Köchin behaupten, die Kinder hätten ohne ihr Wissen das Haus nicht verlassen können, müssen sie es irgendwie doch getan haben.»

«Ja. Aber lebendig und ohne Hilfe von Eudo Colet. Sosehr es den meisten Leuten widerstrebte, zu akzeptieren, daß er mit ihrem Verschwinden nichts zu tun hatte, kam man endlich zu dem Schluß, daß Mary und Andrew nach dem Streit mit ihrem Stiefvater beschlossen hatten, wegzulaufen. Sie entkamen unbemerkt, gingen in den Wald, verirrten sich und wurden von den Banditen gefangengenommen.»

«Aber warum sollten die Banditen sie töten?» fragte ich.

«Vielleicht sahen sie nach ein paar Wochen eine Chance zu fliehen und versuchten es.» Grizeldas Augen füllten sich mit Tränen. «Die beiden zu beaufsichtigen war nie leicht. Sie waren gewitzt und mutig, besonders Andrew.»

Ich runzelte die Stirn. «Um die Wahrheit zu sagen, du bist zufrieden, nicht wahr, daß Eudo Colet mit dem Tod deiner jungen Verwandten nichts zu tun hatte.»

Es blieb lange still zwischen uns. Dann nickte sie.

«Ich glaube, ja. Ich muß zufrieden sein, nicht wahr? Es gibt keinen anderen Schluß, zu dem ich kommen kann.»

Ich antwortete nicht sofort, sagte aber nach einer Weile vorsichtig: «Es kann eine Erklärung geben, an die bisher noch niemand gedacht hat.» Nach einigem Zögern setzte ich hinzu: «Ich habe in der Vergangenheit ein paar Erfolge bei der Aufklärung von Rätseln gehabt, die andere nicht lösen konnten, und ich könnte vielleicht auch in diesem Fall etwas aufdecken – wenn du willst.»

Grizelda sah mich überrascht an, lächelte dann unsicher, weil sie nicht wußte, ob meine Behauptung ernst zu nehmen war oder nicht.

«Ich kann nicht von dir verlangen, daß du dir diese Mühe machst», protestierte sie schließlich. «Gewiß willst du morgen wieder weiterziehen.»

Ich schüttelte den Kopf. «Ich habe in Totnes gutes Geld gemacht, genug, um ein paar Wochen davon leben zu können, bevor ich meinen Packen wieder frisch füllen muß. Und wie ich dir schon gesagt habe, hat Oliver Cozin mir in Master Colets Haus Unterschlupf angeboten, bis er am Samstag nach Exeter abreist, und ich nehme an, er wäre glücklich, wenn ich bliebe, solange ich will. Anscheinend findet der Gatte deiner Cousine derzeit weder Mieter noch Käufer für den Besitz. Warum? Ich denke, ich kenne die Antwort.»

Grizelda nickte. «O ja. In der Stadt gehen Gerüchte über Hexerei um. Leute wie Jacinta vom Ale-Haus an der Burg glauben, Eudo Colet sei mit dem Teufel im Bunde. Man kann es ihnen kaum übelnehmen, vermute ich, weil es sich für ihn so gut gefügt hat, als so prompt nach ihrer Mutter die Kinder starben. Das Gerede über Hexerei war der Grund, warum er die gesamte Dienerschaft hinauswarf, das Haus schloß und sich bei Dame Winifred und Agatha auf der anderen Seite des Flusses einmietete. Es würde mich nicht überraschen, zu erfahren, daß er sich ganz aus unserem Bezirk abgesetzt hat.»

«Die Absicht hat er laut Oliver Cozin nicht. Wenn man dem Anwalt glauben kann, verhandelt er im Namen von Master Colet über einen neuen Besitz hier in der Nähe, wenn er auch nicht erwähnt hat, wo das genau ist.»

Über unseren Köpfen wurde plötzlich ein heiseres Krächzen laut, als eine Saatkrähe mit irgendeiner Beute, die ihr halb aus dem Schnabel hing, in ihr Nest im Schutz der Bäume zurückflog. Die Sonne glitzerte auf dem jettschwarzen Gefieder und verbrämte die gezackten Flügel mit Gold.

Grizelda sah dem Vogel nach, bis er verschwunden war, dann senkte sie den Blick und wandte sich wieder mir zu.

«So», sagte sie endlich, «Eudo Colet beabsichtigt also zu bleiben – uns zur Plage? Ich habe gedacht, er werde weggehen und uns in Frieden unsere Toten betrauern lassen.» Sie hob das Gesicht, und ich sah, wie ihr Kinn und Unterkiefer sich verhärteten. «Glaubst du wirklich, daß du möglicherweise etwas entdeckst, das uns allen entgangen ist?»

«Das weiß ich noch nicht», antwortete ich. «Ich kann es nur versuchen, und dazu brauche ich deinen Segen. Du bist der Mensch, der den Toten am nächsten war, durch Blutsbande und Freundschaft, und daher auch diejenige, die von Erinnerungen am schlimmsten gepeinigt werden wird.»

Wieder lehnte sie den Kopf an die Wand, schloß die Augen, dachte nach. Ich versuchte nicht, sie so oder so zu beeinflussen. Es war ihre Entscheidung, ihre ganz allein. Aber ich wartete mit angehaltenem Atem auf ihre Antwort, denn meine Neugier war jetzt vollends geweckt, und meine Nase witterte wie ein Bluthund die Jagd. Doch weil ich fühlte, daß der Herr mich hierhergeführt hatte, damit ich wieder einmal Seinem Gebot gehorchte, bezweifelte ich eigentlich nicht, wie ihre Antwort lauten würde.

Ich wurde nicht enttäuscht. Ohne die Augen zu öffnen, nickte sie.

«Nun gut, wenn du noch etwas herausfinden kannst, hast du meinen Segen. Aber ich muß dich warnen, denn ich denke, du wirst keinen Erfolg haben.»

Die Hände auf den Knien, beugte ich mich vor. «Vielleicht. Aber ist dir oder jemand anders nie der Gedanke gekommen, Master Colet könnte mit den Banditen verabredet haben, daß sie die Kinder stehlen und später beseitigen sollten? So etwas kommt oft vor. In Bristol werden überflüssige Verwandte noch immer als Sklaven an die Iren verkauft, obwohl Staat und Kirche das vor mehr als zweihundert Jahren verboten haben.»

Grizelda sah mich entsetzt an, meinte aber, wenn vielleicht auch sonst niemand daran gedacht haben mochte, der
Sheriff diese Möglichkeit gewiß in Betracht gezogen habe.

«Doch am Ende muß er sie wieder verworfen haben.
Denn wie hätten die Banditen die Kinder aus dem Haus holen können, ohne selbst gesehen zu werden? Oder wie hätte
man ein Treffen zwischen den Kindern und ihren Entfüh-
rern verabreden können, wenn Andrew und Mary nicht eingewilligt hätten? Und ich sollte dir auch noch sagen, daß
die Torwächter aller Stadttore gründlich befragt wurden,
aber keiner erinnerte sich, zwei kleine Kinder ohne Begleitung beobachtet zu haben. Man fand keinen einzigen Menschen, der sich auch nur dunkel entsinnen konnte, an jenem
Morgen Andrew oder Mary gesehen zu haben, weder innerhalb noch außerhalb der Stadtmauer.»

«Aber irgendwie sind sie hinausgekommen.» Ich legte die
Hand über die ihre, mit der sie die Kante der Bank umklammerte, und sie versuchte nicht, sich zu befreien. «Willst du
mich entmutigen?» fragte ich. «Bedauerst du schon, daß du
mir erlaubt hast, die Angelegenheit weiter zu untersuchen?»

Sie sah mir voll in die Augen und schüttelte lächelnd den
Kopf.

«Nein, ich möchte nur, daß du dir über die Schwierigkeiten im klaren bist, die dich erwarten. Du darfst nicht denken, daß die anderen ihre Pflicht nachlässig getan und nicht
auch die unwahrscheinlichsten Möglichkeiten in Betracht
gezogen haben.»

Ich grinste. «Kurz gesagt, du willst überprüfen, wie weit
meine Eitelkeit geht, bevor ich mich zum Narren mache,
und ich gebe gern zu, daß ich nicht klüger bin als Sheriff
und Bürgermeister.»

«Nein, nein!» Sie lachte. «Ich habe nur gemeint… Ach,
ich weiß nicht, was ich gemeint habe. Du verwirrst mich.»

«Tu ich das?» Ich hob die Hand und streichelte ihre
Wange. Die Haut war weich und glatt, obwohl sie von Wind

und Wetter abgehärtet aussah. Dann beugte ich mich, selbst zumindest genauso überrascht wie sie, zu ihr hinüber und küßte sie auf die Lippen.

- - -

Achtes «Das», sagte ich ein bißchen atemlos, «ist für
Kapitel deinen Kuß von gestern morgen.»

«Hab ich dich gestern morgen geküßt?» Die braunen Augen verspotteten mich, doch ich glaubte auch einen Hauch von Zärtlichkeit darin zu sehen. «Tatsächlich. Jetzt erinnere ich mich. Als wir uns trennten.» Sie legte den Kopf schief, als wollte sie fragen: «Und was erwartest du jetzt von mir?»

Ich hatte keine Antwort auf ihre unausgesprochene Frage. Sie war anders als alle Frauen, die ich bisher gekannt hatte oder in die ich verliebt zu sein glaubte. Bisher waren diese Frauen immer jünger gewesen als ich; Grizelda war mit ihren dreißig Jahren meinen dreiundzwanzig an Reife weit voraus und machte auf mich den Eindruck einer Sibylle, weise noch über ihre Jahre hinaus.

Mehr noch, ich erinnerte mich schuldbewußt, daß ich, während Jacinta und Grizelda davon gesprochen hatten, daß Rosamund Colet am vergangenen Martinstag im Kindbett gestorben war, nicht ein einziges Mal an meine junge Frau Lillis gedacht hatte, der fast zur gleichen Zeit das gleiche widerfuhr. Weder war Kummer in mir aufgewallt, noch hatte mir bittere Erinnerung Tränen in die Augen getrieben oder mir mit einem Kloß den Hals verschlossen. Ich hatte ganz einfach vergessen, daß auch ich in Trauer war und ein Kind hatte, für das ich sorgen mußte. Und plötzlich schämte ich mich entsetzlich.

«Was ist denn?» fragte Grizelda sanft. «Irgend etwas bedrückt dich. Du machst ein so unglückliches Gesicht.»

Vielleicht gab es keine andere Frau, der ich unter diesen Umständen eine aufrichtige Antwort gegeben hätte, doch bei Grizelda hatte ich das Gefühl, ihr die Wahrheit sagen zu können. Sie hörte mir schweigend zu, zog sich ein wenig von mir zurück, ließ aber ihre Hand unter der meinen liegen. Als ich mit meinem Geständnis fertig war, lächelte sie.

«Du hast ein zu zartes Gewissen, mein Freund. Niemand – weder Mann noch Frau – kann seine Gedanken kontrollieren, nicht einmal die Diszipliniertesten und Frömmsten unter uns. Was zählt, ist, wie man diese Gedanken in Taten umsetzt. Das alles wird am Tage des Jüngsten Gerichts bei Gott den Ausschlag geben – oder beim Teufel, wenn wir uns vor dem alten Pferdefuß wiederfinden sollten.» Ich bekreuzigte mich hastig, und sie lächelte wieder. «Du bist ein guter Mann, Roger. Erwarte nicht zuviel von dir. Es gibt Zeiten, in denen wir alle akzeptieren müssen, was wir sind.»

«Du auch?» fragte ich.

«O ja», sagte sie vergnügt, wenn auch ein bißchen bedauernd. «Mir ist schon vor Jahren klargeworden, daß es nicht in jedem Fall sündig ist, die zu beneiden oder auf die eifersüchtig zu sein, die mehr haben als ich. Oh, man hat mir natürlich eingeredet, Neid und Eifersucht seien schlecht, aber das waren nur diejenigen, die behalten wollten, was sie hatten, und mir keinen Anteil daran gönnten. Sobald ich das begriffen hatte, konnte ich mit meinen Fehlern leben und urteilte nicht mehr so hart über mich. Trotzdem hast du mir gestern gesagt, ich sei zu streng zu mir. Jetzt sage ich dir dasselbe. Du hast deine Ehefrau nicht geliebt, hast aber dein Bestes für sie getan. Hast sie geheiratet, als sie entdeckte, daß sie schwanger war, und ich wette, du hast sie in den wenigen Monaten, die euch gemeinsam blieben, so glücklich gemacht, wie es dir möglich war. Sei damit zufrieden. Von dir mehr zu verlangen, hat Gott nicht das Recht.»

Ich betrachtete sie ein wenig schief und fragte mich, ob ich kritisieren sollte, was jeder Kirchenmann als Blasphemie verdammt hätte, dachte dann aber, daß ich, wenn ich es täte, ein Heuchler wäre. Hatte ich nicht auch von Zeit zu Zeit ähnliche Gedanken gehegt? Und kein Priester, der sein Salz wert war, konnte die Auseinandersetzungen vergeben, die ich mit Gott hatte, auch nicht, daß ich mich ihm auf so direkte Weise näherte, anstatt über die Jungfrau oder die Heiligen. Grizeldas und meine Gedanken stimmten in vielen Dingen überein. Vielleicht war es das, was mich an ihr so anzog.

Im stillen überlegte ich, ob eine erneute Annäherung ihr angenehm sein würde. Ich wünschte, sie gäbe mir nicht das Gefühl, so jung und unerfahren zu sein. Aber während ich zögerte, war der Augenblick dahin. Etwas landete mit einem dumpfen Plumps vor meinen Füßen und verfehlte nur um ein Haar meine Stirn. Erstaunt stellte ich fest, daß das Geschoß ein kurzes, starkes Aststück war, ohne Blätter und zu einer handlichen Waffe geschnitzt. Ein Stück Rinde schälte sich vom Holz und hätte mir eine häßliche Wunde beibringen können, hätte das Holz mich getroffen. Rasch aufblickend, hielt ich nach dem Angreifer Ausschau und sah Innes Woodsman auf der anderen Seite der Lichtung stehen. Das Holzstück aufnehmend, sprang ich drohend auf, und nachdem Innes mich ein paar Sekunden lang trotzig und herausfordernd angestarrt hatte, zog er es vor, zwischen die Bäume zurückzuweichen.

«Ich hab gesehn, daß du sie geküßt hast!» schrie er. «Laß sie in Ruh! Sie is 'ne schlechte Frau!»

Die Arme locker an den Seiten, ging ich ein paar Schritte näher. Er wich mit der gleichen Bedachtsamkeit noch weiter zurück, denn er wußte nicht, was ich beabsichtigte. Dann stürmte ich so plötzlich vorwärts, daß er wertvolle Sekunden verlor, bis ihm klar wurde, was geschah. Ich warf mich auf ihn, bevor er mehr als zwei Schritte gemacht hatte, schleuderte ihn zu Boden und hielt seine Handgelenke fest, damit er nicht nach dem Messer greifen konnte.

«Das ist das zweite Mal in ebenso vielen Tagen, daß du versucht hast, mich zu verletzen», stieß ich zwischen zusammengebissenen Zähnen hervor. «Ich denke, es ist höchste Zeit, daß ich dir das heimzahle, findest du nicht?»

Er sah mit einem Haß zu mir auf, der, wie ich sofort durchschaute, nicht mir, sondern Grizelda galt. «Sie is 'ne schlechte Frau», wiederholte er. «Laß sie in Ruh.»

Als Antwort packte ich seine knochigen Handgelenke noch fester und bemühte mich, den Gestank zu ignorieren, der von ihm ausging – Schweiß, getrockneter Urin und fauliges Laub – und der auf diese geringe Entfernung alles andere erstickte.

«Warum sagst du so üble Dinge über Mistress Harbourne?» fragte ich.

«Laß ihn laufen, Roger», sagte Grizelda hinter mir. Sie war so leise näher gekommen, daß ich sie nicht gehört hatte. «Ich hab es dir schon gestern gesagt, er meint es nicht böse.»

«Da bin ich anderer Meinung, tut mir leid», antwortete ich kurz und wandte meine Aufmerksamkeit wieder meinem Gefangenen zu. «Nun? Was hast du zu deiner Rechtfertigung zu sagen? Ich warte.»

«Sie hat mich aus meinem Haus gejagt», lautete die mürrische Antwort, die zu einem jämmerlichen Wehklagen wurde. «Du tust mir weh. Ich bin nicht stark. Wirst mir noch die Handgelenke entzweibrechen, wenn du nicht aufpaßt.»

Sein Gejammer rührte mich nicht, ich kniete rittlings über ihm und bohrte ihm die Knie in die fleischlosen Hüften.

«Dieses Cottage gehört Mistress Harbourne, die dir freundlicherweise erlaubt hatte, es zu benutzen, bis sie es selbst wieder brauchte. Und was bekommt sie dafür? Keine Dankbarkeit für erwiesene Wohltaten. O nein! Sondern Angriffe auf ihre Person und Verleumdungen.» Ich beugte mich tiefer über ihn und ertrug tapfer seinen stinkenden Atem.

«Laß dir jetzt eines sagen. Wenn ich höre, daß du noch einmal – nur einmal, merk dir das! – versuchst, sie zu verletzen, werde ich das jämmerliche bißchen Leben aus dir herausprügeln, das du noch hast.» Abrupt ließ ich ihn los, stand auf und sah mit schweigender Verachtung zu, wie er sich aufrappelte und sich, ohne ein einziges Mal zurückzublicken, zwischen den Bäumen davonmachte. Ich drehte mich zu Grizelda um. «Du mußt mir versprechen, es mir zu sagen, wenn du noch mehr Schwierigkeiten mit ihm hast.»

Sie ging zum Cottage voraus.

«Du bist sehr freundlich», sagte sie, «aber du brauchst dir um mich keine Sorgen zu machen. Ich bin durchaus imstande, allein mit ihm fertig zu werden.»

«Dieser Mann hat ein Messer», beharrte ich, «und er grollt dir. Es wäre mir viel lieber, wenn du mir erlauben wolltest, dem Sheriff eine Botschaft zu schicken. Woodsman kann sich sehr leicht als gefährlich erweisen, nicht nur für dich, sondern auch für andere.»

Grizelda schüttelte energisch den Kopf.

«Nein. Das verbiete ich dir ganz entschieden, weil du sonst bei mir in tiefe Ungnade fällst. In Innes Woodsmans Augen habe ich ihm unrecht getan, und ich will nicht, daß er darüber hinaus auch noch die Kränkung einer Haft hinnehmen muß.» Und als ich protestieren wollte, reagierte sie wieder mit Ungeduld. «Nein! Ich streite nicht mit dir. Meine Meinung in dieser Angelegenheit steht fest.»

«Aber gestern hast du ihm klar und deutlich gesagt, daß er nur noch eine einzige Chance hat. Er hat diese Chance mißachtet.»

«Roger, wenn dir unsere Freundschaft etwas wert ist, sag nichts mehr über die Angelegenheit.»

Ein wenig traurig stellte ich fest, daß die Stimmung zwischen uns zerstört war und wir nicht wieder zu ihr zurückfinden konnten. Inzwischen war es Mittag geworden, die Sonne stand direkt über uns, und es gab kaum noch Schatten.

Ich sollte längst unterwegs sein. Was hielt mich noch hier? Außerdem mußte ich im Haus der Cozins vorsprechen und Master Oliver mitteilen, daß ich sein Angebot annahm und wenigstens bis Samstag – oder noch länger, wenn er es wünschte – in Eudo Colets Haus bleiben wollte. Vielleicht konnte ich von ihm auch etwas in Erfahrung bringen, wenn ich die Sache vorsichtig anging.

«Ich muß gehen», sagte ich. «Schlaf bei deinen Nachbarn, solange sie es erlauben, wenn du aber nachts im Cottage bleiben mußt, verriegle die Tür und die Läden.» Ich fügte nicht hinzu, daß ich mir wegen Innes Woodsman viel größere Sorgen machte als wegen der Banditen, doch mir war klar, daß ein solcher Gedanke bei Grizeldas augenblicklicher Stimmung mehr schaden als nützen würde. «Habe ich noch deine Erlaubnis, wegen des Verschwindens der Kinder Nachforschungen anzustellen?»

«Ja. Aber ich wiederhole, daß du, wie ich befürchte, keinen Erfolg haben wirst. Denn sosehr es mir auch widerstrebt, es zuzugeben – ich glaube nicht, daß es noch etwas herauszufinden gibt. Die Wahrheit ist die Summe dessen, was wir schon wissen. War es nicht William of Occam, der uns beschwor, wir sollten uns auf so wenige Annahmen wie möglich stützen, wenn wir versuchen, etwas zu erklären?»

Ich hielt mein Versprechen, Grizeldas Wassertonne bis zum Rand zu füllen, ehe ich ging, trabte zweimal mit dem Eimer zum Fluß hinunter und kam zurück, ohne allzuviel verschüttet zu haben. Aber es war harte Arbeit, sogar für einen so großen, starken Jungen, wie ich es damals war, und ich schickte ein Dankgebet zum Himmel, weil es kürzlich reichlich geregnet hatte und die Tonne zu drei Vierteln voll war.

Sobald die Arbeit getan war, brach ich nach Totnes auf, denn zu Fuß war man über eine Stunde unterwegs. Doch ich merkte die ermüdenden Meilen kaum, während ich über den Waldweg trottete, zu sehr beschäftigte mich das, was Grizelda mir erzählt hatte. Es ist ja schön und gut, wenn sie William of Occam zitiert, dachte ich. Und während ich dem alten Doktor *Singularis et Invincibilis* und seinem Axiom *entia non sunt multiplicanda sine necessitate* größten Respekt entgegenbrachte, hatte ich nur schon allzuoft erlebt, daß die einfachste Annahme nicht unbedingt die richtige war. Und William war schon länger als ein Jahrhundert tot und begraben. Mit dem Hochmut der Jugend sagte ich mir, daß das moderne Leben und die Menschen, die es hervorbrachte, viel unterschiedlicher und komplizierter waren, als er je voraussehen konnte. Jetzt bin ich natürlich klüger. Ich weiß, daß jede Generation dasselbe denkt.

Als ich wieder einmal das Westtor passierte, war es heiß genug geworden, so daß ich das lederne Wams auszog und die Mütze vom Kopf nahm. Der Torwächter, ein rotgesichtiger Mann mit mächtigen, bis an die Ellenbogen bloßen Unterarmen, begrüßte mich in der freundlichen Art eines Menschen, der einen leichten Tag hat.

«Dann ist wohl alles ruhig?» fragte ich, und er nickte.

«Ja. Aber so ist es nicht oft. Meist gibt's hier nichts als Lärm.»

«Das bezweifle ich keinen Augenblick.» Ich lächelte so liebenswürdig ich konnte. «Keine Arbeit, die ich tun könnte. Mir fehlt die Geduld dazu.»

Er war geschmeichelt und bereit, sich zu unterhalten, um sich die Langeweile zu vertreiben. Ich sah meine Chance und nahm sie wahr.

«Macht Ihr regelmäßig Wachdienst an diesem Tor?»

«Meistens.» Er saugte an seinen Zähnen und bohrte mit der Zunge nach, um ein Stückchen Brot oder Fleisch herauszuholen, das im Gebiß hängengeblieben war. «Ich habe einen Stellvertreter, für den Fall, daß ich mal krank bin, oder für Feiertage, aber er ist ein junger Kerl, noch feucht hinter den Ohren und nicht allzu hell. Daher bin ich so oft wie möglich im Dienst.»

«Und wart zweifellos auch an dem Tag im Januar hier, an
dem die Stiefkinder von Master Eudo Colet verlorengegangen sind?»

Der Torwächter hob die buschigen Brauen und musterte
mich fragend.

«So! Ihr habt die Geschichte aber mächtig schnell herausbekommen. Und doch könnte ich beschwören, daß ich
Euch gestern vormittag zum erstenmal gesehen habe, als Ihr
kurz vor dem Mittagessen hier durchgekommen seid. Ihr
habt mit dem Viehtreiber Tom geschwatzt. Ich erinnere
mich, daß ich noch gedacht habe, den hab ich aber in der
Gegend noch nie gesehen. Ihr seid Händler, wenn ich mich
nicht irre. Was habt Ihr mit Eurem Packen gemacht?»

«Er ist in meiner Unterkunft», antwortete ich. «Die Geschichte habe ich von Jacinta aus der Burgschenke. Sie hat
sie mir erzählt, als ich gestern abend dort gegessen habe.»

Der Torwächter lachte. «Oh, von ihr! Sie steckt ihre
Nase überall hinein. Das hängt wahrscheinlich mit ihrem
Beruf zusammen. Und ihr Sohn ist wohl kaum ein guter
Gesellschafter. Ein jämmerlicher Kerl, mit dem nicht viel
los ist.»

«Ich habe ihn kaum zu sehen gekriegt, aber ja, Ihr habt
recht, er ist mir auch sehr mundfaul vorgekommen. Doch
um wieder auf Andrew und Mary Skelton zu sprechen zu
kommen, die Geschichte hat meine Phantasie angeregt, aber
das geht einem wahrscheinlich bei jedem ungelösten Rätsel
so.»

Mein Gefährte unterbrach mich: «Kein Rätsel, Freund,
und ein ungelöstes schon gar nicht. Die Würmer waren
abenteuerlustig, sind in den Wald gegangen und den Banditen in die Hände gefallen. Mehr steckt nicht dahinter.» Hier
war offenbar ein Mann, der William of Occam gefallen
hätte.

«Aber laut Aussage der Köchin Agatha Tenter und der
Magd Bridget Praule konnten sie gar nicht weglaufen, ohne

daß sie sie gesehen hätten. Das hat man mir zumindest erzählt.»

Der Torwächter lachte dröhnend auf und schlug mir mit einer seiner mächtigen Pranken auf die Schulter.

«Das müssen sie doch sagen, nicht wahr, um sich selbst zu schützen? Wer nimmt schon zwei alberne, hohlköpfige Frauenzimmer ernst? Und es ist doch so offensichtlich wie die Nase in Eurem Gesicht, daß, egal was diese beiden erzählen, die Kinder irgendwie entkommen sind, sonst hätte man nicht sechs Wochen später am Ufer des Harbourne ihre Leichen entdeckt.»

«Durch dieses Tor sind sie natürlich nicht gekommen, sonst hättet Ihr sie gesehen, nicht wahr?»

«Zufällig habe ich sie nicht gesehen, nein. Aber wie ich allen Wichtigtuern von der Stadtverwaltung, die herkamen und mich ausfragten, schon gesagt habe, gab es an diesem Tag den üblichen Verkehr, hochbeladene Wagen, die rein- und rausfuhren. Und da ich keine Ahnung hatte, daß etwas nicht stimmte, habe ich alle passieren lassen, nachdem sie den Zoll bezahlt hatten, ohne die Ladung zu untersuchen. Wer also kann sagen, daß die Kinder sich nicht zwischen den Stoffballen verkrochen hatten, die zum Kai transportiert wurden – oder sich unter ein paar Säcken versteckten?»

Das Herz wurde mir schwer, als ich über diese Antwort nachdachte. Der Mann hatte recht. Das war eine Möglichkeit, die nicht von der Hand zu weisen war, und eine, die zu erwähnen Grizelda wohl nicht für angebracht gehalten hatte. Auch mir war sie nicht eingefallen, obwohl ich jetzt das Gefühl hatte, ich hätte daran denken müssen. Beide hatten wir nach einer schrecklicheren Erklärung gesucht und uns davon blenden lassen; sie von ihrem Haß auf Eudo Colet und ich von dem Wunsch, vor ihr mit meiner Klugheit zu glänzen.

«Dennoch», blieb ich hartnäckig, «Ihr habt weder Andrew noch Mary Skelton mit eigenen Augen gesehen?»

«Nein, das hab ich Euch doch schon gesagt.» Der Torwächter verriet leichte Ungeduld. «Und die anderen Torhüter haben sie auch nicht bemerkt, der Sheriff hat uns nämlich im Wachraum der Burg alle gemeinsam verhört.»

«Könnten die anderen Männer irgendeinen Grund haben zu lügen?» fragte ich.

Er sah mich so mitleidig an, als habe er es mit einem Idioten zu tun, lästig, aber harmlos.

«Warum sollten sie? Sie haben durch eine Lüge nichts zu gewinnen.»

«Es sei denn, sie stecken mit den Banditen unter einer Decke», pflichtete ich ihm bei. Ich hatte dabei eher laut gedacht und niemanden beschuldigen wollen, doch die Wirkung, die ich erzielte, war erschreckend. Die Brust des Torwächters schwoll fast zu ihrem doppelten Umfang an, mit der Kameradschaftlichkeit war es vorbei. Der massige Arm, den er mir vorher freundschaftlich um die Schulter gelegt hatte, packte mich jetzt fester, und ich hörte schon meine Knochen knacken. Das große rote Gesicht kam bis auf einen halben Zoll an das meine heran.

«Jetzt hört mir einmal zu, Händler! Ich kenne diese Männer mein Leben lang. Jungen und Männer, wir sind zusammen aufgewachsen. Es sind anständige, ehrliche, gottesfürchtige Bürger dieser Gemeinde, und ich dulde nicht, daß irgend jemand, geschweige denn ein Fremder, etwas anderes sagt. Wenn Euch Eure Haut lieb ist», fügte er drohend hinzu, «sagt so etwas nie wieder!»

«Ihr habt mich mißverstanden», sagte ich hastig. «Es war nicht so gemeint, wie es sich angehört hat. Ich habe nur auch die entferntesten Möglichkeiten aus meinem Kopf geräumt, bevor ich anfange, nach einer anderen Lösung zu suchen.»

Der Arm auf meinen Schultern entspannte sich ein wenig, wurde aber nicht sofort weggenommen. Auch das rote Gesicht, dicht vor dem meinen, blieb so grimmig, wie es war.

«Da gibt es keine Lösung zu finden, mein Freund. Sie ist schon da, und jeder kann sie sehen. Die beiden Kinder sind irgendwie aus dem Haus und aus der Stadt hinausgekommen, mit der ganzen List, zu der so kleines Kroppzeug fähig ist, wenn es etwas anstellen will. Ich bin nicht auf seiten von Eudo Colet, nicht mehr als sonst jemand, aber man kann ihm kein Verbrechen vorwerfen, das er nicht begangen hat, nur weil man ihn nicht mag. Wenn das der Fall wäre, habe ich viele Bekannte – und Ihr auch, darauf könnte ich wetten –, die am Galgen enden würden.»

«Wie recht Ihr habt», stimmte ich hastig zu, und endlich ließ er mich los und wurde wieder freundlicher. Ich versuchte eine weitere Frage. «Ihr habt die Kinder vorhin Würmer genannt. Mir hat man sie als zwei Unschuldsengel geschildert, die beinahe heiliggesprochen werden müßten.»

Der Torwächter schnaufte heftig. «Heiliggesprochen, ach ja? Ich habe noch nie ein Kind gekannt, das was Heiliges an sich gehabt hätte, und ich bezweifle, daß Ihr eins kennt. Nein, der kleine Andrew und seine Schwester waren nicht besser – aber ganz gewiß auch nicht schlimmer – als andere Kinder in ihrem Alter. Ich habe sie zwar nicht oft zu sehen gekriegt, aber Heilige waren sie bestimmt nicht. Wer Euch das weismachen wollte, hat Euch zum Narren gehalten, mein Junge.»

Ich schüttelte den Kopf. «Die Wirtin aus dem Ale-Haus bei der Burg hat das Mädchen einen kleinen Engel genannt, und ihr Bruder sei fast auch einer gewesen. Ich nehme es auf meinen Eid, daß es ihr mit jedem Wort Ernst war. Ich habe natürlich daran gezweifelt, weil ich mich an mich selbst in diesem Alter erinnert habe. Dann fiel mir ein, daß Mistress Cozin sie zwei ‹fromme Unschuldige› genannt hatte, und ich dachte, Jacinta müsse doch recht haben. Und Mistress Harbourne hat ihre Schützlinge über alles geliebt.»

Der Torwächter betrachtete mich neugierig, seine Feindseligkeit verlor sich, und er zog die buschigen Brauen wieder hoch in die Stirn.

«Verflixt, Händler, Ihr habt aber Eure Zeit zu nutzen gewußt, seit Ihr hier angekommen seid! Kennt schon die halbe Stadt, schätze ich. Die Sache mit den kleinen Skeltons scheint Eurer Phantasie ja mächtig zu schaffen zu machen. Doch Jacinta Jessard ist eine gefühlsselige alte Frau, die glaubt, jedes Kind, das bessere Manieren hat als ihr lasterhafter Sohn, muß ein richtiges Wunder sein. Und Mistress Cozin ist eine liebenswürdige, freundliche Dame, die von niemandem übel denken würde, geschweige denn von einem Kind, obwohl ihre drei Töchter, die kleinen Biester, sie immer wieder Lügen strafen. Und Grizelda Harbourne – natürlich hat sie ihre kleinen Lieblinge für vollkommen gehalten. Sie war vom Augenblick ihrer Geburt an Mutter *und* Vater für sie, denn ihre leibliche Mutter hatte keine Zeit, um sich mit ihnen abzugeben. Ein selbstsüchtiges Ding war sie, diese Rosamund Crouchback, und hatte nie einen anderen Gedanken als ihr eigenes Vergnügen in ihrem albernen Kopf. Also, von Grizelda dürft Ihr nichts anderes als Lob erwarten, das ist nur natürlich. Glaubt mir aber, die beiden konnten genauso ungezogen und nichtsnutzig sein wie andere Kinder, wenn sie sich etwas in den Kopf gesetzt haben. Deshalb behaupte ich auch, daß sie an diesem Morgen so oder so aus der Stadt rausgekommen sind. Soviel ich weiß, hat es zwischen Master Colet und ihnen große Schwierigkeiten gegeben. So große jedenfalls, daß Mistress Harbourne gezwungen war, das Haus zu verlassen, und dafür wollten die Kinder ihn bestimmt bestrafen. Und so etwas kann man noch immer am besten, wenn man für ein, zwei Stunden verschwindet und allen einen ordentlichen Schreck einjagt, nicht wahr?»

Ich mußte zugeben, daß seine Argumente viel für sich hatten, fand jedoch keine Gelegenheit, ihnen die Tatsache entgegenzusetzen, daß Eudo Colet vom rechtzeitigen Verschwinden und dem späteren Mord an den Kindern nur profitiert hatte. In diesem Moment kamen mehrere Männer ins Torhaus, die in den umliegenden Bezirken als *Hockers* unterwegs gewesen waren, und beanspruchten sofort die ungeteilte Aufmerksamkeit des Torwächters. Er kannte sie alle gut und brannte darauf zu erfahren, wie erfolgreich sie an diesem Morgen gewesen waren. Es gab viel Gelächter, sie zwinkerten sich zu, knufften sich gegenseitig und grinsten, während der Anführer der Gruppe einen Lederbeutel hochhielt, in dem Münzen klapperten – die Entschädigung von den Frauen, welche nicht willig oder zu jungfräulich gewesen waren, die Pfänder herzugeben, die ihnen abverlangt wurden.

«Eine gute Beute für die Schatztruhe des Klosters», sagte er, «obwohl es bei weitem nicht alle für nötig hielten, sich von ihrem Geld zu trennen.»

Wieder zogen sie sich gegenseitig auf, lachten selbstgefällig und beglückwünschten einander, und ich sah, daß es für mich Zeit war, zu gehen. Mit der Aufmerksamkeit des Torwächters konnte *ich* jetzt nicht mehr rechnen, da ihn seine Freunde mit der Schilderung ihrer Triumphe und Mißerfolge unterhielten und aufzählten, welche Frau bereit und welche nicht bereit gewesen war, den Preis zu bezahlen, der von ihr verlangt wurde. Ich ging die High Street entlang, blieb einen Moment stehen und warf einen Blick auf Eudo Colets Haustür, folgte dann der Kurve, welche die Straße um den Pranger herum machte, und kam schließlich zu Thomas Cozins Haus im Schutz des Klosters St. Mary. Ich hob die Hand und klopfte.

Wie bei meinem ersten Besuch am Tag vorher öffnete mir die kleine Magd Jenny, aber die jüngste Tochter des Hauses stand dicht hinter ihr, überaus neugierig zu erfahren, ob der Besucher auch für sie von Interesse war. Sie tauchte aus dem unteren Wohnzimmer auf, und als sie mich sah, lächelte sie keck.

«Es ist der hübsche Händler, der dir so gut gefallen hat, Joan!» rief sie die Treppe hinauf. «Und dir auch, Elizabeth!»

Ich wurde rot, und die Magd protestierte: «Hütet lieber Eure Zunge, Mistress Ursula! Eure Schwestern werden

Euch das Fell über die Ohren ziehen, wenn Ihr sie noch länger ärgert.»

«Ich – ich möchte Master Oliver Cozin sprechen», stotterte ich. «Er – er erwartet mich vielleicht. Ist er zu Hause?»

«Ich sehe nach, kommt einen Augenblick herein.»

Jenny verschwand im Wohnzimmer, und ich hörte sie die Treppe hinauflaufen. Ursula Cozin und ich standen einander gegenüber, ich mit den Füßen scharrend, sie mit zusammengepreßten Lippen, um über meine Verlegenheit nicht laut zu kichern. Die jüngste Tochter von Thomas Cozin war wirklich ein kleines Biest.

«Ich habe nicht gelogen, wißt Ihr», sagte sie vorlaut. «Joan und Elizabeth haben wirklich Euer Aussehen bewundert. Und meine Mutter auch, das habe ich sehr wohl gemerkt, obgleich sie natürlich kein Wort gesagt hat. Papa wäre tief verletzt gewesen, denn er ist nicht gerade der Schönste, wie Ihr selbst gesehen habt, aber wir alle lieben ihn innig.» Die grauen Augen musterten mich wieder freimütig. «Ich denke, Ihr seid außerdem sehr nett.»

«Ursula, geh hinauf. Deine Mutter braucht dich.» Oliver Cozins trockene Stimme eilte ihm voraus, als er auf den Flur trat. Er wartete schweigend, bis seine Nichte, nachdem sie mit spöttischem Gehorsam vor ihm geknickst hatte, nicht mehr zu sehen war, ehe sich seine ziemlich strengen Züge in einem Lächeln entspannten. Nachsichtig schüttelte er den Kopf, enthielt sich aber jeden Kommentars und fragte nur: «Warum wolltet Ihr mich sprechen, Master Chapman?»

«Ich bin gekommen, um Euch mitzuteilen, Euer Ehren, daß ich bereit bin, noch ein, zwei Tage in Master Colets Haus zu bleiben, wenn Euer Vorschlag weiter gilt. Ganz bestimmt bleibe ich bis Samstag, wenn Ihr nach Exeter abreist und vielleicht sogar noch darüber hinaus.»

«Ah!» Er sah erleichtert aus. «Ja, ich würde mich freuen, wenn Ihr bleiben wolltet. Ich habe vor, Master Colet heute nachmittag aufzusuchen, und er wird sehr froh sein, daß sein

Eigentum geschützt ist. Wie es scheint, waren die Banditen gestern nacht in der Gegend von Berry Pomeroy wieder unterwegs, also bleibt mit meinem Segen so lange im Haus, wie Ihr wollt. Je länger, desto besser, soweit es mich und meinen Klienten betrifft.»

Ich nahm meinen ganzen Mut zusammen. «Unter einer Bedingung», sagte ich.

Der Anwalt war verblüfft. «Bedingung? Unter was für einer Bedingung?» fragte er steif mit wachsamem Blick.

«Daß Ihr mir erlaubt, Euch ein paar Fragen zu stellen.»

- - -

Neuntes «Fragen? Was für Fragen?»
Kapitel Oliver Cozins schroffes Verhalten verriet mir, daß er es nicht gewohnt war, ausgefragt zu werden – und schon gar nicht von meinesgleichen. Normalerweise war er es, der Fragen stellte, und andere mußten antworten. Ich war jedoch entschlossen, mich nicht einschüchtern zu lassen. Schließlich hatte ich Grizelda doch versprochen, daß ich versuchen wollte, die Wahrheit aufzudecken.

«Ich weiß, warum Master Colet niemanden findet, der bereit wäre, das Haus zu mieten oder zu kaufen», sagte ich. «Man befürchtet noch immer, daß Andrew und Mary Skelton irgendwie durch Hexerei aus dem Haus gelockt wurden, bevor die Banditen sie ermordeten.»

Es folgte eine Pause, dann rümpfte der Anwalt die Nase. «Ihr scheint ja sehr fleißig gewesen zu sein, Chapman», sagte er. «Ich habe Euch nicht für eine Klatschbase gehalten. Ich bin enttäuscht.»

Ich fühlte Zorn in mir aufsteigen und beherrschte mich, so gut es ging, damit mir die Galle nicht überlief.

«Ihr müßt zugeben», sagte ich tadelnd, aber gelassen, «daß die Umstände meines Einzugs in das Haus recht ungewöhnlich waren. Habt Ihr erwartet, daß ich nicht neugierig bin? Ich bin genauso neugierig wie jeder andere, neugierig wie Ihr in einer ähnlichen Situation gewesen wärt.»

Er sah gekränkt aus, doch bevor er auf diesen direkten Angriff antworten konnte, hörte man klappernde Schritte, und Mistress Joan, die älteste von Thomas Cozins Töchtern, kam um die Treppenbiegung herum und ins Wohnzimmer herunter. Sie deutete einen Knicks an und warf mir unter dichten Wimpern hervor einen Blick aus haselnußbraunen Augen zu, in denen grüne Pünktchen schwammen.

«Tut mir leid, dich zu stören, Onkel, aber Mutter möchte, daß ich Mag in der Küche etwas von ihr ausrichte.»

«In Ordnung.» Höflich hielt Oliver seiner Nichte die Tür, schloß sie dann energisch hinter ihr und wandte sich wieder mir zu.

«Ich mußte, nehme ich an, natürlich immer damit rechnen, daß Ihr den Grund meiner Bitte entdeckt», räumte er ein. «Aber ich hätte gehofft, daß damit die Sache erledigt wäre. Was für ein Interesse könnt Ihr denn noch an der Geschichte haben? Mein Klient Master Colet hatte erwiesenermaßen mit dem Verschwinden der Kinder – ob natürlich oder übernatürlich – nichts zu tun. Warum also bringt Ihr das Thema zur Sprache?»

«Weil ich Mistress Harbourne versprochen habe, die Wahrheit über den Mord an ihren Schützlingen herauszufinden, wenn ich kann. Das heißt, falls es noch etwas herauszufinden gibt.»

Der Anwalt war jetzt ernstlich ungehalten. Das schmale Gesicht erstarrte zu Reglosigkeit, und die kalten grauen Augen wurden sogar noch eisiger, als er an seiner feingeschnittenen Nase hinunterblickte. Doch von neuem wurde er, bevor er etwas sagen konnte, abgelenkt, denn Mistress Elizabeth, die zweite Tochter, kam leichtfüßig in scharlachroten Lederschuhen die Treppe heruntergetänzelt, das grüne Wollkleid gerafft, so daß man ihren zarten Knöchel sehen konnte.

«Nun, Miss?» bellte ihr Onkel. «Und was willst du?»

«Ich – ich habe eine Nachricht für Mag in der Küche.»

«Deine Mutter hat ihr vor nicht ganz zwei Minuten schon eine durch Joan geschickt.»

«Ah!» Mistress Elizabeth dachte schnell nach. «Mutter hat etwas vergessen – eine Zutat für die Aalpastete, die es zum Abendessen gibt. Mir hat sie aufgetragen, das Mag auszurichten.»

«Schon gut, schon gut.» Zum zweitenmal hielt Oliver Cozin die Tür, bis seine Nichte mit einem herausfordernden Hüftschwung ihren Weg fortgesetzt hatte. Zum Glück war nur ich derjenige, der diesen Hüftschwung sah. Sehr verstimmt nahm der Anwalt wieder neben dem Tisch Platz, während ich linkisch dastand und meine Mütze in den Händen drehte.

«Und darf ich fragen, wie Ihr Grizelda Harbourne kennengelernt habt?»

Mir blieb kaum Zeit, es zu erklären, als das Kind Ursula hinter seinen Schwestern die Treppe herunterkam; unter der weißen Batisthaube schaute eine kastanienbraune Locke hervor, und das Mieder des blauen Wollkleides war halb offen, weil Ursula es nicht ordentlich geschnürt hatte.

«Sind Joan und Bess hier vorbeigekommen, Onkel?» Da sie ahnte, daß sich, wenn sie zögerte, der ganze Zorn ihres Onkels wegen der ständigen Störungen über sie ergießen würde, blinzelte sie mir zu, formte unhörbar mit den Lippen: «Ich habe Euch gesagt, daß Ihr ihnen gefallt» und lief, die Tür hinter sich schließend, aus dem Zimmer.

«Also wirklich!» Der Zorn des Anwalts kochte über. «Ich verstehe nicht, was in diesem Haus heute los ist! Ihr scheint auf die Familie meines Bruders eine sehr beunruhigende Wirkung auszuüben, Chapman. Also, was habt Ihr gesagt?

Ja, ja, ich erinnere mich. Ihr wolltet mir erzählen, wie Ihr Grizelda Harbourne kennengelernt habt. So, und Ihr habt ihr versprochen, die Wahrheit zu finden, ja? Aber jeder kennt die Wahrheit, und ich verstehe nicht, was Mistress Harbourne zu erreichen hofft, wenn sie das Wasser noch einmal aufwühlt. Der Sheriff hat die Sache gründlich untersucht. Die Aussage von Bridget Praule und Agatha Tenter und – ganz nebenbei – auch die meines Bruders haben ausgereicht, um Master Colet von jedem Verdacht zu reinigen.»

«Dennoch scheint es keinerlei Zweifel zu geben», fuhr ich hartnäckig fort, «daß laut Sir Henry Skeltons Testament, das Ihr auf Vorschlag von Sir Jasper aufgesetzt habt, er und nur er allein aus dem Tod der Kinder Nutzen zieht.»

Das magere Gesicht schien plötzlich wie mit Blut übergossen. «Unterstellt Ihr mir vielleicht, daß ich nicht korrekt gehandelt habe? Das geht zu weit! Ich vermute, auch dieses ‹Wissen› habt Ihr Grizelda Harbourne zu verdanken. Ich kann schließlich nicht über die Privatangelegenheiten meines Klienten sprechen und würde es auch nicht tun, wenn ich es könnte. Bitte verlaßt auf der Stelle dieses Haus!»

«Nein, warte, Bruder.» Eine vierte Störung, als Thomas Cozin selbst ins Wohnzimmer herunterkam und sich einen Stuhl an den Tisch zog. Er winkte mich auf eine Bank, die an der Wand gegenüber stand, und ich setzte mich. «Zufällig habe ich den letzten Teil eures Gesprächs mit angehört», sagte Thomas, «und Grizelda Harbourne hat ganz recht, Oliver, wenn sie Eudo Colet mißtraut. Mir ist klar, daß er dein Klient ist und du dich zurückhältst und nichts über ihn sagen willst, aber er ist dir nicht sympathischer als uns anderen. Der Mann ist ein Abenteurer, das stand, als Rosamund ihn mitbrachte, für mich vom ersten Moment an fest. Sein Vorleben ist noch immer ein Geheimnis, und es ist uns nie gelungen, festzustellen, wer oder was er eigentlich ist oder woher er kommt. Das Mädchen hat eine törichte Ehe geschlossen, das dachten wir doch alle, auch wenn keiner es laut ausgesprochen hat. Was wolltet Ihr wissen, Chapman?»

Ich breitete die Hände aus. «Ich bin ein Kind, wenn es um juristische Dinge geht. Ich wollte nur bestätigt wissen, daß Mistress Harbourne recht hatte, als sie mir sagte, Eudo Colet sei der rechtmäßige Erbe des Geldes, das Andrew und Mary Skelton von ihrem Vater hinterlassen wurde.»

Thomas warf einen Blick auf seinen Bruder, doch Oliver preßte die Lippen zusammen und antwortete nicht. Thomas zuckte mit den Schultern und wandte sich wieder zu mir um.

«Er war Rosamunds Gatte», antwortete er einfach. «Alles, was sie hatte, gehörte ihm. Sie hätte das Geld geerbt, eine ziemlich große Summe übrigens, wenn sie ihre Kinder überlebt hätte. Da das nicht der Fall war, fiel es zwangsläufig an Eudo. In dem Testament gab es keine Verfügung – das weiß ich, denn Sir Jasper hat mir eine Kopie des Dokuments gezeigt –, die bestimmte, daß das Geld an die Familie Skelton zurückfallen sollte. Ganz im Gegenteil. Für den Fall, daß die Kinder starben, ging das Geld an Rosamund oder an ihren Erben. Es war alles juristisch verklausuliert, aber die Absicht war eindeutig.» Thomas räusperte sich und sah seinen Bruder von der Seite an. «Ich erinnere mich, daß ich damals dachte, unter gewissen Umständen könne sich die Klausel als äußerst gefährlich erweisen, aber Jasper schien mächtig glücklich darüber zu sein.»

Jetzt war Oliver gezwungen, etwas zu sagen. «Wie die Dinge lagen, als das Testament gemacht wurde», erklärte er verärgert, «war nichts zu befürchten, und wir wollten nur dafür sorgen, daß das Geld auf Dauer in der Familie Crouchback verblieb. Ich habe damals taktisch sehr geschickt verhandelt, das haben sogar Sir Henry und seine Anwälte zugegeben. Und darf ich dich daran erinnern, Tom, daß niemand Sir Henrys Tod voraussehen konnte. Die Revolten von Robin of Redesdale und Robin of Holderness schienen anfangs ganz unwichtige Angelegenheiten zu sein. Niemand konnte vorhersehen, was geschehen würde.»

Thomas lächelte leicht ironisch. «Was du nicht sagen wirst, aber ich sagen werde, ist dies: Sir Jasper, obwohl ein lieber Freund, war zweifellos ein habgieriger Mann. Ihm machte es Spaß, andere Leute gegeneinander auszuspielen, und hier sah er eine Gelegenheit, die Hand auf einen Teil des Vermögens seines Schwiegersohnes zu legen, um es dem Vermögen seiner Familie hinzuzufügen. Es sollte nie wieder an Skelton zurückfallen. Aber wie es so oft bei Leuten von ‹einnehmendem› Wesen der Fall ist, war er zu kurzsichtig, um über sein unmittelbares Ziel hinausschauen zu können und sich eine Kette von Ereignissen vorzustellen, die das Leben seiner Enkelkinder gefährden könnten.»

Oliver stand abrupt auf. «Ich warne dich, Tom, hüte deine Zunge. Man hat Eudo Colet kein Verbrechen nachgewiesen und wird das meiner Meinung nach auch nie können, weil es nichts nachzuweisen gibt. Andrew Skelton und seine Schwester sind aus dem Haus gelaufen und wurden von den Banditen ermordet. Dabei wollen wir es belassen. Und Ihr ebenfalls, Chapman, wenn Ihr vernünftig seid, oder Ihr findet Euch demnächst im Kerker wieder, weil Ihr bösartige Gerüchte über meinen Klienten verbreitet habt. Ihr könnt in seinem Haus bleiben, solange Ihr wollt, aber beschränkt Euch darauf, es zu hüten, und sagt Mistress Harbourne, Ihr habt es Euch anders überlegt und wollt Euch nicht einmischen. Sie ist eine vernünftige Frau und wird das verstehen, sosehr sie Master Colet auch verabscheut – und das ohne jeden Grund, wie ich bei meinen seltenen Besuchen in seinem Haus selbst beobachten konnte, denn wenn ich da war, behandelte er sie sehr freundlich. Und nun – Gott mit Euch. Ich bin bis Samstag hier, falls Ihr mich brauchen solltet, aber ich lasse kein Verhör mehr über mich ergehen und höre mir keine haltlosen Verdächtigungen an.» Im vollen Bewußtsein seiner Autorität stieg der Anwalt die Treppe hinauf.

Thomas erhob sich und ich mich mit ihm. Er beugte sich zu mir vor und sagte, die Stimme senkend: «Ihr dürft es Oliver nicht übelnehmen. Er tut nur so schroff, aber er hat ein gutes Herz. Wir sind Zwillinge, wie Ihr seht, und ich kenne ihn so gut wie mich selbst. Der Tod der beiden Kinder quält ihn mehr, als er je zugeben wird, da er derjenige war, der die Testamentsklausel ausgehandelt hat. Auf Jaspers Verlangen, das ist wahr, aber es war eine heikle Sache und wäre ohne Olivers juristische Brillanz nie zustande gekommen. Er fühlt sich verantwortlich, und das macht ihn wütend.»

«Hat er Master Colet *nie* verdächtigt, an ihrem Verschwinden irgendwie beteiligt gewesen zu sein?» fragte ich.

Thomas schüttelte den Kopf. «Oliver war zu Hause in Exeter, als die Kinder verschwanden, und als er vier Tage später hier eintraf, nachdem man nach ihm geschickt hatte, stand eines längst fest: Eudo Colet konnte, wenn er kein Zauberer oder Hexenmeister war, nichts damit zu tun gehabt haben, daß Andrew und Mary an jenem Morgen das Haus verlassen hatten. Der Mann war hier, genau in diesem Raum, war mit mir zusammen, als es passierte. Dennoch halten die hartnäckigen Gerüchte, die über Eudo Colet bei den einfacheren Bürgern der Stadt umgehen, den Klatsch am Leben. Daher rührt, wie ich schon sagte, Olivers Schuldgefühl, das völlig unberechtigt ist und ihn so wütend macht.»

«Warum hatte Master Colet Euch aufgesucht?» fragte ich. «Wenn man Mistress Harbourne glauben darf, hattet Ihr Euch geschäftlich schon von ihm getrennt. Ihr habt ihn nicht einmal gemocht.»

«Beides trifft zu. Aber man kann einem Mann nicht wegen eines persönlichen Vorurteils das Haus verbieten. Und ich hatte keinen Anlaß zu vermuten, daß er Rosamund ein schlechter Ehemann gewesen war. Im Gegenteil, sie hat ihn angebetet. Die beiden armen, unschuldigen Kinder hat sie vernachlässigt, doch daran konnte man ihm nicht die Schuld geben. Sie hatte sie vom Augenblick ihrer Geburt Grizelda überlassen, lange bevor sie ihn kannte. Sosehr es mich bedrückt, übel von der Tochter meines alten Freundes zu sprechen, muß ich doch sagen, daß Rosamund boshaft, selbstsüchtig und einzig und allein an ihrem eigenen Wohlergehen interessiert war.»

«Also», drängte ich, «warum hat Master Colet Euch nun aufgesucht?»

«Wie? Oh! Ja. Er war hier, weil er mich bitten wollte, die Geschäftsbeziehungen zur Familie seiner verstorbenen Frau nicht zu beenden und meinen Entschluß noch einmal zu überdenken. Er wollte mein Partner werden, wie früher Jasper. Er wäre bereit, sagte er, einen großen Teil des Crouchback-Vermögens in die Herstellung von Gemengseln zu investieren. Er habe gehört, der Markt in der Bretagne sei größer denn je.»

«Ihr habt abgelehnt?»

«Ich fürchte – ja.»

«Darf ich fragen, warum?»

Thomas strich sich über das Kinn und unterwarf sich erstaunlicherweise dieser ausgedehnten Befragung, sprach aber immer noch sehr leise.

«Nun, erstens wäre es mir schwergefallen, mit einem Mann zusammenzuarbeiten, den ich absolut nicht mochte. Außerdem hatte ich den Eindruck, daß es ihm mit seiner Bitte nicht besonders Ernst war. Fragt mich nicht, warum. Es war nur so ein Gefühl.»

«Er war vorher deshalb nie bei Euch gewesen? Kein einziges Mal seit Mistress Colets Tod?»

Die grauen Augen, die seine jüngste Tochter von ihm geerbt hatte, blitzten plötzlich verständnisvoll.

«Wollt Ihr damit andeuten, daß der Vorwand, unter dem er zu mir kam, nur erfunden gewesen sein könnte?»

Ich zuckte mit den Schultern. «Es macht mich – sagen wir: mißtrauisch, daß er ausgerechnet an diesem Vormittag von daheim abwesend war und ihn in einer so ehrbaren, über jeden Zweifel erhabenen Gesellschaft verbracht hat.» Thomas Cozin neigte liebenswürdig den Kopf. Ich fuhr fort: «Und daß die Kinder verschwanden, während er hier war und mit Euch gesprochen hat.»

Thomas rieb sich, während er nachdachte, mit dem knochigen Zeigefinger die Nase. Dann jedoch spitzte er zweifelnd die Lippen.

«Es ändert nichts, Chapman. Fakten sind Fakten. Die Kinder waren noch da, als er das Haus verließ, und waren nicht mehr da, als er zurückkam. Wenn Ihr an meinen Worten zweifelt, fragt Bridget Praule und Agatha Tenter. Könntet Ihr ihre Zeugenaussagen erschüttern, hättet Ihr mehr erreicht als der Sheriff oder einer seiner Sergeanten.»

Ich hatte durchaus die Absicht, mit beiden Frauen zu sprechen, und hätte ihn gebeten, mir den Weg zu ihnen zu erklären, hätte nicht Oliver gebieterisch die Treppe heruntergerufen: «Tom, warum kommst du nicht? Ist der Händler noch nicht gegangen?»

Den Finger auf die Lippen legend, bedankte ich mich lautlos, schlich auf Zehenspitzen zur Tür und hinaus in den Flur. Als ich leise die Klinke herunterdrückte, hörte ich Thomas antworten: «Aber ja, er ist weg, Noll. Was willst du denn?»

Ich öffnete die Haustür, aber es war mir nicht vergönnt, so leicht davonzukommen. Hinter mir auf den Steinplatten hörte ich plötzlich huschende Schritte, und Ursula Cozin packte mich am Arm.

«Heute sind die Männer an der Reihe, sich ein Pfand zu holen, Chapman. Wollt Ihr mich nicht um eins bitten?»

Ich bemühte mich, ein strenges Gesicht zu machen. «Geh zurück zu deinen Schulbüchern», sagte ich. «Für so etwas bist du zu jung.»

«Ich bin neun Jahre alt», antwortete sie entrüstet und lächelte keck. «Aber wenn ich für Euren Geschmack nicht alt genug bin, warum wollt Ihr dann kein Pfand von meinen

Schwestern – von einer allein oder von beiden? Ich an Eurer Stelle würde Elizabeth wählen. Sie ist jünger und foppt die Männer nicht so. Joan trägt die Nase sehr hoch, seit sie ihren ersten Heiratsantrag bekommen hat. Natürlich hat Vater abgelehnt. Der junge Mann hatte kein Geld, und seine Zukunftsaussichten sind düster, da er der jüngste von sechs Brüdern ist.»

Ich unterdrückte ein Lächeln bei so viel offenherziger Vertraulichkeit. «Wenn du etwas für mich tun willst», sagte ich, «dann erklär mir, wo ich Bridget Praule und Agatha Tenter finde.»

Ursula zog einen Schmollmund. «Nun gut, aber Ihr werdet feststellen, daß keine von beiden so hübsch ist wie ich. Oder wie Elizabeth und Joan, um ehrlich zu sein. Aber bin ich im Fall meiner Schwestern vielleicht allzu großzügig?» Sie krümmte sich vor Lachen über ihren Scherz und zeigte sich als das Kind, das sie in Wahrheit noch war. Als sie sich wieder ein wenig gefaßt hatte und merkte, daß sie sich selbst verraten hatte, sagte sie mir mit der ganzen Würde, deren sie fähig war, daß Bridget im Cottage ihrer Großmutter zwischen St. Peter's Quay und dem Magdalenen-Hospital wohnte. Agatha Tenter lebte wieder bei ihrer Mutter Dame Winifred am anderen Ende der Brücke, im Pfarrbezirk Pomeroy.

«Und dafür habe ich einen Kuß verdient, denke ich.» Ursula beugte sich vor und streifte mit weichen, blütenblättergleichen Lippen meine Wange. «Gott sei mit Euch, Chapman. Oh, hier sind meine Schwestern, sie kommen aus der Küche zurück. Ich an Eurer Stelle würde fliehen, solange ich kann.» Sie schubste mich freundschaftlich zur offenen Tür.

Ich ließ mich nicht zweimal bitten und stand im Handumdrehen auf der Straße.

Diesmal verließ ich die Stadt durch das Osttor, hielt mich eine Weile damit auf, dem Torwächter dieselben Fragen zu stellen wie seinem Kollegen am Westtor. Doch seine Antworten waren die gleichen und bereiteten mir nicht mehr Vergnügen. Ja, er erinnerte sich an den Januartag, an dem die Skelton-Kinder verschwunden waren – wer konnte ihn vergessen? –, aber er hatte sie nicht gesehen. Alle Torwächter waren vom Sheriff befragt worden, und alle hatten dieselbe Geschichte erzählt. Und ja, er hielt es für möglich, daß Andrew Skelton und seine Schwester sich zwischen der Ladung eines Wagens versteckt hatten, obwohl ihm selbst der Gedanke, es sei Hexerei im Spiel, offenbar besser gefiel. Da er jedoch aus seiner Abneigung gegen Eudo Colet kein Hehl machte, nahm ich das ein bißchen zwiespältig auf und dachte, es sei von seiner Seite aus wohl mehr Wunschdenken als Überzeugung. Ich bedankte mich bei ihm und passierte das Tor.

Die Straße führte bergab zur städtischen Mühle und zur Brücke über den Dart an ihrem Ende. Links dehnten sich die Felder und Obstgärten des Klosters, während auf der anderen Seite eine zweite Einpfählung ein Gebiet, Pickle Moor genannt, und mehrere unregelmäßig verstreut daliegende Häuser und Läden umfriedete. Ich hatte die Absicht gehabt, zuerst Dame Winifreds Cottage auf der anderen Seite des Flusses aufzusuchen, aber plötzlicher Durst und nagender Hunger erinnerten mich, daß es schon ein paar Stunden her war, seit ich bei Grizelda zu Mittag gegessen hatte. Ich hätte Jacinta in der Burgschenke besuchen können, hatte jedoch keine Lust zurückzugehen. Es mußte auch außerhalb der Stadtmauer Ale-Häuser geben, ich brauchte nur nach dem Weg zu fragen.

Ein unbeladener Wagen rumpelte hinter mir durchs Tor. Auf dem Bock hinter dem Pferd saß ein Mann, so dünn wie ein Windhund, der die Zügel ganz locker in der Hand hielt. Gleichgültig musterten mich leuchtendblaue Augen in einem von Wind und Wetter gegerbten Gesicht unter einem Schopf graugesprenkelter schwarzer Haare. Ich wünschte ihm freundlich einen guten Tag, und er hielt den Wagen neben mir an.

«Kann ich Euch helfen, Freund? Ihr wirkt irgendwie verloren.»

«Ich suche ein Ale-Haus», gestand ich, «wo ich meinen

- 125 -

Durst stillen kann. Ich dachte, Ihr seht wie jemand aus, der wissen könnte, wo ich eins finde.»

Er lachte dröhnend, und in seinem faltigen, sonnenverbrannten Gesicht blitzten überraschend gesunde weiße Zähne.

«Euer Instinkt war ganz richtig, Händler. Ich kenne jedes Ale-Haus im Umkreis von zehn Meilen. Ihr braucht nicht weiter zu suchen als bis zu jenem, zu dem ich jetzt unterwegs bin, gleich bei St. Peter's Quay. Ich habe gemerkt, daß Ihr zur Brücke wolltet, aber es ist kein großer Umweg für Euch, und Ihr könnt mit mir fahren, wenn Ihr wollt. Ich habe eben dem Bäcker eine Ladung Mehl aus der Mühle geliefert und bis zu meiner nächsten Fahrt eine Stunde Zeit. Ich würde mich über Eure Gesellschaft freuen.»

Ich bedankte mich und kletterte in den leeren Wagen, wo feiner Mehlstaub die Bodenplanken bedeckte.

«St. Peter's Quay paßt mir sehr gut. Ich muß dort ohnehin jemandem einen Besuch abstatten.» Mein neuer Freund ruckte an den Zügeln, und das Pferd trottete zwischen ein paar Cottages den Weg zu unserer Rechten entlang, bis zu einem Tor in der Einpfählung. «Ich denke, Ihr müßt Jack Carter sein», versuchte ich zu raten.

«Genau der.» Grinsend schaute er über die Schulter zurück. «Wer hat von mir gesprochen?»

«Das sag ich Euch, wenn wir bei unserem Ale sitzen», versprach ich. «Es könnte eine lange Geschichte werden.»

Wir fuhren um eine Tidemarsch herum, deren Land durch einen breiten Steindamm gegen den eindringenden Fluß gesichert wurde.

«Ist das der Weirland-Damm?» fragte ich meinen Gefährten.

«Wieder getroffen. Vor mehr als zweihundert Jahren gebaut, wenn man der Überlieferung glauben darf. Auf jeden Fall ist er mein Lebtag lang hier und war auch zu Lebzeiten meines Vaters und meines Großvaters schon vorhanden.»

Ein Reiher schwebte über die marschige Landzunge, wo ganze Büschel von Sumpfdotterblumen ihre großen goldenen Köpfe dem Himmel entgegenreckten. Schilfrohre ragten wie Schildwachen zwischen hohen Stachelgräsern auf, und dazwischen stand purpurner Blutweiderich, der zwar noch nicht blühte, aber schon junge zartgrüne Blätter hatte. Ein Teil des Landes war trockengelegt, urbar gemacht und bebaut worden.

Matt's Tavern war ein niedriges strohgedecktes Gebäude, auf einer Seite von mehreren Cottages flankiert, die vereinzelt zum Lepra-Spital anstiegen; eines mußte laut Ursula Cozin Großmutter Praule gehören. Das Ale-Haus war voller Männer, die einander alle kannten und freundschaftlich vertraut miteinander umgingen. Ihre Unterhaltung, die meist aus unvollständigen Sätzen bestand, ließ darauf schließen, daß die meisten demselben Beruf oder Gewerbe nachgingen.

«Es sind hauptsächlich Dockarbeiter und Matrosen», bestätigte Jack Carter meine Vermutung, als ich ihn fragte. «Steckt Euer Geld ein, Händler, die erste Runde geht auf mich. Ihr könnt später zahlen. Matt! Zwei Becher Ale, und das schnell, sonst hast du zwei Leichen hier rumliegen, die glatt verdurstet sind.»

Der Wirt in Lederschürze grinste gutmütig, und die anderen Trinker begannen mit Jack Carter zu flachsen.

«Wer ist dein Freund?» fragte ein Spaßvogel mit einem hellroten Bart. «Sieht groß genug aus, um ganz Devon leer zu trinken.»

Ich antwortete im gleichen Ton, und nachdem Matt uns das Ale zu unserer Bank in der Nähe der Tür gebracht hatte, dauerte es noch ziemlich lange, bis Jack und ich unser persönliches Gespräch beginnen konnten. Aber allmählich verlor der Rest der Gesellschaft das Interesse an uns, und ich lenkte die Rede in die von mir gewünschte Richtung, indem ich Jack Carter fragte, ob er wisse, welches Cottage Großmutter Praule gehöre.

«Das letzte vor dem Lazarus-Haus auf dem Kamm des Hügels», antwortete er prompt. Er trank einen Schluck Ale und wischte sich mit dem Handrücken über den Mund. «Was habt Ihr denn mit der alten Vettel zu tun?»

Ich sagte es ihm und sah, daß er verstohlen ein Zeichen machte, um Böses abzuwehren.

«Man hat, wie ich glaube, an dem Morgen, an dem die Skelton-Kinder verschwanden, nach Euch geschickt, um Mistress Grizelda Harbournes Sachen abzuholen.»

Er nickte ernst. «Fast hysterisch war sie. Weiß wie ein Leichentuch, und sie hat so heftig gezittert, daß es ihr schwerfiel, etwas zu sagen. Agatha Tenter hatte mich, bevor ich hinaufging, gewarnt, daß es einen schrecklichen Streit zwischen ihnen gegeben hatte. Ich spreche von Mistress Harbourne und Eudo Colet. Und so wie sie aussah, muß es ein ganz gräßlicher Streit gewesen sein, das sage ich Euch. *Ihn* hab ich nicht gesehen, wollte uns aus dem Weg gehen, schätze ich. War wohl froh, daß sie abzog. Sie sind nie gut miteinander ausgekommen, das war allgemein bekannt. Ich habe nichts gesagt. Nur ihre Truhe die Treppe hinuntergezerrt und den Stallknecht gerufen, damit er mir half, das Ding zum Wagen zu tragen und hinaufzuhieven. Sie war inzwischen auch heruntergekommen und hat noch immer so ausgesehen, als wär sie gestorben und durch die Hölle gegangen. Sie bat mich, sie nach Hause zum Hof ihres Vaters zu fahren.»

«Habt Ihr, als Ihr im Haus wart, die Kinder gehört?» fragte ich.

Jack trank noch einmal ausgiebig. «O ja», sagte er, «ich hab sie gehört. Das heißt – eigentlich nur das Mädchen. Es hat gesungen.»

- - -

Zehntes Der Lärm und die Unruhe im Schankraum nah-
Kapitel men ab, als die Dockarbeiter nach und nach an
ihre Arbeit zurückkehrten; nur die Matrosen
blieben, um sich die Zeit mit Trinken und Schlafen zu vertreiben, bevor sie an Bord ihrer gelöschten Boote gingen, um
dort die Nacht zu verbringen. Morgen würden die leeren
Frachträume mit frischer Ware beladen werden, und dann
würden die Anker gelichtet – in die Bretagne, nach Spanien,
Irland oder wo immer das Fahrtziel lag.

Jack Carter bestand darauf, daß der Wirt unsere Becher
noch einmal füllte, bevor er seinem Schankkellner helfen
ging, der Schwierigkeiten beim Auflegen eines neuen Ale-
Fasses hatte. Ich beobachtete ihn einen Moment geistesab-
wesend und wandte mich dann wieder meinem Gefährten
zu.

«Was hat sie gesungen?»

«Was hat wer gesungen?» Jacks Aufmerksamkeit war ganz
offensichtlich während der letzten paar Minuten auf Abwege
geraten.

«Mary Skelton. Ihr habt gesagt, Ihr hättet sie singen gehört, als Ihr Mrs. Harbournes Truhe nach unten gebracht
habt.»

«Oh, dabei seid Ihr wieder, ja? Ja, ich habe das Mädchen
gehört, aber was es gesungen hat, kann ich Euch nicht sagen.
Sie hatte eine hübsche, klare, hohe Stimme, doch ich habe
kein Ohr für Musik, Chapman, und kann eine Melodie nicht
von der anderen unterscheiden.»

Ich nickte verständnisvoll, da es auch mir an musika-
lischem Gehör mangelt, worüber sich meine Mitnovizen in
Gladstone immer beschwert hatten, wenn ich während eines
Gottesdienstes zu laut sang. Dennoch drängte ich: «Könnt
Ihr Euch nicht wenigstens an ein paar Worte erinnern, die
Ihr aufgeschnappt habt?»

Der Fuhrmann rieb sich das Kinn, auf dem sich schon ein
Schatten schwarzer Bartstoppeln zeigte.

«Ihr verlangt zuviel von mir», beklagte er sich. «Ich sage Euch, es fällt mir schwer, ein Lied drei Minuten lang im Kopf zu behalten, von drei Monaten ganz zu schweigen. Aber wenn es für Euch so wichtig ist», fügte er gutmütig hinzu, «will ich versuchen, mich an etwas zu erinnern.» Er stützte die Ellenbogen auf den Tisch, legte das Kinn in die gewölbten Handteller und runzelte in tiefer Konzentration die Stirn. Nach etwa einer Minute sagte er: «Ich denke... Ja, ich bin fast sicher, daß es ein Wiegenlied war.» Er nickte nachdrücklich. «Ja, ein Wiegenlied. Ich erinnere mich an einen Refrain, der etwa so ging: Lullei, lullei, lullo.»

Er summte ein paar unmelodische Töne, die ich jedoch nicht erkannte, und ich war auch nicht erfolgreicher, als er sie pfiff. Es gab zu viele Wiegenlieder, mit denen man schlaflose Babys beruhigte, so daß ich nicht einmal raten konnte, welches er meinte. Außerdem – war es wirklich so wichtig, was Mary Skelton an jenem Januarmorgen gesungen hatte? Das Merkwürdige war, daß das Kind fähig gewesen war, zu singen, nachdem es einen so schrecklichen Streit zwischen seinem Bruder und dem Stiefvater und dann zwischen dem Kindermädchen und dem Stiefvater miterlebt hatte. Doch Grizelda hatte mir erzählt, die beiden Kinder hätten ruhig gespielt, als sie das Haus verließ, als gehe die Angelegenheit sie nichts mehr an. Warum? Woran hatten sie gedacht? Hatten sie sich bereits vor der wütenden Auseinandersetzung mit Eudo Colet zu einer Verzweiflungstat entschlossen? Hatten sie ihn aus einem bestimmten Grund absichtlich provoziert?

Es gab zu viele bis jetzt unlösbare Fragen, aber Bridget Praule und Agatha Tenter würden mir vielleicht ein paar davon beantworten können. Ich mußte mich auf den Weg machen, trank mein Ale aus und stand auf.

«Ihr geht doch nicht etwa?» fragte Jack Carter ärgerlich. «Wir haben noch genug Zeit für eine nächste Runde, bevor ich meine nächste Fracht aus der Sägemühle abholen muß.»

«Es tut mir leid», sagte ich, «doch der Nachmittag ist schon weit fortgeschritten. Welches, habt Ihr gesagt, ist Dame Praules Cottage?»

Darüber mußte er lachen, und sein Ärger verflog.

«Erzählt mir bloß nicht, Ihr wollt Euch in Großmutter Praules Löwengrube wagen!» Er schüttelte sich vor Lachen. «Sie verschlingt einen gutaussehenden jungen Kerl wie Euch bei lebendigem Leib. Wenn man sie jetzt sieht, würde man es nicht glauben, aber in ihrer Jugend war sie das hübscheste Mädchen weit und breit. Mein Vater hat mir erzählt, als er noch jung war, wurde in jeder Taverne zwischen hier und Plymouth am häufigsten auf sie angestoßen, sie war das am meisten umworbene Mädchen. Es fällt ihr schwer, diese Tage zu vergessen und zu akzeptieren, daß die Zeit es mit ihr nicht gut gemeint hat. Aber wenn Ihr entschlossen seid, zu gehen, findet Ihr sie im letzten Cottage hügelaufwärts, beim Lazarus-Haus.»

Ich bedankte mich bei ihm, und wir trennten uns freundschaftlich mit dem Versprechen, uns noch einmal zu treffen, bevor ich Totnes verließ.

Die frühe Helligkeit des Tages war jetzt, da der Abend nahte, schon gedämpft. Die strahlende Sonne wurde von einer taubenblauen Wolke verschleiert, die sich über den Abhang breitete, auf dem die Stadt erbaut war. Drei trostlos kreischende Möwen schossen auf ihrer Suche nach Futter über den Flußufern hin und her. Von weitem sahen die Zaunpfähle des Lepra-Spitals, die den Rest der Welt vor den Insassen schützten, wie die Wehrmauern einer Festung aus.

Großmutter Praules Cottage, das letzte von vieren, war bereits ziemlich verfallen. Ein Fensterladen hing lose in den Angeln, das Strohdach mußte dringend repariert werden, und in einer Mauer klaffte ein Loch, das zur Abwehr von Wind und Wetter mit Säcken zugestopft war. Die Tür stand weit offen, um die Wärme des Tages ins Haus zu lassen. Ich

- 131 -

klopfte, trat ein, nachdem eine Stimme mich dazu aufgefordert hatte, und blieb gleich darauf stehen, damit meine Augen sich nach der Helligkeit draußen an das Dämmerlicht gewöhnen konnten, das im Innern herrschte. Doch allmählich wurde es klarer um mich, und ich konnte feststellen, daß Großmutter Praule und ihre Enkelin nur das Allernötigste besaßen, das sie zum Leben brauchten. Unwillkürlich fragte ich mich, wie sich Bridget nach dem verhältnismäßigen Luxus im Crouchback-Haus in solcher Armut zurechtfand.

Ich wurde mit einem gackernden Lachen begrüßt, das ich nach meiner Begegnung mit Großmutter Praule am Morgen des vorigen Tages überall erkannt hätte.

«Verflixt, wenn das nicht schon wieder Ihr seid, Junge! Wollt Euch wohl noch einen Kuß holen, wie? Ich bin Euch nur allzugern gefällig.»

«Ich möchte mit Eurer Enkelin sprechen», antwortete ich hastig. «Ist sie hier?»

Am anderen Ende des Raumes erhob sich ein Mädchen von einer Bank und kam auf mich zu. Sie hatte Äpfel geschält, und ihre Schürze war voller Apfelschalen, die sie durch die offene Haustür auf den Weg kippte.

«Ein paar Leckerbissen für Tom Lyntotts Schweine, wenn er sie heute abend aus dem Wald nach Hause treibt.»

«Ja, mäste sie nur schön», sagte die alte Frau, «dann gibt uns Tom vielleicht ein Bein oder eine Lende zum Einpökeln, wenn er sie an St. Martin schlachtet. Damit kommen wir gut durch den Winter.» Sie preßte die beinahe zahnlosen Kiefer zusammen. «Es gibt nichts, was ich lieber hätte als ein schönes Stück gepökeltes Schweinefleisch. Nun, junger Mann», fügte sie hinzu, «hier ist meine Enkelin. Warum wollt Ihr sie sprechen? Ich bin sehr enttäuscht, daß Ihr nicht zu mir gekommen seid.» Sie gackerte wieder. «Ich könnte Euch mächtig viel Gutes tun, wenn Ihr mich lassen würdet. Viel besser, als die junge Bridget es kann. Sie kommt nach ihrem Vater,

Gott sei seiner Seele gnädig. Ein bißchen zu fromm für meinen Geschmack, lag dauernd auf den Knien. Konnte ihn nicht ausstehen, wenn Ihr's denn unbedingt wissen wollt. Meine Anne auch nicht, die arme Kuh, und trotzdem hat sie ihn geheiratet. Aber sie haben's geschafft, Bridget zustande zu bringen, obwohl nur Gott und seine Heiligen wissen, wie.»

Völlig ungerührt hörte Bridget zu, wie die Alte ihre Eltern beschimpfte.

«Laß gut sein, Granny», sagte sie nur gelassen. «Master Chapman will unsere Familiengeschichte bestimmt nicht hören.» Sie lächelte mir zu. «Kommt, setzen wir uns ans andere Ende des Zimmers. Und stör uns nicht, Granny.»

«Dachte, er ist gekommen, weil er ein Pfand von mir will», jammerte die Alte mit gespielter Empörung. «Heute sind die Männer dran, Chapman», erinnerte sie mich und lachte wiehernd.

Ich flüchtete ans andere Ende des Cottage, obwohl der Abstand zwischen uns auch jetzt noch nicht besonders groß war. Wäre sie darauf ausgewesen, hätte sie jedes Wort hören können, das ich sagte. Doch plötzlich schien sie jegliches Interesse an mir zu verlieren, lehnte den Kopf an die Wand hinter ihr und schlief so schnell ein, wie nur die sehr Alten und sehr Jungen es können. Ich setzte mich neben Bridget Praule auf eine rauhe Holzbank an einen Tisch, der bei jeder unbedachten Bewegung ins Schwanken geriet, da eines seiner Beine etwa einen Zoll kürzer war als die anderen drei. Bridget schob das Messer und die restlichen Äpfel beiseite, kreuzte die schlanken Arme auf der Tischplatte und sah mich an.

«Was wollt Ihr?» fragte sie. «Granny nennt Euch Chapman, den Händler, aber Ihr habt keinen Packen bei Euch, also seid Ihr nicht gekommen, um mir etwas zu verkaufen.»

«Ich bin gekommen, um dir ein paar Fragen zu stellen», sagte ich, «und hoffe, du wirst freundlich genug sein, mir ein paar Antworten zu geben. Es geht um das Verschwinden und den Mord an Andrew und Mary Skelton.» Das magere, kindliche Gesicht bekam einen wachsamen Ausdruck, und ich fuhr rasch fort: «Ich habe den Segen von Mistress Harbourne.»

«Ihr kennt Grizelda?» Die blaßblauen Augen leuchteten vor Freude auf, und die kleine Stupsnase rümpfte sich leicht, wenn sie lächelte. «Seid Ihr ein Freund oder Verwandter, der sie besuchen gekommen ist?»

Noch einmal berichtete ich, was gestern und heute geschehen war, und als ich geendet hatte, seufzte Bridget.

«Schade, daß Ihr kein Verwandter von ihr seid», sagte sie. «Grizelda muß sehr einsam sein, so ganz ohne einen Menschen, der zu ihr gehört. Nun, da ihr Vater und Sir Jasper und Mistress Rosamund tot sind, ist sie ganz allein auf der Welt.» Ihre Stimme wurde zu einem Flüstern. «Sogar die Kinder wurden ihr genommen. Es ist grausam.» Die Worte wurden fast unhörbar, und ein paar gingen ganz verloren. «... kann Gott das erlauben?» verstand ich nur.

Ich legte meine große Hand auf ihre rauhe, schwielige, die so viel kleiner war. «Wir müssen nur glauben», antwortete ich sanft, «und auf den Himmel vertrauen.»

Sie nickte. «Ich weiß, aber manchmal ist es schwer.» Und mit einem tapferen Lächeln: «Was wollt Ihr wissen?»

«Alles, was du noch von dem Morgen weißt, an dem die Kinder verschwunden sind. Laß dir Zeit. Ich habe es nicht eilig und bin für die kleinste Erinnerung dankbar.»

Bridget, die jetzt erst merkte, daß ich noch ihre Hand festhielt, errötete und entzog sie mir, ehe sie meiner Bitte ihre ungeteilte Aufmerksamkeit widmete. Ich schätzte sie auf fünfzehn oder sechzehn Jahre, aber sie konnte älter sein. Sie würde, vermutete ich, immer zu jung und unreif für ihr Alter aussehen. Sie war ein Nichts – glich einem kleinen graubraunen Sperling mit dünnen, zerbrechlichen Knochen.

«Wie lange hast du im Haushalt der Crouchbacks gearbeitet?» fragte ich, da sie nicht zu wissen schien, wo sie beginnen sollte.

«Oh, es müssen vier Jahre gewesen sein», sagte sie, nachdem sie an den Fingern abgezählt hatte. «Meine Mutter lebte damals noch, und Mistress Colet war noch Lady Skelton. Aber Sir Jasper war schon tot. Ich glaube, als man mich hingeschickt hat, war er gerade ein Jahr vorher gestorben. Meine Mutter war flink mit der Nadel und hat für die Lady genäht, und sie hat mir die Stelle verschafft, als die frühere Magd geheiratet hat und zu ihrem Ehemann in die Gegend von Dartington gezogen ist.»

«Wie viele Dienstboten hatte Lady Skelton?»

«Mich und Agatha Tenter, die Köchin, und Mistress Harbourne. Ich habe meine Mutter sagen gehört, daß zu Lebzeiten von Sir Jasper oben im Nebengebäude zwei Stallburschen gewohnt haben, aber Lady Skelton hat nach dem Tod ihres Vaters nur ein Pferd behalten und die anderen, die sie brauchte, aus dem Mietstall bei der Burg geholt. Sie heuerte dort auch einen Pferdeknecht an, der jeden Tag kam und ihr Pferd versorgte.»

«Du erinnerst dich also an die Zeit, bevor Mistress Rosamund Eudo Colet heiratete. Waren die Dinge damals anders?»

Bridget kaute nachdenklich an der Unterlippe. «Es war ruhiger», sagte sie endlich. «Wir waren ein Frauenhaushalt – außer Andrew, natürlich, aber der war zu klein und hat nicht gezählt. Ich glaube», fügte sie hellsichtig hinzu, «meiner Lady war es zu ruhig. Sie ist ganz plötzlich nach London abgereist, und als sie wiederkam, war sie mit Master Eudo Colet verheiratet. Hat uns alle überrascht, wirklich, wenn Grizelda auch ihre Bedenken gehabt und Böses geahnt hat, als Mistress Rosamund nicht mit Goody Harrison und ihrem Ehemann zurückkam. Goody Harrison…»

Ich unterbrach sie hastig: «Das alles hat Mistress Harbourne mir schon erzählt. Sie hat den neuen Ehemann ihrer Cousine auf den ersten Blick gehaßt, hat sie mir gesagt.»

Bridget hob die schmalen Schultern. «Sie hat nie was Gutes über ihn zu sagen gewußt», gab sie zu. «Hat gemeint, daß er ein Abenteurer und hinter Mistress Rosamunds Geld her ist.» Es folgte eine Pause, dann fuhr Bridget fort: «Mistress Harbourne war immer gut zu mir, aber zum Master war sie ungerecht, denk ich. Er war ein liebevoller Ehemann, soweit ich das sehen konnte, und hat meiner Lady in den meisten Dingen ihren Willen gelassen. Er hat nicht mal widersprochen, als sie erklärt hat, daß sie noch immer Lady Skelton genannt werden will, wenn auch ganz viele Leute in der Stadt sie ziemlich gemein und höhnisch mit Mistress Colet angeredet haben, wie wenn sie sagen wollten, daß sie sich ihr Bett selbst gemacht hatte und jetzt auch darin liegen sollte.»

«Du magst Eudo Colet?» fragte ich.

Wieder zögerte Bridget. «Er hat mich nicht schlecht behandelt», sagte sie schließlich. Die blaßblauen Augen suchten meine. «Aber nein, so richtig habe ich ihn nicht gemocht, wenn ich auch nicht sagen könnte, warum.»

«Versuch es doch», ermutigte ich sie.

Bridget sah leicht verwirrt drein, suchte nach Worten, um auszudrücken, was bisher nur ein unbestimmtes Gefühl gewesen war. Endlich platzte sie heraus: «Er – er hatte kein Recht, auf dem Stuhl des Masters zu sitzen. Er war nichts Besseres als ich, als Agatha. Er konnte weder lesen noch schreiben wie Grizelda. Seine Sprache war derb, er war nicht aus dieser Gegend. Grizelda hat recht gehabt, als sie sagte, er gehört in den Stall oder in die Küche.»

Sie hatten ihm alle gegrollt, diesem Mann, von dem sie nichts wußten, der aber so offensichtlich von ihrer Art war und ihnen dennoch als Autorität vorgesetzt wurde. Und Grizelda, ihm in jeder Hinsicht überlegen, hatte ihn verständlicherweise noch weniger leiden können als die anderen. Ich streckte meinen schmerzenden Rücken und lockerte meine

verkrampften Beine, indem ich sie lang unter dem Tisch aus-
streckte, bevor ich auf meine ursprüngliche Frage zurückkam:

«Und jetzt erzähl mir von dem Morgen, an dem die Kinder verschwanden.»

«Grizelda war in die Kirche gegangen», sagte Bridget, «und
ich habe Agatha beim Frühstück geholfen. Master Colet war
noch oben und die Kinder auch. Es war im Haus nicht immer
leicht gewesen, seit die Herrin und ihr Baby gestorben waren.
Der Master war ohne sie verloren. War noch immer ganz
durcheinander. Versuchte noch immer, Boden unter die Füße
zu kriegen, wußte nicht, wo er stand und was er tun sollte. Vor
allem wußte er nicht, was er mit Master Andrew und Mistress
Mary anfangen sollte. Er mochte sie nicht, und sie mochten
ihn nicht. Haben ihm alle möglichen Streiche gespielt, wenn
sie dachten, daß sie damit durchkommen konnten. Sie haben
ihm wirklich nichts als Unannehmlichkeiten gemacht.»

«Haben sie allen Leuten Streiche gespielt?» unterbrach ich
sie.

«Master Andrew war sehr lebhaft, und seine Schwester hat
immer alles gemacht, was er ihr sagte. Aber sie haben es nicht
bös gemeint. Es war einfach ihre Art, und wir haben es alle
geduldet, nur der Master nicht. Nun, wie ich schon gesagt
hab, habe ich Agatha mit dem Frühstück geholfen, das im unteren Wohnzimmer aufgetragen wurde. Für die Kinder Brot
und Milch. Kaltes Rindfleisch und Safranporridge mit Honig
für den Master und Mistress Harbourne, Ale und Dünnbier
für alle. Wir trugen das Essen aus der Küche herüber und stellten es gerade auf den Tisch, als wir den Master oben brüllen
hörten. Er brüllte, so laut er nur konnte. Dann hat Master
Andrew angefangen zurückzuschreien, und Mistress Mary hat
geweint. Aber der Master hat nur noch lauter gebrüllt, bis
beide Kinder weinen mußten und der Lärm ganz schrecklich
war. Ich hab Agatha angeschaut und sie mich, und wir haben

beide nicht gewußt, was tun. ‹Soll ich hinaufgehen?› hat sie mich gefragt, aber ich hab gesagt, nein, nein, wir dürfen uns nicht einmischen, sonst wirft man uns noch aus dem Haus.»

«Konntest du hören, warum Master Colet so laut gebrüllt hat? Was hat er den Kindern vorgeworfen? Was hatten sie getan? Oder nicht getan?»

Bridget schüttelte den Kopf. «Ich glaub nicht, daß es was Besonderes war. Sie waren immer ein bißchen langsam beim Anziehen, wenn Grizelda nicht da war, um sie anzutreiben, und der Master hat sich geärgert, wenn sie bei den Mahlzeiten unpünktlich waren. Ich denke, er hat darin etwas Beleidigendes für sich selbst gesehen, wenn sie zu spät zu Tisch kamen.»

Ich nickte. Ein Mann, seiner Stellung nicht sicher, der wußte, daß man sich hinter seinem Rücken über ihn lustig machte, würde auf solche Dinge überempfindlich reagieren.

Bridget fuhr fort: «Dann ist Grizelda nach Hause gekommen. Als sie gehört hat, was oben los ist, ist sie die Treppe raufgeflogen. Nicht mal den Mantel hat sie ausgezogen. Und dann hat sie den Master angeschrien. Sie müssen aus dem Wohnzimmer in ein Schlafzimmer gegangen sein, weil ihre Stimmen leiser geworden sind. Aber ich hab sie trotzdem noch gehört. Daß er ein böser, hartherziger Mann ist, hat sie geschrien, weil er zwei unschuldige Kinder so peinigt, und er hat geantwortet, sie ist eine Hexe, die man an den Tauchstuhl binden sollte. Ich kann mich nicht an alles erinnern, was sie gesagt haben. Hab auch nicht besonders viel gehört. Und dann ist es auf einmal ganz still geworden.»

«Und danach?» drängte ich.

Bridget fröstelte und schlug die dünnen Arme um ihren Körper.

«Danach hat Grizelda von oben gerufen, ich soll ganz schnell Jack Carter holen. Sie verläßt das Haus, hat sie gesagt, und sie braucht ihn, damit er ihre Truhe zu seinem Karren bringt.»

«Und das hast du auch getan?»

«Ja, ich bin runter zu seinem Haus am Haupttor gerannt, hab mir nicht mal einen Umhang umgeworfen oder Pantoffeln angezogen. Der Morgen war sehr kalt, aber da hab ich nicht dran gedacht. Ich war so aufgeregt, daß ich gar nicht richtig gewußt hab, was ich tu. Jacks Frau hat mir einen Schal geliehen, und zurück bin ich in Jacks Karren gefahren.»

«Und als du nach Hause kamst?»

«Da stand Mistress Harbourne oben an der Treppe, totenbleich, und gezittert hat sie, sag ich Euch. Neben ihr die gepackte Truhe. Die haben Jack und der Stallbursche dann zum Wagen rausgetragen.»

«Sie und Master Colet haben nicht mehr miteinander gesprochen?»

Bridget schüttelte den Kopf. «Der Master ist erst zum Frühstück runtergekommen, als sie weg war. Und die Kinder haben gar nicht gefrühstückt. Der Master hat gesagt, daß sie zu aufgeregt sind, aber ich glaube, sie haben ihm nur eins auswischen wollen, weil gleich darauf eins von beiden anfing zu singen.»

«Ah!» Ich horchte auf. «Jack Carter hat gesagt, daß es Mistress Mary war. Er hat sie auch gehört, aber nicht mehr gewußt, was sie gesungen hat. Er meint, es war ein Wiegenlied mit dem Refrain ‹lullei, lullo› oder so ähnlich. Kannst du dich noch erinnern?»

Bridget nickte. «Ich bin nur nicht sicher, daß es Mary war, die gesungen hat. Ich meine, es ist Master Andrew gewesen. Für mich hat es mehr nach einem Jungen geklungen.»

«Aber das Lied hast du gekannt?»

«Es war ein Schlaflied, das Grizelda ihnen immer vorm Einschlafen vorgesungen hat. Sehr oft, aber an die Worte kann ich mich nicht erinnern.» Bridget unterbrach sich und dachte nach. «Den Refrain weiß ich noch, glaub ich, der hat so angefangen: ‹Lullei, lullei, Kindlein, Kindlein klein, lullei, lullo...›» Eine längere Pause beendete sie mit einem bedauernden Kopfschütteln. «Nein, mehr weiß ich nicht, alles weg. Ich hab noch nie besonders gut lernen können. Grizelda hat versucht, mir die Buchstaben beizubringen, aber ich kann nichts im Kopf behalten.»

«Das macht nichts», tröstete ich sie. «Es ist nicht wichtig. Erzähl weiter. Du hast gesagt, Master Colet ist zum Frühstück heruntergekommen, als Mistress Harbourne abgefahren war. Was ist dann passiert?»

«Als er fertig war, hat er gesagt, er geht jetzt zu Master Cozin – in Geschäften. Dann ist er wieder rauf und wollte Mantel und Hut holen. Agatha war inzwischen schon in der Küche, aber ich hab den Tisch abgeräumt. Ich habe gehört, wie er mit den Kindern geredet und sie gefragt hat, ob sie wirklich nichts zu essen wollen, und Master Andrew hat geschrien: ‹Wir haben gesagt, wir wollen nichts! Laß uns in Ruhe!› Und dann hat er die Schlafzimmertür zugeknallt. Der Master hat sehr aufgeregt ausgesehen, als er runterkam, und ich kann nicht behaupten, daß ich es ihm übelgenommen habe. Ich hab ihn gefragt, ob ich zu den Kindern raufgehen soll, und er hat gesagt, ich soll meine Arbeit tun und mich nicht um sie kümmern. Sie würden vielleicht besserer Laune sein, wenn er wiederkam. Er würde nicht lange wegbleiben. Er hat mich auch gefragt, ob ich vielleicht eine passende Kinderfrau für sie weiß, weil Mistress Harbourne doch nicht mehr da wäre, und ich habe gesagt, es würde ihm bestimmt nicht schwerfallen, unter den Frauen der Stadt oder in der Vorstadt eine zu finden, die die Stelle gern haben wollte.»

«Und dann ist er weggegangen?»

«Ja. Aber bevor er ging, hat er noch hinaufgerufen: ‹Gott mit euch!›, und Mary hat ihm geantwortet.»

«Was hat sie gesagt?»

«‹Und mit dir!› Ich weiß noch, daß ich froh war, weil es mir zeigte, daß wenigstens Mary aufhören wollte zu streiten und nicht den ganzen Tag schmollen würde.» Plötzlich schossen Bridget Tränen in die Augen und liefen ihr über die

mageren Wangen. «Wenn ich nur gewußt hätte, was sie vor-
haben, daß ich sie lebendig nicht wiedersehen würde! Wenn
ich doch dem Master nicht gehorcht hätte und zu ihnen rauf-
gegangen wäre. Diese albernen kleinen Würmchen! Warum
nur sind sie weggelaufen?»

«Du glaubst also», sagte ich leise, «daß sie weggelaufen
sind und nicht, wie manche Leute denken, durch Hexerei aus
dem Haus fortgezaubert wurden?»

Sie schauderte und bekreuzigte sich. «Ich – ich weiß
nicht!» platzte sie schließlich heraus. «Nachdem der Master
weggegangen war, habe ich im Wohnzimmer Staub ge-
wischt und die Möbel poliert – von dem Moment an, als er
ging, bis er zurückkam, sie können also nicht auf diesem Weg
das Haus verlassen haben, davon bin *ich* überzeugt. Und
Agatha war in der Küche und hat das Mittagessen vorberei-
tet. Sie hätte sie sehen müssen, wenn sie sich entweder durch
die Flurtür oder die Schlafzimmertür, die auf die Galerie
führt, hinausgeschlichen hätten. Die Küchentür, sagt sie,
war die ganze Zeit weit offen, weil's aus den Kochtöpfen so
gedampft hat. Auch müßten die Kinder durch die Küche gegangen sein, wenn sie in den äußeren Hof wollten, und Agatha schwört, daß sie das nicht getan haben.»

Ich runzelte die Stirn. War es nicht möglich, daß zwei entschlossene Kinder durch den inneren Hof und durch die Küche gehuscht sein konnten, ohne von Agatha Tenter gesehen
zu werden? Eine Köchin muß, während sie ihre Künste voll-
bringt, ziemlich viel hin und her laufen. Es sind Teller anzu-
wärmen, das Fleisch auf dem Spieß muß gedreht, Gemüse
gehackt, Wasser gekocht, Vergossenes oder Übergekochtes
aufgewischt, Gewürz im Mörser zerstampft werden – fast
alle fünf Minuten sind ein Dutzend anderer Verrichtungen
zu erledigen. Konnten Andrew Skelton und seine Schwester
sich so leicht und leise bewegt und einen Augenblick genutzt
haben, in dem Agatha Tenter ihnen den Rücken kehrte?
Hatte sie sie deshalb nicht bemerkt?

Ich seufzte. Es war möglich, aber unwahrscheinlich. Ein Mensch, der sich allein in einem Raum aufhält, spürt sofort, wenn auf einmal noch jemand da ist. Und wenn Agatha auch die Kinder selbst nicht gesehen hatte, mußte sie den kalten Luftzug gefühlt haben, der durch den Raum fegte, als die zweite Tür geöffnet wurde – die Tür zum äußeren Hof.

Ich wandte mich wieder an Bridget. «Soviel ich weiß, hat der Master dich gleich nach seiner Rückkehr hinaufgeschickt, die Kinder zu holen. Aber du konntest sie nicht finden.»

Bridget begann zu zittern, und ich legte ihr tröstend den Arm um die Schultern.

«Nein», flüsterte sie und preßte die Hand auf den Mund. «Zuerst, als sie nicht antworteten, hab ich natürlich gedacht, sie verstecken sich, spielen ein Spiel. Also hab ich immer wieder ihre Namen gerufen und sie gesucht. Aber sie waren nirgends zu finden. Waren einfach ganz und gar verschwunden.»

- - -

Elftes Wie oft hatte ich diesen selben Satz in den beiden
Kapitel letzten Tagen schon gehört. Ganz und gar verschwunden. Die Worte spotteten meiner Unfähigkeit, sie zu durchschauen und die Wahrheit zu erkennen. Wie hatten die Skelton-Kinder das Haus verlassen? Warum hatten sie das Haus verlassen? Sobald ich die Antwort auf diese beiden Fragen kannte, war das Rätsel vielleicht gelöst.

Die zweite Frage war leichter zu beantworten als die erste, die Erklärung hatte ich schon mehr als einmal bekommen. Andrew und Mary hatten bis zur Sperrstunde verschwunden bleiben wollen, um ihrem Stiefvater eine Lektion zu erteilen, und es war ihnen gelungen, unbemerkt durch die Stadtmauer zu schlüpfen. Wie der Wächter am Westtor gesagt hatte, durchaus möglich bei dem lebhaften Verkehr in beiden Richtungen. Die erste Frage war jedoch viel schwieriger zu beantworten, es sei denn, ich konnte die Aussage von Bridget Praule oder Agatha Tenter erschüttern.

«Bist du sicher», fragte ich Bridget mit aller Vorsicht, «daß es keinen Moment gegeben hat, keine einzige Sekunde, in der du das untere Wohnzimmer aus irgendeinem Grund verlassen hast oder durch irgend etwas so abgelenkt warst, daß sich die beiden die Treppe herunter, durch das Zimmer in den Flur und dann hinaus auf die Straße geschlichen haben können?» Aber ich wußte schon im vorhinein, wie ihre Antwort lauten würde.

«Nein, einen solchen Moment hat es nicht gegeben!» Sie schüttelte energisch den Kopf. «Während der Master nicht zu Hause war, habe ich mich die ganze Zeit im Wohnzimmer aufgehalten und bin keinen Schritt hinausgegangen. Wenn die Kinder runtergekommen wären, hätte ich sie sehen müssen. Master Colet war nicht viel länger als eine Stunde weg. Er wollte sein Mittagessen pünktlich um halb elf Uhr und hätte sich nie verspätet.»

Sie war jetzt erregt, befürchtete, daß man ihr unterstellte, sie habe gelogen, und wieder drückte ich beruhigend ihre Hand.

«Ich zweifle nicht an dem, was du sagst, Bridget, möchte nur die allerletzten Unklarheiten aus meinem Kopf ausräumen. Wann hat Master Colet entschieden, das Haus zu verschließen und sich nach einer anderen Unterkunft umzusehen?»

«Nachdem man die Leichen der beiden Kinder gefunden hatte. Bis dahin, wißt Ihr, haben wir alle gehofft und gebetet, daß man sie lebendig und gesund wiederfinden werde. Und hätten sie allein heimgefunden, wären sie natürlich zum Haus gekommen, also mußten wir da sein, für alle Fälle.»

«Und was für einen Eindruck hat Master Colet in der Wartezeit auf dich gemacht?»

«Oh, er war sehr aufgeregt, wollte nicht viel essen und hat die halben Mahlzeiten stehenlassen. Dabei hat Agatha ihm alle seine Lieblingsspeisen gekocht. Schlafen konnte er auch nicht. Ich weiß noch, daß ich ein paarmal, wenn ich aus meiner Stube unterm Dach hinausschaute, auf der anderen Hofseite hinter den Läden seines Schlafzimmerfensters Licht gesehen habe, was bedeutete, daß seine Kerze noch brennen mußte. Und einmal, als er mich anschrie, weil ich einen dummen Fehler gemacht hatte, hat er sich entschuldigt und gesagt, ich soll gar nicht drauf achten. Er wäre nicht er selber, hat er gesagt. Er hat auch gesagt, daß die Leute ihm die Schuld geben würden, wenn den Kindern etwas passiert wäre, weil er der einzige Mensch ist, der durch ihren Tod einen Vorteil hat. Ich hab ihm gesagt, wir, ich und Agatha, wüßten beide, daß er nichts damit zu tun gehabt haben konnte, und das würden wir, wenn nötig, auch dem Untersuchungsrichter sagen.»

«Was hat er geantwortet?»

«Er hat sich bei mir bedankt, aber gesagt, die Leute würden trotzdem versuchen, ihm die Schuld in die Schuhe zu schieben, und ihn bezichtigen, mit dem Bösen im Bund zu sein. Und genau das haben sie getan. Als bekannt wurde, daß die Kinder ermordet worden waren, haben die Nachbarn angefangen, ihn zu meiden und sich zu bekreuzigen, wenn sie ihn auf der Straße getroffen haben. Dabei hat jeder, der nur ein bißchen Verstand hat, gewußt, daß die Banditen die armen, kleinen Lämmchen umgebracht haben. Daß der Untersuchungsrichter ihn für unschuldig erklärt hat, zählte nicht, die Leute – auch Mistress Harbourne – haben trotzdem an Master Colets Schuld geglaubt. Und Mistress Harbourne hat den Haß gegen ihn immer mehr geschürt.»

«Das klingt, als täte Master Colet dir leid, obwohl du ihn eigentlich nicht magst.»

«Er tut mir auch leid», sagte Bridget warm. «Ich finde es schrecklich, wenn man jemanden zu Unrecht beschuldigt. Ob man ihn mag oder nicht, hat nichts damit zu tun.»

Lächelnd drückte ich wieder ihre Hand, bevor ich sie losließ. «Du hast ein gutes Herz, Bridget Praule, und einen Sinn für Gerechtigkeit. Und als Master Colet das Haus schloß, bist du also zu deiner Großmutter gegangen, und er wohnt seither bei Agatha Tenter und ihrer Mutter?»

«Ja. Es ist nicht leicht, in einer Stadt wie dieser eine Unterkunft zu finden, aber ich hoffe, noch vor Ende des Sommers eine neue Stelle zu bekommen. Und der Master hat ein Quartier gebraucht, während er sich nach einem neuen Zuhause umsieht und das alte zu verkaufen versucht. Er hatte in Totnes keinen Freund, an den er sich wenden konnte, und wollte auch nicht im Gasthof bleiben, wie er sagte. Er wollte aber auch nicht ganz weg aus der Gegend, und als Agatha ihm anbot, ihn nach Hause mitzunehmen, war er sofort einverstanden.»

«Aber gewiß können Mistress Tenter und ihre Mutter – obwohl ich schließlich nichts über sie weiß – Master Colet nicht die Bequemlichkeit bieten, die er gewohnt war?»

Bridget rieb sich mit dem vom ständigen Äpfelschälen und Gemüseputzen braunen Finger die Nasenspitze.

«Ich glaube nicht, daß ihm das was ausmacht. Es ist... Na ja, ich denke, es ist mehr das, was er gewöhnt war, bevor Lady Skelton ihn geheiratet hat. Vielleicht ist es ihm sogar lieber.»

Sie war viel klüger, als ihr unschuldiges, kindliches Gesicht verriet. Eudo Colet hatte sehr wahrscheinlich Trost darin gefunden, wieder unter seinesgleichen zu sein; schon vielen Männern war es so ergangen.

Ich bedankte mich und stand auf, froh, endlich die Beine wieder richtig ausstrecken zu können, stieß mir aber fast den

Schädel am Dach des Cottage. Bridget kicherte, und aus der entgegengesetzten Ecke kam ein Gackern. «Verflixt, wenn Ihr nicht einer der längsten Kerle seid, die ich je gesehen hab, Chapman. Wer war Euer Vater? Einer von den Dartmoor-Riesen?»

«Nein, ein kleiner Mann und dunkel, wenn ich meiner Mutter glauben darf. Von keltischer Abstammung. Die Männer ihrer Familie waren so groß und blond.»

Großmutter Praule schnaubte verächtlich. «Ich nehm's keiner Frau übel, wenn sie ihrem Mann was vormacht, aber ich könnte schwören, daß kein Tropfen Keltenblut in Euch ist. Ein Sachse seid Ihr, mein Junge, durch und durch.» Grämlich fügte sie hinzu: «Geht Ihr etwa schon? Bridget, hast du dem Jungen einen Becher Pflaumenwein vorgesetzt?»

Bridget zuckte schuldbewußt zusammen und machte Anstalten, sich für ihre Unterlassung zu entschuldigen. Ich beeilte mich, ihr zu Hilfe zu kommen.

«Granny, ich muß im Moment einen klaren Kopf behalten, und ich bin sicher, Euer Pflaumenwein ist zu stark dafür. Ich wäre sogar bereit, meine gestrigen Einnahmen gegen jeden zu verwetten, den Ihr mir nennt, daß Ihr den besten und stärksten Pflaumenwein diesseits des Tamar macht.»

Ihr zahnloses Grinsen spaltete ihr runzliges Gesicht von einem Ohr zum anderen. «Da habt Ihr recht. Es ist ein Rezept, das ich von meiner Mutter habe und sie von der ihren und so weiter. Im ganzen Königreich gibt's keinen besseren. Also bleibt noch», schmeichelte sie, «und probiert einen Tropfen.»

Ich lehnte jedoch ab, bedankte mich bei Bridget Praule für ihre Hilfe, ersuchte um eine genauere Wegbeschreibung zu Dame Tenters Haus, als Ursula Cozin mir hatte geben können, und verabschiedete mich. Ich trat ins Freie und atmete tief, um die Benommenheit abzuschütteln; die Gerüche in dem kleinen Haus waren so widerlich gewesen, daß ich

Kopfschmerzen bekommen hatte. Die Klosterglocken läuteten zur Vesper; ich schätzte, daß mir noch etwa eine Stunde Tageslicht blieb, um Agatha Tenter zu besuchen und vor Sonnenuntergang und dem Schließen der Tore in die Stadt zurückzukehren.

Doch hier stand ich vor einem Problem. Eudo Colet wohnte bei den Tenters, und seine Anwesenheit konnte sich als Hindernis für meine Mission erweisen. Da Mutter und Tochter ihn aufgenommen hatten, konnte ich voraussetzen, daß sie ihn gegen alle Ankömmlinge abschirmen und ebenso ungehalten auf meine Fragen reagieren würden wie er selbst. Sheriff und Untersuchungsrichter hatten ihn von jedem Verdacht der Mitschuld am Tod der Kinder freigesprochen, und hier war ich, ein Fremder, der den Schlamm wieder aufwühlte. Ich würde mich glücklich schätzen können, wenn ich davonkam, ohne daß ich einen Besenstiel auf dem Buckel spürte. Hätte ich diese Schwierigkeit früher vorhergesehen, und ich tadelte mich streng, weil ich es nicht getan hatte, hätte ich meinen Packen mitnehmen und mit einem guten, ehrlichen Anliegen an Dame Winifreds Tür klopfen können. Aber wenn ich den Hügel hinauf- und dann wieder hinuntermarschierte, verlor ich viel kostbare Zeit. Ich konnte, nahm ich an, bis morgen warten, aber ich hatte beschlossen, noch heute mit Agatha zu sprechen, und wollte es, wider jede Vernunft, auch tun. Daher lenkte ich meine Schritte zur Brücke und vertraute darauf, daß Gott mir eine Eingebung schicken würde.

Er enttäuschte mich nicht. Auf halbem Weg über den schmalen, holprigen Brückenbogen, der das Westufer und das Ostufer des Dart verband, wurde mir klar, daß ich mich Eudo Colet reinsten Gewissens als sein Mieter vorstellen konnte. Was sich daraus ergab, würde Gott mir offenbaren, darauf vertraute ich. Er hatte mich nach Totnes geführt, um die Wahrheit über diese Angelegenheit aufzudecken, und daher durfte Er mich nicht im Stich lassen.

Am anderen Ufer lag die Gemeinde, die Ursula Cozin und Bridget Praule Brigg genannt hatten. Die Häuschen zogen sich zu beiden Seiten einen staubigen Karrenweg entlang zum Wald und zu der Burg, die Henry de Pomeroy vor zweihundert Jahren erbaut hatte. Bridget hatte mir gesagt, Dame Winifred bewohne ein Haus nah am Fluß, ein Stückchen stromabwärts, hinter der Furt, die von allen Pferdewagen benutzt wurde; die Brücke war nicht fest genug, um dem starken Verkehr standzuhalten. Also folgte ich einem schmalen Pfad dicht am Ufer, bis ich an ein einzelnes Cottage kam; die rosa Mauern schimmerten in der Sonne des Spätnachmittags. Es stand inmitten eines sauber eingezäunten Gartens, in dem ein Beet mit Kräutern einen betäubenden aromatischen Geruch verströmte. Am Zaun blühten Sternmieren, deren weißgestirnte Blütenblätter sich im schwindenden Licht allmählich zusammenrollten; die lanzenförmigen Blätter und zarten Stiele wurden vom Gitterwerk des Zauns gestützt. An dem klaren Aprilabend sah das Haus warm und freundlich aus, ganz anders als Sir Jasper Crouchbacks Domizil, das ständig im Schatten zu liegen schien, als hätte man in seinen Mauern kaum Lachen oder Glück gekannt.

Meine Phantasie ging mit mir durch. Ich stieß die Pforte auf, ging den kurzen Pfad zur Haustür entlang und klopfte. Gleich darauf öffnete mir eine ältere Frau, Dame Tenter, wie ich vermutete.

Eine Stimme rief von drinnen: «Wer ist gekommen, Mutter?»

Ich sagte ein bißchen lauter als nötig: «Ich möchte mit Master Colet sprechen – falls er zu Hause ist.»

Die Frau, die, ihre Hände an der Schürze abtrocknend, zur Tür kam, paßte auf die Beschreibung, die Grizelda mir von Agatha Tenter gegeben hatte; etwas älter als dreißig, drall, mit rosigen Apfelwangen und dunkelroten Stirnfransen, die unter der weißen Leinenhaube hervorkamen. Ihre Augen waren so leuchtend blau wie Ehrenpreis, ihr Kinn fein und spitz, und nur die plumpe Nase entstellte das Gesicht, das sonst wirklich sehr hübsch gewesen wäre.

«Wer seid Ihr?» fragte sie. «Und was wollt Ihr von Master Colet?»

Ihr Benehmen war abweisend, aber ich warf ihr einen bewundernden Blick zu – so gut ich es eben vermochte –, nahm die Mütze ab und verneigte mich.

«Mein Name ist Roger, und von Beruf bin ich Straßenhändler. Master Oliver Cozin, der Anwalt, hat mich jedoch für würdig erachtet, mich als Mieter in Master Colets Haus aufzunehmen, weil er hofft, daß ich es irgendwie schützen könnte, wenn die Banditen die Festungsmauer der Stadt überrennen sollten. Ich bin beauftragt, bis zum Samstag und wenn möglich auch noch länger zu bleiben, falls ich kann. Deshalb hatte ich das Gefühl, Master Colet sollte mich kennenlernen, damit er selbst sieht, was für ein Mensch ich bin, und mir, wenn er es für erforderlich hält, auch Fragen stellen kann.»

Agatha musterte mich ein paar Sekunden lang mißtrauisch, trat dann zurück und öffnete die Tür weit, damit ich eintreten konnte.

«Master Colet ist im Moment nicht hier, aber wir erwarten ihn bald zurück.» Sie wies mit einem Nicken auf einen Hocker in der Nähe der Feuerstelle und fügte hinzu: «Ihr dürft Euch setzen.» Dann machte sie sich daran, den Spieß über dem Feuer zu drehen, an dem ein Kaninchen briet.

Die ältere Frau, ein kleines, verwelktes Wesen, das in ihrem eigenen Heim anscheinend nicht viel zu sagen hatte, zog sich in eine Ecke zurück und begann wieder zu spinnen, ohne mich eines einzigen Wortes zu würdigen. Meine Anwesenheit war ihr offenbar völlig gleichgültig. Ich hielt meine Hände über das kleine Feuer, das auf der Kaminplatte brannte, denn die Abendluft hatte sich in der letzten halben Stunde stark abgekühlt. Jetzt, da ich hier war, wußte ich nicht so recht, wie beginnen. Agatha erlöste mich aus dem Dilemma.

«Ihr habt zweifellos von den Schwierigkeiten um Master

Colet erfahren», sagte sie abrupt. «Daß Ihr mietfrei wohnen dürft, hat gewiß Eure Neugier geweckt, und darüber hinaus wäre ich überrascht, wenn Ihr inzwischen nicht auch allen möglichen Klatsch zu hören bekommen hättet. Aber ich wäre Euch dankbar, wenn Ihr in Master Colets Gegenwart nichts davon erwähnen würdet. Er leidet sehr unter der ganzen Sache.»

«Verständlicherweise», sagte ich, «wenn er unschuldig ist.»

«Natürlich ist er unschuldig», fauchte sie, und ihre blauen Augen blitzten zornig. «Untersuchungsrichter und Sheriff haben ihn nach meiner Aussage beide von jeder Schuld freigesprochen. Und nach der Aussage von Bridget Praule», fügte sie beiläufig hinzu.

Ich zögerte, bevor ich sagte: «Mistress Harbourne ist wahrscheinlich mit diesem Urteil nicht einverstanden.»

«Habt Ihr etwa mit dieser Frau gesprochen?» Agathas Gesicht färbte sich rot, und das kam nicht nur von der Hitze der Flammen. «Was weiß denn die schon? Sie war nicht da, als die Kinder verschwanden. Sie war fort – Gott sei Dank, kann man nur sagen.» Ihre Stimme klang gehässig. «Sie hat Master Colet vom ersten Augenblick an nicht leiden können. Für sie war er ein Kuckuck in ihrem Nest. Ihrer Meinung nach hatte er sich zwischen sie und Lady Skelton gedrängt. Sie hat immer damit geprahlt, daß sie die Cousine meiner Lady war und im Haus Privilegien hatte. Der Ehemann meiner Lady bedrohte ihre Stellung. Meine Lady hatte keine Zeit mehr für sie. Ihre ganze Aufmerksamkeit hat Master Colet gegolten, und das konnte Grizelda ihm nicht verzeihen. Sie versucht ihn noch immer mit Lügen und Verdächtigungen zu vernichten.»

«Dann seid Ihr also sicher», fragte ich gleichgültig, als sei ich an dem Thema nur mäßig interessiert, «daß Euer Master mit dem Verschwinden der Skelton-Kinder nichts zu tun gehabt haben kann?»

«Natürlich bin ich sicher, Dummkopf. Sie waren im Haus, als er ging, und nicht mehr da, als er zurückkam. Dafür verbürge ich mich.»

«Wie sind sie dann hinausgekommen? Denn das sind sie, sonst wären sie jetzt nicht tot.»

Sie begann wieder das Kaninchen zu drehen und zu begießen und warf mir einen mitleidigen Blick zu.

«Sie sind die Vordertreppe heruntergekommen, natürlich, als das dumme Ding Bridget Praule nicht hinsah. Das Mädchen ist eine Träumerin. Wann immer sie mir in der Küche half, mußte ich sie wegen Unaufmerksamkeit tadeln. Sie hat nie an das gedacht, was sie tun sollte. Und hinterher hatte sie zu große Angst, zuzugeben, daß es nur so gewesen sein kann. Doch ich habe zuerst dem Sheriff und später, nachdem man die Leichen gefunden hatte, auch dem Richter meinen Standpunkt klargemacht.»

Ich nickte, als sei ich zufrieden, antwortete nicht und wärmte mir die Hände weiter über dem Feuer. War das die Lösung des Rätsels? Es klang vernünftig und hatte offensichtlich dem logischen Verstand der Behörden zugesagt. Wieder war ich bei William of Occam und seiner Überzeugung angelangt, daß man sich, wenn man etwas erklärte, auf so wenige Annahmen wie möglich stützen sollte. Doch wie eine Träumerin war Bridget mir nicht vorgekommen. Und noch wichtiger: wenn sie mich nicht völlig an der Nase herumgeführt hatte, war sie ein Mensch, der die Wahrheit hoch in Ehren hielt. Ich war überzeugt, daß sie es furchtlos zugegeben hätte, hätte sie auch nur einen Moment daran gedacht, die Kinder könnten durch das untere Wohnzimmer entkommen sein, ohne daß sie sie gesehen hatte. Mein Mißtrauen begann sich gegen Agatha Tenter zu wenden, die so eifrig darauf bedacht war, ihre eigene Unschuld und die ihres Arbeitgebers zu beteuern. Wenn die Kinder durch die Küche in den äußeren Hof gegangen waren, hatte sie sie vielleicht absichtlich ignoriert oder sogar dazu angestiftet.

Doch was hätte sie damit bezwecken wollen? Ich war sicher, daß sie in Eudo Colet mehr als nur ein bißchen verliebt war und daher nichts getan hätte, was ihn ängstigen oder in Schwierigkeiten bringen konnte. Wenn sie andererseits mit ihm gemeinsame Sache machte, um die Kinder loszuwerden, konnte sie ihnen die Flucht nach draußen erleichtert, ihnen vielleicht sogar gesagt haben, wie sie ungesehen durchs Stadttor kommen konnten. Vielleicht hatte ihr Stiefvater absichtlich mit ihnen einen Streit vom Zaun gebrochen und ihren Zorn immer wieder angefacht, bis Grizelda zurückkam, die, wie er wußte, die Kinder leidenschaftlich verteidigen würde; für ihn ein ausreichender Vorwand, die unbequeme Kinderfrau wegzuschicken. Aber was dann? Er hatte sich weder darauf verlassen können, daß Andrew und Mary weglaufen würden noch daß sie, wenn sie es taten, den Banditen in die Hände fallen würden, die sie dann umbrachten. Ich starrte ins Feuer, suchte eine Lösung für das Rätsel, fand jedoch keine.

Die Tür des Cottage wurde geöffnet, und ein Mann trat ein, in dem ich sofort meinen Reiter vom Tag vorher erkannte. Er trug sogar dieselbe Kleidung, nur waren die roten Reitstiefel heute staubig vom Gehen, da sein Pferd vermutlich in einem weiter entfernten Stall untergebracht war. Dame Tenter hatte kein Nebengebäude, in dem ein so edles Tier stehen konnte, aber das Cottage verfügte, wie ich feststellte, über ein zweites Schlafzimmer, das Master Colet jetzt ganz zur Verfügung stand, falls man aus dem provisorischen Bett in einer Ecke des Wohnzimmers den entsprechenden Schluß ziehen konnte.

Er sah mich nicht sofort, ganz darauf konzentriert, Agatha seine Neuigkeit mitzuteilen.

«Ich war wieder bei Rechtsanwalt Cozin, und er ist sehr zuversichtlich, daß der derzeitige Eigentümer des Besitzes bei Darington mit meinem letzten Angebot hochzufrieden war. Ich kann mich seiner Meinung nach darauf freuen, noch vor Himmelfahrt wieder ein eigenes Heim zu haben. Jetzt muß ich nur noch das alte Haus verkaufen…» Er entdeckte mich und unterbrach sich abrupt. «Wer, in Jesu Namen, ist das?»

Ich erhob mich rasch und verbeugte mich.

«Ich bin Roger Chapman, Euer Gnaden. Master Oliver Cozin hat mich vielleicht schon erwähnt. Ich bin Euer Mieter, *pro tempore*.»

Die vollen Lippen zwischen dem dunkelbraunen Bartgestrüpp verzogen sich zu einem höhnischen Lächeln.

«O ja. Der Anwalt hat einen Hausierer erwähnt, der mietfrei in meinem Haus wohnen darf. Warum bist du also nicht dort und schützt es? So, denke ich, war es besprochen. Es ist kurz vor Sonnenuntergang, und die Stadttore werden bald geschlossen. Diese Banditen sind gefährlich und werden bei Dunkelheit noch unverschämter. Wenn sie, was jetzt jederzeit geschehen kann, die Palisaden von Totnes überrennen, wird ein leeres Haus geradezu ein Gottesgeschenk für sie sein. Was willst du überhaupt hier?»

«Ich bin gekommen, um mich Euer Gnaden vorzustellen und um zu fragen, ob Ihr irgendwelche Anweisungen für mich habt. Ich habe mir gedacht, daß Ihr vielleicht ein ungutes Gefühl haben könntet, weil Master Cozin sich entschlossen hat, mich im Haus unterzubringen, ohne Euch vorher zu fragen.»

«Ich vertraue Olivers Urteil in den meisten Dingen», sagte Eudo Colet schroff und ließ sich in einem geschnitzten Sessel mit Samtkissen nieder, den er ganz offensichtlich aus dem Crouchback-Haus mitgebracht hatte. «Mich interessiert die Sache nicht, und dir habe ich auch nichts zu sagen. Du kannst gehen.» Er lächelte arrogant.

Ich musterte ihn nachdenklich. Ganz gewiß war er jemand, der sich über seinen natürlichen Stand erhoben hatte und sich jetzt zu einer Autorität verpflichtet fühlte, die schwer auf ihm lastete. Er stammte nicht aus Wessex, dessen war ich sicher. Seiner Aussprache fehlten die breiten Vokale oder angelsächsischen Diphthonge, und es war am wahrscheinlichsten, daß er aus dem Osten oder dem Norden des Königreiches kam, wo vor Jahrhunderten die Dänen dem Englischen eine Betonung der Worte aufgepfropft hatten, die diesem Landesteil fremd war, in dem sich auch ihre Art zu schreiben nie durchsetzen konnte.

Ich konnte das Kinn unter dem Bart nicht sehen, vermutete jedoch, daß es kraftlos war. Ein schwacher Mann, schätzte ich, offen für den Einfluß anderer, mit einer leicht zu befriedigenden Eitelkeit, aber ohne Selbstvertrauen wie die meisten tyrannischen Maulhelden. Ich mochte Eudo Colet nicht, aber auf merkwürdige Weise weckte er mein Mitleid genauso wie das von Bridget Praule. Etwas wie ein Verhängnis schien auf ihm zu liegen, als habe das Schicksal ihn, schon als er geboren wurde, zu seinem Opfer ausersehen.

«Nun, wenn Euer Gnaden mir nichts mehr zu sagen haben, dann gehe ich», sagte ich und bückte mich, um meinen Knüppel vom Fußboden aufzuheben. Ich drehte mich um und wollte mich von Agatha Tenter verabschieden.

Ihre Blicke ruhten anbetend auf Master Colet. Ich hatte mich nicht geirrt. Sie war ihm völlig verfallen, und ich mußte zugeben, daß er jung genug war und auch hinreichend gut aussah, so daß sich viele Frauen von ihm angezogen fühlen mußten. Rosamund Skelton war offenbar bereit gewesen, alle Skrupel außer acht zu lassen und unter ihrem Stand zu heiraten, um ihn zu ihrem Gatten zu machen. Was Eudo Colet für Agatha empfand, ahnte ich nicht, aber nur wenige Männer sind anständig genug, die Liebe einer Frau nicht auszunutzen, wenn sie ihrem Vorteil dient. Und dabei nehme ich mich nicht aus. Vor allem dann nicht, wenn ich an Lillis denke.

«Gott mit Euch, Mistress Tenter, und mit Eurer guten Mutter.» Ich lächelte der alten Dame in ihrer Ecke zu, aber sie reagierte nicht. «Ich danke Euch für Eure Gastfreundschaft. Und jetzt mache ich mich auf den Weg, Master Colet. Gott mit Euch, Euer Gnaden.»

«Und kommt ja nicht wieder zum Schnüffeln her», sagte Agatha plötzlich bösartig. Zu Eudo Colet gewandt, fügte sie hinzu: «Er hat mit Grizelda geredet. Sie ist immer noch darauf aus, Euch Schwierigkeiten zu machen, das will sie doch, nicht wahr, Chapman?»

Ich antwortete ruhig: «Mistress Harbourne möchte lediglich die Wahrheit über ihre Schützlinge erfahren. Sie trauert um sie, das ist nur natürlich.»

Eudo Colet wurde rot vor Zorn, die Farbe schoß ihm wie eine Welle unter dem Bart hervor ins Gesicht und verschönte ihn nicht gerade.

«Sie verleumdet mich, wenn sie übel von mir spricht», antwortete er, ganz gekränkte Unschuld. «Das weiß sie genau, weiß es so gut wie alle anderen, die versuchen, meinen guten Namen zu besudeln. Frag doch Agatha. Oder Bridget Praule. Oder Master Thomas Cozin. Sie alle werden dir sagen, daß ich beim Verschwinden meiner Stiefkinder die Hand nicht im Spiel gehabt haben kann. Außerdem, mein Streit mit Andrew und Mary war zwar stürmisch, aber kurz und wäre sehr schnell zu Ende gewesen, hätte Grizelda sich nicht eingemischt. Sie haben nie lange geschmollt, das kannst du mir glauben.»

«Oh, das tu ich doch, Euer Gnaden. Jack Carter hat mir erzählt, daß er eines der Kinder singen gehört hat, als er Mistress Harbournes Sachen zu seinem Karren trug. Ein Schlaflied oder so. Er hätte keinen Grund gehabt zu lügen.»

«Ihr scheint ja schon fleißig die halbe Stadt befragt zu haben, Master Chapman», fiel Agatha Tenter mir gehässig ins Wort. «Leute, die ihre Nase in anderer Leute Angelegenheiten stecken, können leicht in Schwierigkeiten geraten. Ich an Eurer Stelle wäre vorsichtig.»

«Das bin ich auch, Mistress Tenter. Und noch einmal wünsche ich Euch eine gute Nacht.»

Als ich im letzten Schein der sinkenden Sonne die Brücke überquerte und durch das Haupttor in die Stadt zurückkehrte, hatte ich viel, worüber ich nachdenken mußte. Ganz besonders über Agatha Tenters letzte Bemerkung. War das eine Drohung gewesen?

Es wurde dunkel, und plötzlich fröstelte mich.

- - -

Zwölftes Kapitel Ich erwachte aus einem tiefen, ungestörten Schlaf und wurde nur langsam wieder Herr meiner Sinne. Etwas hatte mich geweckt, aber noch wußte ich nicht, was es war.

Bevor ich mich schlafen legte, hatte ich im Ale-Haus bei der Burg ausgezeichnet gegessen, diesmal ohne von Jacinta unterhalten zu werden; sie besuchte eine Nachbarin, die eben Zwillinge geboren hatte. Soviel erfuhr ich jedenfalls von ihrem wortkargen Sohn, der meine Fragen mit ein paar Grunzern und ein paar mürrischen Sätzen beantwortete. Es war noch etwa ein halbes Dutzend anderer Männer anwesend: ein paar Wächter von der Garnison auf der Burg, ein beleibter und respektabler Bürger der Stadt und drei Reisende, die im Gästehaus des Klosters eine Übernachtungsmöglichkeit gefunden hatten. Ich war dankbar dafür, daß die Wirtin nicht da war. Während ich meinen gebratenen Speck mit Erbsen verzehrte und mit einem Becher Rheinwein hinunterspülte, ließ ich die Ereignisse des Tages an meinem geistigen Auge vorüberziehen und versuchte, meine Eindrücke zu ordnen. Ich war jedoch zu müde, um sie richtig beurteilen zu können, und am Ende nickte ich über meinem leeren Teller ein und verschüttete den Wein aus dem Becher, den ich in der Hand hielt. Ich bezahlte, was ich schuldig war, und ging.

Ich sagte mir, daß ich eine zweite durchwachte Nacht wie die vorige nicht aushalten würde, schleppte die Matratze und zwei Decken aus dem kleineren Schlafzimmer nach unten und machte es mir bequem. Zu bequem vielleicht, denn nachdem ich meine Oberbekleidung ausgezogen und mir die Zähne mit meinem Stück Weidenrinde gesäubert hatte, war ich fast schon eingeschlafen, bevor ich mich in die Decken eingerollt hatte...

Und nun war ich aus einem Grund, den ich nicht sofort begriff, plötzlich hellwach, saß bolzengerade da und tastete schon nach meinem Knüppel. Ich lauschte angestrengt, aber das Haus war still, abgesehen vom nächtlichen Knacken des Bauholzes. Doch etwas hatte mich aus meiner Ruhe aufgestört, die Schleier des Schlafes durchdrungen, der noch auf meinen Lidern lastete. Oder war es nur das Echo eines Traumes gewesen?

Nach ein paar Minuten legte ich mich wieder hin und zog mir, inzwischen überzeugt, daß ich mich geirrt hatte, die Decke über die Ohren. Ein Streifen Mondlicht, der durch einen Spalt im Fensterladen sickerte, versilberte den Fußboden.

Ich trieb auf einer Wolke angenehmer Träume dahin, wieder Kind und wieder zu Hause in Wells. Meine Mutter hatte mich zum Spielen ins Freie geschickt, während sie den Fußboden des Cottage mit einem Besen fegte, den sie aus am Morgen gesammelten Zweigen selbst gebunden hatte. Sorgfältig hatte sie alle Blüten entfernt, aus denen sie schöne gelbe oder, wenn sie sie mit blauem Färberwaid mischte, grüne Farbe gewann. Sie war eine sparsame Hausfrau, meine Mutter, was sie nach dem Tod meines Vaters auch sein mußte. Staub und alte Binsen flogen, mit dem Besen hinausbefördert, durch die offene Tür, und dann fing Mutter an zu singen, mit sehr schwacher, hoher Stimme, die von weit her kam...

Ich war wieder hellwach, das Haar sträubte sich mir im

Nacken, und am ganzen Körper brach mir eiskalter Schweiß aus. Ich stützte mich auf einen Ellenbogen und merkte plötzlich voller Entsetzen, daß dies kein Traum war. Die Stimme kam von oben, eine Kinderstimme, sehr dünn, flötenähnlich, etwas entfernt, aber die Worte waren in der Stille deutlich zu hören. Ich erkannte sie, sie stammten aus einem Schlaflied, das meine Mutter mir vorgesungen hatte, wenn ich als kleines Kind nicht einschlafen konnte.

> Lullei, lullei, Kindlein klein,
> Kindelein, lullei, lullu,
> In dieser wunderlichen Welt
> Willkommen bist auch du.

Ich fröstelte, denn es war sehr kalt im Zimmer. Doch ich wehrte mich gegen den Wunsch, mich in der Matratze zu vergraben und mir die Decken über den Kopf zu ziehen; mir die Ohren mit den Fingern zuzuhalten, bis die unheimliche Klage verstummt war. Die Geister der Dunkelheit schienen mich in meiner fiebrigen Phantasie zu umschweben: Kobolde, Gespenster und Phantome der Nacht; unglückliche Seelen aus gähnenden Gräbern.

Die Stimme kam wieder, noch immer klar und hoch, doch diesmal mit einem leichten Zittern wie bei einem Kind, das sich selbst tröstet und versucht, tapfer zu sein. War es die Stimme eines Jungen oder eines Mädchens? Schwer zu sagen. Ich wußte nur, daß sie kläglich klang, um Hilfe rief, mich vorwärts zog wie die Seeleute der Antike, die dem Gesang der Sirenen nicht widerstehen konnten und mit ihren Schiffen an den Felsen zerschellten...

> Lullei, lullei, Kindlein klein,
> Kindelein, lullei, lullu,
> Mit Schmerzen trittst du ein in diese Welt,
> Mit Schmerzen gehst du einst zur Ruh.

Ich zwang mich, mich von meinem niedrigen Lager zu erheben, und suchte mit zitternden Fingern nach der Zunderbüchse, die ich auf dem Wohnzimmertisch liegengelassen hatte. Zweimal versuchte ich, den Feuerstein am Stahl zu reiben, und zweimal mißlang es mir; beim drittenmal erst schaffte ich es, die Hände lange genug ruhig zu halten, um einen Funken zu schlagen. Der Zunder flammte auf, ich hielt ihn an meine Kerze; die Flamme erhellte den Raum und lockte die Schatten, die verstohlen aus ihren Winkeln hervorgekrochen kamen. Ich muß mir Hose und Hemd angezogen und die Tunika geschnürt haben, erinnerte mich hinterher aber nur noch nebelhaft daran. Dann nahm ich den Kerzenhalter in eine Hand, meinen Knüppel in die andere und stieg die Treppe hinauf.

Die Stimme sang weiter und lockte mich. Nur in dem Moment, in dem ich die oberste Stufe erreichte, zitterte und brach sie, wobei die letzten Worte der Strophe lauter und näher klangen. Ich fuhr auf dem Absatz herum, hob meine Kerze über den Kopf und ließ den blassen Schein über die Wände und Möbelstücke des oberen Schlafzimmers wandern. Die geschnitzten Heiligen an den Enden der Dachbalken starrten aus blicklosen Augen auf mich herunter, das Rot, Blau und Grün ihrer Gewänder leuchtete auf wie funkelnde Juwelen und sank wieder in den Schatten zurück, als das Licht über sie hinwegglitt und weiterwanderte. Der Gobelin mit Judith, die das Haupt des Holofernes in die Höhe hielt, stellte den Augenblick ihres Triumphes dar, das gestickte Blut tropfte im Zelt des Assyrers zu Boden und sah im Kerzenschein beinahe echt aus...

Es war niemand da. Meine Ohren hatten mir einen Streich gespielt. Und jetzt hob der Gesang irgendwo in der Ferne wieder an. Ich durchschritt den winzigen, luftlosen Flur. Die Tür des Kinderzimmers war geschlossen, aber die andere, die in das größere Schlafzimmer führte, stand offen, und ich hörte die Worte des Schlafliedes noch deutlicher.

> Lullei, lullei, Kindlein klein,
> Warum weinst du so sehr?

Ich betrat das Zimmer, hob wieder die Kerze und schaute mich um. Vor Schreck zusammenzuckend und am ganzen Leibe zitternd, sah ich, daß die Tür zur Galerie ebenfalls offenstand und einen Schwall eiskalter Nachtluft hereinließ. Fast sicher, daß ich sie am Tag vorher abgesperrt hatte – und seither war ich nicht mehr hier oben gewesen –, wurde ich von einem übermächtigen Impuls gepackt, hinunter und hinaus auf die Straße zu rennen. Zuflucht im Kloster zu suchen vor dem rastlosen Geist – wer es auch sein mochte –, der dieses Haus heimsuchte. Es schüttelte mich geradezu, die Zunge klebte mir am Gaumen, und meine Hände bebten so stark, daß heiße Wachstropfen auf die roten und weißen Wände spritzten. Und hinter dem Entsetzen stand eine noch realere Furcht, nämlich die, daß ich die Kerze fallen lassen und die alten trockenen Binsen in Brand setzen könnte, die noch auf dem Fußboden lagen.

> Weinen mußt du,
> So ward es vor Zeiten vorherbestimmt.

Die Stimme erhob sich zu einem hohen, reinen Ton, der wie ein Silberglöckchen klang, und verstummte dann plötzlich. In den Augenblicken absoluter Stille, die folgten, wartete ich mit hämmerndem Herzen, daß sie wieder zu singen begann. Nichts geschah. Die Stille wurde zuerst drückend, dann drohend. Endlich raffte ich meinen ganzen Mut zusammen, schlich auf das hellere Rechteck in der schwarzen Mauer zu und starrte in die mondhelle Nacht hinaus.

Schatten füllten den inneren Hof. Ich erkannte die Umrisse der Brunneneinfassung und der Pumpe vor der Küchentür, die, wie ich erleichtert feststellte, geschlossen zu sein schien. Auch die Fenster waren zu und dahinter keine Spur von Licht. Direkt vor mir erstreckte sich die überdachte Galerie; die Tür am anderen Ende war ebenfalls geschlossen. Meine Kerzenflamme wurde im Licht des zunehmenden Mondes immer blasser und unscheinbar, und ich löschte sie. Meine Augen hatten sich an die Dunkelheit gewöhnt, ich brauchte kein Licht mehr, um die Treppe hinunterzusteigen. Reglos wartete ich, die Ohren gespitzt, wartete, daß der geisterhafte Gesang wieder begann; auf irgendein letztes, wenn auch noch so schwaches Echo der kindlichen Stimme, von der ich noch immer nicht wußte, ob sie einem Jungen oder einem Mädchen gehörte. Mein Herz schlug jetzt nicht mehr so stark, und das erleichterte mir das Atmen. Tief sog ich die Luft des frühen Morgens ein. Denn gewiß war es schon lange nach Mitternacht. Es war die tote Zeit der Dunkelheit, wenn nichts sich regt. Kein Laut, nicht einmal der Ruf des Nachtwächters störte die Stadt, in der alles um mich herum schlief.

Ich lehnte mich an den Türrahmen und wartete darauf, daß ich Arme und Beine wieder unter Kontrolle bekam, versuchte vergeblich, mir einzureden, daß ich mir das Ganze nur eingebildet hatte. Bestimmt war es ein Teil meines Traumes gewesen und ich noch nicht ganz wach. Es war die Stimme meiner Mutter, schon so lange im Tod verstummt, die ich gehört hatte. Nach ein paar Sekunden war ich wieder fähig, mich zu bewegen, und löste mich vorsichtig von meiner Stütze. Im selben Moment lenkte eine blitzartige Bewegung am anderen Ende der überdachten Galerie meine Aufmerksamkeit auf sich.

Die Tür, die auf den Speicher und in die Mägdekammern über der Küche führte, stand weit offen, obwohl sie eben noch fest geschlossen gewesen war. Lautlos war sie nach innen aufgeschwungen und führte in undurchdringliche Schwärze. Kein Funken Helligkeit, kein Zeichen von Leben, aber die feste, mit Eisennägeln beschlagene Eichentür konnte sich nicht von selbst geöffnet haben. Mein Herz begann sofort wieder zu rasen, und das Schlucken fiel mir schwer. Ich verwünschte mich, weil ich die Kerze so voreilig gelöscht hatte;

weil ich zu eilfertig dem Gedanken gefolgt war, ich habe mir alles nur eingebildet. Ich zögerte, hätte am liebsten kehrtgemacht und Fersengeld gegeben, doch eine Stimme in meinem Kopf beschwor mich, nicht feige zu sein. Ich bekreuzigte mich, stellte den Kerzenleuchter auf den Boden, umfaßte meinen Knüppel fester und wagte mich in die Galerie; die Bohlen ächzten leicht unter meinen Schritten.

Das Mondlicht erleichterte mir den Weg, so daß ich den Blick auf die Höhle aus Dunkelheit vor mir richten konnte, ohne mir allzu große Sorgen um meine Füße zu machen. Deshalb sah ich auch die schwache Bewegung hinter der Tür zum Vorratsraum; ein kaum erkennbares Flackern von Schwarz auf Schwarz, doch es reichte aus, mich zu überzeugen, daß die Ereignisse der Nacht real und keine Einbildung waren.

«Hallo!» rief ich. «Wer ist dort? Bleibt stehen, wer Ihr auch seid! Ihr habt hier nichts zu suchen!»

Meine Stimme klang mir selbst fremd und unnatürlich, und die fast greifbare Stille, die meinen Worten folgte, ließ sie verzerrt und sinnlos in meinem Kopf widerhallen. Und dann hörte ich plötzlich wieder diesen geisterhaften, beinahe unirdischen Gesang:

> Lullei, lullei, Kindlein klein,
> Kindelein, lullei, lullu;
> Mit Schmerzen kommst du in diese Welt,
> Und mit Schmerzen gehest du.

Ich hielt es nicht länger aus. Ich stürmte vorwärts, stapfte mit großen, schnellen Schritten die Galerie entlang, ohne darauf zu achten, wie die Bohlen unter meinen Füßen schwankten. Als ich in der Mitte war, hörte ich ein schreckliches Knirschen, das unheilvoll klingende Bersten splitternden Holzes, ein Ächzen und Kreischen, als der verrottete Boden unter mir nachgab und stückweise in ein klaffendes Loch einbrach. Verzwei-

felt versuchte ich mich an das Geländer zu klammern, um mich
zu retten, aber es war zu spät. Meine Hände waren rutschig,
und ich konnte mich nicht festhalten. Mit den Füßen voran
stürzte ich in den Hof.

Ich fiel nicht tief, höchstens zwei oder zweieinhalb Meter,
doch ich hätte mich trotzdem schlimmer verletzen können. So
knallte ich mit dem Kopf auf die Steine und bekam einen
Schlag, daß sich alles um mich herum zu drehen begann; eines
meiner Beine lag verdreht unter mir. Wie lange ich halb be-
täubt liegenblieb, weiß ich nicht, aber mehr als ein paar Minuten können es nicht gewesen sein. Vorsichtig und voller
Schmerzen richtete ich mich mit Hilfe meines Knüppels auf,
der durch Gottes weise Voraussicht dicht neben mir gelandet
war; es dauerte aber lange, bis ich endlich auf den Füßen
stand.

Mein linker Knöchel war sehr empfindlich, als ich das erstemal auftrat, doch nachdem ich ein paarmal im Hof hin und her
gehumpelt war, ließ der Schmerz nach, und ich konnte den
Fuß voll belasten. Ich hatte unglaubliches Glück gehabt, daß
ich mir nichts gebrochen hatte.

Ein Blick zur überdachten Galerie hinauf zeigte mir, daß sie
wohl nicht mehr zu reparieren war. Abgesehen vom Dach, das
in der Mitte wie betrunken durchsackte, bestand der Durchgang jetzt aus zwei Teilen, und die Steinplatten im Hof waren
mit Holzteilen und -splittern übersät, manche davon von be-
achtlicher Größe. Es würde der Kunst eines meisterhaften
Zimmermanns bedürfen, der es mit Hilfe eines Lehrlings vielleicht schaffen konnte, den Schaden in Ordnung zu bringen,
obwohl er meiner Meinung nach irreparabel war. Zu lange
war der Bau vernachlässigt worden und durch die Einflüsse
der Witterung verrottet.

Plötzlich wurde mir bewußt, daß ich durch den Sturz und
die Sorge um das Wohlergehen meines Körpers meine ursprüngliche Angst fast vergessen hatte. Jetzt fiel sie mit ganzer

Wucht wieder über mich her; ich blickte zur Tür des Vorrats-
raumes hinauf und sah entsetzt ein geisterhaftes kindliches Gesicht über das zerbrochene Ende der Brüstung zu mir herun-
terspähen. Es war niemand da, die Tür geschlossen. Zuerst
hielt ich es für einen Streich, den das Mondlicht mir spielte,
stellte mich auf die Zehenspitzen und verrenkte mir den Hals,
ging so nahe an die wackeligen Überreste der Galerie heran,
wie ich es überhaupt wagte, aber ich hatte mich nicht geirrt.
Wer oder was auch immer die Tür geöffnet haben mochte,
hatte sie jetzt wieder zugemacht.

Noch einmal meinen ganzen Mut zusammennehmend, beschloß ich, das Küchengebäude zu durchsuchen. Ich hinkte
zur Tür und drückte auf die Klinke, aber sie war abgesperrt
und verriegelt. Die Schlüssel hatte ich leider nicht bei mir. Bevor ich mich schlafen legte, hatte ich sie unter der Matratze
versteckt. Wieder rieselte mir die Angst den Rücken hinunter.
In dieser Nacht waren Türen geöffnet worden, die ich abgeschlossen hatte, doch ob Hexerei oder ein Mensch dahinter-
steckte, wußte ich bisher noch nicht.

Ehe ich jedoch lange über die Sache nachdenken konnte,
kam mir eine andere Überlegung, mit der ich mich dringender
befassen mußte. Da ich die Schlüssel nicht bei mir hatte,
konnte ich auch nicht mehr in den vorderen Teil des Hauses
gelangen, außer durch die Tür des oberen Schlafzimmers, die
ich nur über die jetzt zerstörte Galerie erreichen konnte. Ich
saß im inneren Hof in der Falle, es sei denn, der Eindringling
hatte durch Zufall auch die Tür zum unteren Flur geöffnet.
Aber sie war versperrt und verriegelt.

Verzweifelt suchte ich nach irgendeinem Ausweg aus meiner mißlichen Lage. Das Mondlicht unterstützte meine Suche,
die blassen Strahlen zeigten mir kleine Höcker und Vor-
sprünge in der Mauer vor dem Fenster des Kontors, die mir
vielleicht als Tritte dienen konnten. Ich schätzte, daß der
Boden an beiden Enden der Galerie noch sicher genug war,
um mein Gewicht zu tragen, und wenn ich es schaffte, an

der Wand hinaufzuklettern und mich über die Brüstung zu schwingen, kam ich auch wieder in das große Schlafzimmer.

Ich legte meinen Knüppel auf den Boden und begann mit noch angstfeuchten Händen den Aufstieg. Doch wie so oft im Leben erwies sich auch jetzt meine Größe als wahrer Segen. Ein vorspringender Stein, acht oder neun Zoll über dem Boden, bot meinen Füßen ausreichend Halt, und indem ich mich mit der rechten Hand an einer anderen Unebenheit festhielt und den linken Arm so weit wie möglich über den Kopf streckte, schaffte ich es, eine Geländersäule zu erreichen. Einen Augenblick später schwang ich, nachdem ich meinen Körper ausbalanciert hatte, den rechten Arm hinüber, packte eine zweite Geländersäule und hängte mich mit den Armen an die zerbrochene Balustrade, die zwar ächzte und stöhnte, aber standzuhalten schien. Ermutigt begann ich mich mit den Händen hinaufzuhangeln, bis ich schwitzend und keuchend zuerst den einen und dann den anderen Arm über die Balustrade werfen konnte. Auf diese Weise bekam ich ausreichend Halt, um mich ganz hinaufzuziehen, bis ich die Knie zwischen die Pfosten schieben konnte. Dann richtete ich mich auf, wobei die Zehen die Aufgabe der Knie übernahmen, und es gelang mir, ein Bein über das Geländer zu schwingen. Wenige Augenblicke später hockte ich vor der offenen Schlafzimmertür, vor Anstrengung nach Luft ringend. Meine Hände waren zerkratzt und bluteten, mein ganzer Körper schmerzte abscheulich von Kopf bis Fuß. Ich rappelte mich auf, trat ins Zimmer und schloß die Tür hinter mir.

Wieder hatte ich während der letzten Viertelstunde – oder solange meine Kletterei eben dauerte – meine Angst vergessen, doch jetzt brach sie erneut über mich herein, wie schon einmal. Ich nahm den Kerzenleuchter, polterte die Treppe hinunter und tastete mit zitternden Fingern unter der Matratze nach den Schlüsseln. Ich seufzte erleichtert auf: Sie waren noch da. Irgendwo im Hintergrund meines Bewußtseins hatte die uneingestandene Furcht gelauert, mein geisterhafter Besucher könnte sie gestohlen haben. Ich ließ mich in den Lehnstuhl sinken und schloß die Augen; hundert Gedanken schwirrten mir durch den Kopf, und kein einziger ergab in meinem derzeitigen elenden Zustand einen Sinn. Ich hatte eine Kinderstimme gehört, das konnte ich beschwören, aber Mary und Andrew Skelton waren tot. Wer also konnte es gewesen sein, wenn nicht der unglückliche Schatten von einem der beiden?

Nach einer Weile zwang ich mich aufzustehen, zündete die Kerze von neuem an und ging durch den Flur zu der Tür am anderen Ende, die ich aufschloß und entriegelte, bevor ich in den Hof trat. Alles war still, und alles war noch genau so, wie ich es verlassen hatte; die zerbrochenen Bohlen und Bretter auf den Steinplatten verstreut, die Galerie in zwei Teilen, in der Mitte durchhängend, die Türen auf beiden Seiten fest geschlossen, die Fenster blank und leer. Mein Knüppel lag, wo ich ihn fallen gelassen hatte, als ich meine Kletterei begann, nah bei der Mauer des Kontors, und meine Finger umschlossen ihn mit einem Gefühl größter Erleichterung. Dick und solide lag er mir in der Hand, ein alter, vertrauter Freund, auf den ich mich verlassen konnte, wenn ich in Schwierigkeiten geriet. Ich kannte jeden Knoten, jede Unebenheit im Holz, fühlte das tröstliche Gewicht seines abgerundeten Endes. Leicht schwang ich ihn ein paarmal hin und her, zuerst mit einer, dann mit der anderen Hand, wollte mich überzeugen, daß ich mir weder Handgelenke noch Schultern verletzt hatte. Zufrieden ging ich ins Haus zurück, drehte den Schlüssel im Schloß herum und ließ den Riegel einschnappen.

Als nächstes mußte ich wieder hinaufgehen und die Schlafzimmertür gut verschließen. Um ganz sicher zu sein, zerrte ich eine Kleidertruhe so dicht wie möglich an den Türrahmen. Doch noch während ich das tat, wurde mir klar, wie sinnlos es war, denn wenn das Wesen, das in dieser Nacht das Haus heimsuchte, nicht menschlich war, konnte kein Hin-

- 166 -

dernis es zurückhalten. Wenn die Stimme andererseits jemandem aus Fleisch und Blut gehörte, hatte der Eindringling keine Möglichkeit, über die zerbrochene Galerie zu der Tür zu gelangen.

Ich merkte, daß ich wieder fröstelte. Meine Glieder fühlten sich schwer und sehr kalt an. Ich ging hinunter und setzte mich zum zweitenmal in den Lehnstuhl, brachte es nicht fertig, mich auf die Matratze zu legen. Ich mußte hellwach bleiben, mußte alle Sinne beisammenhaben für den Fall ... Welchen Fall denn? Was konnte ich gegen die Geister aus den Gräbern tun? Mir klapperten die Zähne, und am Ende war ich gezwungen, mich in die Decken zu wickeln, obwohl sie meine Bewegungsfreiheit einschränkten. Die Arme ließ ich jedoch draußen und lehnte meinen Knüppel an den Stuhl, wo er für mich leicht erreichbar war.

Nur nicht einschlafen, war mein vordringlichster Gedanke, während ich mich dagegen wehrte, daß mir die Augen zufielen. Denn trotz meiner gräßlichen Angst schlossen sie sich immer wieder, und meine Gedanken fingen an zu schwimmen. Natürlich konnte ich es am Ende nicht verhindern, daß ich doch einschlief ...

Als ich aufwachte, stahl sich schon das Frühlicht durch die Fensterläden, Vorbote eines weiteren schönen, warmen Tages. Unter Schmerzen stand ich auf, streckte vorsichtig jeden Teil meines Körpers, betastete sorgfältig Arme und Beine, untersuchte die Prellungen und Blutergüsse. Davon hatte ich eine ganze Menge, einige waren noch blaurot verfärbt, andere wurden schon grüngelb. Sonst aber fehlte mir nicht viel, abgesehen von dem ganz allgemeinen Gefühl, grün und blau geschlagen worden zu sein. Ich ging in den Hof, zog mich aus, hielt den Kopf unter die Pumpe und ließ das kalte klare Wasser durch mein Haar und über Nacken und Schultern rinnen. Dann holte ich eimerweise Wasser aus dem Brunnen herauf, so mühsam es auch für mich war, und schüttete Eimer um Eimer über meinen schmerzenden Körper. Wasser hat große Heilkraft, und nach einer Weile fühlte ich mich besser. Ich rieb mich mit dem Stück groben Leinens trocken, das ich immer für solche Zwecke in meinem Packen mittrug, zog mich wieder an und war, nachdem ich mich rasiert hatte, beinahe bereit, an ein herzhaftes Frühstück im Ale-Haus bei der Burg zu denken.

Vorher jedoch hatte ich noch einiges zu erledigen. Vor allem wollte ich mir die Strebe ansehen, die zu Bruch gegangen war und die Bohlen der Galerie mitgerissen hatte. Nachdem ich sie genau untersucht hatte, gab es für mich keinen Zweifel, daß die Bohlen zwar verfault gewesen und unter meinem Gewicht und meinem Getrampel durchgebrochen waren, aber das restliche Stück des Verbindungsganges war in keinem besseren Zustand. Warum also war dann genau der Mittelteil abgesackt? Ich suchte mir einen Weg zwischen den zersplitterten Brettern, die im Hof herumlagen, und sah mir sehr genau die zerbrochene Strebe an, die an allem schuld war. Aber sie war gar nicht zerbrochen, sondern sauber durchtrennt, keine zackigen und spitzen Splitter ragten an der Bruchstelle heraus, wie es hätte sein müssen, wäre der Unfall wirklich einer gewesen. Jemand hatte ein scharfes Beil genommen und die Strebe durchgehackt, so daß die ganze Konstruktion der Galerie nicht mehr sicher war. Und dann hatte mich jemand auf die Galerie gelockt.

Aber warum? Ein Sturz aus so geringer Höhe hätte mich nicht töten, aber ich hätte mich verletzen können, und das sehr ernst. Schon als es passierte, war ich der Meinung gewesen, daß ich Glück gehabt hatte. Ich hätte mir leicht einen Arm, eine Schulter, ein Bein brechen oder einen Knöchel schlimmer verstauchen können; und dann hätte ich wochenlang im Krankenhaus des Klosters liegen müssen. Bis dahin hätte ich mich wohl kaum noch für Andrew und Mary Skeltons Verschwinden interessiert – so hatte es sich mein Angreifer vermutlich mit großem Vergnügen vorgestellt. Wer aber war mein Angreifer? Wem lag so viel daran, daß die

Sache in Vergessenheit geriet? Wer fühlte durch mein Interesse seinen Seelenfrieden bedroht? Und vor allem, wer hatte einen zweiten Schlüsselsatz, um nach Belieben im Haus ein und aus zu gehen? Darauf gab es nur eine Antwort. Eudo Colet.

Ich sperrte die Küchentür auf, kletterte die Leiter zu den Dienstbotenkammern hinauf und öffnete die Fensterläden. Hier, wo der Staub dick auf den Fußbodenbrettern lag, hätte es nur einen Satz Fußabdrücke geben dürfen; meine, von vorgestern. Jetzt aber war der Staub zu Häufchen und flockigen Wirbeln zusammengescharrt, der Beweis dafür, daß jemand seine Fußabdrücke verwischen wollte. Ich ging weiter in den Vorratsraum und ließ wieder die Morgensonne herein. Überall die gleichen Spuren. Das war nicht das Werk eines Geistes. Ein menschlicher Fuß hatte sich bemüht zu verwischen, daß jemand hier gewesen war. Und wer sollte im Dunkeln etwas von dem Staub auf dem Fußboden wissen, wenn nicht einer, der wußte, wie lange das Haus unbewohnt gewesen war? Wieder dachte ich an Eudo Colet.

Ich versuchte die Tür zu öffnen, die auf die Galerie führte, aber sie blieb fest verschlossen, bis ich mit meinem Schlüssel aufsperrte. Leicht und lautlos schwang sie nach innen, und als ich mich bückte und die Angeln berührte, beschmutzte ich mir die Finger mit dicker schwarzer Schmiere. Ganz gewiß war mein nächtlicher Besucher nicht aus dem Jenseits gekommen, sondern war genauso aus Fleisch und Blut wie ich. Doch es war eine Kinderstimme, die gesungen hatte, das konnte ich beschwören; eine Kinderstimme, dünn, hoch und rein. Ich begann zu frösteln und zugleich zu schwitzen. Hier gab es etwas zutiefst Böses, ich wußte nur nicht, was es war. Ich war der Wahrheit noch keinen Schritt nähergekommen.

- - -

Dreizehntes Eine halbe Stunde später trat ich aus der
Kapitel Haustür und fühlte sofort, daß etwas Ungewöhnliches in der Luft lag – erwar-
tungsvolle Spannung und Angst. Vorn an der Ecke, wo die
High Street in einer Kurve zum Osttor abfiel, sprachen ein
paar Leute ernst miteinander. Man sah ihnen an, daß sie sich
keinen nebensächlichen Morgenklatsch erzählten. Gegenüber standen die oberen Fenster eines Hauses weit offen,
und die Hausherrin, deren Haar noch nicht frisiert und ge-
flochten war, beugte sich heraus und rief einem Reiter etwas
zu, der sein Pferd unter dem Fenster angehalten hatte. Ein
zweiter Reiter, in der Amtstracht des Bürgermeisters, ritt
durch das Westtor hinter mir in die Stadt ein. Die Hufe seines Pferdes trommelten über das Kopfsteinpflaster, als hänge
sein Leben davon ab, daß er sich beeilte.

Einer meiner Nachbarn aus dem Haus neben Master Colets Domizil rief zu seinen Freunden hinüber: «Was ist los?
Unser Diener Jack ist eben aus der Bäckerei zurückgekommen und erzählte wirre Geschichten von Mord und Tot-
schlag, aber wer ermordet wurde und wo, das weiß er nicht.»

Der Reiter drehte sich im Sattel um.

«Es scheint, daß die Banditen gestern nacht wieder unterwegs waren und gemordet haben. Es heißt, Bürgermeister
Broughton habe einen Boten nach Exeter geschickt, damit
der Sheriff persönlich herkommt. Man erwartet, daß er,
wenn er kommt, ein neues Aufgebot zusammenstellen und
versuchen wird, diese Teufel ein für allemal auszuräuchern.
Begleite mich ins Amtszimmer des Bürgermeisters, dann hören wir aus erster Hand, was der Hochwohllöbliche zu sagen
hat.»

Die Dame fügte von ihrem Ausguck herunter hinzu: «Ich
habe gehört, sie haben zweimal zugeschlagen, an zwei verschiedenen Orten, weit voneinander entfernt, was, wenn es
zutrifft, etwas Neues ist und bedeutet, daß sie sich vielleicht
mit einer zweiten Räuberbande zusammengetan haben.» Sie

schüttelte traurig den Kopf, und das offene Haar, das stellenweise noch dunkel, aber stark von Grau durchsetzt war, flog ihr ums Gesicht. «In was für gesetzlosen Zeiten wir leben! Was meine liebe Mutter davon gehalten hätte, wage ich nicht einmal zu denken. Gelobt seien alle Heiligen, weil sie seit fünfzehn Jahren friedlich im Grab ruht.»

Die beiden Männer murmelten ein paar mitfühlende Worte und wollten sich entfernen, grüßten einige andere Bekannte, die sich in der Zwischenzeit, vom Klang der aufgeregten Worte angelockt, an Türen und Fenstern eingefunden hatten. Bevor er sich jedoch dem Reiter auf der anderen Straßenseite anschließen konnte, hielt ich meinen Nachbarn am Arm fest.

«Sir», sagte ich und ließ seinen Ärmel los, als er sich entrüstet zu mir umwandte, «Ihr kennt mich nicht, aber mein Name ist Roger. Ich bin Händler von Beruf. Master Oliver Cozin, der Anwalt, hat mich im Nachbarhaus untergebracht, damit ich es für Master Eudo Colet ein wenig im Auge behalte. Habt Ihr... Habt Ihr gestern nacht, als es noch dunkel war, zufällig irgend etwas gehört?»

Der Mann machte ein erschrockenes Gesicht. «Etwas gehört? Was zum Beispiel, ich bitte Euch? Lieber Himmel, soll das heißen, daß die Banditen vielleicht in die Stadt eingedrungen sind? Colin!» rief er seinen Freund, doch zum Glück war der Reiter noch immer in ein Gespräch vertieft und hörte ihn nicht.

«Nein, nein, Sir», unterbrach ich ihn hastig. «Das hat nichts mit den Räubern zu tun. Das Geräusch klang eher wie Kindergesang. Aber ob ein Junge oder ein Mädchen gesungen hat, konnte ich nicht unterscheiden. Habt Ihr oder ein Mitglied Eures Haushalts es vielleicht gehört?»

«Den Gesang eines Kindes?» Mein Gentleman reagierte gereizt. «Was ist das für ein Unsinn! Wie Ihr ohne Zweifel bemerkt habt, beschäftigen uns heute morgen ernstere Dinge als Eure nächtlichen Phantastereien.» Er kniff die

Augen zusammen. «Habe ich Euch nicht gestern abend im Ale-Haus bei der Burg gesehen? Mmm. Ich habe mir schon gedacht, daß ich mich nicht irre. Und Ihr habt Jacintas besten Rheinwein getrunken, wenn ich mich recht erinnere. Zweifellos ist er Euch zu Kopf gestiegen und hat Euch beschwipst gemacht. In Zukunft überlaßt ein so edles Getränk vornehmeren Leuten und haltet Euch an Ale. Schon gut, schon gut, ich komme! Ich komme!» rief er, als der Reiter, den er mit Colin angesprochen hatte, seine Unterhaltung beendete und ungeduldig weiter wollte.

Neben dem Pferd seines Freundes einhergehend, verschwand er hinter der Straßenbiegung. Ich tippte an meine Mütze, verbeugte mich vor der Lady gegenüber, doch sie verschwand wie der Blitz und warf das Fenster zu; offenbar hatte sie sich erst jetzt erinnert, daß sie noch nicht frisiert und auch noch nicht schicklich gekleidet war. Die anderen Leute zogen sich auch in ihre Häuser zurück, um Gatten und Ehefrauen oder Arbeitgebern brühwarm von den nächtlichen Ereignissen zu berichten und auch davon, daß im Lauf des Tages vielleicht der Sheriff aus Exeter kam.

Da ich selbst ein paar Erkundigungen einzuziehen hatte, stellte ich das Essen noch eine Weile zurück und lenkte die Schritte nicht zum Ale-Haus, sondern zum Westtor. Derselbe Mann, mit dem ich gestern gesprochen hatte, war auch heute im Dienst und stritt sich im Augenblick heftig mit einem Kuhhirten, der seine Tiere von Rotherfold auf die Weide am anderen Ende der Stadt treiben wollte.

«Du mußt sie über die South Street und durch das Haupttor treiben. Die Straßen innerhalb der Stadtmauern müssen frei bleiben für den Fall, daß der Lord Sheriff und seine Männer eintreffen.»

«Der kann nicht vor Abend hier sein», protestierte der Kuhhirte verärgert. «Vielleicht erst morgen. Ist 'n großer Umweg über die South Street. Warum sollt ich mit meinen Tieren so weit laufen?»

«Fort mit dir, du fauler Wurm!» rief der Torwächter zornig. «Du kommst hier nicht durch, das schreib dir hinter die Ohren! Wenn du mir Schwierigkeiten machst, sorge ich dafür, daß du an den Pranger kommst, das darfst du mir glauben. Und jetzt zur Seite! Du hinderst die Leute, ihren ehrlichen Geschäften nachzugehen.»

Vor sich hin schimpfend machte der Kuhhirte kehrt und zog mit seiner Herde ab, sehr zum Unwillen jener, die in die Stadt hinein wollten. Während der nächsten Minuten war der Torwächter vollauf beschäftigt. Ich konnte jedoch endlich mit ihm sprechen und wurde freundlich als alter Bekannter begrüßt, wenn auch nicht ganz so freundlich wie am Tag zuvor, als der Verkehr nicht so lebhaft gewesen war.

«Und was kann ich für Euch tun, Freund? Heute nacht ist ja viel passiert.»

Ich stimmte ihm zu, aber nur kurz. Es näherten sich noch mehr Reisende, die vom Lepra-Spital den Hügel herauf und die Straße entlang von Plymouth kamen.

«Hat», fragte ich drängend, «gestern abend kurz vor der Sperrstunde Master Colet das Tor passiert?»

«Master Colet?» Der Mann rieb sich nachdenklich die Nase mit seiner Riesenfaust. «Kurz vor der Sperrstunde?» Bedächtig schüttelte er den Kopf. «Nein, ich habe ihn nicht gesehen. Warum fragt Ihr?»

«Aus keinem besonderen Grund», antwortete ich hastig. «Ich – ich dachte nur, ich hätte ihn gestern abend auf der Straße gesehen, als ich aus der Burgschenke kam. Aber höchstwahrscheinlich habe ich mich geirrt.»

«Höchstwahrscheinlich.» Der Torwächter zuckte mit den massigen Schultern und wandte sich ab, um die Neuankömmlinge zu begrüßen.

«Und Ihr seid ganz sicher?» fragte ich hartnäckig weiter. «Würdet Ihr Master Colet auch erkennen, wenn Ihr ihn seht?»

Er warf mir einen vernichtend verächtlichen Blick zu.

«Wie sollte ich ihn nicht erkennen, da er länger als zwei Jahre nur einen Steinwurf vom Tor entfernt gewohnt hat? Glaubt Ihr, ich hab Stroh im Kopf? Natürlich hätte ich ihn erkannt. Und jetzt fort mit Euch, Chapman! Ich habe zu arbeiten. Nun, Junge, wohin willst du denn mit den Schafen? Weide oder Schlachthaus?»

Also war Eudo Colet, falls er mir von Agatha Tenters Cottage gefolgt war, nicht durch das Westtor in die Stadt gekommen. Dann mußte ich auch am Osttor fragen, aber später, nachdem ich gefrühstückt hatte.

Jacinta begrüßte mich persönlich, als ich unter dem Türsturz den Kopf einzog und mich an einen Tisch in Türnähe setzte. Sie eilte herüber, nachdem sie zwei Reisenden ihre Mahlzeit aus Hafergrütze, gebratenem Speck und gesalzenem Hering vorgesetzt hatte.

«Hier ist was los», sagte sie und wischte sich die Hände an ihrer Schürze ab. «Ihr habt es bestimmt gehört. Die ganze Stadt muß die Neuigkeit inzwischen erfahren haben. Zweimal haben die Banditen letzte Nacht zugeschlagen, in Darington und am Bow Creek. Am Bow Creek sollen sie auch jemanden ermordet haben, heißt es.»

Mein Blut verwandelte sich in Eis.

«Am Bow Creek? Dort hat Grizelda Harbourne ihren Hof. Ist sie gesund? Wer wurde ermordet? Hat man Namen genannt?»

Jacinta ließ sich mir gegenüber auf einen Hocker fallen und preßte die Hand auf den Mund.

«Grizelda! Sie hatte ich vergessen, Gott verzeih mir! Aber ich weiß nichts außer dem, was die Leute reden. Dort wurde großer Schaden angerichtet. Ein Haus ist abgebrannt. Und in der Asche wurde heute morgen eine Leiche entdeckt – von zwei Forstarbeitern, die zu ihrer Arbeit im Wald wollten. Nun, Junge, was darf ich Euch bringen?»

Aber der Appetit war mir vergangen. Plötzlich hatte ich schreckliche Angst, daß Grizelda etwas zugestoßen sein könnte. Ich sprang auf, ignorierte die Proteste der Wirtin, die rief, ich dürfe nicht gehen, ehe ich etwas gegessen hatte.

«Ich muß sofort los», sagte ich. «Ich muß mich überzeugen, daß es Grizelda gutgeht.»

In Jacintas Augen blitzte ein Funke auf, die Banditen waren im Augenblick vergessen, da sie eine Klatschgeschichte witterte.

«Daher weht also der Wind, ja? Ein bißchen zu alt für Euch, hätte ich gedacht, aber eine hübsche Frau, alles was recht ist. Und mit dem Alter kommt die Erfahrung, sagt man.» Sie brach in heiseres, gackerndes Gelächter aus.

Ich ignorierte sie und ging zur Tür. Ich wollte nur so schnell wie möglich zum Bow Creek, das war alles, woran ich denken konnte. Der morgendliche Verkehr in die Stadt und aus der Stadt heraus hatte inzwischen so zugenommen, daß ich keine Schwierigkeiten hatte, von einem leeren Heuwagen mitgenommen zu werden, der seine Ladung abgeliefert hatte und in Richtung des Harbourne River zurückfuhr. Der Fuhrmann, der im Gästehaus des Klosters übernachtet hatte, wußte über die Ereignisse nicht mehr als ich und wollte ebenfalls rasch nach Hause, um sich zu vergewissern, daß seine Frau und seine Kinder unverletzt waren.

«Ich mache mir Sorgen, ich kann nicht anders, wenn auch mein Hof eine gute halbe Meile westlich von dem Ort bei Luscombe liegt, wo, wie es heißt, die Räuber zugeschlagen haben.»

Seine Sorge kam auch mir zugute, denn er trieb die Pferde an, und wir legten die Strecke von Totnes nach Ashprington zurück, solange die Sonne noch tief am Himmel stand und der Himmel im Osten zarte, durchsichtig rosa Streifen hatte. Ein oder zwei Schäfchenwolken schoben sich ab und zu vor die Sonne, aber sie waren sehr dünn und hielten nicht stand. Wieder lag ein warmer Tag ohne Regen vor uns.

Am Dorfeingang sagte ich meinem Fuhrmann Lebewohl und nahm den schmalen Weg durch die Bäume unter die

Füße, auf dem Grizelda mich vor zwei Tagen zur Stadt begleitet hatte. Schwacher, beißender Brandgeruch stieg mir in die
Nase, ich ging schneller und hoffte so halb und halb, daß ich,
wenn ich an die Lichtung mit den enggedrängten Häusern
kam, einen Beweis für die Schandtaten der Banditen zu sehen
bekäme, denn das würde bedeuten, daß Grizeldas Hof unver-
sehrt war. Zwar herrschte im Dorf ein geradezu fieberhaftes
Hin und Her, ein paar junge Frauen weinten hysterisch in ihre
Schürze oder klammerten sich blaß und großäugig an ihren
Mann, doch ich sah nirgends ein Zeichen der Zerstörung;
keine rauchende Ruine, die darauf hinwies, daß die Banditen
hier und nicht anderswo gebrandschatzt hatten.

Ein Sergeant in der Uniform des Geschlechts der Zouche
und von der Burggarnison hierher abgestellt, um zu ermitteln, beruhigte sein nervös tänzelndes Pferd, so eng um-
schwärmten ihn die Dorfbewohner; die Männer redeten alle
auf einmal, jeder darauf erpicht, seine Version dessen abzulie-
fern, was nachts möglicherweise gehört oder auch nicht gehört worden war. Ich ging auf eine dralle Matrone am Rand
der Gruppe zu, die ruhig genug schien, um Fragen zu beantworten.

«Was ist passiert? In der Stadt geht das Gerücht um, daß die
Banditen ein Haus niedergebrannt und jemanden ermordet
haben.»

Die Frau nickte, ohne den Kopf zu wenden und mich anzusehen, und hielt weiterhin den Blick fest auf das gerichtet,
was sich vor ihr abspielte.

«Dann stimmt das Gerücht zur Abwechslung einmal. Grizelda Harbournes Cottage ist bis auf die Grundmauern niedergebrannt, und in der Asche hat man eine Leiche gefunden.»

Einen Moment lang versagte mir die Stimme. Dann gelang
es mir aber doch zu krächzen: «Grizeldas Leiche?»

Jetzt drehte die Frau sich, leicht die Stirn runzelnd, doch zu
mir um.

«Unserer Jungfrau sei Dank, nicht Grizeldas Leiche. Seid Ihr ein Freund von ihr, Junge?»

Während ich darauf wartete, daß mein Herzschlag sich beruhigte, dachte ich über die Frage nach. Konnte ich wirklich behaupten, ich sei Grizeldas Freund? Ich war ihr zwar erst vorgestern begegnet, kannte sie aber trotzdem schon gut und hatte sie gern, wollte sie jedoch noch besser kennenlernen. Was sie für mich empfand, ahnte ich nicht. Vielleicht hatte ich nicht das Recht, Ansprüche an sie zu stellen.

«Sagen wir, ich bin ein zufälliger Bekannter von Grizelda, aber einer, der sich um sie sorgt. Ihr wißt ganz sicher, daß es nicht ihre Leiche war, die man in der Asche gefunden hat?»

Die Frau lächelte breit. «Schaut mal dort hinüber, Junge. In dem blauen Kleid. Grizelda. So, jetzt hat sie Euch gesehn und kommt rüber.»

Während die Frau gesprochen hatte, war Grizelda um die Menschenmenge herumgegangen und stand neben mir, das schöne Gesicht, das eben noch einen düsteren und grüblerischen Ausdruck gehabt hatte, zu einem Lächeln verzogen.

«Roger! Was führt dich her? Oh, ich freu mich so, dich zu sehen!» Sie streckte mir beide Hände entgegen, ich nahm sie und drückte sie dankbar.

«Ich bin hier, weil ich wissen mußte, ob du in Sicherheit bist», erwiderte ich, «und da hat man mir gesagt, es war dein Hof, den sie diese Nacht überfallen haben, und dein Cottage, das sie niedergebrannt haben. Und in der Ruine hat man eine Leiche gefunden. Ich hatte solche Angst...» Nicht imstande, weiterzusprechen, drückte ich ihre Finger noch fester.

«Du hast gedacht, ich sei tot, und du warst traurig.» Das Lächeln wich aus ihrem Gesicht, und sie holte tief und zitternd Atem. Eine Träne lief ihr über die Wange. «Verzeih», fuhr sie fort, «aber es ist so lange her, seit jemand freundlich genug war, sich um mein Schicksal zu sorgen.»

Ich zog sie, von der älteren Frau mit großem Interesse beobachtet, in die Arme und küßte sie sanft auf die Stirn.

«Erzähl mir ganz genau, was passiert ist», drängte ich.

Grizelda legte den Kopf auf meine Schulter.

«Da gibt es nicht viel zu erzählen. Ich habe gestern nacht wieder bei meinen Freunden geschlafen, wie du es mir geraten hast. Aber am späten Nachmittag, gerade als ich das Cottage verließ, paßte mich Innes Woodsman ab und fragte, ob er das Cottage vielleicht nachts benutzen dürfe, da ich ohnehin nicht dort schliefe. Er muß mich am Abend vorher beobachtet und gesehen haben, daß ich wegging.»

«Hat er gebeten oder gedroht?» unterbrach ich sie.

«Oh, sein Benehmen war wirklich bescheiden, deshalb bin ich auf seine Bitte eingegangen. Und er hatte einen tiefsitzenden Husten, der ihn richtig schüttelte. Du lieber Gott! Warum bin ich nicht meinem ersten Impuls gefolgt und habe nein gesagt. Er wäre noch am Leben.»

«Dann ist er verbrannt, wurde nicht ermordet?»

Grizelda riß sich empört aus meinen Armen los. «Er wurde von diesen Teufeln so sicher ermordet, als hätten sie ihn mit einem Messer erstochen. Ein Messer wäre rascher und gnädiger gewesen, davon bin ich überzeugt.»

Ich runzelte die Stirn. «Aber warum sollten die Banditen ausgerechnet dein Cottage niederbrennen? Was haben sie denn davon?»

«Rache», antwortete sie schlicht. «Sie sind wiedergekommen, um mein Schwein und meine Kuh zu holen. Aber wie ich dir gestern sagte, habe ich Snouter und Betsy im Stall und im Koben meiner Freunde untergebracht. Als die Banditen merkten, daß die Tiere nicht mehr da waren, wurden sie wütend und haben das Haus angesteckt. Sie hatten es auf mich abgesehen, ich sollte ihr Opfer sein.»

Aber hätte Innes Woodsman nicht rechtzeitig entkommen können? fragte ich mich. Doch das Strohdach mußte im Handumdrehen lichterloh gebrannt haben, ebenso wie das Flecht- und Fachwerk des Hauses. Ein fest schlafender Mann konnte sich in den Flammen gefangen finden, ehe er noch

ganz zu sich gekommen war. Und selbst wenn er sich aus der
Feuersbrunst gerettet hätte, wäre er direkt in die Mörder-
hände der Banditen geraten. Es hätte so leicht Grizelda treffen können, hätte sie nicht auf meine Warnung gehört und
wäre bei Freunden geblieben.

Sie lächelte plötzlich, als habe sie meine Gedanken gelesen,
und drückte mir noch einmal die Hände.

«Ich habe dir mein Leben zu verdanken. Du hast mich
gedrängt, vorsichtig zu sein. Ich kann gar nicht sagen, wie
dankbar ich dir bin.»

«Du brauchst mir nicht dankbar zu sein», sagte ich, streichelte ihr die Wange und fühlte die schwache, schmale Linie
der Narbe, die von der Braue bis in die halbe Wange reichte.
«Du hast nur getan, was dein gesunder Menschenverstand
dir eingegeben hat. Aber was wirst du jetzt tun? Willst du bei
deinen Freunden bleiben?»

Die Menge zerstreute sich, die Dorfbewohner kehrten in
ihre Häuser zurück, denn das ganze Tagewerk war noch un-
getan. Der Sergeant schickte sich an, aufzubrechen, um sich
beim Captain der Burggarnison zurückzumelden. Später
würde er zweifellos dazu abgestellt werden, sich um den Sheriff zu kümmern, wann immer der in Totnes erschien. Er
schaute sich um, bis er Grizelda entdeckte, ritt dann auf sie zu
und beugte sich im Sattel zu ihr herunter.

«Mein Beileid, Mistress Harbourne. Auch meinen aller-
herzlichsten Dank dafür, daß Ihr mich zu Eurem Hof begleitet und den Leichnam identifiziert habt. Keine angenehme
Aufgabe für eine weibliche Person. Ich muß Euch zu Eurem
Mut beglückwünschen. Der Lord Sheriff wird Eure Aussage
vielleicht selbst hören wollen. Wo kann er Euch finden, wenn
er Euch braucht?»

Grizelda zögerte einen Moment, bevor sie antwortete: «In
Totnes. Im Haus, das Master Eudo Colet gehört.»

Der Sergeant nickte kurz und ritt davon; ich stand da und starrte Grizelda dümmlich an.

«Tut mir leid», sagte sie und legte mir beschwichtigend die Hand auf den Arm, «ich wollte es dir gerade sagen. Ich weiß nicht, wohin ich sonst sollte. Meine Freunde können mich nicht auf unbestimmte Zeit aufnehmen. Ihr Hof ist klein, und sie haben halbwüchsige Kinder. Sie wollen sich um Betsy und Snouter kümmern, aber ich habe bei ihnen keine Möglichkeit, meinen Lebensunterhalt zu verdienen. Ich kann und will ihnen nicht zur Last fallen.»

«Und – ist Master Colet damit einverstanden?»

Sie schnitt eine Grimasse. «Noch nicht. Er weiß nichts davon. Aber ich bin sicher, er wird unter diesen Umständen nicht nein sagen. Schließlich war das Crouchback-Haus fast mein Leben lang mein Zuhause, und wohin sollte ich mich in Stunden der Not sonst wenden? Ich will doch nur so lange bleiben, bis ich eine Stelle als Haushälterin in einem respektablen Haushalt finde. Das sollte nicht schwierig sein. Man kennt mich in Totnes.»

«Du verlangst also, daß ich das Haus verlasse?» fragte ich so ruhig ich konnte.

Grizelda sah mir mit einem Blick in die Augen, der halb belustigt und halb trotzig war.

«Das hängt davon ab, ob Master Colet auf meine Bitte ja oder nein sagt.» Sie wurde ernst, preßte kurz die Lippen zusammen. «Es ist furchtbar für mich, auf seine Gnade angewiesen zu sein, aber ich weiß nicht, was ich sonst tun sollte. Ich habe alles verloren, sogar meine Kleider. Mir bleibt nur noch das, was ich am Leib trage. Ohne ein Dach über dem Kopf muß ich wahrscheinlich ins Armenhaus.»

Ich sagte nachdenklich: «Bevor du es auf dich nimmst, noch einmal in deinem alten Haus zu schlafen, muß ich dir einiges erzählen. Doch zuerst, sind deine Freunde hier irgendwo? Und wären sie wohl freundlich genug, mir aus reiner Herzensgüte etwas zu essen und zu trinken zu geben? Ich habe noch nicht gefrühstückt. Und ich habe genug Geld, um zu bezahlen.»

«Wären sie hier, wären sie gekränkt über einen solchen Vorschlag», versicherte mir Grizelda. «Aber sie sind bereits auf ihren Hof zurückgekehrt. Es sind arme Leute, die es sich nicht leisten können, das Tageslicht ungenutzt verstreichen zu lassen. Sie wissen von meinen Absichten. Wir haben uns schon Lebwohl gesagt. Aber ich kenne die Hausfrau, mit der du vorher gesprochen hast, recht gut. Ich kann sie bitten, uns beide mit Brot und Ale zu bewirten.»

Grizelda trug der stämmigen Frau unser Anliegen vor, und bald darauf saßen wir auf einer Holzbank vor dem Cottage, aßen mit Honig bestrichene Weizenkuchen und tranken Honigwein dazu. Von den Bienenkörben am Ende des Gartens drang leises Summen an unsere Ohren.

Nachdem ich Grizelda von den Ereignissen der vergangenen Nacht berichtet hatte, saß sie eine ganze Weile still da und blickte ins Leere. Die Sonne lag heiß auf unseren Gesichtern, und um uns herum dehnte sich duftend der Wald, der das Dorf umgab und sanft zum Ufer des Bow Creek abfiel.

Endlich sagte sie langsam: «Du glaubst, daß es Eudo Colet war, der dich vertreiben wollte, indem er dich erschreckte?»

«Ich sollte mich verletzen, verstümmeln, damit ich meine Ermittlungen nicht fortsetzen kann. Ja, davon bin ich überzeugt. Die Verstrebung der Galerie wurde glatt durchgehauen, sie ist nicht gebrochen.»

«Und du glaubst, er hat es wegen deines Besuchs in Dame Tenters Cottage getan?»

«Wiederum ja. Er hatte genug Zeit, mir zu folgen und noch vor der Sperrstunde in die Stadt zu kommen. Er muß auch noch Schlüssel zu seinem Haus haben. Wie leicht hätte er sich in den äußeren Hof schleichen und in einem Nebengebäude verstecken können – oder im Küchengebäude selbst. Was sollte ihn daran hindern?»

Grizelda nagte an ihrer Unterlippe. «Aber was ist mit dem Kind, das du singen gehört hast? Das kann nicht Master Colet gewesen sein. Er hat keine tiefe Stimme, das gebe ich zu, aber sie ist nicht so hoch wie die eines Jungen vor dem Stimmbruch.»

«Auch nicht wie die eines kleinen Mädchens.» Ich nickte. «Nein, und das ist es, was mich beunruhigt und mich für denjenigen fürchten läßt, der nachts allein in diesem Haus bleibt.»

«Du glaubst, er hat sich der Hexerei bedient?» fragte Grizelda und verschluckte sich fast dabei.

Ich zuckte mit den Schultern. «Das ist eine Frage, die ich nicht beantworten kann. Wir alle wissen, daß es die Mächte der Finsternis gibt und daß man sie sich nutzbar machen kann. Aber einen Mann ohne Beweise der Hexerei zu bezichtigen – so weit möchte ich nicht gehen. Dafür würde er gehenkt.»

«Du meinst aber, daß ich auf der Hut sein sollte, falls Master Colet mir erlaubt, dort zu wohnen.»

«Ich denke, du mußt aufpassen. Mir wäre lieber, er ließe mich bei dir bleiben, doch ich denke, er wird deine Bitte zum Vorwand nehmen, einen unerwünschten Gast loszuwerden, ohne auf weitere Kniffe zurückgreifen zu müssen.»

Grizeldas Kopf fuhr in die Höhe. «Vermutest du, daß Eudo Colet Kniffe anwendet? Denn Kniffe sind keine Hexerei, obwohl ich manchmal denke, daß beide eng miteinander verwandt sind.»

Ich preßte die Hand auf die Stirn. Zwischen den Augen spürte ich einen quälenden Schmerz, und mir war leicht übel. Zweifellos die Folgen einer gestörten Nachtruhe und des verspäteten Frühstücks. Ich trank noch einmal ausgiebig vom köstlichen Honigwein der stämmigen Hausfrau, und gleich ging es mir ein wenig besser.

«Die Wahrheit ist», sagte ich, «daß ich nicht mehr weiß, was ich denken soll. Ich bin verwirrt und sehe nicht, welche

Rolle Master Colet beim Verschwinden seiner Stiefkinder gespielt haben könnte. Und wenn es die Ereignisse der vergangenen Nacht nicht gäbe, würde ich vielleicht sogar anfangen zu denken, er habe wirklich nichts damit zu tun gehabt. Warum ärgert dich das?»

«Weil ich glaube, du läßt dich allzuleicht zum Narren halten», antwortete Grizelda scharf. «Es *gibt* eine Verbindung zwischen ihm und den Banditen, wenn wir sie nur finden könnten. Aber jetzt genug davon. Ich muß ohne weitere Verzögerung nach Totnes und zu Dame Tenter.» Sie lächelte plötzlich. «Machst du mir die Freude, mich zu begleiten? Was ich gerade gesagt habe, tut mir leid. In Wirklichkeit glaube ich nicht, daß du dich leicht zum Narren halten läßt. Alles andere als das. Aber ich denke, du wirst es nicht bedauern, deine Straße weiterzuziehen und diese unglückseligen Ereignisse hinter dir zu lassen. Du wirst wieder frei und unabhängig sein, Roger, und das ist für dich das Allerwichtigste auf der ganzen weiten Welt. So, und jetzt trau dich, mir in die Augen zu sehen und zu behaupten, das sei nicht wahr.»

- - -

Vierzehntes   Ich begleitete Grizelda bis zum Haupttor,
Kapitel   wo wir uns gleich hinter den Palisaden trennten, sie, um die Brücke zu überqueren und Eudo Colet in Dame Tenters Cottage aufzusuchen, ich, um hügelaufwärts zum Osttor zu gehen. Auf dem gemeinsamen Weg hatte sie ein paar Tränen wegen ihres Cottage vergossen, eine Schwäche, die sie voller Zorn gleich wieder unterdrückte und die sie auf das Entsetzen zurückführte, das sie beim Anblick der verkohlten Leiche von Innes Woodsman empfunden hatte.

«Du mußt wissen», entschuldigte sie sich, «daß ich weinende Frauen verachte. Und die Heilige Jungfrau weiß, daß ich im Leben genug Unglück hatte, so daß ich im Beherrschen meiner Leiden ausreichend geübt bin. Aber ich fühle mich für Innes Woodsmans Tod verantwortlich, ich kann nicht anders.»

«Unsinn!» erklärte ich ihr fest. «Wie der Novizenmeister mir in den Tagen bevor ich mein religiöses Leben aufgab, immer wieder gesagt hat, ist es eine ebenso große Sünde, sich zuviel Schuld auf die Schultern zu laden, wie sich überhaupt keine aufzubürden. Jeder Mann und jede Frau muß die Verantwortung für das, was er oder sie tut, selbst übernehmen.»

Das schien sie zu trösten, und als wir uns trennten, war sie ruhiger geworden. Nachdem ich ihr noch nachgesehen hatte, ob sie sicher über die Brücke gekommen war, stieg ich den Hügel zum Osttor hinauf. Der Torwächter hatte alle Hände voll zu tun, den größten Teil des nachmittäglichen Verkehrs von der Stadt fernzuhalten, denn noch immer wartete man auf den Sheriff.

«Man kann nie wissen», sagte er und wischte sich mit dem Ärmel den Schweiß von der Stirn, «Seine Lordschaft kommt vielleicht mit Windeseile aus Exeter, und die Sonne steht über uns. Es muß schon Mittag sein.»

«Ich bezweifle, daß wir ihn vor dem Abend zu Gesicht bekommen», versuchte ich ihn zu trösten, indem ich den Kuhhirten von heute morgen zitierte. «Der Bote Seiner Gnaden, des Bürgermeisters, muß zuerst Exeter erreichen, und Ihr wißt, wie schwerfällig das Gesetz auf jede Situation reagiert. Sagt einmal: Hat zufällig gestern abend Master Colet kurz vor Sonnenuntergang das Tor passiert?»

Der Torwächter wischte sich noch ein letztes Mal übers Gesicht und schniefte.

«Ja, ich hab ihn hereingelassen und heute morgen beim Angelusläuten auch wieder hinaus. Der letzte hinein, der erste hinaus. Aber ich hätte gedacht, Ihr müßtet das wissen.

Seid Ihr nicht der Mann, den Master Oliver Cozin in Master Colets Haus untergebracht hat? Ich habe gedacht, Master Colet habe dort übernachtet?»

Schon wollte ich antworten: «Das hat er allerdings getan», statt dessen fragte ich jedoch: «War er beritten?»

«Nein, zu Fuß, nun, da Ihr's erwähnt.» Der Torwächter schien überrascht. «Aber das ist merkwürdig, er ist sehr stolz auf das Tier und geht nur selten zu Fuß. Seltsam, doch in dem Moment hab ich mir gar nichts dabei gedacht.»

Ich murmelte einen Dank und machte mich schnell durch das seitliche Tor davon, bevor er mich genauer befragen konnte. So! Jetzt hatte ich meine Antwort. Dennoch hielt ich es für erforderlich, auch noch den Bruder Pförtner im Kloster zu befragen, denn vielleicht hatte Eudo im Gästehaus von St. Mary übernachtet. Der Bruder Pförtner hatte Master Colet jedoch nicht zu sehen bekommen.

«Aber Ihr wart auch gestern abend an der Pforte? Und Ihr kennt ihn?»

Der Pförtner, ein Laienbruder, rümpfte die Nase und nickte.

«Ja, auf beide Fragen. Und ich war immer der Meinung, daß Master Colet ein recht leutseliger und freundlicher Gentleman ist, egal, was Euch andere in dieser Stadt über ihn sagen. Ich habe ein, zwei Abende in Matt's Tavern oder im Ale-Haus bei der Burg mit ihm beisammengesessen. Meist hat er sich ja für sich gehalten, aber ich habe ihn leicht beschwipst erlebt, und dann konnte man sich schieflachen über seine Possen. Er war nie betrunken, versteht Ihr», fügte der Pförtner hastig hinzu, «aber gelegentlich löste das Ale seine Zunge ein bißchen.»

«Was für Possen?» fragte ich stirnrunzelnd.

Der Pförtner zuckte mit den Schultern. «Er hat ein bißchen gesungen. Balladen, Liedchen. Eine ganze Menge, und die lustigsten waren nichts für die Ohren einer Dame. Und einmal, als ein wandernder Flötenspieler bei Matt einkehrte, hat ihm Master Colet das Instrument weggenommen und hat gespielt, recht gut sogar. Er konnte auch ein paar Schritte tanzen, wenn er in Stimmung war. Aber wie ich schon sagte, meist war er ruhig und nüchtern, wie es sich für den Ehemann von Rosamund Crouchback gehörte. Diese Frau war von ihrer eigenen Wichtigkeit überzeugt, wußte genau, wer sie war. So war sie schon von Kind an, durch die Nachsicht ihres Vaters verdorben. Ich hätte kein Diener oder armer Verwandter in diesem Haus sein mögen, nicht einmal wenn man mir lebenslang jeden Tag ein Faß vom besten Malvasierwein als Zugabe versprochen hätte.»

Ich erlaubte mir, ein wenig über das zu lächeln, was des Pförtners Vorstellung vom Paradies zu entsprechen schien, war aber zu sehr mit meinen Gedanken beschäftigt, um ihn noch weiter zu beachten. Nachdem ich ihm einen guten Tag gewünscht hatte, stieg ich zum Pranger am höchsten Punkt der High Street hinauf. Ich hatte viel Stoff zum Nachdenken. In der vergangenen Stunde hatte ich erfahren, daß Eudo Colet die Nacht innerhalb der Stadtmauern verbracht, aber nicht im Kloster geschlafen und daß er eine ausreichend schöne Stimme hatte, um Gäste im Ale-Haus zu unterhalten, ohne daß sie sich über seinen Gesang beschwerten. Natürlich war es durchaus möglich, daß er sich eine andere Unterkunft als St. Mary gesucht hatte, aber irgendwie brachte ich es nicht fertig, das zu glauben. Er war zu Fuß durch das Osttor gekommen und im Schutz der nahenden Dunkelheit die High Street hinaufgegangen. Dann hatte er das Haus beobachtet, bis mein Besuch im Ale-Haus bei der Burg ihm Gelegenheit gab, durch das Gäßchen zu schlüpfen und die Pforte zum äußeren Hof aufzuschließen. Doch selbst wenn ich den ganzen Abend im Haus geblieben wäre, mußte es ihm möglich gewesen sein, hineinzukommen, ohne daß ich es merkte. Er hatte Schlüssel zu allen Türen, und der merkwürdige Stil, in dem die Häuser von Totnes gebaut waren, machte es möglich, daß man sich in einem Teil des Hauses aufhalten konnte, ohne zu wissen, was im anderen vorging, der durch den inneren Hof vom Haupthaus getrennt war.

Was Master Colet meiner Meinung nach als nächstes getan hatte, war eine reine Vermutung von mir, aber dennoch so wahrscheinlich, daß ich das Gefühl hatte, ihn dabei beobachtet zu haben. Er hatte ein Fleischbeil aus der Küche geholt und eine tiefe Kerbe in die Verstrebung der Galerie gehauen, die, wie er genau wußte, ohnehin schon durch Vernachlässigung und Verrottung baufällig war; dann war er auf den Speicher zurückgekehrt, hatte die kalten, frühen Morgenstunden zwischen zwei und vier abgewartet und war dann mit größter Vorsicht, wobei er so leicht wie möglich auftrat, durch die Galerie ans andere Ende gegangen, um mich mit seinem Gesang aus dem Bett zu locken...

Aber es war eine Kinderstimme und nicht die eines Mannes gewesen, die die wehmütigen Worte gesungen hatte; eine Stimme, die einmal ganz nah gewesen war und dann wieder weit weg. War es möglich, daß Eudo Colet nicht allein gewesen war? Und wer war bei ihm gewesen? Ich fluchte leise in mich hinein. Kaum öffnete sich eine Tür und ich sah ein wenig Licht, schloß sich schon die nächste, und ich tappte wieder im dunkeln, so kam es mir jedenfalls vor.

So vertieft war ich in meine Gedanken, daß ich den belebten Marktplatz überquerte und am Schlachthaus vorüberging, mich zwischen Scharen von Bürgern durchschlängelte, ohne wirklich jemanden wahrzunehmen. Ich spürte nicht einmal die Hand, die sich auf meinen Arm legte, bis die Finger mich kniffen.

«Master Chapman», sagte eine Stimme neben mir, «warum habt Ihr Euren Packen nicht bei Euch? Ich wollte mir ein Band kaufen.»

Ich bin sicher, daß ich mich mit dem Gesicht eines Schlafwandlers zu der entrüsteten Fragerin umdrehte. Es war die kleine Ursula Cozin in Begleitung der getreuen Jenny. Die Augen, die mich musterten, waren vom gleichen Grau wie die ihres Vaters, aber damit war die Ähnlichkeit auch schon zu Ende. Thomas Cozins Blick war ruhig, ein wenig scheu, der seiner jüngsten Tochter keck und herausfordernd; und die hübschen Gesichtszüge, die Stupsnase und den Schmollmund mit den vollen Lippen hatte sie von ihrer Mutter.

«T-tut mir leid», stotterte ich, «aber meine Waren sind heute unverkäuflich.» Verzweifelt überlegte ich, worüber ich mit ihr reden sollte, da das offenbar von mir erwartet wurde. «Ist – ist Mistress Cozin noch mit der Seide zufrieden, die sie bei mir gekauft hat?»

«O ja.» Die grauen Augen funkelten mit zärtlichem Übermut. «Mutter ist sehr eitel, wißt Ihr, und sie liebt neue Sachen. Gestern abend hat sie die Seide sogar Master Colet gezeigt.»

«M-Master Colet?» wiederholte ich stammelnd wie ein Idiot, und Ursula sah mich erstaunt an. «Master Colet hat gestern abend deine Familie besucht?»

Nachdenklich legte sie den Kopf schief. «O ja, das hat er. Er war geschäftlich bei meinem Onkel.»

«Ist – ist er lange geblieben?»

Die junge Dame lachte laut auf. «Ich freu mich, daß jemand genauso neugierig ist wie ich. Meine Eltern nennen es meine nicht auszurottende Erbsünde, ich aber sage, es ist ganz einfache, natürliche Neugier. Wie soll ich erfahren, was in dieser Stadt geschieht, wenn ich keine Fragen stelle? Wenn Ihr's wirklich wissen wollt, Master Colet ist über Nacht geblieben. Mein Vater hat ihn dazu überredet, weil die Sperrstunde schon eingeläutet worden war und er es zur Zeit für sehr gefährlich hält, wenn jemand nach Sonnenuntergang noch draußen herumläuft. Er hat von einem Nachbarn ein Rollbett ausgeliehen, da auf unserem zur Zeit mein Onkel schläft, und das wurde für Master Colet im unteren Wohnzimmer aufgestellt, weil er heute morgen sehr früh aufbrechen mußte und gehen konnte, ohne uns zu stören.»

Noch in derselben Stunde sah ich mich einem zweiten Mitglied des Cozin-Haushalts gegenüber; diesmal war es Master Oliver. Und mit ihm kam Grizelda.

Ich war nach meinem Zusammentreffen mit der kleinen Ursula ins Haus zurückgekehrt, benommen und völlig verwirrt, weil alle meine Vorstellungen vom Ablauf der Geschehnisse so schlüssig widerlegt worden waren. Eudo Colet hatte bei den Cozins übernachtet, ehrenhaften Leuten, die über sein Tun und Lassen genaue Rechenschaft abgeben konnten. Aber wer war dann mein nächtlicher Besucher gewesen? Ich hatte überlegt und überlegt, meine Gedanken liefen im Kreis, den schmerzenden Kopf umklammerte ich mit beiden Händen, weil ich fürchtete, er müsse im nächsten Moment platzen – und dann stellte ich auf einmal fest, daß es mich nicht mehr interessierte. Als Anwalt Cozin an der Tür erschien und mir erklärte, meine Anwesenheit im Haus sei nicht länger vonnöten, hätte ich am liebsten laut aufgejauchzt vor Freude und ihn umarmt.

«Mistress Harbourne, deren Anwesen gestern nacht von den Banditen in Schutt und Asche gelegt wurde, hat von Master Colet die Erlaubnis erhalten, in ihrem früheren Heim zu bleiben, bis sie ihre Angelegenheiten zu ihrer Zufriedenheit in Ordnung bringen kann. Ich glaube», fügte der Anwalt sachlich hinzu, «daß Ihr Mistress Harbourne schon kennt und ich sie Euch nicht vorstellen muß.»

Grizelda lächelte und betrat an ihm vorbei den Flur.

«Eudo hat eingewilligt, wenn auch alles andere als liebenswürdig, daß ich hier wohnen darf. Es ist seinen Zwecken vermutlich genauso dienlich wie den meinen, sonst wäre er, meine ich, nicht bereit gewesen, mir entgegenzukommen. Aber dadurch, daß ich hier einziehe, kannst du dich wieder auf den Weg machen, was du dir gewiß schon lange wünschst, während ich bleiben kann, bis für das Haus ein Dauermieter gefunden wird.»

Der Anwalt nickte zustimmend und sehr nachdrücklich.

«Mistress Harbourne hat recht. Ihr habt gute Dienste gelei-
stet, vielen Dank, Chapman, doch jetzt dürft Ihr reinen Gewissens gehen. Ihr seid hiermit von Eurem Versprechen, bis
Samstag zu bleiben, entbunden.»

Er neigte den Kopf und wandte sich ab. Ich fragte mich, ob
ich die zerbrochene Galerie erwähnen sollte oder nicht, entschied mich jedoch dagegen. Ich hätte ihm meine Tolpatschig-
keit erklären müssen, wozu ich im Moment nicht bereit war,
und vermutlich mußte ich mit Gegenbeschuldigungen rechnen. Vielleicht verlangte er sogar, daß ich die Reparatur bezahlte. Also ließ ich ihn schweigend ziehen. Sobald er jedoch
außer Sicht war, wandte ich mich an Grizelda.

«Es gefällt mir nicht, dich hier allein zu lassen», sagte ich
und berichtete ihr, während ich sie besorgt musterte, was ich
seit unserer Trennung am Morgen entdeckt hatte. Als ich geendet hatte, fügte ich ernst hinzu: «Du bist vielleicht in Gefahr. Ich wünschte, ich dürfte mit dir hierbleiben.»

«Das ist ganz einfach nicht wahr», antwortete sie ruhig,
«ich sehe es deinen Augen an. Es zieht dich hinaus. Du zerrst
an der Leine wie ein Tier, das mit seiner Geduld am Ende ist.
Außerdem muß ich an meinen guten Namen denken. Wenn
wir beide allein unter einem Dach lebten, würde man Klatsch-
geschichten über uns erzählen, die ich mir nicht einmal vorstellen möchte.» Sie legte mir die Hände auf die Schultern,
reckte sich und küßte mich auf die Wange. «Ich war von Kind
an für mich selbst verantwortlich und habe mich noch nie un-
terkriegen lassen. Keine Angst, wer oder was in diesem Haus
auch spuken mag, ich bin ihm gewachsen. Ich werde mich
auch nicht», fuhr sie fort und versuchte das Lachen in ihrer
Stimme zu unterdrücken, «in Jacintas Schenke betrinken.»

Ich stieß ihre Hände von meinen Schultern.

«Ist es das, was du denkst?» fragte ich wütend. «Daß ich
betrunken war? Daß ich die Stimme und den Gesang nur ge-
träumt habe? Dann beherzige meinen Rat, schau dir die zerbrochene Verstrebung der Galerie an, und du wirst sehen, was

- 190 -

ich gesehen habe: daß man sie durchgehackt hat. Und das ist ganz gewiß keine Folge meiner betrunkenen Phantasie.»

«Roger –», begann sie und streckte wieder die Hand nach mir aus, aber ich stieß sie beiseite, nahm meinen Packen auf und griff nach meinem Knüppel.

«Ich sage Euch Lebewohl, Mistress Harbourne. Ihr habt recht. Ich bin froh, von hier fortzukommen.» Ich hob den Riegel und trat auf die Straße.

«Roger! Bitte warte! Geh nicht so, ich bitte dich.»

Ihre Stimme klang verzweifelt, aber ich war zu verletzt und zu zornig, um darauf zu achten. Ich hatte gedacht, sie habe mir meine Geschichte geglaubt, jetzt erkannte ich, daß sie mich einfach reden ließ, aber insgeheim für einen Trunkenbold hielt, der etwas zusammenlog, um sich reinzuwaschen. Sie stolperte über das Kopfsteinpflaster hinter mir her und umklammerte flehend meinen Ärmel, doch ich schüttelte sie ab und ging schneller.

«Laß mich in Ruhe!» schrie ich über die Schulter zurück.

Ihre Schritte wurden langsamer, sie blieb stehen. Bevor ich die Biegung in der Straße erreichte, blickte ich kurz zurück. Da stand sie, reglos, hoffnungslos, mit schlaff hängenden Armen. Einen ganz kurzen Moment hatte ich das Gefühl, ich müßte umkehren, aber ich hatte meinen Stolz, und ich war beleidigt worden. Ich ging weiter, den Hügel hinunter und passierte das Osttor, ohne dem Torwächter auch nur zuzunikken.

Die Aprilsonne war heiß, und die Straße staubig, denn es hatte lange nicht mehr geregnet. Hinter mir funkelte die kleine, hoch auf ihrem Hügel liegende Stadt wie ein Juwel in der Sonne, und auf einer Wiese, die an den Dart grenzte, spielten zwei Lämmer und genossen den für die Jahreszeit viel zu warmen Tag. Die Pforte zu einem von einer Mauer umfriedeten Garten stand offen, man sah Obstbäume, Gemüse und würzig duftende Kräuter. Der Himmel war makellos blau, ein Schwarm von Staren glitt an der Sonne vorbei wie eine Wolke vom Wind verwehter Blütenblätter. Bald darauf verließ ich den bebauten Streifen Land am Flußufer und tauchte in den dunklen und dennoch leuchtenden Wald ein. Hier und da raschelten und knackten trockene Eichenblätter im fauligen Laubteppich vom vergangenen Jahr, der noch nicht wieder zu Erde geworden war. Um mich herum herrschte beängstigende Stille, und das dichte dornige Gestrüpp, das zwischen den Baumstämmen wucherte, zwang mich, langsamer zu gehen und schließlich ganz stehenzubleiben.

Ich erschrak, als mir klar wurde, daß ich keine Ahnung hatte, wohin ich ging. Schon ein paar Meilen marschierte ich einfach ziellos und sinnlos vorwärts. Mein einziger Gedanke war, mich so schnell und so weit wie möglich von Totnes zu entfernen. Als ich jetzt endlich wieder zur Vernunft kam, erkannte ich am Stand der Sonne, daß ich nach Nordwesten gegangen sein mußte und – wenn ich zum Fluß zurückkehrte und weiterhin seinem Lauf folgte – irgendwann zu der großen Zisterzienserabtei Buckfast kommen mußte. Wenn ich sie noch vor Einbruch der Nacht erreichte, konnte ich im Gästehaus übernachten oder, so es mit Reisenden überfüllt war, in einer der Scheunen, die zur Abtei gehörten.

Nachdem ich ein Stück weitergegangen war, kam ich auf einen breiten Reitweg, wo ich in der Ferne zu meiner Rechten zwischen den Bäumen Wasser glitzern sah. Ich folgte dem Reitweg zum Flußufer und fand mich zwischen den kleinen Siedlungen und Gehöften wieder, die sich am Dart hinzogen. Das schmale Band einer Fahrspur verband sie alle miteinander, und ich ging weiter, bis ich ein weniger armseliges Cottage mit einem üppigen Gemüsebeet, einem fetten Schwein im Koben und einer ebenso fetten und zufrieden aussehenden Kuh auf dem Feld dahinter entdeckte. Eine behäbige, gutgenährte Hausfrau zupfte in ihrem Kräutergarten Unkraut. Hier gab es bestimmt eine Menge zu essen, genug, um einen vorüberziehenden Fremden zu verköstigen.

Ich wurde nicht enttäuscht und saß bald, mit dem Rücken an die Cottagemauer gelehnt, da, einen Teller mit Brot, Käse und jungem grünem Lauch auf dem Schoß, und neben mir auf der Bank stand ein Krug Ale, während meine Gastgeberin eifrig in meinen restlichen Waren kramte. Aus der offenen Küchentür drang der Geruch von langsam brennendem Torf, der die großen irdenen Milchtöpfe erwärmte, bis köstliche, dicke Rahmklumpen an die Oberfläche stiegen.

«Sorgt Ihr Euch so weit im Norden auch wegen der Banditen?» fragte ich nach ein paar Minuten gemütlichen Schweigens. «Sie treiben jetzt in der Gegend von Totnes ihr Unwesen.»

Der Blick der Frau trübte sich vor Angst.

«Das haben wir gehört», antwortete sie, «aber bis jetzt haben wir sie nicht zu sehen gekriegt, Gott sei gelobt. Es ist eine gesetzlose Zeit, in der wir leben, das steht fest. Und was tun der Sheriff und seine Männer, möchte ich gern wissen? Genug Geld fließt in ihre Truhen, so daß sie die Haupt- und die Nebenstraßen ganz leicht von solchem Gesindel befreien könnten, wenn sie sich nur von ihren fetten Hinterteilen erheben und ab und zu ihre kostbare Haut riskieren wollten. Was kostet dieser Lederstreifen? Ich brauche einen neuen zum Messerschleifen.»

«Nehmt ihn als Bezahlung für mein Essen», sagte ich, und als sie bescheiden erwiderte, daß sie eine so einfache Mahlzeit jedem anderen Reisenden auch vorsetzen würde, bestand ich trotzdem darauf, daß sie den Streifen nahm, und fügte hinzu: «Bürgermeister Broughton hat nach Exeter um den Lord Sheriff geschickt, und man erwartet, daß er ein Aufgebot zusammenstellt, das hinter diesen Teufeln herjagen und sie ausrotten soll. Sie haben letzte Nacht in der Nähe von Dartington und am Ufer des Bow Creek zweimal zugeschlagen. Am Bow Creek haben sie ein Gehöft niedergebrannt und einen Mann getötet, der im Schlaf zu Zunder verkohlte.»

Die Frau gluckste bestürzt. «Mein Mann ist mit den Schafen auf der Weide. Hoffentlich geschieht ihm nichts.»

«Bei Tageslicht habt Ihr nichts zu befürchten», versicherte ich ihr. «Da verkriechen sich die Wolfsschädel in ihrem Bau und schlafen.» Ich leerte meinen Alekrug.

Sie schenkte mir ein zweites Mal ein und brachte mir mit Äpfeln und Honig gefüllte Teigkörbchen, garniert mit einem Klumpen Rahm. Dann kehrte sie zu ihren Kräutern zurück.

«Bleibt hier sitzen, solange Ihr wollt, Junge. Ihr stört mich nicht.» Sie beugte sich wieder über die Pflanzen, und ihre Finger zupften geschickt das Unkraut heraus.

Ich nahm sie beim Wort. Vom Essen und vom Ale war ich müde geworden, und die Nachmittagssonne lag noch warm auf meinem Gesicht. Ich streckte die Beine ganz aus, lehnte mich mit dem Rücken noch bequemer an die Mauer und schloß die Augen. Die verschiedenen Gerüche des Frühlings stiegen mir in die Nase, und minutenlang ließ ich meine Gedanken wandern, entspannt und tief zufrieden.

Diese Stimmung hielt jedoch nicht an. Das Gewissen plagte mich, Grizeldas wegen. Ich hatte auf ihre Neckerei übertrieben schroff reagiert. Höchstwahrscheinlich hatte sie ohnehin nicht ernst gemeint, was sie gesagt hatte; und ausgerechnet in einer Zeit, in der sie nach dem Verlust ihres Heims und dem Tod von Innes Woodsman Mitgefühl und Verständnis nötig gehabt hätte, war ich wütend geworden. Warum? Weil ich mich, ob sie meine Geschichte glaubte oder nicht, schuldig fühlte, daß ich sie ihrem Schicksal überlassen hatte, obwohl ich sie in Gefahr wähnte? Weil ich einen Vorwand gebraucht hatte, um aufbrechen zu können? Weil ich des Knäuels aus widersprüchlichen Fakten und undurchsichtigen Ereignissen, das ich nicht entwirren konnte, plötzlich überdrüssig war und alles satt hatte?

Früher am Tag war es mir so vorgekommen, als habe Gott selbst mir erklärt, daß ich mich irrte; daß nicht Er meine

Schritte nach Totnes gelenkt hatte; daß an dem Verschwinden von Andrew und Mary Skelton nichts Geheimnisvolles war. Sie waren unbemerkt aus dem Haus und aus der Stadt entkommen und von den Banditen umgebracht worden. Doch jetzt wurde mir klar, daß ich mir absichtlich etwas vorgemacht hatte. In der angenehmen Stille des warmen Nachmittags, mit klarem Geist und ausgeruhtem Körper, ließ sich Gottes Stimme wieder vernehmen und drängte mich umzukehren. Ich seufzte, blieb aber für den Augenblick, wo ich war, und bemühte mich, meine widersprüchlichen Gedanken zu ordnen.

Zwei kleine Kinder waren von zu Hause verschwunden, ohne daß die Magd und die Köchin, in deren Obhut sie waren, sie gesehen hatten. Bridget Praule und Agatha Tenter schworen, daß das unmöglich war, daß sie sie hätten sehen müssen. Doch ich wußte, wie listig Kinder vorgehen konnten, und erinnerte mich auch noch sehr gut, mit welcher List und Tücke ich den wachsamen Augen meiner Mutter entwischt war. Daher war ich durchaus bereit zu glauben, daß es so geschehen war. Schwerer hingegen fiel es mir zu akzeptieren, daß Eudo Colet, der einzige, der aus dem Tod seiner Stiefkinder einen Nutzen zog, mit ihrem Verschwinden und ihrer Ermordung nichts zu tun haben sollte. Aber er war zu der Zeit, als sie verschwanden, nicht im Haus gewesen, hatte einen seiner vornehmsten und ehrenwertesten Nachbarn besucht. Sie waren dagewesen, als er ging, und fort, als er zurückkam. Das bestätigten Magd und Köchin einmütig und ließen sich davon nicht abbringen.

Also, was wußte ich – was wußten andere – über Eudo Colet? Sehr wenig, bevor er als Ehemann der reichsten Erbin der Stadt nach Totnes gekommen war. Seine Herkunft blieb im dunkeln, doch Art und Benehmen verrieten, daß er niedrig geboren war; ein Mann, der sein gutes Aussehen benutzt hatte, um eine eitle, reiche Frau zu umgarnen. Keine ungewöhnliche Geschichte und eine, die im Lauf der Jahrhunderte immer wieder erzählt wurde. Es entlarvte Eudo Colet jedoch als Mann mit geringen Skrupeln, was notwendigerweise alle Abenteurer sind. Grizelda hatte mich gedrängt, die Möglichkeit zu erwägen, daß er mit den Banditen in Verbindung stand, und wer wollte behaupten, daß sie unrecht hatte? Wer weiß, was für zweifelhafte Verbindungen er in seiner Jugend gehabt hatte? Vielleicht war er selbst ein Verbrecher gewesen. Vielleicht hatte er ganz zufällig ein Mitglied der Räuberbande getroffen und eine alte Freundschaft erneuert; und da seine Ehefrau vor kurzem erst im Kindbett gestorben war und sein neuerworbener Wohlstand ihm Löcher in die Taschen brannte, hatte Master Eudo eine Möglichkeit gesehen, sich zu einem noch größeren Vermögen zu verhelfen. Doch dann stand ich vor einem Problem: Mit welchen Argumenten hatte er die Kinder überredet, aufs Land zu flüchten, wo seine mörderischen Kumpane auf sie warteten?

Plötzlich hellwach, fuhr ich mit einem Ruck in die Höhe und schaute mich in dem mit Sonnenlicht gesprenkelten Garten um. Die Hausfrau jätete noch immer und hatte mein Aufschrecken nicht bemerkt. Ich ließ mich an die Mauer zurücksinken, schloß aber diesmal nicht die Augen.

Grizeldas Gedanke war für mich nach wie vor nicht recht glaubhaft; zuviel schien mir von Zufall und Glück abzuhängen. Doch ganz verwerfen konnte ich ihn auch nicht, meine Erlebnisse in der vergangenen Nacht hatten mich überzeugt, daß Eudo Colet versucht hatte, mich aus dem Haus zu vertreiben, entweder dadurch, daß ich mich verletzte oder indem er meine abergläubischen Ängste weckte. Und sein einziger Grund mußte mein Besuch im Cottage von Dame Tenter und mein nur schlecht verhohlenes Interesse am Schicksal von Mary und Andrew Skelton sein. Darüber hinaus hatte ich das Schlaflied erwähnt, das, wie Jack Carter mir erzählt hatte, eines der Kinder an dem bewußten Morgen gesungen hatte, und das schien Master Eudo ein geeignetes Mittel,

mich loszuwerden. Die Entdeckung, daß er die Nacht innerhalb der Stadtmauern verbracht hatte, erhärtete meinen Verdacht, den ich erst wieder in Zweifel zog, seit ich mit Ursula
Cozin gesprochen hatte. Aber Mistress Ursula hatte gesagt,
der Gast habe auf einem Rollbett im unteren Wohnzimmer
geschlafen, damit er, wenn er bei Morgengrauen aufbrach,
den übrigen Haushalt nicht weckte. Nun, da ich Muße hatte,
mir ihre Worte genau zu überlegen, wurde mir eines klar –
wenn Master Eudo Colet am Morgen unbemerkt und lautlos
das Haus verlassen konnte, dann konnte er nachts dasselbe
getan haben. Daß Ursulas Erklärung mich so durcheinander-
gebracht hatte, war nur auf meine Müdigkeit und den Mangel an Schlaf zurückzuführen gewesen. Ein zweiter Vorwand
dafür, daß ich mich verdrückt hatte, war null und nichtig. Ich
hatte keine Wahl mehr, ich mußte zurück.

Ich stand auf, bedankte mich bei der Hausfrau für ihre
Gastfreundschaft, legte noch eine Spule feines Seidengarn zu
dem Lederstreifen, den ich ihr geschenkt hatte, schulterte
meinen Packen, nahm meinen Knüppel und machte mich auf
den Weg – zurück nach Totnes.

- - -

Fünfzehntes   Die ersten Abendschatten streichelten
Kapitel   Weide und Garten, als ich stetig Meile um
Meile hinter mir ließ. Am fernen Horizont
streckten sich schwarze Wolkenfinger der Sonne entgegen,
ein Zeichen dafür, daß es mit dem schönen Wetter vielleicht
bald vorbei sein würde. Die Luft war kühl, und die fernen
Hügel verschwanden hinter aufkommendem Dunst. Hier
und da stieg von einem Cottagedach Rauch auf, sicherlich
war die Hausfrau eben dabei, das Abendessen zuzubereiten.

Ich war auf diesem Rückweg so vorsichtig, nicht in den Wald zu geraten, sondern dem Flußufer zu folgen und in Sichtweite der Häuser zu bleiben. Noch war es für die Banditen nicht Zeit, aber es gab andere, die allein oder zu zweit und zu dritt umherstreiften und dem unvorsichtigen Reisenden auflauerten. Bisher hatte ich mich gegen diese Feinde behaupten können, und mein Knüppel war dabei mein vertrauenswürdiger Freund, doch es träfe nicht zu, wenn ich behaupten wollte, ich wäre nie verletzt worden; und im Moment hatte ich keine Lust, meine Haut zu riskieren.

Der Weg wurde breiter, als ich die große Gezeitenmarsch nördlich von Totnes erreichte. Goldköpfige Sumpfdotterblumen begannen sich im schwindenden Licht zu schließen, und Ried und Gräser verloren allmählich ihre Farben, als Wolkenbänke sich vor die Sonne schoben. Lichter aus den Cottages vor der Stadtmauer schimmerten wie Glühwürmchen in der zunehmenden Dunkelheit, und auf den Burgmauern brannten Fackeln.

An der Umfriedung des Klosters St. Mary entlanggehend, näherte ich mich dem Osttor, als ich hinter mir Rädergeratter hörte. Ich hatte schon seit ein paar Minuten gemerkt, daß hinter mir ein Wagen näher kam, und als ich jetzt den Kopf wandte, sah ich einen bunt bemalten offenen Break, die hölzernen Flanken gelb, rot und grün, und zwischen den bebänderten Deichseln trottete ein sanftäugiges Maultier über den holprigen, steinigen Boden. Über einen Rahmen aus Weide war eine Segeltuchplane gespannt, und im Wagen selbst sah man ein Durcheinander von Bettzeug und leuchtendbunten Kostümen. Zu dem Wagen gehörten drei junge Männer, einer schritt, die Zügel in der Hand, neben dem Kopf des Maultiers einher, die beiden anderen ein Stückchen hinter ihm, alle drei mit offensichtlich wunden Füßen. Schuhe und Hosen waren weiß vom Staub, die Tuniken schäbig und an manchen Stellen fadenscheinig. Seitlich am Wagen befestigt waren eine Flöte und ein Tamburin, aber auch ohne die beiden Musikinstrumente wäre es mir nicht schwergefallen, in dieser kleinen Gruppe von Vagabunden umherziehende Gaukler zu erkennen. Der Vorfrühling war die Zeit, in der sie begannen, ihren Mummenschanz zu treiben und Possenspiele aufzuführen; sie jonglierten und tanzten und musizierten, nachdem sie den Winter, wenn das Glück ihnen hold gewesen war, im Haushalt eines großen Lords verbracht hatten oder sich, wenn sie Pech gehabt hatten, in den Straßen einer Stadt ein paar Pence verdienen mußten. Und wenn auch da nichts ging, hatten sie in ihrem abgedeckten Wagen so etwas wie ein Zuhause.

Der jüngste von den dreien, der das Maultier führte, war untersetzt, hatte einen dichten Schopf roter Haare, blaue Augen, eine Himmelfahrtsnase und ein rundes, fröhliches Gesicht voller Sommersprossen. Ich erkannte ihn sofort, und ohne zu überlegen, daß es nicht sein konnte, daß ich mich irren mußte, streckte ich die Hand aus und packte ihn am Arm.

«Nicholas!» rief ich. «Nicholas Fletcher!»

Er schaute erschrocken in meine Richtung und grinste dann gutmütig.

«Mein Name ist tatsächlich Fletcher, Sir, denn mein Urgroßvater hat Pfeile hergestellt. Aber mein Taufname ist Martin.» Er zog die blonden Brauen zusammen. «Allerdings habe ich einen älteren Bruder namens Nicholas.» Das Grinsen wurde breiter. «Er ist ein Bruder im doppelten Sinn, denn er ist nicht nur das Kind meiner Eltern, sondern auch ein Bruder bei den Benediktinern in der Glastonbury Abbey.»

«Natürlich», sagte ich und schlug mir mit der Hand gegen die Stirn und verwünschte mich ob meiner Dummheit. «Verzeiht mir, aber ihr seht euch so ähnlich wie zwei Erbsen in einer Schote.»

«Ihr kennt ihn?» fragte Martin Fletcher entzückt, während seine beiden Freunde neugierig näher kamen. «Ihr kennt Nick?»

«Wir waren zur gleichen Zeit Novizen», erklärte ich, «aber

Kutte und Tonsur waren nichts für mich, und ich habe nie das Gelübde abgelegt wie Euer Bruder.»

Ich habe Nicholas Fletcher in diesen Chroniken schon irgendwo erwähnt, den Freund aus der Novizenzeit, der mir beibrachte, wie man Schlösser aufbricht. Diese zweifelhafte Fertigkeit hatte er als Kind auf seinen Fahrten mit der Truppe von *Jongleurs* und Mummenschanzern erworben, der er und seine Familie angehörten. Hatte er je einen Bruder erwähnt? Vielleicht, und ich hatte es vergessen.

«Nun», sagte der jüngere Sprößling jetzt strahlend und schlug mir auf die Schulter, «das muß man sich vorstellen! Wir sind unterwegs nach Totnes, um in der Burggarnison unser Glück zu versuchen. Männer, die in Kasernen eingesperrt sind, werden, immer nur auf ihre eigene Gesellschaft angewiesen, müde. Sogar das Trinken und Huren kann jeden Reiz verlieren, und dann sind sie über ein bißchen Abwechslung froh. Wollt Ihr auch in die Stadt? Kennt Ihr sie?»

«Ich habe schon ein paar Tage dort verbracht», antwortete ich, «und will noch eine Nacht bleiben. Ich – ich hatte eine Unterkunft, habe sie aber nicht mehr und hoffe, im Gästehaus des Klosters schlafen zu können.»

«Dann werden wir uns anschließen, wenn's recht ist», sagte Martin Fletcher. «Bei schönem Wetter schlafen wir im Wagen, aber es sieht nach Regen aus.» Er wies auf seine beiden Begleiter. «Das sind meine Freunde. Peter Coucheneed, er ist *Jongleur*, und zwar ein guter, und der andere ist Luke Hollis. Er spielt Flöte und tanzt. Ich selbst rassele mit dem Tamburin und spiele ein bißchen.»

Der erste, Peter Coucheneed, war sehr groß und sehnig, mit einer hohen, gewölbten Stirn und vorzeitig fast kahlem Kopf. Der zweite Mann, Luke Hollis, war untersetzt und fett mit einem Schmerbauch und einem unordentlichen Schopf dichter schwarzer Haare. Sie hätten nicht gegensätzlicher sein können. Ihr unterschiedliches Aussehen reizte zum Lachen, und Gelächter ernteten sie gewiß schon, bevor der *Jon-*

gleur einen Ball in die Luft geworfen oder der Musikus eine Note gespielt hatte.

«Ich heiße Roger», sagte ich. «Bin Händler von Beruf und nenne mich inzwischen auch Chapman, obwohl Nicholas mich unter dem Namen Stonecarver oder Carverson gekannt hat, denn mein Vater hat seinen Lebensunterhalt als Steinmetz verdient. Wollen wir jetzt das letzte Stück Weg gemeinsam zurücklegen? Wenn Ihr Hunger habt – bei der Burg gibt es ein Ale-Haus, das ich empfehlen kann.»

Zu viert betraten wir die Stadt durch das Osttor, auch wenn der Torwächter den Wagen nur widerstrebend passieren ließ.

«Bleibt nur von der Hauptstraße weg, denkt dran», befahl er nach langem Hin und Her. «Es besteht noch immer die Möglichkeit, daß der Lord Sheriff vor der Sperrstunde eintrifft.»

Natürlich fragten meine neuen Gefährten, warum der Lord Sheriff erwartet wurde, und ich berichtete ihnen von den Banditen und der Angst, die in der ganzen Gegend herrschte.

«Ich bezweifle jedoch, daß Seine Lordschaft vor morgen früh hier eintreffen wird», sagte ich, als wir den Hügel zu Jacintas Schenke hinaufstiegen. «Aber Ihr werdet gut daran tun, für Euren Karren einen Platz zu finden, wo er den Weg des Gesetzes nicht behindert, wenn Seine Gnaden und seine Sergeants endlich erscheinen.»

Doch das war leichter gesagt als getan. Der Break, obwohl nicht besonders groß, war breit genug, um fast alle Gassen zu versperren, und der Bruder Pförtner bezweifelte stark, daß er den Gauklern erlauben konnte, den Wagen im Klosterhof abzustellen.

«Mein Lord Sheriff soll hier im Vorhof empfangen werden, und weder Seine Wohllöblichkeit der Bürgermeister noch der Pater Prior wird es zu schätzen wissen, wenn ein Gauklerkarren hier herumsteht, und wäre es auch im verbor-

- 201 -

gensten Winkel. Ich rate Euch, vor die Stadtmauer zurückzu-kehren.»

«Was ist mit der Burg?» fragte ich Martin. «Dorthin wollt Ihr doch eigentlich.»

Aber der Kommandant der Garnison war genauso ableh-nend.

«Leider keine Unterhaltung heute abend, meine Freun-de», sagte er und musterte den bunten Wagen traurig. «Ein andermal hätten wir Euch mit offenen Armen empfangen. Aber wenn der Lord Sheriff eintrifft, wird er erwarten, uns frisch und munter zu sehen, und das wären wir nicht nach einer durchzechten Nacht. Denn was ist ein Mummen-schanz, wenn man nicht tüchtig dazu trinken kann? Ich kann Euch aber auch keine Hoffnung auf morgen machen, denn da sind wir unterwegs, um auf Befehl Seiner Lordschaft die verdammten Wolfsschädel zu jagen.»

«Es ist wirklich am besten, wenn wir vor das Tor zurück-gehen und morgen früh so bald wie möglich aufbrechen.» Peter Coucheneed seufzte. «Hier ist für uns nichts zu holen. Wir haben den falschen Zeitpunkt gewählt.»

Martin und Luke Hollis nickten, doch ich war nicht so mutlos.

«Die Leute hier werden ein bißchen Aufheiterung brau-chen, nachdem das Aufgebot losgezogen ist und ein paar Bürger der Stadt mit ihm. Bleibt ein, zwei Tage, und ich glaube, Ihr werdet es nicht bereuen. In einem Ort wie diesem kann man gutes Geld verdienen, das habe ich festgestellt. Viele Bürger haben gutgefüllte Taschen. Und Euer Wagen braucht auch nicht vor der Stadtmauer zu stehen, ich habe eine Freundin in der High Street, die Euch vielleicht erlau-ben wird, den äußeren Hof ihres Hauses zu benutzen, wo es sogar einen Stall für das Maultier gibt. Das arme Vieh sieht aus, als werde es jeden Augenblick im Geschirr zusammen-brechen.» Kurz erklärte ich ihnen die Umstände, nannte jedoch keine Namen außer dem von Grizelda und ließ un-

- 202 -

erwähnt, was sich ereignet hatte, bevor ihr Cottage gebrandschatzt worden war.

Mein Vorschlag wurde dankbar, aber ein wenig unsicher angenommen, denn die drei bezweifelten, daß jemand einer Truppe fahrender Gaukler Zuflucht gewähren, daß vor allem Grizelda sie auf Treu und Glauben aufnehmen würde, obwohl sie nichts über sie wußte. Ich sagte aber, meine Empfehlung reiche bestimmt aus, und fügte hinzu, Mistress Harbourne werde über ihre Gesellschaft wahrscheinlich sogar froh sein, da die Angst vor den Banditen über der Stadt hänge wie eine dunkle Wolke. Selbst war ich nicht so zuversichtlich, wie es klang, denn schließlich waren Grizelda und ich im Streit auseinandergegangen, doch war ich immerhin so optimistisch zu hoffen, daß sie meine Entschuldigung annehmen würde.

Nachdem wir ein bißchen hin und her geredet hatten, hielt ich es für das Klügste, wenn Martin und ich allein gingen, um unsere Bitte vorzutragen, während Peter und Luke in Jacintas Schenke warten sollten, bis wir wiederkamen.

«Denn Ihr seid ihr Freund, und Martin hat ein vertrauenswürdiges Gesicht», sagte Luke und fügte offen hinzu: «Wenn Peter und ich sie unvorbereitet aus der Dunkelheit ansähen, könnte sie vor Schreck den Verstand verlieren. Gott hat uns so geschaffen, damit wir Männer zum Lachen bringen, aber zusammen und bei Dunkelheit können wir ganz schön erschreckend wirken, das kann ich nicht leugnen.»

Martin und ich widersprachen heftig, meinten schließlich aber, in seiner Behauptung könne ein Funken Wahrheit stecken. Also gingen wir zu zweit und klopften an Grizeldas Tor, neben dem in einem in der Mauer befestigten Halter eine Fackel brannte, die ein rauchiges bernsteinfarbenes Licht auf unsere Gesichter warf. Wenigstens würde Grizelda mich ohne Schwierigkeiten erkennen können.

Es dauerte ein wenig, aber endlich schwang die schwere

Eichentür nach innen auf, und Grizelda stand, eine Laterne in der erhobenen Hand, vor uns.

«Wer ist da?» fragte sie. «Was wollt Ihr?» Dann traf mich das Licht der Laterne, und sie sah mich erstaunt an. «Roger! Was tust du hier? Ich dachte, du bist schon über alle Berge.»

«Ich bin zurückgekommen», sagte ich zerknirscht, «um dich um Verzeihung zu bitten. Sobald mein hitziges Temperament Zeit gehabt hatte, sich abzukühlen, habe ich begriffen, daß du nur Spaß gemacht hast.»

Sie antwortete nicht, und das Licht der Laterne wanderte weiter zu Martin Fletcher. «Wer ist das?» wollte sie wissen.

Ich beeilte mich, ihn vorzustellen, und erklärte ihr, was wir wollten. «Er und seine Freunde brauchen einen Platz, wo sie über Nacht ihr Maultier und ihren Wagen lassen können. Ich habe mir gedacht, du könntest vielleicht beides im äußeren Hof unterbringen.»

«Ihr würdet uns überhaupt nicht merken», versicherte Martin. «Und wir verschwinden sofort, wenn die Stadttore geöffnet sind. Aber da die Wolfsschädel sich in der Gegend herumtreiben, ist uns nicht wohl, auf freiem Feld vor den Mauern der Stadt zu nächtigen.»

«Südlich vom Pickle Moor gibt es einen von Palisaden geschützten Platz», erwiderte sie.

Ich hatte nicht erwartet, daß Grizelda so unfreundlich reagieren würde, zumal sie selbst erst durch die Banditen alles verloren hatte.

«Eine armselige Zuflucht», sagte ich vorwurfsvoll. «An mehreren Stellen sind die Palisaden schon zerbrochen, und nach Norden hin ist der ganze Platz offen.»

Sie gönnte mir kaum einen Blick, sondern ließ Martin die meiste Zeit über nicht aus den Augen und nahm auch das Licht nicht von seinem Gesicht.

«Tut mir leid», sagte sie, «aber ich bin allein hier. Eine Frau muß an ihren Ruf denken. Drei fremde junge Männer bei sich aufzunehmen hieße ihn gefährden, besonders in dieser Stadt, in der die Fenster Augen und Ohren haben.»

Ihre Kälte überraschte mich, und mir wurde klar, daß ich sie viel tiefer verletzt haben mußte, als ich mir vorstellen konnte. Schon wollte ich mich erneut für Martin und seine Freunde einsetzen, als ich hinter ihr im Flur eine Bewegung gewahrte. Es war kaum mehr als eine leichte Veränderung in der Dunkelheit, ein kaum sichtbares, verschwommenes Weiß, das ein Gesicht sein konnte, aber mir genügte es – dort war jemand, dessen war ich sicher.

«Wer ist das?» fragte ich scharf und machte ein paar Schritte vorwärts.

Grizelda wirbelte herum, hob die Laterne höher, und lange Schatten tanzten über die Wände. Aber der Flur war leer. Wütend drehte sie sich zu mir um.

«Warum versuchst du, mich zu erschrecken?» fauchte sie.

«Es war jemand dort», sagte ich eindringlich. «Ich habe ihn gesehen.» Warum war ich so sicher, daß es ein Mann gewesen war? «Martin! Ihr müßt auch etwas bemerkt haben.»

Doch mein neuer Bekannter schüttelte den Kopf. «Das Licht der Laterne hat mich geblendet.»

«Trotzdem, es war jemand da», behauptete ich. «Laß mich das Haus durchsuchen, Grizelda.»

«Nein!» Sie verstellte die Tür mit ihrem Körper, aber ihre Stimme wurde ein wenig weicher. «Roger, ich weiß, du meinst es gut und bist um meine Sicherheit besorgt, aber deine Phantasie hat dir einen Streich gespielt, genau wie gestern nacht. Oh, es ist nicht nur deine Schuld. Ich nehme meinen Teil der Verantwortung auf mich. Ich hätte dich nie ermutigen dürfen, in dieser Sache zu ermitteln, aber ich war zornig und habe um meine kleinen Unschuldslämmer getrauert.»

«Und das tust du jetzt nicht mehr?» fragte ich eisig.

«Wie kannst du so etwas fragen?» Sie warf den Kopf zurück. «Denkst du wirklich, irgend etwas könnte meinen Kummer lindern? Aber ich habe eingesehen, daß es kein Geheimnis gibt. Daß für die meisten Dinge eine einfache Erklärung existiert, die auch die richtige ist.»

«Was für eine plötzliche und unerwartete Bekehrung!» schleuderte ich ihr zornig entgegen.

Sie seufzte. «Roger, es tut mir leid. Wahrscheinlich wußte ich schon immer, wo die Wahrheit lag, aber es hat mir so gutgetan, mich bei einem mitfühlenden Menschen auszusprechen, ich konnte einfach nicht widerstehen. Verzeih mir. Doch die Ereignisse der vergangenen Nacht haben mir begreiflich gemacht, wie schwach unser Einfluß auf das Schicksal ist. Ich muß die Vergangenheit abwerfen. Sie vergessen und in die Zukunft schauen. Das mußt auch du. Du hast ein Kind, und wie du mir selbst erzählt hast, bist du schon viele Wochen lang von Bristol fort. Geh zu deiner kleinen Tochter zurück.» Grizelda streckte mir ihre freie Hand entgegen. Der schroffe Ausdruck war aus ihrem Gesicht verschwunden, und ihre Augen blickten ein wenig traurig. «Ich bin nicht die richtige Frau für dich. Nein, leugne nicht, daß dir dieser Gedanke in den letzten Tagen ein- oder zweimal durch den Kopf gegangen ist. Ich muß gestehen, auch ich habe daran gedacht. Aber wir passen nicht zusammen. Geh jetzt nach Hause und vergiß mich. Es tut mir leid, aber ich kann deinen Freund und seine Gefährten nicht aufnehmen. Wenn ich in dieser Stadt eine Stelle als Haushälterin finden will, darf mein guter Name nicht einmal mit dem leisesten Verdacht unsittlichen Verhaltens besudelt werden.»

Ich umschloß ihre Finger mit der Hand und preßte sie an meine Lippen. Ich schämte mich – für mein Verhalten am Morgen und dafür, daß ich ihr rachsüchtige Motive zugetraut hatte.

«Nun, ich gehe jetzt», sagte ich und schlug Martin leicht auf die Schulter, «und behellige dich nicht länger.» Unwillkürlich schaute ich ihr jedoch über die Schulter, spähte besorgt in den düsteren Flur. Hatte dort jemand gelauert? Hatte ich etwas gesehen, oder hatte Grizelda recht, die behauptete, meine Phantasie fange an mit mir durchzugehen? «Paß auf dich auf», sagte ich eindringlich und drückte noch einmal fest ihre Hand, bevor ich sie losließ.

Sie lächelte. «Das verspreche ich dir.» Sie trat von der Schwelle zurück und schloß die Tür.

Martin Fletcher sah mich mit einem neugierigen Blick an, ahnte offensichtlich eine Geschichte, die er nur allzugern gehört hätte, doch im Augenblick galt seine Hauptsorge der sicheren Unterbringung seines Wagens. Peter Coucheneed und Luke Hollis waren ebenfalls enttäuscht, weil unsere Mission fehlgeschlagen war.

«Wir müssen uns beeilen und aus der Stadt draußen sein, bevor die Tore geschlossen werden», sagte Martin zu ihnen. «Uns bleibt nichts anderes übrig, als vor dem Haupttor zu schlafen. Jemand aus einem Cottage wird uns Futter und Wasser für Clotilde geben.» Er kraulte das Maultier liebevoll hinter dem Ohr. «Man darf Spitzbuben und Vagabunden wie uns nicht erlauben, Unordnung in die Straßen einer respektablen Stadt zu bringen.»

In der Zwischenzeit war Jacinta aus der Schenke gekommen, um uns wieder hineinzulocken, das Geschäft ging nicht so gut, daß sie es sich leisten konnte, vier junge Männer ziehen zu lassen, die eigentlich einen geselligen Abend verbringen wollten. Als sie von der mißlichen Lage der Gaukler erfuhr, war sie verärgert, aber helfen konnte sie nicht. Das Ale-Haus war auf allen Seiten von Häusern und der äußeren Burgmauer eingeschlossen. Sie wandte sich an mich.

«Und Ihr, Junge, wo wollt Ihr schlafen, nachdem Ihr Euer ehemaliges Quartier verloren habt?» Sie musterte mich von Kopf bis Fuß auf eine Art und Weise, die mir unangenehm war. «Ich gebe Euch gern ein Bett für eine Nacht, wenn Ihr nichts dagegen habt, einen Strohsack mit meinem Sohn zu teilen.»

Hastig lehnte ich die Einladung ab, verdrängte aber auch den Verdacht als unwürdig, daß das Bett, in dem ich mich am Ende wiederfinden würde, das ihre sein könnte.

«Ich versuche es zuerst im Kloster», sagte ich, «nachdem ich meine Freunde hier aus der Stadt begleitet habe.» Und wieder einmal schritt ich hügelabwärts, diesmal neben dem Break einhergehend.

Wir waren nur wenige Meter vom Tor entfernt, als plötzlich Unruhe entstand und eine Gruppe Berittener in die Stadt galoppierte, den Torwächter hochmütig übersehend und auch sonst jeden mißachtend, der zufällig ihren Weg kreuzte. Der Reiter in der Mitte war prunkvoll gekleidet und saß auf einem schönen schwarzen Wallach, dessen Geschirr klirrte und im Fackelschein glänzte. Ein halbes Dutzend weiterer Männer in Jacken aus flauschiger grüner Wolle und mit Helmen aus gehärtetem Leder waren, in ihren eigenen Augen zumindest, beinahe genauso bedeutende Persönlichkeiten, und einer von ihnen schrie, jemand solle gefälligst laufen und den Bürgermeister holen. Der Lord Sheriff war in größter Eile aus Exeter eingetroffen.

«Heute nacht bekomme ich im Kloster bestimmt kein Bett», sagte ich zu Martin, «also begleite ich euch am besten. Ich habe Bekannte in einem Cottage außerhalb der Stadtmauern», fügte ich hinzu und dachte an Großmutter Praule, «wo ich vielleicht willkommen bin.»

Er nickte und trieb das Maultier an. Der hintere Teil des Wagens hatte den Torgang kaum hinter sich gelassen, als die Glocke die Sperrstunde einläutete und die Stadttore sich knarrend schlossen.

Als endlich eine geschützte Nische für den Wagen gefunden, Futter und Wasser für das Maultier besorgt waren und ich an die Tür von Großmutter Praules Cottage geklopft hatte, war es schon spät und wir alle müde und hungrig. Großmutter Praules drängende Einladung, bei ihr zu essen, lehnte ich dankend ab, da ich aus der besorgten Miene ihrer Enkelin schloß, daß ihre Borde leer waren und sie nichts hatten, womit sie Gäste bewirten konnten. Ich nahm aber Bridgets Angebot an, auf ihrer Matratze zu schlafen, während sie sich zu ihrer Großmutter legte.

«Doch vor dem Schlafengehen kaufen wir uns in Matt's Tavern etwas zu essen.»

«Ein Jammer, ein Jammer», mümmelte Großmutter Praule. «Vier junge Männer gleichzeitig unter meinem Dach, das ist eine Chance, die ich so schnell nicht wieder bekomme werde.»

«Wir geben morgen eine Vorstellung nur für Euch und Mistress Bridget», versprach Martin Fletcher und küßte sie auf die runzlige Wange. «Und Ihr müßt nichts dafür bezahlen.»

Großmutter Praule gackerte entzückt und sagte mir, sie werde die Tür des Cottage nur eingeschnappt lassen.

«Aber kommt nicht zu spät, Junge, und vergeßt nicht, die Riegel vorzuschieben, sobald Ihr im Haus seid.»

In Matt's Tavern war es ruhig, und er dachte schon daran zu schließen, um sich vor Wegelagerern zu schützen, aber der Gedanke, gutes Geld zu verlieren, wenn er uns wegschickte, war ihm dann doch unerträglich. Er wies uns einen Tisch an, holte Brot, Käse und Ale und ermunterte uns, wir sollten uns satt essen, obwohl nicht zu übersehen war, daß er wünschte, wir würden uns beeilen. Danach überließ er uns unserem Abendbrot und stieg mit seinem Schankkellner in den Keller hinunter, um sich um seine Fässer zu kümmern.

Ich war dankbar, daß jetzt genug Zeit verstrichen und Martin Fletcher wohl nicht mehr so brennend daran interessiert war, etwas über meine Freundschaft mit Grizelda zu erfahren, denn ich wollte nicht darüber sprechen. Statt dessen unterhielten er und seine Freunde mich mit Schnurren aus ihrem Leben als umherziehende Gaukler.

«Der Sommer ist die beste Zeit», sagte Martin, und die beiden anderen nickten nachdrücklich. «Es geht von Dorf zu

Dorf, von Stadt zu Stadt, die Sonne scheint, und die Leute kommen aus den Häusern gerannt, um uns zu begrüßen, das ist manchmal genauso befriedigend wie das Geld, das wir verdienen. Aber das allerbeste sind Märkte, besonders die großen, wie St. Bartholomew's Fair in London. Alle sind da. Man trifft die alten Freunde, hört den ganzen Klatsch und alle Neuigkeiten, erfährt, wie sie über den Winter gekommen sind, ob sie ein Dach über dem Kopf hatten, und so weiter.»

«Ich mag die feinen Ladys», warf Luke mit vollem Mund ein. «Auf den Märkten gibt es immer eine ganze Menge; sie gucken nach Seiden und Samt und Bändern, um ihr Geld loszuwerden. Und dazwischen bleiben sie stehen und schauen den *Jongleurs* und Gauklern zu. Einmal hat mir eine Lady eine Goldmünze zugeworfen. Eine sehr schöne Lady. Das nächste Mal an St. Bartholomew's muß es drei Jahre hersein. Ich habe es nie vergessen, weil jemand gesagt hat, es wär die Herzogin von Gloucester, die mit ihrem Gemahl aus dem Norden auf Besuch gekommen war. Sie waren noch nicht lange verheiratet, ein paar Monate schätze ich. Ihr Sohn, der kleine Prinz Edward, war jedenfalls noch nicht geboren. Ob es stimmt oder nicht, weiß ich nicht, aber jemand hat ganz bestimmt gesagt, das wär die Herzogin Anne, und sie hat mir Gold gegeben.»

Weil sie sich mir anvertraut hatten, erzählte auch ich ihnen ein paar meiner Abenteuer, die ich erlebt hatte, seit ich umherziehender Händler war, aber keine wichtigen Dinge, nur oberflächliche und unterhaltsame Geschichten. Ich war zu müde und die Stunde zu weit fortgeschritten, um über etwas anderes zu sprechen. Der Wirt kam aus dem Keller und lungerte bei uns herum, wartete darauf, daß wir gingen. Wir verstanden den Wink, bezahlten, was wir schuldig waren, und brachen auf.

Es hatte nicht geregnet, die Wolken zogen nach Süden ab, der Himmel über uns war klar und bestirnt. Das Mondlicht zeigte uns einen Pfad, der von St. Peter's Quay hinaufführte.

Die Schatten der Baumstämme legten sich wie ein Querrippenmuster vor uns über den Weg. Der Gauklerwagen stand auf holprigem Grund unweit von Großmutter Praules Cottage im Schutz eines Dornengestrüpps. Martin Fletcher und seine beiden Gefährten kletterten unter die Segeltuchplane; sie machten sich nicht einmal die Mühe, die Schuhe auszuziehen, bevor sie sich auf dem Durcheinander aus Bettzeug und Kostümen ausstreckten. Ich nahm an, sie würden sehr bald tot sein für die Welt, Müdigkeit und das Ale, das wir in Matt's Tavern getrunken hatten, würden ihnen einen ungestörten Schlaf bescheren.

Großmutter Praule hatte das Cottage wie versprochen offengelassen, und ich hörte sie schnarchen, als ich eintrat. Bridget war nirgends zu sehen; sie hatte ein oft geflicktes und gestopftes Laken dekorativ über eine Leine gehängt, die sie von einer Wand zur anderen gezogen hatte. Ihr Strohsack war jedoch einladend aufgeschüttelt und mit sauberer Wäsche frisch bezogen. Vorsichtig schloß ich die Riegel, verstaute Packen und Knüppel in der Nähe der Tür und taumelte dankbar ins Bett. Auch ich würde gut schlafen.

- - -

Sechzehntes   Ich rührte mich die ganze Nacht nicht und
Kapitel   erwachte kurz nach Tagesanbruch vom
    weit entfernten Krähen eines Hahns. Hinter den Augen, die sich nur widerwillig gegen das blasse Licht öffneten und sofort so schnell wie möglich wieder schlossen, fühlte ich einen dumpfen Schmerz. Im Mund hatte ich einen Geschmack, als hätte ich Schweinefutter gegessen, und wenn ich mich rührte, scharrten meine Bartstoppeln über das Laken auf dem Strohsack. Ich hatte am

Abend vorher mehr getrunken, als mir bewußt gewesen war, und vermutete, daß Martin Fletcher und seine beiden Freunde sich genauso schlecht fühlten wie ich. Sie konnten es sich jedoch leisten, in ihrem Wagen noch ein bißchen länger zu schlafen. Ich hingegen mußte sofort aufstehen, denn ich hörte auf der anderen Seite des provisorischen Vorhangs raschelnde Geräusche, die mir verrieten, daß Bridget schon wach war und sich regte. Großmutter Praule auch, denn im nächsten Augenblick wurde ein vertrautes, wenn auch unterdrücktes gackerndes Lachen laut.

Ich stand auf, versuchte den Schmerz in meinem Kopf zu ignorieren und zog Stiefel und Tunika an. Ich säuberte mir die Zähne mit Weidenrinde, nahm einen von den Beinkämmen aus meinem Packen und fuhr mir schnell durch das Haar. Rasieren konnte ich mich erst, wenn Bridget ein bißchen Wasser heiß gemacht haben würde. Manchmal fragte ich mich, ob es nicht einfacher wäre, wenn ich mir einen Bart stehenließe. Da ich ein menschliches Bedürfnis spürte, entriegelte ich die Tür und ging um das Cottage herum nach hinten.

Es regnete leicht; es war aber nicht das feine, dichte Nieseln, das gestern nachmittag wie ein Bahrtuch den fernen Horizont verhüllt hatte, sondern ein heller Frühlingsregen, der bald der Sonne weichen würde. Fragmente blauen Himmels waren schon zwischen den Wolken zu sehen und versprachen wieder einen schönen, warmen Tag. Nach ein paar Minuten ging ich ins Cottage zurück. Bridget und ihre Großmutter waren inzwischen aufgestanden und angezogen, und Bridget fachte das Feuer in der Feuerstelle an. Neben ihr stand ein Ledereimer, mit dem sie aus dem Brunnen, der ein Stück über dem Cottage auf dem Hügel lag, Wasser holen wollte.

«Laßt mich das machen», sagte ich und griff nach dem Eimer.

Kaum hatte ich ausgesprochen, klopfte jemand heftig an

die Tür des Cottage. Eine Stimme, die ich als die von Peter Coucheneed erkannte, rief beschwörend: «Roger! Roger Chapman! Seid Ihr da drin, Mann?»

«Kommt rein!» rief ich. «Die Tür ist nicht verriegelt.»

«Oh, oh!» jubelte Großmutter Praule. «Was für eine Aufregung! Was ist denn los?»

Die Tür ging auf, und Peter Coucheneed stürzte herein, vergaß, sich zu bücken, und knallte mit der hohen, gewölbten Stirn gegen den oberen Türsturz. Er war aber so durcheinander, daß er es kaum zu merken schien. Sein Gesicht war aschgrau, das wenige Haar, das er noch sein eigen nannte, stand ihm in die Höhe, seine Kleider, in denen er ja geschlafen hatte, waren völlig zerdrückt. Eine Wange war blutverschmiert, und auf der Brust seiner Tunika war ein zweiter dunkler Blutfleck. Auch seine Hände waren blutig. Großmutter Praule kreischte entsetzt, und Bridget sah aus, als fiele sie gleich in Ohnmacht. Ich stellte den Eimer ab und führte sie zu einem Hocker. Dann wandte ich mich wieder zu Peter um.

«Was, in Gottes Namen, ist geschehen? Wo seid Ihr verletzt?»

«Nicht ich! Nicht ich!» stieß er hervor, als die Zunge ihm wieder gehorchte. «Martin und Luke, beide ermordet – im Schlaf ermordet.» Er hob eine blutige Hand und fuhr sich mit einer entsprechenden Geste quer über den Hals. «Man hat ihnen die Kehle durchgeschnitten.»

Großmutter Praule schrie wieder auf, aber sie war aus härterem Holz geschnitzt als ihre Enkelin, die leise stöhnend vom Hocker glitt und bewußtlos zu Boden fiel.

«Das waren diese gottlosen Banditen!» jammerte Großmutter Praule, kniete nieder und nahm das Mädchen in die Arme. «Komm zu dir, Kind! Wach auf! Das ist jetzt nicht die richtige Zeit, um ohnmächtig zu werden. Jemand muß den Sheriff holen. Was für ein Glück, daß er gerade in der Stadt ist.»

«Ich gehe», sagte ich, aber die Großmutter schüttelte den

Kopf. Sie ließ Bridgets schlaffe Gestalt unsanft auf den gestampften Lehmboden zurückfallen und rappelte sich erstaunlich flink auf.

«Ihr geht mit dem armen Jungen zum Wagen», befahl sie mir, nahm einen rostig verfärbten schwarzen Umhang von einem Nagel neben der Tür und legte sich ihn um die Schultern. «Wartet bei ihm, bis ich wiederkomme.» Sie sah den besorgten Blick, den ich auf Bridget warf, und fügte ungeduldig hinzu: «Laßt das alberne Kind nur. Wir können uns in einer solchen Zeit nicht mit ihren Launen abgeben. Sie wird schon wieder zu sich kommen, wenn Ihr sie nicht beachtet.» Und mit dieser herzlosen Erklärung schoß sie zur Tür hinaus und wieselte den Hügel hinauf, bevor ich sie zurückhalten konnte.

Peter Coucheneed zitterte von Kopf bis Fuß, also suchte ich einen Krug mit Großmutters Pflaumenwein und schenkte uns beiden ein ordentliches Maß ein. Es war ein kräftiges Gebräu. Ein wenig Farbe kehrte in seine Wangen zurück, und seine zitternden Hände wurden etwas ruhiger. Inzwischen begann Bridget sich auch zu rühren, und ich konnte sie mit seiner Hilfe bequem auf Großmutters Lager betten, bevor wir das Cottage verließen.

Der Wagen stand ungefähr hundert Yards weiter südlich, nicht weit von St. Peter's Quay, im Schutz einiger Sträucher, die den Cherry-Cross-Besitz einfriedeten. Noch immer war es nicht ganz hell, und nur wenige Leute waren unterwegs. Noch hatte niemand von der neuen Katastrophe erfahren, daher interessierte sich im Augenblick auch niemand für den Gauklerwagen. Er stand still da, die Deichsel leer, das Maultier knabberte ein Stück entfernt zufrieden am Gras. Als wir näher kamen, blieb Peter Coucheneed stehen und ergriff meinen Arm.

«Ihr müßt Euch vorbereiten», begann er, konnte aber nicht weitersprechen, die Stimme blieb ihm im Hals stecken vor Entsetzen, in seinen Augen glänzten ungeweinte Tränen.

Ich klopfte ihm beruhigend auf die Hand. «Ich verstehe», flüsterte ich; die Schultern straffend, wappnete ich mich gegen das, was ich gleich zu sehen bekommen würde.

Ich blickte in den offenen hinteren Teil des Wagens, wo ausgestreckt zwei Gestalten lagen. Die über den Weidenrahmen gespannte Plane warf einen Schatten, so daß es im schwachen Licht zuerst so aussah, als schliefen die beiden Männer noch, doch der süßliche Blutgeruch nahm einem diese Illusion sehr schnell. Als ich mich in den Wagen hineinbeugte, sah ich, daß der Kopf von Martin Fletcher in einem merkwürdigen Winkel zu seinem Körper lag und die unbedeckte Kehle fast schwarz war, genauso wie die steife Vorderseite seines Hemdes und seiner Tunika. Das Bettzeug und der Haufen Kostüme unter ihm hatten auch dunkle Flecken. Die auf dem Rücken liegende Gestalt von Luke Hollis sah genauso aus. Wie Martin hatte auch er sich mit den Füßen in Fahrtrichtung ausgestreckt. Ich berührte nacheinander den Hals eines jeden, und als ich die Finger wegnahm, klebte stockendes Blut daran. Mich schauderte.

«Wo habt *Ihr* geschlafen?» fragte ich Peter Coucheneed, obwohl ich die Antwort zu kennen glaubte.

«Vorn, hinter dem Kutschbock, quer zu ihren Füßen. Nicht so leicht zu erreichen. Das hat mir wahrscheinlich das Leben gerettet.»

Ich brummte nur, antwortete aber nicht. Wer Martin Fletcher und Luke Hollis auch getötet haben mochte, er hatte es leicht gehabt. Die Hinterseite des Wagens war völlig ungeschützt, die Köpfe beider Männer hatten zum Heck des Wagens gezeigt, beide hatten, von Ale berauscht, tief geschlafen, nichts hätte sie so leicht wecken können. Und deshalb hatten vermutlich auch beide, um leichter atmen zu können, auf dem Rücken gelegen. Der lautlose Mörder hatte es nicht schwer gehabt, den Kopf eines jeden Mannes anzuheben und ihm die Kehle durchzuschneiden. Eine mühelose Sache. Doch nachdem er zwei umgebracht und niemand Alarm geschlagen hatte, wäre es für ihn bestimmt auch nicht mühsamer gewesen, um den Wagen herum nach vorn zu gehen und den dritten Mann zu erledigen. Wenn Peter Coucheneed verschont geblieben war, lag es gewiß nicht an seinem Schlafplatz im Wagen.

Die nächste Frage, die sich mir stellte, war, warum die beiden Männer überhaupt umgebracht worden waren. Ich fragte, ob der Mörder etwas gestohlen hatte.

Peter Coucheneed schüttelte den Kopf. «Nein, nichts. Was hätten wir denn auch, das zu stehlen sich gelohnt hätte? Aber brauchen Wolfsschädel einen Grund für das, was sie tun? Der Mord an unschuldigen Menschen ist doch nur Sport für sie.»

Diesen Standpunkt teilten die meisten Bürger der Stadt, als sich die Nachricht mit Windeseile unter ihnen verbreitete. Der Sheriff, der damit beschäftigt war, im Vorhof des Klosters sein Aufgebot zusammenzustellen, hatte zuviel zu tun, um selbst zu kommen, schickte in Vertretung aber einen seiner Sergeants, der nicht zögerte, diese beiden letzten Mordtaten den Banditen zuzuschreiben. Etwa eine Stunde vor Sonnenaufgang war die Nachricht gekommen, daß eine Farm und mehrere Kleingehöfte in der Pfarre Berry Pomeroy geplündert worden waren. Es war offensichtlich, daß die Banditen auf dem Rückweg in ihr Versteck zufällig den Gauklerwagen gesehen und ihren Blutdurst gestillt hatten, indem sie die beiden Schlafenden umbrachten.

Das jedenfalls war der Schluß, den der Sergeant zog und der von allen eifrig übernommen wurde, die sich, vom Geruch des Todes und der Zerstörung angezogen, wie immer bei Cherry Cross eingefunden hatten. In einer halben Stunde würde dieses Urteil in aller Munde sein und wie ein Evangelium wiederholt werden, ohne daß jemand nach einer anderen Erklärung gesucht hätte oder es für nötig hielt, danach zu suchen. In der Stadt und vor den Stadtmauern kam allgemeine Hysterie auf, denn wenn es den Banditen auch noch nicht gelungen war, in die Stadt einzudringen, so waren sie anscheinend doch sehr nahe daran gewesen; zu nahe für den Seelenfrieden und die Ruhe der Menschen.

Ich ließ Peter Coucheneed in der Obhut von Großmutter Praule und Bridget zurück, die sich jetzt im Mittelpunkt des Interesses wiederfand, denn unaufhörlich strömten die Besucher herein, um sich nach ihr und ihrem Gast zu erkundigen. Vier der kräftigsten Klosterbrüder karrten die beiden Toten weg, und ich begleitete auf Peters Ersuchen hin die Totenbahren.

In der Stadt herrschte fieberhafte Geschäftigkeit. Nach der Menge zu schließen, die sich in den Straßen drängte, war kaum jemand im Haus geblieben, außer den sehr Alten und sehr kleinen Kindern. Die Nachricht von dieser letzten Bluttat hatte so manchen kräftigen Mann, der sonst gezögert hätte, lange Tage im Sattel zu sitzen und über Stock und Stein zu reiten, dazu gebracht, sich dem Aufgebot des Sheriffs anzuschließen. Ich sah Thomas Cozin im Sattel eines feurigen Braunen, von seiner Frau und seinen Töchtern, die flehentlich an seinen Steigbügeln hingen, beschworen, doch von dem gefährlichen Unternehmen abzulassen. Der Sheriff teilte seine Freiwilligen in Gruppen auf und unterstellte jede dem Befehl eines Sergeants. Pläne wurden gezeichnet, die festlegten, wo jede einzelne Kompanie operieren sollte, damit ein möglichst großes Gebiet erfaßt wurde.

Ich sorgte dafür, daß die Leichen von Martin Fletcher und Luke Hollis in die Leichenhalle des Klosters gebracht wurden, und überließ sie dann den Mönchen. Während ich mich durch die im Vorhof versammelte Menge drängte, sprach mich plötzlich Oliver Cozin an. Er war zu Fuß und gehörte offensichtlich nicht zum Aufgebot. Er schien verärgert.

«Master Chapman, ich bin froh, Euch zu sehen. Ihr habt einiges zu erklären, Sir, meint Ihr nicht auch? Den Schaden am Besitz meines Klienten.»

Ich war verwirrt, in diesem Augenblick konnte ich wirk-

- 217 -

lich an nichts anderes denken als an den Tod meiner Freunde. Denn in der kurzen Zeit, die ich sie gekannt hatte, waren sie meine Freunde geworden; und Martin Fletcher hatte wegen der Ähnlichkeit mit seinem Bruder rasch einen besonderen Platz in meinem Herzen eingenommen.

«Schaden?» fragte ich verständnislos. «Was für ein Schaden?»

«Spielt nicht den Unschuldigen, Junge!» lautete die scharfe Antwort. «Ich spreche von der Galerie, die jetzt in Trümmern liegt, weil Ihr mit Euren schweren Füßen so unvorsichtig darauf herumgetrampelt seid. Mistress Harbourne sagt, der Boden sei mit Euch durchgebrochen.»

«Das hat sie Euch erzählt?» fragte ich und fühlte mich verraten.

«Sie hat es Master Colet gesagt, als er den Schaden sah, denn sie war der Meinung, daß man sie nicht für etwas verantwortlich machen sollte, das sie nicht verschuldet hatte.»

«Das Holz war verfault», antwortete ich trotzig und fragte mich zugleich, was Grizelda noch preisgegeben haben mochte.

«Sehr wahrscheinlich», antwortete der Anwalt streng, «aber Ihr hättet mich von dem Schaden unterrichten müssen, als ich gestern morgen bei Euch war, es war falsch, sich Mistress Harbourne anzuvertrauen.»

Ich war nicht in der Stimmung für seine Vorwürfe. «Wenn Master Colet glaubt, daß ich den Schaden bezahlen werde, kann er sich den Gedanken aus dem Kopf schlagen. Ich habe ihm und Euch einen Gefallen getan und in dem Haus geschlafen und wurde mir nichts, dir nichts hinausgeworfen, als meine Dienste nicht mehr benötigt wurden. Guten Tag, Sir.» Ich drehte mich um und wollte weitergehen.

Oliver Cozin hielt mich am Ärmel fest. Sein Ton war noch immer frostig, aber seine Worte klangen ein bißchen versöhnlicher.

«Ich habe nichts von Bezahlung erwähnt, Master Chapman. Aber mein Klient und ich hätten ein bißchen mehr Aufrichtigkeit zu schätzen gewußt.» Er holte tief Atem und zwang sich, noch ein wenig freundlicher zu sein. «Ich bin entsetzt über diese furchtbaren Morde. Soviel ich weiß, habt Ihr Euch mit den Gauklern angefreundet, als sie gestern abend in die Stadt kamen. Einer von ihnen hat, wie ich erfahren habe, einen Bruder, der Mönch in Glastonbury ist und den Ihr gekannt habt, als Ihr selbst dort Novize wart?»

Die letzten Worte endeten mit dem Tonfall einer Frage, als könne er nicht recht glauben, daß ich einmal eine so respektable Berufung angestrebt hatte. Ich neigte zustimmend den Kopf, und der Anwalt fuhr mit überraschender Wärme fort: «Dann wollen wir hoffen, daß der Lord Sheriff und die guten Männer dieser Stadt mit ihrer Jagd Erfolg haben. Ruchlose Verbrechen wie dieses dürfen nicht geduldet werden. Obwohl es von einigen», fügte er hinzu und blickte besorgt zu seinem Bruder hinüber, «eine unverzeihliche Torheit ist, mit dem Aufgebot zu reiten. Guten Tag, Master Chapman.» Und er machte auf dem Absatz kehrt und drängte sich, seine Ellenbogen zu Hilfe nehmend, zu Thomas durch.

In eine Ecke des Klostervorhofs abgedrängt, blieb ich stehen und sah ihm nach. Ich hatte das Gefühl, daß jede Untat, die sich in letzter Zeit in der guten Stadt Totnes ereignet hatte, den Banditen in die Schuhe geschoben wurde. Man zog eine andere Erklärung nicht einmal mehr in Betracht, so stark beherrschte die Anwesenheit der Wolfsschädel im Bezirk das Denken der Leute. In der Hektik, die ich überall um mich herum beobachtete, spürte ich die unterschwellige Angst, die durch die grauenhafte Entdeckung von heute morgen noch gesteigert worden war. Niemand konnte bestreiten, daß die Räuber Verbrecher waren, die mordeten, plünderten und brandschatzten, doch deshalb waren sie noch lange nicht für alle Missetaten verantwortlich, die in der Umgebung begangen wurden. Warum sollten sie sich in der vergangenen Nacht mit sinnlosem Mord aufgehalten haben, bei dem nichts, aber auch gar nichts zu holen war? Das ergab keinen Sinn. Noch dazu mit dem Mord an zwei umherziehenden Gauklern, so arm und so heimatlos wie die Banditen selbst, für die sie, falls solche Männer überhaupt Gefühle hatten, vielleicht heimliche Sympathie empfunden hätten.

Ich dachte an den Brand von Grizeldas Cottage. Sie hatte behauptet, es sei ein Racheakt der Banditen gewesen, und sie konnte recht haben. Doch in derselben Nacht hatten sie die entlegenen Heimstätten bei Dartington überfallen. Warum sollten sie, mit der Beute ihres Raubzugs zufrieden, einen so großen Umweg machen, um kleinliche Rache zu üben? Dann war da der Mord an Andrew und Mary Skelton. Erst vor drei Tagen, als ich die Geschichte zum erstenmal gehört hatte, hatten nicht wenige Leute an der Schuld der Banditen gezweifelt, aber dieser Verdacht war jetzt vergessen, als ungerecht verworfen nach den Ereignissen der beiden letzten Nächte. Dennoch gab es für meinen Geschmack noch zu viele offene Fragen zu diesem besonderen Verbrechen. Und was andere auch denken mochten, ich wußte, daß jemand versucht hatte, mich zum Krüppel zu machen oder zu töten; jemand, der die Stimme eines Kindes nachahmen konnte; jemand, der Angst davor hatte, daß ich über die Wahrheit stolpern könnte.

Aber wo lag die Wahrheit? Meine Gedanken schlugen einen Kreis und hielten wieder einmal bei der Zeugenaussage von Bridget Praule, Agatha Tenter und Master Thomas Cozin, daß Eudo Colet nicht zu Hause gewesen war, als die Kinder verschwanden. Daß sie dagewesen waren, als er ging, aber nicht mehr da waren, als er wiederkam. Er hatte keine Gelegenheit gehabt, sie zu verletzen.

Plötzlich leerte sich der Vorhof des Klosters, als sich das Aufgebot mit dem Sheriff an der Spitze in Bewegung setzte. Im nächsten Moment war ich allein mit den anderen Zuschauern und sah, wie Oliver Cozin seiner Schwägerin tröstend den Arm um die Schultern legte. Die drei Mädchen suchten beieinander Trost, als sie und viele andere sich in die

Kirche begaben, um zu beten. Ich ging bis zur Vorhalle mit ihnen, dann aber weiter, die High Street entlang, und bog schließlich hügelabwärts nach links zum Osttor ab.

Großmutter Praule machte über dem Feuer Wasser für mich heiß, und nachdem ich mich rasiert hatte, bestand sie darauf, daß ich mich zum Frühstück setzte.

«Auf einen Schreck wie diesen muß man etwas essen, Junge», sagte sie, briet mir in einem Tiegel ein Stück Speck und brach aus dem Tontopf, der in einer Ecke stand, einen Kanten Häckselbrot ab. Sie warf ihrer Enkelin, die neben Peter Coucheneed saß und ihm die Hand hielt, einen verächt-lichen, wenn auch liebevollen Blick zu. «Ich habe», sagte sie, die zahnlosen Kiefer ärgerlich zusammenpressend, «keine Ge-duld mit Leuten, die bei jeder kleinen Schwierigkeit umfallen wie Bäume im Sturm. Wenn der Herrgott beabsichtigt hätte, uns hier auf Erden in Seligkeit leben zu lassen, hätte er das Jenseits nicht erschaffen müssen. Reiß dich zusammen, Mäd-chen, und bring dem armen Kerl neben dir noch einen Becher von meinem Pflaumenwein. Ich meine, er braucht ihn. Er sieht so aus.»

Mein Protest, daß ich ihr und Bridget das Essen wegnahm, stieß bei Großmutter auf taube Ohren, und als ich ihr anbot zu bezahlen, öffneten sich die Schleusen ihres Zorns und ergos-sen sich über mein Haupt. Als sie jung war, erklärte sie mir streng, hatten Reisende ein Recht zu erwarten, daß sie von jenen ernährt wurden, die es sich leisten konnten – ganz be-sonders solche Reisenden, denen ein Unglück widerfahren war. Sie stach mit dem Messer in den brutzelnden Speck und legte ihn schwungvoll auf den Teller, den ich auf den Knien hielt, drückte dann mit der flachen Klinge darauf, so daß das Fett herausrann und vom Brot aufgesaugt wurde. Für diese kleine Geste war ich dankbar, denn ich hatte dieses derbe Brot mit seiner Mischung aus Erbsen, Bohnen und Häcksel immer ungenießbar gefunden.

Als ich gegessen hatte, nahm ich vorsichtig Peter Coucheneeds Arm und zwang ihn aufzustehen.

«Kommt mit hinaus», sagte ich, «die Luft wird Euch gut-
tun.»

Er folgte mir sanftmütig wie jemand, der die Fähigkeit verloren hatte, selbst zu denken, und nur noch tat, was man ihm
sagte.

«Was werdet Ihr jetzt tun?» fragte ich ihn. «Trotz Eures
Kummers müssen wir auch daran denken, und je früher, um so
besser. Wie lange wart ihr drei zusammen?»

Er straffte sich ein bißchen und rieb sich die Stirn, wie jemand, der aus einem Traum erwachte.

«Einen Monat», antwortete er, «vielleicht sechs Wochen,
höchstens. Ich habe die beiden auf der Straße hinter South-
amptom getroffen, wo sie den Winter verbracht hatten, und
Martin hat vorgeschlagen, daß ich mich ihnen anschließen
soll.»

«Ah!» Das überraschte mich. «Ich dachte, ihr drei wärt
schon seit langem befreundet gewesen.»

Peter schüttelte den Kopf. «Nein. Martin und Luke kannten sich von Kindesbeinen an und hatten die Truppe ihrer Eltern verlassen, um sich selbständig zu machen, was wir alle
einmal tun müssen. Aber ich war ihnen fremd, bis wir uns bei
der Romsey-Abtei begegneten. Es war Martin, der sofort sah,
daß ich, lang, dünn und kahl, das perfekte Gegenstück von
Luke sein würde, der, wie Ihr gesehen habt, klein und dick
und mit mehr Haar gesegnet war, als ein Mann braucht.» Er
lächelte schief. «‹Als Paar werdet ihr die Leute überall zum
Lachen bringen›, hat Martin gesagt, und er hatte recht. Die
Leute brauchten uns nur zu sehen, und schon gab es Gelächter.» Peters Augen füllten sich mit Tränen, die ihm über die
Wangen liefen, und sein ganzer Körper wurde von heftigem
Schluchzen geschüttelt. «Ich dachte, ich hätte eine Familie gefunden, die meine eigene ersetzen konnte. Die ist nämlich
eines Sommers samt und sonders an der Pest gestorben. Aber

jetzt bin ich wieder allein. Heiliger Himmel! Warum sind wir bloß in diese verfluchte Stadt gekommen? Hätten wir nur früher von den Banditen erfahren!»

Ich umarmte ihn und drückte ihn an mich, aber ich schäme mich zuzugeben, daß ich ihm diesen Trost ziemlich zerstreut spendete. Ich war tief in Gedanken.

War es einfach nur Zufall, daß die beiden Männer, die sich von Kind an kannten, die ihr Leben lang zusammengewesen waren, diesem mörderischen Angriff zum Opfer fielen, während der Neuling, der erst seit sechs Wochen bei ihnen war, unverletzt entkam? Oder gab es einen tieferen, unheilvolleren Grund? Dann erinnerte ich mich an das Gespräch, das ich mit Oliver Cozin geführt hatte, und erstarrte...

Ich merkte, daß Peter mir eine Frage stellte.

«Was soll ich mit dem Wagen machen? Er hat Martin und Luke gehört, aber es wäre jammerschade, ihn hier stehen- und verkommen zu lassen. Martin hat Familie – einen Bruder...»

«Nick wird keinen Anspruch darauf erheben, da könnt Ihr überzeugt sein», antwortete ich bewußt fröhlich. «Und wo Martins und Lukes übrige Familienmitglieder zerstreut sind, ahne ich genausowenig wie Ihr. Nehmt den Wagen, benutzt ihn selbst. Ich bin sicher, es wäre der Wunsch der beiden, wenn wir sie nur fragen könnten. Und wer hier in der Gegend weiß genug, um Euch Euer Recht streitig zu machen?»

Er lächelte dankbar, denn mein Rat war genau das, was er hören wollte.

«Dann werde ich in ein, zwei Tagen aufbrechen, sobald Martin und Luke anständig begraben sind. Glaubt Ihr, Dame Praule würde mich für ein paar Tage aufnehmen? Ich habe ein bißchen Geld und könnte bezahlen.»

«Fragt sie auf jeden Fall», sagte ich, froh, daß seine Gedanken sich wieder zum Positiven wandten. «Sie wird bestimmt einverstanden sein. Mehr noch, sie wird Euch helfen, die Matratze und die Kostüme zu säubern. Frauen können so etwas.

Meine Mutter, Gott hab sie selig, wußte Mittelchen gegen jede Art von Fleck, obwohl sie immer gesagt hat, bei Blut sei es besonders schwer.»

Als ich das Wort «Blut» aussprach, begann er wieder am ganzen Leib zu zittern, deshalb begleitete ich ihn zurück ins Cottage und brachte an seiner Statt seine Bitte vor. Nicht daß Großmutter Praule lange überredet werden mußte. Sie war entzückt über jede Abwechslung in ihrem eintönigen Leben, besonders eine, die ihr bei den Nachbarn großes Ansehen verleihen würde. Und Bridget freute sich über die Aussicht, ein bißchen Geld zu bekommen.

«Die Matratze und die Kleider bringen wir an den Fluß hinunter, zur Furt, und halten sie unter das fließende Wasser», sagte Großmutter Praule. «Nichts hilft gegen Blut so gut wie kaltes, fließendes Wasser.» Sie tätschelte Peter Coucheneeds Arm. «Aber, aber, Junge, nimm's dir nicht so zu Herzen. Wir müssen praktisch denken, und es wäre eine Schande, die guten Sachen wegzuwerfen oder zu verbrennen. Nein, nein. Ein bißchen Zeit und ein bißchen Geduld, und wir haben sie so gut wie neu.»

Da ich Peter in guten Händen wußte, nahm ich Packen und Knüppel auf.

«Ich muß gehen, habe eine Menge zu tun.»

Großmutter Praule seufzte. «Ihr geht fort von hier, nehme ich an. Müßt Euren Lebensunterhalt verdienen.» Sie bot mir ihre runzligen Lippen zum Kuß. «Paßt auf Euch auf, Junge. Da draußen auf den Straßen ist es gefährlich. Wohin wollt Ihr?»

«Nach London», antwortete ich. «Dort gibt es jemanden, mit dem ich sprechen muß. Eine Frau.» Großmutter schnaubte verächtlich. «Ihr irrt Euch», sagte ich. «Es ist weder eine Liebste noch eine Buhle. Tatsächlich habe ich die Lady noch nie gesehen. Ich bleibe ein paar Wochen fort, komme dann aber wieder. Das aber ist nur für Eure Ohren bestimmt. Sollte jemand nach mir fragen, *egal wer,* versteht Ihr, dann sagt Ihr, ich habe Totnes verlassen und setze meine Reise fort.»

Großmutter Praule musterte mich aus hellen, klugen Augen.

«Ihr könnt Euch auf mich verlassen», versprach sie. «Aber Ihr habt etwas vor und könnt mir nicht mehr sagen. Los, los, fort mit Euch, doch denkt daran, was ich gesagt habe. Paßt auf Euch auf.»

- - -

Siebzehntes Bevor ich Totnes verließ, stieg ich noch
Kapitel einmal den Hügel hinauf zum Osttor. Der
Torwächter machte ein resigniertes Ge-
sicht, als er mich sah.

«Was ist es diesmal?» Er seufzte. «Oder irre ich mich, und Ihr habt aufgehört, Fragen zu stellen?»

«Meine Mutter hat immer gesagt, ich hätte die längste und neugierigste Nase im christlichen Abendland», entschuldigte ich mich. «Eine Antwort noch, wenn Ihr wollt, dann bin ich fertig.»

Er zuckte mit den Schultern. «Wenn ich sie weiß. In Ordnung.»

«Als der Sheriff und seine Männer gestern abend eintrafen, gingen die Gaukler und ich gerade zum Tor hinaus.» Der Torwächter nickte. «Ich hätte geschworen, wir wären die letzten gewesen, bevor das Tor geschlossen wurde, doch muß ich zugeben, ich habe nicht zurückgeblickt. War noch jemand hinter uns?»

«Also, das könnte ich wirklich nicht sagen.» Der Mann schob die Unterlippe vor. «Ich erinnere mich an Euch, denn ein Wagen ist ein sperriges Ding, so klein und leicht er auch

- 225 -

sein mag, und bleibt im Gedächtnis haften. Ich habe das Haupttor hinter Euch geschlossen, aber jemand hätte durch die Seitentür schlüpfen können, ohne daß ich es gemerkt hätte. Die habe ich erst ein paar Minuten später gesichert. Ja, es ist durchaus möglich, daß ein Fußgänger noch hinausgegangen ist und ich ihn nicht gesehen habe.»

«Danke.» Ich lüftete meine Mütze. «Ich werde für Euch und die Euren beten. Und jetzt mache ich mich wieder auf den Weg, um meine Waren zu verkaufen.»

«Ihr verlaßt uns, ja?» Der Torwächter verzog die Mundwinkel nach unten. «Kann nicht behaupten, daß ich Euch das übelnehme. Allmählich wird es hier herum zu gefährlich für alle, die nicht bleiben müssen. Ich jedenfalls würde nicht bleiben, wenn ich ein Fremder wäre. Zuerst werden die beiden unschuldigen Kinder ermordet, dann wird Grizelda Harbournes Cottage gebrandschatzt und ein armer Waldläufer zu Zunder verkohlt, und jetzt wurden noch zwei jungen Männern im Schlaf die Kehlen durchgeschnitten. Wir leben in wilden Zeiten, das sag ich Euch, während unsere Oberen sich wie streunende Hunde darum streiten, wer die Krone tragen soll. Totnes war immer eine gesetzestreue Stadt, und nun haben wir drei Morde in drei Monaten und den letzten direkt vor unserer Haustür. Also, ich an Eurer Stelle würde auch machen, daß ich wegkomme. Beten wir, daß der Lord Sheriff und sein Aufgebot diese Wolfsschädel in ihrer Höhle aufspüren und ausräuchern können.»

Ich stimmte ihm von ganzem Herzen zu, dankte ihm noch einmal für seine Geduld und rückte mir meinen Packen auf den Schultern zurecht, indem ich das Gewicht ein bißchen von links nach rechts verlagerte. Dann brach ich endgültig auf und nahm die Straße nach Exeter unter die Füße, die ich schon gestern gegangen war und die um das Kloster herum- und am Rand der Gezeitenmarsch entlangführte.

Der Morgen hatte sein Versprechen gehalten und uns einen schönen, warmen Tag beschert. Überall um mich

- 226 -

herum gab es Anzeichen, daß der Frühling zu einem frühen
Sommer aufblühte; doch es bedurfte nur eines scharfen Fro-
stes, und die knospenden Triebe würden schwarz und jäm-
merlich welken. Zuviel Sonne zu früh im Jahr war nicht immer ein Segen.

Während ich leicht vorwärts schritt, gingen mir ununterbrochen die Worte des Torwächters im Kopf herum. «Zwei
unschuldige Kinder ermordet... Cottage gebrandschatzt...
Waldläufer zu Zunder verkohlt ... Kehlen im Schlaf durchgeschnitten ...» Und alle Verbrechen ohne Zögern den
Banditen zugeschrieben. Doch die beiden ersten hatten,
wenn auch nur lose, irgendwie mit der Person Grizelda Harbournes zu tun, und jedesmal hatte sie einen schweren Verlust erlitten. Ihr waren zwei Menschen genommen worden,
die sie liebte, dann ihr Heim und ihr Lebensunterhalt. Die
letzte Untat, dieser brutale Mord an Martin Fletcher und
Luke Hollis, schien auf den ersten Blick nicht mit den beiden
anderen zusammenzuhängen, und doch – und doch... War
es töricht von mir zu glauben, ich sähe eine Verbindung zwischen ihm und den anderen? Nun, ob töricht oder nicht,
diese Überzeugung hatte meine Füße auf die Straße nach
London gelenkt. Wenn ich recht hatte, würde ich in zwei
oder drei Wochen nach Totnes zurückkehren; wenn nicht,
würde ich die Sache auf sich beruhen lassen und nach Hause
gehen – nach Bristol.

War letzteres der Fall, würde ich Grizelda Harbourne
wahrscheinlich nie wiedersehen. Ich spürte ein leichtes Ziehen in der Herzgegend und aufrichtiges Bedauern, daß wir
uns nicht in allerbester Freundschaft getrennt hatten. Gleichzeitig durchströmte mich jedoch ein Gefühl wiedergewon-
nener Freiheit. Wie ich mir schon bei mehreren Gelegenhei-
ten gesagt hatte, war es noch zu früh nach Lillis' Tod, um
ernsthaft an eine andere Ehefrau zu denken, und ich glaubte
nicht, daß Grizelda sich mutwillig verführen lassen würde.
Sie besaß zuviel Anstand und Würde, glaubte zu sehr an Be-

stimmung, um sich irgendeinem Mann leichtfertig hinzu-
geben. Sie hatte recht gehabt, als sie am Abend vorher gesagt
hatte, sie sei nicht die richtige Frau für mich und wir paßten
nicht zusammen. Doch hatte sie zugegeben, selbst daran gedacht und den Gedanken nur nach sorgfältiger Überlegung
verworfen zu haben. Genau wie ich hatte sie die Anziehungskraft zwischen uns gespürt: die ältere Frau, der jüngere Mann – sehr oft das richtige Rezept für eine gute Ehe.
(Hatte es sich nicht im Fall unseres Königs bewährt, als er
die verwitwete Lady Grey heiratete, die fünf Jahre älter war
als er?) Doch am Ende hatte Grizelda wie ich erkannt, daß
ich zu einer neuen Bindung noch nicht bereit war; daß ich
noch eine Zeitlang allein bleiben mußte – dieses Alleinsein
brauchte. Wenn schon nichts anderes, dann mußte mein
kindischer Wutausbruch, meine Unfähigkeit, über mich
selbst zu lachen, die letzten Zweifel zerstreut haben, die sie
noch gehabt hatte. Jemanden, der noch so unreif war,
konnte sie nicht brauchen. Höchste Zeit, daß wir uns getrennt hatten.

Aber angenommen, ich *ging* nach Totnes zurück, angenommen, ich konnte beweisen, daß ihr Mißtrauen, ihre Abneigung gegen Eudo Colet berechtigt waren, was dann?
Könnte sich der Funke zwischen uns nicht wieder entfachen?
Andererseits, was war es eigentlich, was jeder von uns
wollte? Wie konnte ich das hier an Ort und Stelle sagen, da
das Ergebnis meiner Reise noch in den Sternen stand? Nur
Gott und die Zeit konnten die Antwort geben.

Der Nachmittag war schon fortgeschritten, als ich hinter mir
das Rumpeln von Wagenrädern hörte. Die Umstände erinnerten mich so stark an die Ereignisse des vergangenen Tages, daß
ich einen Moment stehenblieb und über die Schulter zurückblickte, aus Furcht, ein Phantom zu sehen. Aber als mich eine
bekannte Stimme anrief, drehte ich mich lächelnd um und begrüßte Jack Carter.

«Ihr verlaßt uns, wie?» fragte er, dem Sinn nach die Worte des Torwächters wiederholend. «Das ist sehr klug von Euch. Ich bringe diese Ladung Wollballen nach Exeter. Wenn Ihr so weit mit mir fahren wollt, leugne ich nicht, daß ich Euch für Eure Gesellschaft sehr dankbar wäre. Aber laßt Euch durch mich nicht davon abhalten, Eure Waren feilzubieten.»

«Ich fahr sehr gern mit Euch», sagte ich. «Heute will ich ohnehin nichts verkaufen, und ich wäre froh, bei Einbruch der Nacht in einem sicheren Hafen zu sein. Mehr noch, ich muß meinen Warenvorrat frisch auffüllen, was ich morgen in Exeter auf dem Markt tun werde.» Der Wagen hielt neben mir an. Ich warf Packen und Stock zwischen die Wollballen und kletterte zu Jack Carter hinauf. Er ruckte an den Zügeln, worauf die graue Stute sich behäbig in Bewegung setzte. «Ich wette, daß Ihr es nicht bedauert, ein oder zwei Nächte von Totnes abwesend zu sein?»

«Wie wahr, wie wahr.» Er berührte die Flanken der Stute leicht mit der Peitsche, und sie ging ein wenig schneller. «Normalerweise ist es eine friedliche Stadt, doch für meinen Geschmack hat es in den letzten Monaten zuviel Aufregung gegeben.»

«Seit die Banditen die Umgebung unsicher machen?»

Er nickte nachdrücklich. «Das stimmt. Vergangenes Jahr, kurz nach Michaeli, haben wir zum erstenmal von Diebstählen und Plünderungen in zwei umliegenden Dörfern gehört, und es ist immer schlimmer geworden.»

Ein paar Minuten blieb es still zwischen uns, während Jack seiner Stute einen schwierigen Hang hinaufhalf. Das arme Tier plagte sich so arg, daß ich mich verpflichtet fühlte, abzusteigen und neben dem Wagen herzugehen. Als ich jedoch wieder aufsitzen konnte, sagte ich: «Von allen Leuten in der Stadt scheint es Grizelda Harbourne am schlimmsten getroffen zu haben. Sie hat ihr Heim verloren, ihren Lebensunterhalt und zwei junge Verwandte, die sie sehr geliebt zu haben scheint.»

«O ja, sie hat wirklich Pech gehabt», räumte Jack ein. «Aber das Unglück klebt ihr schon ihr Leben lang an den Sohlen. Die Sterne müssen bei ihrer Geburt sehr ungünstig gestanden haben.»

«Ach, wirklich?» Ich beugte mich vor, faltete die Hände lose zwischen meinen Knien und wandte ihm fragend das Gesicht zu.

Die Stute trabte in gleichmäßigem Tempo über eine breite, flache, offene Ebene. Jack konnte in seiner Aufmerksamkeit ein wenig nachlassen. Wie die meisten Leute, die viele Stunden des Tages allein sind, freute auch er sich, zur Abwechslung ein bißchen schwatzen zu können. Und ich war ein dankbarer Zuhörer.

«Es ist wirklich so», sagte er. «Ihre Mutter starb, als Grizelda fast noch ein Kind war, höchstens neun oder zehn Jahre alt, in einer Zeit, in der Mädchen eine weibliche Hand am dringendsten brauchen. Und obwohl sie sich zu einer gutaussehenden Frau entwickelt hat, war sie früher ziemlich unscheinbar. Hatte ein fast männliches Gesicht, soweit ich mich erinnere, und bewegte sich auch wie ein Mann. Hatte weder weibliche Listen noch Tugenden. Und dann hat Sir Jasper, dessen Frau eine entfernte Cousine von Ralph Harbourne war, sie zur Gesellschaft seiner Tochter in sein Haus geholt.» Jack Carter lachte. «So hat er es zumindest genannt, aber Magd käme der Wahrheit näher. Hätte Mistress Rosamund einen anderen Charakter gehabt, wäre es nicht so schlimm gewesen, aber sie war verzogen, gemein und boshaft. Und um alles noch schlimmer zu machen, war sie so hübsch und so reich wie Grizelda unscheinbar und arm.»

«Aber Grizelda hat mir erzählt, sie und ihre Cousine seien die besten Freundinnen gewesen», unterbrach ich ihn.

Der Fuhrmann schnaubte. «Sie war zu stolz, die arme Seele, um zu dulden, daß Ihr oder sonst jemand etwas anderes dachte. Stolz und die Fähigkeit, ihre wahren Gefühle zu verbergen, gehörten zu ihren größten Tugenden. Sie hat sich nie darüber beklagt, wie schlecht sie behandelt wurde. Bestimmt habt Ihr die Narbe in ihrem Gesicht gesehen? Bei manchem Licht tritt sie deutlicher hervor.»

«Sie hat mir erzählt, sie sei als Kind vom Baum gefallen.»

«Oder wurde von Rosamund hinuntergestoßen. Meine Liebste war damals Magd bei den Crouchbacks, und sie hat geschworen, daß sie beobachtet hat, wie Mistress Rosamund ihre Cousine absichtlich von dem Ast hinunterstieß, auf dem beide saßen. Grizelda streifte mit der Wange einen niedrigeren Zweig und riß sie sich auf, doch sie hat immer behauptet, es sei ihre Schuld gewesen. Ihr sei schwindlig geworden und sie sei hinuntergefallen. O ja, da war schon Zuneigung zwischen den beiden, aber es war Grizeldas Zuneigung zu Mistress Rosamund.»

«Und Ihr seid sicher, daß Miss Rosamund Grizelda nicht auch gern hatte?» fragte ich, obwohl mir klar war, daß Grizeldas leidenschaftlicher Stolz ihr nie erlauben würde, die Wahrheit einzugestehen, vielleicht nicht einmal sich selbst. Vor allem nicht sich selbst. Als Verwandte einer reichen und vornehmen Familie wäre sie nie imstande, zuzugeben, daß ihre Verwandtschaft sie mit weniger Respekt behandelt hatte als eine Magd.

Jack Carter zuckte mit den Schultern. «Ich gebe nur weiter, was mein liebes Weib mir damals erzählt hat und was ich im Lauf der Jahre selbst beobachtet habe. Ich nenne Euch noch einen Beweis, wenn Ihr wollt. Grizelda hatte noch nie viel zum Anziehen. Sie trug jahraus, jahrein dasselbe Kleid und denselben Mantel, bis die Sachen beinahe fadenscheinig waren. Nun, natürlich waren Mistress Rosamund und Grizelda nicht gleich groß, aber so beträchtlich war der Unterschied auch wieder nicht, und Grizelda konnte schon immer gut nähen. Eine herausgelassene Naht hier, ein verlängerter Saum da, und sie hätte viele von Mistress Rosamunds abgelegten Sachen tragen können. Die Heiligen wissen, daß die verwöhnte Madam so viel Wäsche, Kleider und Hauben in ihren Truhen und Schränken hatte, daß sie nicht wußte, was damit anfangen. Jede Herrin, die ihr Salz wert ist, hätte ein paar Sachen ihrer Zofe überlassen, von einer Verwandten gar nicht zu reden. Nein, nein! Grizelda wurde im Haus der Crouchbacks nur geschätzt, solange sie ihnen von Nutzen war.»

«Und war sie das?»

Jack Carter hob die Brauen so hoch, daß sie fast in seinem dichten schwarzen Haar verschwanden.

«Natürlich war sie das! Als sie jünger war, diente sie als Sündenbock für die Streiche, die ihre Cousine den Leuten spielte und für die Grizelda oft bestraft wurde; und später als Kindermädchen der beiden Skelton-Kinder. Die Kinder machten Mistress Rosamund viel zuviel Mühe. Sie durfte mit ihnen nicht belastet werden, und das ist eine Tatsache, besonders da es keinen Ehemann gab, der dafür sorgte, daß sie ihre Mutterpflichten erfüllte. Grizelda betete die beiden Kleinen an. Sie waren viel mehr ihre Kinder als die ihrer Mutter. Deshalb hat sie auch so sehr gelitten, als die beiden ermordet wurden. Und vorher hatte sie in Eudo Colet natürlich einen neuen Feind hinzugewonnen. Ja, ich sage Euch, Chapman, diese Frau hat mehr Heimsuchungen und mehr Leid erlebt, als einem Menschen zustehen.»

«Was wird jetzt aus ihr?» fragte ich. «Sie spricht davon, daß sie in Totnes bei irgendeiner Familie als Haushälterin unterkommen möchte.»

Der Fuhrmann schnitt eine Grimasse. «Wenn sie eine Stelle findet, obwohl das nicht leicht sein wird. Ein Jammer, daß sie und Master Colet so spinnefeind sind, sonst hätte sie die Füße in dem Landhaus unter den Tisch strecken können, das er, wie man sich erzählt, bei Dartington erworben hat. Es ist nicht zu übersehen, daß Anwalt Cozin da seine Hand im Spiel hatte. Ein Mann von großem Einfluß, nicht nur in seiner Grafschaft, sondern auch in London. Wie es scheint, wird Agatha Tenter die Schlüssel an ihrem Gürtel tragen. So hat mir jedenfalls meine Liebste berichtet, und es müßte

- 232 -

schon ein tapferer Mann sein, der es wagen würde, ihr zu widersprechen, denn sie ist selten falsch informiert. Sie hat eine Nase für anderer Leute Angelegenheiten, auf die ich gegen jedermann setzen würde.»

Ich lachte und hätte mich nur allzugern weiter von ihm unterhalten lassen, doch der Weg war zu einem schmalen Pfad zwischen zwei Waldgürteln geschrumpft, und er mußte höllisch aufpassen, daß die Stute nicht stolperte. Außerdem sank die Sonne allmählich, und wir hatten beide Hunger. Es war Zeit, an unser Nachtlager zu denken. In stillschweigender Übereinkunft beeilten wir uns, in die Abtei in Buckfast zu kommen, wo man uns verköstigte und ein Nachtlager gab.

Am nächsten Tag setzten wir unsere Fahrt nach Exeter fort, und Jack Carter verließ mich mit den besten Wünschen in der Nähe der St.-Mary-Steps-Kirche.

«Denn ich bezweifle, daß unsere Pfade sich je wieder kreuzen werden», fügte er vergnügt hinzu.

Ich sagte nichts dazu, sondern antwortete nur: «Gott sei mit Euch und den Euren.»

Ich erreichte London eine Woche später, nachdem ich das Glück gehabt hatte, ein paar Meilen östlich von Shaftesbury einen Frachtfuhrmann zu treffen, der in die Hauptstadt unterwegs und bereit war, mich bis an unser gemeinsames Ziel mitzunehmen. Wie Jack Carter war er so froh über meine Gesellschaft wie ich über seine und die gemeinsamen Mahlzeiten und Übernachtungen in den verschiedenen christlichen Häusern, die wir unterwegs aufsuchten. Als wir uns unserem Ziel näherten, nahm der Verkehr zu; außer den Leuten, denen man um diese Jahreszeit immer begegnete – Pilgern, Klosterbrüdern, Ablaßpredigern, Lords mit ihren Ladys, die von einer Burg zur anderen oder von einem Herrenhaus zum anderen unterwegs waren, Rittern, die zu Grafschaftstreffen mit Freunden oder Pächtern ritten –, drängten sich auch die für die Invasion in Frankreich ausgehobenen Truppen in den Straßen.

In der Nähe von Chère Reine Cross stieg ich aus und ging über den Strand und durch die Fleet Street zum Lud Gate. Hier wurde es noch enger, denn zu der hin und her wogenden Menge gesellten sich die Handelsleute. Die Bettler, die sich um jedes Haupttor einer großen Stadt scharen, klapperten mit ihren Schalen und Schüsseln, und jene, die nicht verstümmelt, sondern flink auf den Beinen waren, bahnten sich mit den Schultern einen Pfad durch die Menge und legten flehend die schmutzigen Hände auf Ärmel und Jacken. Manche Leute gaben etwas und wurden für ihre Großzügigkeit gesegnet, andere schüttelten diese Ärmsten der Armen mit einer Verwünschung ab und wurden lauthals verflucht. Keiner der Bettler belästigte jedoch mich; sie musterten mich nur flüchtig, bevor sie entschieden, daß ich kaum etwas zu verschenken hatte, da ich so arm zu sein schien wie sie selbst. Lange Jahre der Übung hatten sie gelehrt, ihre Zeit nicht zu vergeuden, wenn sie den Löwenanteil an Almosen ergattern wollten.

Ich war lange nicht mehr in London gewesen, und das lebhafte Hin und Her, das Gedränge und der Wirbel um mich herum‚stimmten mich plötzlich fröhlich. Heute, da ich ein alter Mann bin und in der Stille und dem Frieden meiner Heimat Somerset lebe, hat die Stadt keine Anziehungskraft mehr für mich; doch damals, als ich jung und lebendig war, kam mir London wie ein Tablett voller Leckerbissen vor, einer verlockender als der andere, und alle wollten gekostet sein. Das Wasser lief mir im Mund zusammen, während meine Finger noch zögerten und nicht wußten, wovon sie zuerst nehmen sollten. Zuerst aber mußte ich erledigen, was mich hierhergeführt hatte; meine Zeit gehörte nicht mir. Doch später, wenn meine Mission sich als erfolglos erwies oder, mit Gottes Hilfe, erfolgreich abgeschlossen war, versprach ich mir selbst, in die Hauptstadt zurückzukehren und den zahlreichen Verlockungen zu erliegen, die sie bot.

Im Schatten der St. Paul's Cathedral innehaltend, durchforschte ich mein Hirn, um mich an etwas zu erinnern, das Grizelda mir vor über einer Woche in ihrem Cottage erzählt hatte. Vor drei Jahren war die verwitwete Rosamund Skelton, die damals in Totnes gelebt hatte, nach London gekommen, um eine alte Freundin zu besuchen, die in der Paternoster Row wohnte. «Eine Ginèvre Napier mit ihrem Gatten Gregory. Gregory Napier ist Goldschmied und hat eine Werkstatt in der West Cheap, zwischen der Foster Lane und der Gudrun Lane.» Ich überlegte eine oder zwei Minuten sorgfältig, sagte mir dann beruhigt, daß dies tatsächlich der genaue Wortlaut gewesen war, und fragte einen Kollegen, der seine Waren direkt hinter dem Friedhofstor feilbot, nach dem Weg.

Er musterte mich mißtrauisch und hätte mir am liebsten die Hilfe verweigert, bis ich ihm versicherte, daß ich nicht die Absicht hätte, ihm hier in der Nähe Konkurrenz zu machen. Dann half er mir mit Vergnügen.

«Geht die Old Deans Lane entlang, dann kommt Ihr auf der dem Friedhof gegenüberliegenden Seite rechts zur Paternoster Row. An ihrem Ende, bei der Kirche St. Michael at Corn, gelangt Ihr in die West Cheap. Dort findet Ihr die meisten Goldschmiede.»

Ich bedankte mich und ging, seinen Angaben folgend, langsam die ganze Paternoster Row entlang, wobei ich mich fragte, welches der bunt bemalten Häuser Gregory Napier gehörte. Er muß, dachte ich, ein sehr wohlhabender Mann sein, wenn er mit seiner Frau nicht hinter der Werkstatt wohnt, sondern ein separates Haus hat. Doch das war für mich von Vorteil, denn ich konnte Ginèvre Napier allein sprechen, ohne daß ihr Gatte dabei war. Vielleicht würde sie dann offener reden. Aber zuerst mußte ich mich davon überzeugen, daß Gregory Napier in seiner Werkstatt war und arbeitete.

Ich sprach einen kleinen Straßenjungen an, der mit einem Krähenschwarm um die Wette in den Abfallhaufen auf dem Kopfsteinpflaster wühlte. Nachdem ich beobachtet hatte, wie er ein paar andere Jungen vertrieb, die sich in diesen Teil der Gasse gewagt hatten, vermutete ich, daß dies sein «Revier» war, das er gegen alle Eindringlinge verteidigen würde. Er wußte bestimmt, welcher Laden welchem Handwerker gehörte, ebenso wie die Handwerker ihn vom Sehen, wenn nicht sogar mit Namen kennen würden.

Ich öffnete die Hand und ließ ihn eine kleine Silbermünze sehen. Sofort streckte er die schmutzigen Finger danach aus und wollte sie schnappen.

«Nicht so hastig», protestierte ich, die Hand wieder schließend. «Gehört eine dieser Goldschmiedewerkstätten Gregory Napier?»

Mißtrauisch kniff er die blauen Augen zusammen; der Bengel beschützte seine Wohltäter, die ihm zweifellos ab und zu ein paar Happen zwischen den faulenden Unrat warfen. Ich dachte zuerst, daß er nicht antworten würde und ich woanders fragen mußte. Doch die Silbermünze in meiner Hand erwies sich als allzu große Versuchung. Er zeigte mit einem Nicken auf eine der vorderen Werkstätten mit einer nach vorn offenen Verkaufsnische, in der nicht weniger als drei Lehrlinge laut die Waren ihres Meisters anpriesen.

«Das ist das Geschäft von Master Napier», grunzte der Bengel und streckte wieder die Hand nach dem Geld aus.

Aber meine Faust blieb geschlossen. «Und ist er da? Arbeitet er in der Werkstatt?»

Diesmal weiteten sich seine Augen, und sein Blick wurde feindselig.

«Warum willst du das wissen, Chapman?»

«Was gehen dich meine Angelegenheiten an?» antwortete ich. Ein wenig nachgiebiger fügte ich hinzu: «Ich verspreche dir feierlich, daß ich Master Napier nicht übelwill.»

Der Junge zögerte, kam dann zu dem Schluß, daß ich ehrlich war.

«Er ist da», sagte er. «Du kannst den Rauch sehn, der aus dem Kamin kommt. Sitzt an einem sehr kostbaren Stück für

- 236 -

Lord Hastings, hab ich wenigstens gehört, und er traut keinem außer sich selber zu, am Blasebalg zu arbeiten.» Der Junge nickte wissend. «Richtige Temperatur ist wichtig in solchen Fällen.»

Ich lachte und ließ die Münze in seine eifrig ausgestreckte Hand fallen, bevor ich in meinen Beutel nach einer zweiten griff. Ich hielt sie zwischen Daumen und Zeigefinger in die Höhe, und die Augen des Jungen funkelten. Zwei Silbermünzen an einem Tag waren ein unerwarteter Segen. Er konnte sein Glück kaum glauben und war jetzt bereit, mir rückhaltlos alles zu sagen, was ich wissen wollte.

«Soviel ich weiß, wohnt Master Napier nicht hinter der Werkstatt, sondern hat ein Haus in der Paternoster Row. Kannst du mir sagen, welches das ist?»

«Klar kann ich», antwortete er geringschätzig. «Hier! Komm nur mit.»

Er führte mich an der Kirche St. Michael at Corn vorbei zurück in die schmale, kopfsteingepflasterte Row, die von Dutzenden überhängender Dächer verdunkelt wurde. Dort streckte er einen schmutzigen Zeigefinger aus und wies auf ein vierstöckiges Haus mit geschnitztem Holzgiebel in den Farben Scharlachrot, Blau und Gold. Die Fenster des unteren Geschosses hatten hölzerne Läden, die jetzt offenstanden, um die Wärme des Nachmittags einzulassen, die oberen Fenster jedoch waren verglast, ein sicheres Zeichen für Reichtum; in die obersten drei war ein bleigefaßtes Kleeblatt eingearbeitet, in die darunter drei Kreise innerhalb eines Dreiecks, beides Zeichen für die Dreieinigkeit Gottes.

«Das ist es. Genau das.» Wieder streckte der Bengel die Hand aus, und ich legte die zweite Silbermünze hinein.

«Glaubst du, daß Mistress Napier zu Hause ist?» fragte ich und hörte, wie der Junge mit einem respektvollen Pfiff den Atem einsog.

«So ist es also?» Seine Zähne schimmerten plötzlich weiß

in dem schmutzigen Gesicht. «Ich behalte die Werkstatt für dich im Auge, wenn du willst», erbot er sich.

Ich gab ihm einen leichten Nasenstüber. «Sprich nicht so gotteslästerliches Zeug, und behalte deine schmutzigen Gedanken für dich!» sagte ich streng. «Ich kenne Mistress Napier nicht, bin aber sicher, daß sie eine tugendsame Lady ist. Und sie hat ganz gewiß von mir nichts zu fürchten.»

Der Bengel warf mir einen bedeutungsvollen Seitenblick zu.

«Du weißt vielleicht nicht Bescheid, Chapman.» Er kicherte. «Aber ich hab Geschichten über sie gehört, bei denen dir die Haare zu Berg stehn täten.» Er knuffte mich in die Rippen. «Solche wie dich verschlingt sie zum Frühstück.»

Ich gab ihm einen weiteren Nasenstüber und schickte ihn weg, doch da er an eine solche Behandlung gewöhnt war, blieb das wahrscheinlich wirkungslos. Er blickte über die Schulter, grinste unverschämt und machte, daß er davonkam, zurück zu seiner Wühlarbeit. Ich zögerte inzwischen, den Türklopfer zu betätigen, und fragte mich, ob das Haus einen zweiten Eingang hatte. Während ich noch unschlüssig herumstand, merkte ich, daß mich hinter einem der unteren offenen Fenster jemand beobachtete. Einen Moment später wurde die Haustür geöffnet, und eine junge Magd erschien.

«Meine Mistress bittet Euch einzutreten, Chapman, wenn Ihr Eure Waren verkauft. Sie braucht ein paar neue Seidenbänder.»

- - -

Achtzehntes Kapitel Ich folgte der jungen Magd in eines der Wohnzimmer im Erdgeschoß, in dem die einzige Lichtquelle die Helligkeit war, die durch das offene Fenster von der Straße hereindrang. Es war ein üppig möblierter Raum mit frischen, süß duftenden Binsen auf dem Fußboden, drei schön geschnitzten Lehnstühlen, erst vor kurzem in schimmernden Rot- und Goldtönen gestrichenen Deckenbalken und wunderschönen Wandteppichen, deren Farben natürlich glänzten, einem Eckschrank mit Schüsseln, Tassen und Tellern in Gold und vergoldetem Silber und einem großen Tisch aus bestem Eichenholz. In der Mitte hing ein Kandelaber aus Zinnblech von der Decke, dessen unzählige filigrane Gehänge in der leichtesten Brise klingelten. Es war das Zimmer eines wohlhabenden Mannes, eines Mannes, der wußte, was in der Gemeinde, in der er lebte, ihm und seinem Stand gebührte.

«Ah, Chapman, leert doch den Inhalt Eures Packens auf dem Tisch dort aus, damit ich mir in Ruhe alles ansehen kann. Ich suche ein paar Seidenbänder, um die Ärmel eines neuen Samtkleides damit zu verzieren.»

Die Frau, die das zu mir sagte, saß in einem Lehnstuhl, und ihre mit eleganten hellblauen Lederschuhen bekleideten Füße ruhten auf einem Schemel aus geschnitztem Rüsterholz. Auf den ersten Blick war es schwierig, ihr Alter zu schätzen, doch ich vermutete, daß sie älter war, als sie die Leute glauben machen wollte. Die Linien um die graugrünen Augen schienen immer zahlreicher zu werden, je länger ich sie betrachtete, und auf den schlanken, beringten Händen zeigten sich schon ein paar bräunliche Flecke. Ihre Brauen waren gezupft, die Stirn war rasiert, damit das glatte, gewölbte, maskenähnliche Aussehen erzielt wurde, das in jenen Tagen bei modebewußten Frauen so begehrt war. Ein paar Haare, die dem Rasiermesser entwischt waren, schimmerten rotbraun, aber der Rest der Mähne war unter einer Brokathaube und einem netzartigen, dünnen Schleier versteckt.

Das Kleid mit den weiten Ärmeln war aus feiner, weicher hellgrüner Seide, mit winzigen blauen Blumen an goldenen Stielen bestickt, und der breite Gürtel, mit Halbedelsteinen verziert, war aus dem gleichen hellblauen Leder wie die Schuhe. Um ein Handgelenk hatte sie sich einen Rosenkranz aus Gold und Korallen geschlungen, und um den Hals trug sie eine dicke Goldkette mit einem wunderschön gearbeiteten goldenen Anhänger. Ihre zahlreichen Ringe waren ebenso aus Gold wie die Brosche in Form eines Pfaus, die ihre Schulter schmückte. Master Gregory Napier sorgte dafür, daß seine Frau ein wandelndes Ausstellungsstück seiner Waren war.

Ich leerte meinen Packen wie gebeten, und dankbar, daß ich meinen Warenvorrat vergangenen Freitag in Exeter ergänzt hatte, breitete ich den Inhalt auf dem Tisch aus. Es war mir gelungen, auf einem portugiesischen Schiff, das gerade am Kai angelegt hatte, mehrere Bahnen sehr schönes Seidenband zu ergattern. Doch schon während ich die Sachen auslegte, wurde mir bewußt, daß Ginèvre Napier viel mehr an mir interessiert war. Ihre Augen schweiften immer wieder von den Bändern zu meinem Gesicht, und bei jeder Gelegenheit streifte ihre Hand die meine. Schließlich sagte sie, ich solle mir einen Hocker heranziehen.

«Ich kann mich nämlich nicht entscheiden, welches Band ich nehmen soll», sagte sie. «Sie sind alle so schön.» Nach ein paar Minuten gab sie es jedoch auf, Interesse vorzutäuschen, lehnte sich im Sessel zurück und fragte: «Warum habt Ihr das Haus beobachtet? Nein, leugnet es nicht. Ich habe Euch gesehen.»

Ich erinnerte mich an die schattenhafte Gestalt an dem offenen Fenster und kam zu dem Schluß, daß ich ehrlich zu ihr sein mußte.

«Ich bin aus der kleinen Stadt Totnes in Devon nach London gekommen, um Euch aufzusuchen», sagte ich. Sie hob verblüfft die feine Linie ihrer gezupften Brauen, und ich fuhr fort: «Und zwar wegen Lady Skelton und ihres zweiten Gatten, des Mannes, den sie hier in London geheiratet hat – Eudo Colet.»

In den graugrünen Augen blitzte es wachsam auf, mandelförmige Lider schlossen sich kurz. Dann sanken die schmalen Schultern unter einem Geriesel hellgrüner Seide nach vorn.

«Warum möchte ein Händler etwas über Master Eudo Colet erfahren?» fragte sie.

«Wenn Ihr die Geduld habt, zuzuhören, werde ich es Euch erzählen», sagte ich. «Wenn nicht, braucht Ihr nur ein Wort zu sagen, und ich gehe sofort.» Ich schickte ein Stoßgebet zum Himmel, daß sie bereit sein würde, mich anzuhören.

Ginèvre faltete die Hände und betrachtete mich nachdenklich über ihre spitzen Fingerknöchel hinweg.

«Oh, ich habe die Geduld, Euch zuzuhören.» Offen fügte sie hinzu: «Für einen so gutaussehenden Jungen wie Euch finde ich immer Zeit.»

Ich ignorierte die letzte Bemerkung so gut ich konnte und stürzte mich ohne Umschweife in einen Bericht über die Ereignisse, die mich während der letzten zwölf Tage im Wachen und manchmal auch im Schlaf beschäftigt hatten: das Verschwinden und die Ermordung der beiden Skelton-Kinder; doch vorerst erwähnte ich weder, daß Grizeldas Cottage niedergebrannt und Innes Woodsman in dem Feuer zu Tode gekommen war, noch den Doppelmord an Martin Fletcher und Luke Hollis. Als ich geendet hatte, spitzte Ginèvre die Lippen.

«Ich habe sie angefleht, diesen Mann nicht zu heiraten», sagte sie nach einer Pause, «aber Rosamund war immer eigensinnig. Ihr Vater war nie gegen ihre Launen und Ausbrüche angekommen. Nicht, daß er es je versucht hätte, so wie ich das sah. Ein törichter, allzu nachsichtiger Mann, der glaubte, sein kostbares einziges Kind könne nichts Unrechtes tun. Und ihr Gatte, Sir Henry Skelton – nun! Ein Mann, der sich viel mehr um seine Laufbahn kümmerte als um seine

Frau. Ein kalter Mann, an den Freuden des Fleisches nicht interessiert.» Sie warf mir einen langen Seitenblick zu, um zu sehen, ob sie mich durch ihre offene Sprache in Verlegenheit gebracht hatte, doch ich gönnte ihr diese Befriedigung nicht, sondern hielt meine Züge unter Kontrolle. Ginèvre fuhr fort: «Aber dann kam er, wie Ihr wohl wißt, zwei Jahre nach der Hochzeit zu Tode, und Rosamund ging zu Sir Jasper nach Devon zurück.»

Ich nickte. «Und ihre Cousine ging mit ihr.»

«Ihre Cousine?» Wieder war Ginèvre verblüfft. Dann dämmerte ihr, wen ich meinte. «Oh, Grizelda Harbourne! Dieses arme Ding. Ich hatte ganz vergessen, daß sie mit Rosamund verwandt war, doch das hätte wohl jeder, wenn man sah, wie sie behandelt wurde.»

«Und wie wurde sie behandelt?»

«Später war sie Andrews Kinderschwester, aber vor der Geburt des Kleinen nicht besser als eine Magd. Wenn sie Euch etwas anderes gesagt hat, lügt sie.»

«Das denke ich allmählich auch», stimmte ich zu, und mein Herz flog Grizelda entgegen wegen ihres stolzen und schmerzlichen Betrugs. «Als Lady Skelton Euch vor drei Jahren besucht hat, war Grizelda nicht dabei?»

Ginèvre Napier lachte. «Nein, wirklich nicht. Rosamund war zum erstenmal ihre eigene Herrin. Kein Gatte, kein Vater. Sie war frei, konnte tun und lassen, was sie wollte. Sie brachte nur ihre Zofe mit, ein fügsames junges Mädchen, das nie gegen etwas protestierte und genau das tat, was man ihm sagte.»

«Und während dieses Besuches bei Euch», sagte ich, «hat Lady Skelton Eudo Colet kennengelernt, als Ihr mit ihr St. Bartholomew's Fair besucht habt?»

Mistress Napier riß weit die Augen auf und sah mir ins Gesicht. «Aber woher wißt Ihr denn das?» fragte sie leise.

Ich ließ die Frage unbeantwortet. «Er war ein Gaukler», sagte ich auf gut Glück. «Ein Sänger, der auch ein wenig die

Flöte spielen konnte. Und er zog im Sommer von Jahrmarkt zu Jahrmarkt.»

Ginèvre runzelte die Stirn und nickte bedächtig. «Er gehörte zu einer Truppe von Gauklern und *Jongleurs*, die in einer kleinen Schaubude auftraten. Aber ich frage Euch noch einmal, woher wißt Ihr das? Denn ich hätte mein Leben darauf verwettet, daß Rosamund es keinem gesagt hätte – und er auch nicht. Ich hätte geschworen, daß Gregory und ich die einzigen waren, die die Wahrheit kannten.»

Wieder antwortete ich nicht, sondern stellte statt dessen selbst eine Frage.

«Wärt Ihr bereit, mir zu erzählen, wie alles gekommen ist? Jetzt, da Ihr seht, daß ich ohnehin schon so viel weiß?»

Die Falten auf ihrer Stirn wurden tiefer. «Ihr seid der merkwürdigste Händler, der mir je begegnet ist», sagte sie. «Wer seid Ihr wirklich? Und warum interessiert Ihr Euch so für Rosamunds Angelegenheiten?»

«Mein Interesse gilt Eudo Colet. Ich glaube, daß er ein Verbrecher ist, der gemordet hat. Und ich bin genau das, was ich zu sein scheine, ein umherziehender Händler von Beruf; ein Mann, der früher einmal Novize bei den Benediktinern war, aber das religiöse zugunsten eines freien Lebens auf der Straße aufgegeben hat.»

«Ah!» Ginèvre Napier musterte mich weiterhin und nagte, während sie über meine Worte nachdachte, zerstreut an ihrem Fingernagel. «Das erklärt vieles», fuhr sie endlich fort. «Ein gelehrter Händler, der noch dazu gut aussieht! Ihr könntet Euch genauso in ein gut gepolstertes Nest setzen wie Eudo Colet – dank seines guten Aussehens, das aber vor den Augen einer Frau einem Vergleich mit Euch nicht standhält.» Sie seufzte. «Wenn ich nur nicht so glücklich verheiratet wäre...»

«Ich bin mit meinem Leben mehr als zufrieden», fiel ich ihr hastig ins Wort. «Und zu Hause in Bristol habe ich eine kleine Tochter.»

Sie zog die Winkel ihres schmalen, geschminkten Mundes in spöttischer Verzweiflung nach unten.

«Ihr seid verheiratet! Und Eurer Frau treu. Ein Jammer. Das sind die besten Männer immer.» Ich klärte sie nicht auf, und sie fuhr fort: «Ihr habt mich nach Rosamund und Eudo Colet gefragt. Nun gut, ich sehe nun, da sie tot ist und Ihr, wie Ihr sagt, schon so viel wißt, keinen Grund dafür, Euch nicht die Wahrheit zu sagen. Tatsächlich gibt es, glaube ich, wenig zu erzählen, das Euch nicht schon bekannt wäre. Es war an St. Bartholomew's, und Rosamund und ich besuchten den Markt. Unsere Zofen begleiteten uns natürlich. Wir waren nicht allein. Eudo trat dort mit einer Gauklertruppe auf, und aus irgendeinem Grund ist er ihr sofort aufgefallen. Sie war vom ersten Moment an wie verhext von ihm. Fragt mich nicht, warum.» Ginèvre breitete die Hände aus, ein verirrter Sonnenstrahl fing sich in ihren Ringen, und sie begannen zu funkeln. «So etwas gibt es, wißt Ihr, obwohl ich selbst einen solchen *coup de foudre* nie erlebt habe.»

«Habt Ihr je die Namen der anderen Gaukler in der Truppe erfahren?»

Ginèvre sah mich empört an. «Nein, und ich wollte es auch nicht. Ich kannte Eudo Colet nur wegen Rosamunds törichter Verliebtheit und ihrer Entschlossenheit, ihn zu heiraten. Narrheit! Sie hätte ihn zum Geliebten nehmen, seinen Körper genießen, ihn hinterher bezahlen und wegschicken sollen. So erledigt man derlei Dinge am besten.»

Das bezweifelte ich nicht, und ich vermutete, daß sie das aus eigener Erfahrung wußte. Sie fing meinen Blick auf und lächelte.

«Das mißfällt Euch, Chapman, ich sehe es Eurem Gesicht an. Aber wenn sie wenig zu tun hat, die Dienerschaft sofort läuft, wenn sie um etwas bittet, und jeder Laune nachgibt, dann langweilt sich eine Frau. Ein gutaussehender Mann ist eine angenehme Abwechslung.» Sie schüttelte sich vor Lachen. «Jetzt habe ich Euch wirklich schockiert.»

Ich murmelte einen Protest, der nicht sehr überzeugend klang, und fragte: «Aber diesmal wollte Lady Skelton unbedingt heiraten?»

«Das habe ich doch gesagt. Und er auch, natürlich, nachdem er gemerkt hatte, woher der Wind wehte. Das nehme ich ihm auch nicht übel, versteht Ihr? Welcher Mann mit einem Funken Verstand würde Armut nicht gegen Reichtum eintauschen? Das unsichere Wanderleben eines Gauklers nicht gegen ein Dach überm Kopf und ein weiches Bett mit einer hübschen Frau darin? Ich habe versucht, ihr diese Heirat auszureden, und Gregory tat ebenfalls sein Bestes, aber es ist uns nicht gelungen. Sie war fest entschlossen, Eudo zu ihrem Ehemann zu machen. Das erste Mal, sagte sie, habe sie ihrem Vater zu Gefallen geheiratet, jetzt wolle sie es nur sich selbst zuliebe tun. Es war niemand da, der sie daran hindern konnte. Sie sagte, Eudo habe ihr alles gegeben, was sie sich je von einem Mann gewünscht hatte; alles, was sie bei Henry Skelton gesucht und nicht gefunden hatte.» Ginèvre lächelte lüstern, ihre Augen verschleierten sich einen Moment und öffneten sich dann weit. «Sie haben die meiste Zeit im Bett verbracht, im Haus hat es gerochen wie in einem Bordell.»

Ich begann Ginèvre Napier unsympathisch zu finden, sie machte mich verlegen. Unter dem Mäntelchen moralischer Entrüstung hegte sie wollüstige Gedanken und Wünsche.

«Und nur Euch und Master Napier war bekannt, woher Eudo Colet stammte. Was war mit Lady Skeltons Zofe?»

«Die hat Rosamund abgeschoben. Fand für sie eine Stelle bei einer vornehmen Familie im Norden, so daß niemand sie aushorchen konnte. Und das war gut so, denn ungefähr einen Monat nachdem Rosamund nach Devon zurückgekehrt war, erschienen zwei Männer bei uns, die Fragen stellten. Es zeigte sich, daß Sir Jaspers Partner sie geschickt hatte.»

Ich nickte. «Master Thomas Cozin, ein in Totnes hochgeachteter Bürger. Und Ihr und Euer Gatte habt ihnen nichts gesagt?» Unnötig zu fragen, ich kannte die Antwort schon.

Ginèvre verzog spöttisch die schmalen Lippen. «Warum sollten wir? Wen ging die Sache etwas an, außer Rosamund selbst? Und Gregory ist nicht der Mann, der sich von Dienstboten ausfragen läßt. Wenn dieser Thomas Cozin die Wahrheit wissen wollte, hätte er selbst nach London kommen sollen, nicht seine Untergebenen schicken.»

«Und was war mit Eudo Colets Gauklerkollegen? Hatten die keine Ahnung von seinem Glück?»

«Natürlich nicht», sagte Ginèvre vernichtend. «Eudo war kein solcher Narr, es einem von ihnen zu sagen. Was? Sich einer zufälligen Begegnung in der Zukunft aussetzen? Sich als armen *Jongleur* entlarvt sehen? Von einem Haufen Vagabunden Freund genannt werden, nachdem er so hoch gestiegen war? Ihr müßt verrückt sein, eine solche Frage zu stellen. Er hat sich mitten in der Nacht davongeschlichen und ist hierhergekommen, zu Rosamund. Die Gaukler haben nie erfahren, was aus ihm geworden ist, noch wohin er verschwunden war. Für sie war er eben einfach weg.»

«Und Ihr habt ihm Zuflucht gewährt? Freiwillig?»

Ginèvre Napiers Augen blitzten plötzlich vor Zorn. Sie beugte sich vor.

«Ich habe diese Fragen allmählich satt, Chapman. Ihr dürft Euch glücklich schätzen, daß ich Euch nicht aufgefordert habe, zu gehen, oder Euch hinauswerfen ließ.»

«Tut mir leid», sagte ich und stellte fest, daß ich wieder einmal, wie früher schon so oft, die Grenzen der Vertraulichkeit überschritten hatte in meinem unersättlichen Eifer, die Wahrheit zu finden. «Ich gehe.» Und begann meinen Packen einzuräumen.

Schwer atmend ließ Mistress Napier sich in den Sessel zurücksinken, der Zorn wich aus ihrem Gesicht.

«Nein, nein!» rief sie gereizt. «Setzt Euch!» Sie begann an einem anderen Fingernagel zu nagen. Nach einer Weile fragte sie: «Und Ihr glaubt wirklich, daß Eudo Colet Rosamunds Kinder ermordet hat? Was ist mit diesen Banditen, die sich in der Gegend von Totnes herumtreiben? Ihr habt mir gesagt, die meisten Leute halten sie für Mörder. Warum Ihr nicht?»

Ich nahm wieder meinen Platz am Tisch ein und bemühte mich um einen respektvolleren Gesichtsausdruck.

«Möglicherweise waren sie die Mörder, wenn wir davon sprechen, wer das Messer geführt hat. Aber ich halte es für mehr als wahrscheinlich, daß Master Colet mit den Wolfsschädeln unter einer Decke steckte und sie dafür bezahlt hat, die Tat zu begehen.»

Ginèvre hob eine Braue oder das, was noch davon übrig war, nachdem das Rasiermesser sie bearbeitet hatte.

«Aber Ihr habt mir erzählt, daß Eudo Colet nicht zu Hause war, als die Kinder verschwanden, und erst zurückkam, nachdem sie verschwunden waren. Was also werft Ihr ihm vor? Hexerei?»

Ich holte tief Atem. «Es gibt viele, die bis vor kurzem glaubten, er könne hexen.»

«Und Ihr?» Sie lächelte verächtlich. «Glaubt Ihr auch, daß er mit dem Teufel im Bunde und der Schwarzen Kunst mächtig ist?» Als ich zögerte, lachte sie; aber sie machte dennoch eine Geste, um das Böse von sich fernzuhalten.

Ich sagte herausfordernd: «Ich bin überzeugt, daß er beim Tod der Kinder die Hand im Spiel hatte. Ich gestehe, daß ich keine Ahnung habe, wie er sie während seiner Abwesenheit aus dem Haus geholt haben könnte, aber meiner Meinung nach ist er ein sehr böser Mensch. Ich halte ihn auch für den Mörder von zwei Gauklern, die vergangene Woche nach Totnes kamen. Jemand hat ihnen, als sie schlafend in ihrem Wagen lagen, die Kehlen durchgeschnitten.»

«Gaukler?» Jetzt hatte ich ihre volle Aufmerksamkeit, ihre Augen wurden groß und ängstlich. «Das habt Ihr bisher noch nicht erwähnt.»

«Nein. Ich wollte zuerst feststellen, ob ich mit meinen Vermutungen über Master Colet recht habe. Ich hatte schon erfahren, daß er singen und Flöte spielen konnte, eine Information, die für mich erst bedeutsam wurde, nachdem die beiden Gaukler ermordet worden waren. Außerdem fiel mir ein, daß Grizelda mir erzählt hatte, Lady Skelton habe Euch um St. Bartholomew's herum besucht. Da schien es mir durchaus möglich, daß Rosamund ihren Ehemann auf dem Markt kennengelernt hatte. Daß er ein *Jongleur* gewesen war. Denn alle, die ihn kennen, schwören, er müsse aus einfachen, ärmlichen Verhältnissen stammen.»

Ginèvre krähte förmlich vor Vergnügen. «Natürlich tun sie das! Ich habe den beiden oft genug gesagt, feine Kleider und ein parfümierter Bart könnten die Leute nicht täuschen, niemand würde Eudo für einen Gentleman halten. Alle würden ihn als das erkennen, was er wirklich ist. Aber Rosamund war so vernarrt in ihn und er in seiner Eitelkeit so von sich selbst überzeugt, daß sie es ablehnten, auf meine Worte zu hören. ‹Gib mir einen Monat, damit ich ihm gutes Benehmen beibringen kann›, sagte sie, ‹und niemand wird erkennen, daß er nicht von so vornehmer Herkunft ist wie du und ich.› Diese Närrin! Hat sie wirklich geglaubt, sie könne Gold aus Unrat machen? Daß niemand den Unterschied erkennen würde?» Sie sah mich mit neuem Respekt an. «Und Ihr wart imstande, aus so dürftigen Tatsachen einen so zutreffenden Schluß zu ziehen?»

«Mit Gottes Hilfe. Und ich bekam noch einen Hinweis. Bei der kleinen Truppe war ein dritter Mann, der auch in dem Wagen geschlafen hatte. Er kannte die beiden anderen nur fünf oder sechs Wochen, und er blieb unverletzt. Es schien mir unwahrscheinlich, daß die Banditen, wenn sie schon aus reiner Mordlust töten, ihn am Leben gelassen hätten. Dennoch habe ich keinen Beweis, daß Eudo Colet Martin Fletcher und Luke Hollis ermordet hat.»

Ginèvre schüttelte den Kopf. «Ich habe die Namen noch

nie gehört, Händler. Ich habe Euch schon einmal gesagt, daß ich über Eudos Gefährten nichts weiß. Aber ich erinnere mich an einen, der sehr klein und fett war. Ein Bodenakrobat und unglaublich gelenkig.»

«Luke», sagte ich. «Demnach hat Eudo Colet ihn gekannt und muß daher auch Martin Fletcher gekannt haben.»

Das Seidenkleid raschelte leicht, als Ginèvre sich anders zurechtsetzte. «Und natürlich hätten auch sie ihn erkannt, wenn sie sich begegnet wären. Auch wenn Eudo noch den Bart trägt, den er sich wachsen ließ, als er bei uns war, die Stimme eines Mannes und seine Art zu gehen ändern sich nie.»

«Aber sie sind sich nicht begegnet, nicht von Angesicht zu Angesicht», erwiderte ich eifrig, vergaß mich wieder, beugte mich vor, umschloß ihr Handgelenk mit den Fingern und schüttelte es leicht. Ich berichtete ihr so knapp wie möglich die Umstände, unter denen Martin und ich Grizelda Harbourne aufgesucht hatten. «Während wir an der Tür mit ihr sprachen, dachte ich, ich hätte hinter ihr im Flur jemanden gesehen. Grizelda hielt eine Laterne, das Licht fiel direkt auf mich und Martin Fletcher. Unsere Gesichter mußten für jeden deutlich sichtbar sein, der im Schatten stand.»

«Und Ihr glaubt, dieser Jemand sei Eudo Colet gewesen?» Die Finger von Ginèvres anderer Hand kamen gekrochen und deckten meine zu, aber ich war viel zu sehr von dem abgelenkt, was ich sagte, um es zu bemerken.

«Ich bin sicher, aber wieder kann ich es nicht beweisen.» Ich runzelte die Stirn. «Doch warum Grizelda leugnete, daß jemand da war, begreife ich nicht.»

«Ein Liebesstelldichein vielleicht?» Ginèvre lächelte langsam und wollüstig und ließ ihre Zungenspitze über die Lippen gleiten. «Eudo hatte für hübsche Frauen immer etwas übrig. Und soviel ich mich erinnere, hat Grizelda Harbourne ziemlich gut ausgesehen.»

«Sie hat ihn gehaßt», antwortete ich ärgerlich, merkte zugleich, daß wir uns bei der Hand hielten, und zog meine hastig zurück. «Und er hat sie genauso verabscheut wie sie ihn. Nein, wenn er tatsächlich dort war...»

Ich unterbrach mich, denn mir wurde plötzlich klar, daß Eudo an jenem Abend dort gewesen sein mußte; wann sonst hätte er den Schaden an der Galerie in Augenschein nehmen können, der durch meinen Sturz entstanden war? Am nächsten Morgen hatte er Oliver Cozin informiert, denn der Anwalt hatte schon Bescheid gewußt, als der Sheriff im Klosterhof das Aufgebot zusammenstellte. Das war ein sicherer Beweis für meinen Verdacht. Aber warum nur, warum hatte Grizelda seine Anwesenheit geleugnet?

Ginèvre Napier zog einen Schmollmund und lehnte sich im Sessel zurück, verärgert, weil ich ihre Annäherungsversuche so schnöde zurückgewiesen hatte.

«Ein eifersüchtiger Liebhaber, ist es das?» höhnte sie. «Oder ein Möchtegernliebhaber? Ja, jetzt beginne ich die Anzeichen zu erkennen. Ihr hättet Mistress Harbourne selbst gern zu Euch ins Bett geholt.»

Ich erhob mich steif und verneigte mich flüchtig.

«Madam, ich danke Euch, daß Ihr so freundlich wart, mich zu empfangen und mir meine Fragen zu beantworten, doch jetzt muß ich gehen. Zwischen uns gibt es nichts mehr zu sagen.»

Ginèvre antwortete nicht, sah mir nur mit glimmenden Augen zu, als ich die restlichen Waren in meinen Packen stopfte und ihn verschloß. Ehe ich ging, sagte sie noch leise, aber mit gehässiger Bosheit: «Ein schwacher Mann, dieser Eudo Colet, und leicht zu verführen. Wenn er und Grizelda Harbourne ein Liebespaar sind, dann müßt Ihr Euch damit abfinden, daß es mehr ihr Wunsch war als der seine.»

Ich antwortete, wobei ich meinen Zorn zu unterdrücken suchte: «Ich habe Euch gesagt, daß sie ihn haßt. Sie hält ihn für schuldig, einen Pakt mit den Banditen geschlossen zu haben, um sich der Skelton-Kinder, Andrew und Mary, zu entledigen. Aus irgendeinem Grund, den ich nicht verstehe, versucht Ihr, mich gegen sie aufzuhetzen. Das wird Euch nicht gelingen.»

Jetzt war es Ginèvre, die am ganzen Leib zitternd aufstand; ihre Augen waren nur noch Schlitze in der gemalten Maske ihres Gesichts.

«Ich hätte große Lust, mich bei meinem Ehemann über Euch zu beschweren. Er würde sehr schnell dafür sorgen, daß Ihr auf dem Rad ausgepeitscht werdet und ins Loch kommt. Aber es wäre ein Jammer, Eure schöne Haut zu verunstalten, also hinaus mit Euch, bevor ich's mir noch anders überlege.»

Das ließ ich mir nicht zweimal sagen und fand mich auf der Straße wieder, ohne zu wissen, wie ich dahin gekommen war. Ich schulterte meinen Packen und ging blindlings die Paternoster Row entlang. Fast hatte ich schon die Cheap erreicht, als ich hinter mir klappernde Schritte hörte. Im nächsten Moment legte mir jemand die Hand auf den Arm, und als ich mich umdrehte, sah ich neben mir Ginèvres kleine Magd.

«Meine Herrin bittet Euch zurückzukommen, Sir», stieß sie kurzatmig hervor. «Es gibt da etwas, sagt sie, das sie Euch noch erklären muß.»

«Warum hat sie es mir dann nicht schon vorher gesagt?» fragte ich. «Nein, nein! Sie hält mich offenbar für einen noch größeren Narren, als ich dachte, wenn sie glaubt, ich gehe wieder zurück.»

Das Mädchen drückte mir den Arm noch fester. «Bitte kommt mit!» sagte es flehend. Zutraulich fügte es hinzu: «Meine Herrin würde einem Mann wie Euch nie etwas antun. Ich geb Euch mein Wort. Ich kenne sie. Es wäre gegen ihre Natur. Sie meint es ernst. Sie hat Euch wirklich etwas zu sagen.»

Ich war nicht überzeugt, vermutete jedoch, das Mädchen werde darunter zu leiden haben, wenn ich nicht tat, worum ich gebeten wurde. Daher ging ich mit der Kleinen zurück, aber nicht ohne Befürchtungen.

Meine Furcht erwies sich jedoch als unbegründet. Ginèvre hatte ihre Fassung wiedergewonnen und sah mir gelassen entgegen.

«Ich denke», sagte sie, «daß man über den Mord an zwei unschuldigen Kindern nicht so leicht hinweggehen darf. Deswegen will ich Euch etwas über Eudo Colet sagen, das Ihr wissen solltet. Vielleicht *ist* er tatsächlich mit dem Teufel im Bunde, denn er besitzt ein teuflisch raffiniertes Talent. Setzt Euch noch einen Moment, und ich will es Euch verraten.»

- - -

Neunzehntes Kapitel Ich hatte mich in die St. Lawrence's Lane zum Blossom's Inn – in der Umgebung unter diesem Namen bekannt, weil der heilige Laurentius auf dem Wirtshausschild mit Blumen bekränzt war – auf den Weg gemacht und bestellte, dort eingetroffen, ein Ale. Dann suchte ich mir eine gemütliche Ecke und zog mich in den Schatten zurück, dem Druck der Körper um mich herum ebenso entronnen wie dem flinken Geschnatter in einem mir unbekannten Akzent. Denn in jenen Tagen und möglicherweise auch heute noch, doch das weiß ich nicht mehr, war diese Schenke das Ziel von Fuhrleuten und Boten aus den Grafschaften im Osten. Ich hatte Blossom's Inn bewußt gewählt, weil ich nachdenken mußte und auf keinen Fall auch nur das geringste Risiko eingehen wollte, jemanden aus meinem Teil der Welt zu treffen, der den Wunsch hatte, mit mir zu schwatzen.

Es gelang mir, das Ende einer hochlehnigen Bank zu ergattern, wo eine Gesellschaft von Fuhrleuten aus den Niederungen in East Anglia mit gutmütigen Neckereien, bis an den

Rand gefüllten Gläsern und Tellern mit dampfendem Hammelstew ihre Bekanntschaft erneuerten. Sie interessierten sich nur für sich selbst und niemanden sonst, und nachdem es mir einmal gelungen war, meine Ohren gegen ihre Stimmen zu verschließen – was mir nicht schwerfiel, da ich ihre Sprache ohnehin nicht verstand –, konzentrierte ich meine Gedanken auf die Ereignisse der vergangenen Stunde und ganz besonders auf Ginèvre Napiers letzte Enthüllung.

«Eudo Colet», sagte sie, «hat die Gabe, sprechen zu können, ohne die Lippen zu bewegen. Und wenn ich ‹sprechen› sage, dann meine ich deutliches und klares Sprechen, nicht die unvollkommene, dumpfe Art wie Ihr oder ich, wenn wir versuchen würden, das gleiche zu tun. Ich habe ihn auf dem Markt gesehen, als er einen Zuschauer aufforderte, sich neben ihn zu stellen, und dann so tat, als spräche dieser Mann. Ich habe ihn an den drei Tagen, an denen Rosamund und ich St. Bartholomew's Fair besuchten, viele Male dabei beobachtet, denn sie war vom ersten Moment an so vernarrt in ihn, daß wir uns immer und immer wieder unter die zahlreichen Gaffer vor der Gauklerbühne mischten. Das heißt, bis ich es satt hatte, mich langweilte und mir die anderen Sehenswürdigkeiten anschauen ging.»

«Ich habe diesen Trick auch schon gesehen», sagte ich, «aber nicht so raffiniert, wie Ihr ihn schildert, glaube ich.»

«Wartet!» Ginèvre hatte eine blasse Hand gehoben, auf der sich die Venenknoten im Sonnenlicht unbarmherzig abzeichneten. «Es kommt noch mehr. Eudo konnte die Stimmen anderer Leute nachahmen. Wenn man mit geschlossenen Augen lauschte, konnte man tatsächlich glauben, er sei ein alter Mann oder sogar eine alte Frau, ein weinendes Baby oder ein kleines Kind. Es war erstaunlich – und erschreckend.»

«Ein Kind», sagte ich, und mein Gaumen wurde vor Aufregung strohtrocken. «Er konnte ein kleines Kind nachahmen?»

«Ich sage doch, daß er jeden nachahmen konnte.» Ginèvre schlug mit der Hand hart auf die Tischplatte, ihre zahlreichen Ringe prallten mit einem dumpfen Ton auf das Holz. «Aber auch dies war noch nicht sein größtes Talent.» Sie streckte die Hand aus und legte sie auf die meine, obwohl ich nicht glaube, daß ihr bei dieser Gelegenheit bewußt war, was sie tat. «Er konnte seine Stimme so klingen lassen, als käme sie von weit weg. Einmal während des Monats, den er hier verbrachte und Rosamund ihr Bestes tat, um einen Gentleman aus ihm zu machen – eine unlösbare Aufgabe, worin wir ja offenkundig übereinstimmen –, war ich mit ihm in diesem Raum, als ich meinen Mann sprechen hörte, irgendwo hinter mir. Ich fuhr herum und erwartete Gregory zu sehen, aber er war nicht da. Als ich mich wieder zu Eudo Colet umdrehte, lachte er. Ich war so wütend, daß er diesen Trick nie wieder bei mir angewendet hat, obwohl Rosamund ihn dazu ermutigte. Sie fand es amüsant und raffiniert, bis ich sie warnte und ihr sagte, wenn Eudo den Leuten bei ihr daheim solche Streiche spielte, würde man sehr bald wissen, daß er vom Rummelplatz kam. Ich denke, dieses Argument war stark genug, denn danach übte Eudo seine merkwürdigen Talente nie wieder aus. Aber glaubt mir, Händler, ich bin weder vorher noch nachher jemandem begegnet, der auch nur den zehnten Teil seiner Fähigkeiten gehabt hätte. Eine Gabe Gottes – oder des Teufels.»

Ich hatte ihre Worte noch im Ohr, während ich langsam mein Ale trank. Das Hammelstew roch gut, doch ich war zur Abwechslung einmal nicht hungrig, obwohl ich seit vielen Stunden nichts gegessen hatte. Ich war zu aufgeregt und mußte genau durchdenken, was ich erfahren hatte. Zuerst und vor allem wußte ich jetzt ohne jeden Zweifel, daß die Kinderstimme, die mich aus dem Bett gelockt hatte, nicht dem an die Erde gefesselten Geist von Andrew oder Mary Skelton gehört hatte, sondern Eudo Colet. Zweitens, da das der Fall war, kannte er schon seit dieser Nacht aus eigener

Anschauung den Schaden an der Galerie und hatte nicht erst zu einem späteren Zeitpunkt davon erfahren. Und das wiederum ließ den Schluß zu, daß ich mich geirrt hatte, als ich glaubte, er sei am Abend vor dem zweiten Mord bei Grizelda gewesen. Eudo konnte Martin Fletcher und Luke Hollis überall innerhalb der Stadtmauern von Totnes gesehen haben – vielleicht sogar vor der Stadt, ohne daß wir ihn bemerkt hätten. Ich hatte mir die schattenhafte Gestalt im Flur hinter Grizelda nur eingebildet. Es war ein Trick der Dunkelheit gewesen. Sie hatte nicht gelogen, als sie sagte, sie sei allein.

Ich seufzte erleichtert auf und stellte fest, daß meine Hand heftig zitterte; so heftig, daß mein Ale fast überschwappte. Vorsichtig stellte ich den Krug auf den Tisch, lehnte mich in meine Ecke und schloß einen Moment lang die Augen, von der Erkenntnis überwältigt, daß meine Gefühle für Grizelda viel tiefer waren, als ich mir bisher eingestanden hatte. Sie faszinierte mich, übte eine Anziehungskraft auf mich aus, die, wenn vielleicht auch nicht stark genug, um Liebe genannt zu werden, der Liebe jedoch sehr nah kam. Es war schwierig zu sagen, woher diese Verzauberung rührte, denn ich hatte viele jüngere und schönere Frauen kennengelernt, ohne ihren Reizen zu erliegen; obwohl ich ehrlicherweise zugeben mußte, daß ich mich sehr leicht verliebte und oft in Frauen, die meine Gefühle nicht erwiderten.

Ich öffnete die Augen wieder, trank noch etwas Ale und überlegte, welches Gewicht Ginèvre Napiers Enthüllungen im Hinblick auf Eudo Colets Schuld an der Ermordung seiner Stiefkinder haben mochte. Aber während der Nachmittag verging, meine Tischgenossen ihre Zeche bezahlten und aufbrachen und eine zweite Gruppe von Fuhrleuten – diesmal aus der Gegend um Norwich – ihre Plätze einnahm, sah ich mich noch immer vor demselben Dilemma, das mich bei diesem Fall von Anfang an verfolgte.

Was ich inzwischen über Eudo wußte, ließ den Schluß zu, daß er die Kinder irgendwann zwischen Grizeldas Abfahrt und seinem Besuch bei Thomas Cozin selbst getötet haben konnte. Weder Bridget Praule noch Agatha Tenter hatten behauptet, Mary oder Andrew Skelton in dieser Zeit *gesehen* zu haben, sie hatten nur ihre Stimmen aus dem oberen Stockwerk *gehört*. Eudos trickreich verstellte Stimme. Sogar als er, am Fuß der Treppe stehend, «Gott sei mit euch!» gerufen und Mary von oben geantwortet hatte «Und mit dir!», konnte Eudo nur vorgegaukelt haben, daß das Kind noch lebte. Ein gerissener Mann. Ein gerissener Mann, der seine Talente für seine teuflischen Ziele ausgenutzt hatte. Und doch ... Als er nach Hause kam, hatte er Bridget hinaufgeschickt, die Kinder zu holen, aber sie seien, wie sie sagte, nicht zu finden gewesen. Lebend oder tot – sie waren verschwunden.

Es war eine warme Nacht, die Aprilluft unberührt von Kühle, der Himmel weich, tief und hell, von tausend blinzelnden Sternen beleuchtet, und ich schlief überaus bequem auf dem Heuboden einer Scheune am Rand des Dorfes Paddington. Mein Appetit hatte sich, bevor ich Blossom's Inn verließ, aufs angenehmste zurückgemeldet, so daß ich zwei dampfende Teller Hammelstew mit einem Kanten Brot und noch einem großzügigen Quantum Ale verdrückt hatte. Als ich am nächsten Morgen erwachte, war ich wunderbar ausgeruht und entschlossen, so bald wie möglich nach Totnes zurückzukehren. Ich wusch und rasierte mich an dem Bach, der die umliegenden Wiesen bewässerte, erbat mir von der Frau des Farmers für ein Päckchen Nadeln etwas Brot und Käse und nahm dann die staubige Hauptstraße nach Westen unter die Füße, wobei ich darauf vertraute, daß ich sehr bald von einem Fuhrmann eingeholt werden würde, der in dieselbe Richtung wollte.

Wieder hatte ich Glück, und trotz der zwei Tage, an denen ich auf meine Füße angewiesen war, näherte ich mich Exeter schon nach knapp einer Woche. Der Fuhrmann, der mich an den beiden letzten Tagen hinten auf seinem Wagen mitfahren ließ, hatte es eilig, nach Hause zu kommen, und legte daher ein ordentliches Tempo vor, ohne große Rücksicht auf Schlaglöcher und andere Hindernisse auf der Straße zu nehmen; er redete nicht viel und hielt auch nicht häufiger als nötig. Mit dem Ergebnis, daß wir am Freitag nachmittag schon ungefähr eine Stunde vor dem Tagesschlußgebet bei der St.-Catherinen-Kapelle und den angrenzenden Armenhäusern anhielten. Als ich aus dem Wagen kletterte, wo ich zwischen Leinenballen gesessen hatte, die für einen einheimischen Textilhändler bestimmt waren, bedankte ich mich bei ihm und fragte ihn, ob er wisse, wo der Anwalt Cozin wohne. Der Mann nickte mürrisch.

«O ja», sagte er, «es gibt nur wenige in dieser Stadt, die Master Cozin nicht kennen.» Er musterte mich scharf. «Warum sollte jemand wie Ihr mit einem Anwalt sprechen wollen? Ihr habt doch keine Schwierigkeiten mit dem Gesetz, oder?»

Ich beeilte mich, ihm zu versichern, daß er in seinem Wagen keinen gesuchten Verbrecher transportiert hatte, und er wies mir den Weg zu einem schönen, zur Hälfte holzverkleideten Haus beim Westtor, in Stepcote Hill. Auf mein Klopfen öffnete mir eine magere Frau mit Habichtsnase, offensichtlich die Haushälterin, die mich meiner Wege geschickt hätte, hätte ich nicht in weiser Voraussicht sofort den Fuß in die Tür gestellt.

«Wenn Ihr nur erwähnen wolltet, daß Roger, der Händler, ein paar Worte mit ihm sprechen möchte, bin ich überzeugt, daß er mich empfangen wird», sagte ich schmeichelnd und lächelte sie hoffnungsvoll an.

«Anwalt Cozin sitzt beim Abendessen», antwortete sie, doch ich merkte, daß ihre Entschlossenheit ins Wanken geriet. Ich lächelte wieder. «Nun schön», fauchte sie. «Wartet hier. Aber tretet ja nicht über die Schwelle, ehe ich zurückkomme.»

Ich gab ihr mein Wort, und sie verschwand durch eine Tür zu ihrer Linken. Ich hörte Stimmengemurmel, einen ärgerlich klingenden Ausruf, dann die Frage: «Was will er denn hier?» Aber gleich darauf erschien die Frau wieder und deutete mit dem Kopf zur Tür. «Hinein mit Euch! Der Master will Euch sehen, aber Ihr müßt schnell machen. Er hat vor der Sperrstunde noch einen Termin in einem anderen Stadtteil.»

Ich nickte unterwürfig und betrat das Speisezimmer des Anwalts, wo auf einem langen Eichentisch die Reste seines Abendessens standen. Es war ein Raum, dessen Bewohner wenig Wert auf Wohnlichkeit legte, abgesehen von zwei ausgeblichenen Gobelins an der Wand und einem einzigen Lehnstuhl. Es war ein Raum, der dem Wesen seines Bewohners entsprach; genauso hatte ich mir das Heim von Oliver Cozin vorgestellt.

«Nun?» fragte er schroff und ohne Gruß. «Was wollt Ihr, Chapman? Wann habt Ihr Totnes verlassen?»

«Vor vierzehn Tagen», antwortete ich, nahm meinen Pakken von den Schultern und stellte ihn auf den Fußboden. «Einen Tag bevor Euer Gnaden nach Exeter zurückkehren wollten. Ich war in der Zwischenzeit in London und bin eben zurückgekommen.»

«In London, wie?» Er hob die Brauen und wurde ein wenig aufmerksamer. «Ich vermute, diese Tatsache ist von Bedeutung, sonst hättet Ihr sie nicht erwähnt. Also, heraus mit der Sprache. Ich habe nicht die ganze Nacht Zeit.»

Ich erzählte ihm alles, was ich von Ginèvre Napier erfahren hatte, nannte ihm die Gründe, die mich bewogen hatten, sie aufzusuchen, und erläuterte die Schlüsse, die ich aus dem zog, was sie zu berichten wußte. Master Cozin hörte mir schweigend, aber sehr genau zu. Die Falten auf seiner Stirn wurden immer tiefer, je länger ich sprach. Als ich geendet hatte, sagte er eine Weile nichts, blickte starr auf den Tisch hinunter und nagte an seiner Unterlippe. Dann hob er den Kopf und sah mich an.

«So», sagte er, «Ihr habt also Master Colets Herkunft eruieren können, was meinem Bruder Thomas nicht gelungen ist. Das ist verständlich, wenn man bedenkt, aus welcher Quelle die Information stammt. Diese Mistress Napier ist, wenn ich sie nach Euren Schilderungen richtig beurteile, eine Frau, die ein gutaussehender Junge wie Ihr unschwer überreden kann, ihm Geheimnisse anzuvertrauen. Ein älterer Mann hätte da wohl kein Glück.»

Zu meiner eigenen Überraschung verteidigte ich Ginèvre eifrig.

«Verzeiht, Sir, aber ich glaube, Ihr tut der Dame unrecht. Erstens war Master Thomas nicht selbst in London, sondern hat zwei Bedienstete geschickt. Außerdem ist Rosamund Colet jetzt tot, und es kann sie nicht mehr verletzen, wenn ihr Geheimnis allgemein bekannt wird. Doch mehr noch – ihre beiden Kinder wurden ermordet. Keine Freundin, die ihr Salz wert ist, würde unter diesen Umständen schweigen, nicht wenn sie glaubt, daß ihr Wissen vielleicht der Wahrheit ans Licht helfen könnte.»

«Aber tut es das?» Der Anwalt trommelte gereizt mit den Fingern auf die Tischplatte, sah mich vorwurfsvoll an. «Ich gebe zu, Ihr habt *möglicherweise* bewiesen, daß Master Colet seine Stiefkinder ermordet und die Tat dann verschleiert haben *könnte*, indem er ihre Stimme nachahmte, als seien sie noch in ihrem Zimmer im oberen Stockwerk. Weiterhin akzeptiere ich Euer Argument, daß weder Andrew noch Mary zum Frühstück heruntergekommen sind und daß beide, nachdem sie aufgestanden waren, bis zum Zeitpunkt ihres Verschwindens weder von Bridget Praule noch von Agatha Tenter gesehen wurden. Ihr habt mir aber bisher noch nicht zu meiner Zufriedenheit nachgewiesen, wie Master Colet die Leichen aus dem Haus gebracht hat.»

«Irgendwie muß er es gemacht haben», sagte ich verzweifelt. «Er ist durch ihren Tod noch reicher geworden, als er schon war. Und Ihr müßt zugeben, Sir, daß er ein triftigeres Motiv als die Banditen hatte, Martin Fletcher und Luke Hollis umzubringen, bevor sie ihn erkannten und sein Geheimnis verrieten.»

«Ja-a.» Oliver Cozin spitzte die Lippen. «Ihr wißt natürlich nicht, daß die Banditen drei Tage nach der Ankunft des Sheriffs aus ihrer Höhle ausgeräuchert wurden und jetzt im Grafschaftsgefängnis hinter Schloß und Riegel sind, während sie auf ihren Prozeß warten. Und außerdem müßt Ihr erfahren, daß zu den Verbrechen, die sie auf keinen Fall begangen haben wollen, der Mord an Ihren Gauklerfreunden und der Mord an den Skelton-Kindern gehört.»

«Da haben wir's!» rief ich aufgeregt. «Es *muß* Eudo Colet gewesen sein, in beiden Fällen der einzige, der durch die Morde etwas zu gewinnen hatte.»

Der Anwalt stemmte sich in die Höhe.

«Dann beweist mir, wie er die Leichen der Kinder aus dem Haus ans Ufer des Flusses Harbourne gebracht hat. Denn bevor er meinen Bruder besuchen ging, hatte er keine Gelegenheit dazu, und nach seiner Rückkehr auch nicht. Tote Körper wiegen schwer, Master Chapman, auch die von Kindern. Und von dem Zeitpunkt an, als Bridget sie nicht finden konnte, blieb Master Colet, wie ich zu wissen glaube, immer im Blickfeld nicht nur von ihr und Agatha Tenter, sondern von allen, die kamen, um sich an der Suche zu beteiligen.»

Meine Hochstimmung fiel in sich zusammen, und ich war plötzlich sehr müde. Meine Niederlage starrte mir ins Gesicht. Und doch mußte es eine Lösung geben! Ich konnte Eudo Colet nicht mehr für unschuldig halten. Irgendwie hatte er beim Tod seiner Stiefkinder die Hand im Spiel. Master Cozin muß auch dieser Meinung gewesen sein, denn er kam um den Tisch herum, drückte mich auf einen Stuhl und schenkte mir einen Becher Wein ein.

«Hier, trinkt das», sagte er. Er ging zur Tür, rief nach der Haushälterin, und als sie kam, wies er sie an, mir etwas zu essen zu bringen. «Und mach dem Händler am Feuer in der Küche ein Bett zurecht. Dann schick Tom in den Mietstall und sag ihm, daß ich morgen gleich nach dem Frühstück meinen Wagen und meine Pferde brauche.» Als die überraschte und neugierige Haushälterin abmarschierte, um seine Anweisungen auszuführen, wandte der Anwalt sich wieder an mich. «Ich begleite Euch nach Totnes», sagte er. Und als sei es ein ungeheures Zugeständnis, fügte er hinzu: «Ihr dürft mit mir in meinem Wagen fahren.»

Der angemalte Wagen mit der dunkelroten Samtpolsterung und den seitlichen Vorhängen aus gleichfarbigem Leder war eine der feinsten Equipagen, die ich je gesehen hatte; erstaunlich bei einem Anwalt, denn er gehörte einem Berufsstand an, der, ständig seine Armut beklagend, normalerweise – damals wie heute – reitet.

Beide, Oliver Cozin und sein Bruder, waren unter dem bärbeißigen Äußeren warmherziger, als zumindest Oliver scheinen wollte – höchstens Mitgliedern seiner Familie zeigte er sein wahres Gesicht. Ich konnte mir keinen anderen Mann seines Standes vorstellen, der einem gewöhnlichen Straßenhändler einen Platz in seinem Wagen einräumte und ihm auch erlaubte, in der Taverne, in der wir zu Mittag aßen, an seinem Tisch zu sitzen. Natürlich bestand er darauf, daß ich Packen und Knüppel im Wagen ließ, und runzelte über meine fadenscheinige Kleidung ein wenig die Stirn, ließ sich aber sonst überhaupt nicht anmerken, daß er sich meiner vielleicht schäme.

Auf der ersten Etappe unserer Fahrt ließ er mich alles wiederholen, was ich von Ginèvre Napier erfahren hatte, nickte an manchen Stellen meines Berichts, schüttelte an anderen zweifelnd den Kopf, wußte jedoch, als ich fertig war, nichts Bemerkenswertes dazu zu sagen, außer: «Nach wie vor bleibt offen, wie er sich der Leichen der Kinder entledigt hat.» Nach einer kurzen Pause fügte er hinzu: «Wenn wir Eudo Colet nicht des Mordes an den Kindern überführen können, bezweifle ich, daß es uns gelingen wird, ihm den Mord an den Gauklern zur

Last zu legen, denn ich weiß, daß der Lord Sheriff, ebenso wie alle anderen, nicht geneigt ist, den Beteuerungen der Banditen zu glauben, sie hätten diese Morde nicht begangen.» Er lächelte kaum merklich. «Niemand wird darauf brennen, einen scheinbar ehrbaren Bürger zu beschuldigen, wenn einem eine Räuberbande zur Verfügung steht, der man die Schuld anlasten kann.»

Beinah begann ich Zuneigung für Master Cozin zu empfinden, ein Gefühl, das auszulösen ich keinem Anwalt der Welt zugetraut hätte. Die meisten Männer seines Schlages wären nur sehr widerstrebend bereit gewesen, etwas Schlechtes von einem Ihrer Klienten zu glauben, der außerdem eine Quelle des Wohlstandes war, zumal wenn die Beschuldigung von einer so niedrigen Person wie mir kam. Oliver Cozin, stellte ich fest, war etwas sehr Seltenes – ein Anwalt, der die Gerechtigkeit um ihrer selbst willen liebte.

Nachdem wir gegessen hatten und die Sonne langsam zum Zenit anstieg, die Wärme zunahm, da der Mittag nahte, versickerte unser Gespräch, und der Schlaf überwältigte uns. Master Cozins Kutscher Tom, der zumindest mir deutlich zu verstehen gegeben hatte, daß er meine Anwesenheit im Wagen mißbilligte, fand ein Ventil für seinen Ärger, indem er uns durch jedes Schlagloch und über jeden Buckel der Straße kutschierte, nannte jedoch, als sein Herr ihm Vorwürfe machte, nicht den Grund für seinen Unmut. Trotzdem begannen der Anwalt und ich, jeder in seine Ecke der samtenen Bank gedrückt, vor uns hin zu dösen, Master Cozin sogar noch schneller als ich; denn als ich schließlich einschlief, schnarchte er schon leise.

Ich hätte geschworen, daß ich nicht einschlafen würde, weil mein Geist sich so stark mit den Morden an Andrew und Mary Skelton und der geheimnisvollen Art beschäftigte, wie ihre Leichen verschwunden waren. Aber ich hatte nicht mit der Wirkung eines guten Mittagessens gerechnet, das mich, zusammen mit dem Schaukeln des Wagens, so unregelmäßig es auch sein mochte, einlullte wie einen Säugling in den Armen seiner Mutter. Es war jedoch kein friedlicher Schlummer; der Linseneintopf, gefolgt von Hecht in Galantinesauce und hinterher Honigkuchen mit Nüssen, lag mir schwer im Magen. Ich träumte...

Ich war in einem dichten schwarzen Wald, und der Gesang eines Kindes lockte mich. Manchmal war mir die Stimme sehr nahe, manchmal ein Stückchen weiter weg, aber immer entfernt, der Sänger oder die Sängerin nicht zu sehen. Die Baumwurzeln schlängelten sich über meinen Pfad, und ich stolperte oft, zerkratzte mir die Hände, schürfte mir die Knie auf, bis der Pfad urplötzlich unter mir nachgab wie die Galerie und ich zu stürzen begann...

Aufschreckend erwachte ich, als der Wagen schräg über eine Reihe von Buckeln hüpfte, die schlimmer waren als alle anderen bisher. Ich hörte Tom vor sich hin pfeifen, als er die armen Pferde mit einem Peitschenhieb vorwärts trieb. Dann warf ich einen Blick auf Oliver Cozin, doch er schlief noch selig, ohne von der Mißbilligung seines Bediensteten etwas zu ahnen. Ich machte es mir wieder in meiner Ecke bequem und blickte hinaus in die vorüberziehende Landschaft, denn wir hatten die Ledervorhänge geöffnet, damit wir mehr Luft bekamen. Der erste Mai stand bevor, und die Bäume hatten sich in junges hellgrünes Frühsommerlaub gehüllt. Das satte Dunkelrosa der Feuernelken schaute überall aus dem hohen Gras heraus.

Ich dachte an die Nacht, in der ich den Gesang gehört hatte; wie er manchmal ganz nah und dann wieder weit weg gewesen war. Mich fröstelte. Eudo Colet mußte mir in der Finsternis so nah gewesen sein wie ich jetzt Master Cozin, aber immer weit genug voraus, um nicht gesehen zu werden. Er hatte sich aus Thomas Cozins Haus hinausgestohlen, ohne die Bewohner zu stören, und die Haustür offengelassen, damit er wieder hineinkonnte. Dann hatte er sein eigenes Haus betreten, vermutlich durch den äußeren Hof, war durch die Küche in den inneren gelangt, wo er mit Messer und Säge die mittlere Verstrebung der Galerie gelockert hatte. In die Küche zurückgekehrt, war er auf den Speicher gestiegen und leise auf Zehenspitzen durch die Galerie geschlichen – wo er zweifellos sehr darauf geachtet hatte, nicht zu schwer auf die angesägte Mitte zu treten. Dann war er durch das Schlafzimmer in das obere Wohnzimmer gegangen, von wo er mich unten schlafen sehen konnte. Sein Nachahmungstalent zu Hilfe nehmend, hatte er angefangen zu singen...

Wieder fröstelte mich. Er hatte mich immer weiter gelockt, während er sich zurückzog und manchmal verstummte, um seine Stimmbänder auszuruhen. Sobald er wußte, daß ich wach war und ihm folgte, mußte er über die Galerie zurückgeschlichen sein, wobei er sich genug Zeit nahm, um ganz vorsichtig auftreten zu können. Dann hatte er die Tür am anderen Ende offengelassen, um meine Aufmerksamkeit zu erregen. Der Rest war haargenau so gekommen, wie er es geplant hatte – außer, daß kein mitternächtliches Abenteuer mich von dem brennenden Wunsch, die Wahrheit zu ergründen, abbringen konnte. Eudo Colet war mich und meine lästige Neugier nicht losgeworden, wie er gehofft hatte.

Ich mußte wieder eingeschlafen sein, ohne überhaupt zu merken, wann ich die Schwelle des Schlafes überschritt. Denn plötzlich saß ich, obwohl wir immer noch holprige Straßen entlangrumpelten, neben Jack Carter auf dem Bock seines Wagens. Er sprach mit mir; ich wußte es, weil ich sah, wie seine Lippen sich bewegten, aber das meiste von dem, was er sagte, konnte ich nicht hören. Es war ein Durcheinander leiser Laute. Nur ab und zu ergaben ein paar Worte einen Sinn.

«Sie wurde gestoßen... Wurde gestoßen... Wurde gestoßen...» – «Denselben Mantel, dasselbe Kleid, jahrein, jahraus...» – «Stolz und die Fähigkeit, ihre wahren Gefühle zu unterdrücken...»

Dann saßen – unberechenbar, wie Träume sind – Jack Carter und ich nicht mehr in seinem Wagen, sondern an einem

Tisch in Matt's Tavern. Ich spürte, daß er mir etwas ungeheuer Wichtiges sagen wollte; etwas, das das Geheimnis um die Skelton-Kinder entschlüsseln und erklären würde, wie ihre Leichen aus Eudo Colets Haus hinausgebracht worden waren. Er öffnete die Lippen, um zu sprechen, doch noch während er es tat, schien sein Gesicht zu schmelzen und sich neu zu formen, wurde das Gesicht von Innes Woodsman. Er beugte sich vor, bis sein Gesicht ganz dicht vor meinem war, und schrie: «Laßt sie in Ruhe!»

Ich war hellwach und merkte, daß Master Cozin mich besorgt musterte.

«Ihr habt im Schlaf geschrien», sagte er. «Ich konnte nicht ganz verstehen, was Ihr gesagt habt, aber es schien Euch zu beunruhigen. Ihr seid sehr blaß. Fühlt Ihr Euch nicht wohl?»

Ich schüttelte den Kopf. «Nein, nein, mir fehlt nichts. Ich bin nur ganz krank und verstehe nicht, daß ich so blind und so töricht war.» Ich drehte mich auf dem Sitz herum und sah ihn an. «Denn ich weiß jetzt, wie die Leichen aus dem Haus gebracht wurden, damit sie Wochen später am Ufer des Harbourne gefunden werden konnten.»

- - -

Zwanzigstes   «Du!» rief Grizelda und sah mich erstaunt
Kapitel   an. «Ich dachte, du seist aus Totnes fortgegangen.»

Sie hatte eine oder zwei Minuten gebraucht, um die Tür zu öffnen, und ich hatte schon befürchtet, sie hätte das alte Crouchback-Haus in der Nähe des Westtors verlassen. Ich hatte lauter geklopft und ihren Namen gerufen.

«Das Schicksal hat mich wieder hergeführt», antwortete ich, «und ich mußte dich noch einmal sehen, bevor ich mich endgültig verabschiede. Bei unserem letzten Treffen ist zwischen uns so vieles ungesagt geblieben. Willst du mich nicht hereinbitten?»

Sie zögerte, zuckte dann mit den Schultern und trat zur Seite, um mich eintreten zu lassen.

«Ich bin in der Küche», sagte sie, «und koche mir das Abendessen. Du kannst mitkommen und mir zusehen, wenn du willst. Was du mir auch sagen willst, ich kann es genausogut dort hören wie anderswo, glaube ich.»

Sie überließ es mir, die Tür hinter uns zu verriegeln, dann ging ich hinter ihr her durch den Flur und über den inneren Hof in die Küche, wo es so appetitlich nach Kaninchenstew roch, daß mir das Wasser im Mund zusammenlief. Grizelda begann am Tisch Kräuter zu hacken, wobei ich sie offenbar gestört hatte.

«Nun?» fragte sie nicht gerade ermutigend. «Was gibt es?» Sie warf mir einen scharfen Blick zu. «Was hast du mit deinem Packen gemacht?»

«In meiner derzeitigen Unterkunft gelassen.» Ich wollte ihr nicht sagen, daß diese Unterkunft Master Thomas Cozins Haus war, ein Umstand, den ich hätte erklären müssen, daher sprach ich hastig weiter: «Ich muß gestehen, ich bin überrascht, dich noch hier zu finden. Ich dachte, Master Colet hätte dich inzwischen vielleicht hinausgeworfen.»

Grizelda hörte auf zu hacken und wischte das Messer an einem Tuch sauber ab. Bevor sie antwortete, kippte sie die Kräuter in den eisernen Topf, der über dem Feuer hing.

«Master Colet und ich», sagte sie, sorgfältig meinem Blick ausweichend, «sind zu einer Übereinkunft gekommen. Ich habe eingesehen, daß ich ihm sehr unrecht getan habe, als ich ihn beschuldigte, etwas mit dem Verschwinden der Kinder und ihrer Ermordung zu tun gehabt zu haben, und er» – sie holte tief Atem – «war anständig genug zu akzeptieren, daß ich für meinen Verdacht vielleicht einen guten Grund hatte. Kurz gesagt, wir haben unsere Streitigkeiten beigelegt.» Sie kam an den Tisch zurück, begann einen Teigklumpen zu kneten, der auf einer Marmorplatte lag. Und sie sah mich noch immer nicht an. «Aber ich werde», fuhr sie fort, «dieses Haus sehr bald verlassen. Master Colet hat mich gebeten, in seinem neuen Heim den Haushalt zu führen.» An dieser Stelle warf sie mir unter den Wimpern hervor einen kurzen Blick zu, senkte aber die Augen gleich wieder. «Urteile nicht zu hart über mich, Roger. Ich meine es aufrichtig, wenn ich sage, daß ich nicht mehr glaube, er habe den Tod von Andrew und Mary verschuldet. Und was das andere angeht – was sonst soll ich tun? Ich brauche ein Dach über dem Kopf und Geld in meinem Beutel, und das schnell, bevor er entweder einen Mieter oder einen Käufer für dieses Haus findet. Und es könnte Monate dauern, ehe ich – wenn überhaupt – woanders eine solche Stelle finde.» Ihre Stimme wurde weicher. «Sag mir, daß du mich verstehst.»

«Ist es denn wichtig, daß ich gut über dich denke?» fragte ich beiläufig. «Bedeutet dir das etwas?»

Jetzt lächelte sie mich direkt an. «Ja, es *bedeutet* mir etwas. Frag mich nicht, warum, denn ich weiß es selbst nicht. Aber deine gute Meinung ist mir wichtig.»

Wieder antwortete ich nicht sofort. Statt dessen betrachtete ich sie nachdenklich; die kräftigen Hände, die unentwegt weiterkneteten, die kräftigen Unterarme, die aus den aufgerollten Ärmeln ihres schäbigen blauen Kleides hervorschauten, die kräftigen dunklen Züge mit der schwachen weißen Narbe von der Braue zur Wange. Kraft, begriff ich jetzt, Kraft war das eine Wort, das Grizelda Harbournes Wesen am besten erfaßte; körperliche Kraft und Willenskraft. Ich erinnerte mich daran, wie sie behauptet hatte, es mache ihr gar nichts aus, schwere Wassereimer das steile Flußufer herauf und zu ihrem Cottage zu schleppen. Ich erinnerte mich an Jack Carters Beschreibung von ihr als Frau, die allen Widrigkeiten des Lebens getrotzt hatte; eine Frau, die weder Zeit noch Energie daran vergeudete, ihr Schicksal zu bejammern, die es aber verstand, abzuwarten und ihre Gelegenheit beim Schopf zu packen, als sie ihr endlich in Gestalt von Eudo Colet geboten wurde. Eine Frau, die weder den natürlichen Banden der Zuneigung noch den Regungen menschlicher Güte, noch dem christlichen Glauben gestattete, sich dem in den Weg zu stellen, was sie wollte. Eine schlechte Frau hatte Innes Woodsman sie genannt. Und dafür und wegen etwas anderem, das er gewußt hatte, war er bei lebendigem Leib verbrannt worden...

«Man hat die Banditen gefangen, wie ich höre», sagte ich, mein Schweigen brechend, «aber sie leugnen den Mord an Andrew und Mary.»

Grizelda schnaubte verächtlich. «Das habe ich auch gehört. Diesen und den Mord an den beiden Gauklern. Die beiden gemeinsten Verbrechen, deren sie beschuldigt werden und für die die Leute ihr Blut fließen sehen wollen.»

Ich sagte, meine Worte sorgfältig betonend: «Ich habe entdeckt, daß Martin Fletcher und Luke Hollis keine Gaukler, sondern *Jongleurs* waren. Das heißt, sie spielten nicht nur ein Instrument, sie haben auch gesungen. Das hat zumindest ein ehemaliges Mitglied ihrer Truppe getan, das sie vor einigen Jahren verließ. Und dieses ehemalige Mitglied dieser Truppe hat sehr schön gesungen, wenn man dem Wächter des Osttors dieser Stadt Glauben schenken darf.»

Grizelda hörte auf zu kneten und blickte verblüfft auf.

«Du drehst und wendest dich zu sehr für meinen Geschmack, Roger. Ich habe den Faden deiner Erzählung verloren. Was hat ein Torwächter aus Totnes mit diesen Gauklern zu tun? Und ganz besonders mit einem, der, wie du sagst, die Truppe vor einiger Zeit verlassen hat?»

«*Jongleurs*», wiederholte ich. «Der Wächter kennt diesen Mann und hat hin und wieder mit ihm in Matt's Tavern vor den Toren gesessen – mit einem Mann, der noch ein ganz besonderes Talent hat ...» Ich erinnerte mich an Ginèvres Worte und fügte hinzu: «Von Gott oder vom Teufel.»

Es folgten Augenblicke absoluter Stille. Die Abendschatten im inneren Hof wurden länger und krochen durch die Küchentür. Grizelda schien für kurze Zeit zu Stein erstarrt wie jemand, der das Haupt der Medusa gesehen hat. Dann lachte sie leicht auf und fing wieder an zu kneten.

«Du meinst, dieser Mann – dieser Gaukler oder *Jongleur*, wie immer du ihn nennen willst – hat sich hier niedergelassen, in Totnes?» Das klang ungläubig.

Ich nickte. «Das meine ich. Und ich stelle fest, daß du nicht fragst, was für ein besonderes Talent er hat. Aber vielleicht weißt du es ja schon.» Fragend hob ich die Brauen, doch Grizelda antwortete nicht. Ich fuhr fort: «Dieser Mann hat die seltsame Begabung, sprechen zu können, ohne die Lippen zu bewegen. Nicht nur das, er kann auch seine Stimme so klingen lassen, als komme sie von weit her; aus dem Mund einer anderen Person; von oben, von unten, neben oder hinter ihm. Als Kind habe ich einmal auf dem Marktplatz in Wells einen Mann gesehen, der sich auf diese Kunst verstand, und ich habe es nie vergessen. Es war wie Zauberei. Obwohl ich glaube, daß das Talent dieses Mannes bei weitem nicht so groß war wie das von Eudo Colet, der auch die Stimmen anderer Leute nachahmen kann.»

Wieder war es in der Küche ganz still, nur das Stew blubberte im Topf. Grizelda griff nach dem Tuch und säuberte sich die Hände, schälte sorgfältig den zwischen ihren Fingern klebenden Teig ab. Endlich sagte sie mit tonloser Stimme: «Willst du damit sagen, daß Eudo Colet dieser Mann ist?»

«Ja. Und du begreifst, was das bedeutet.» Sie antwortete nicht, sah mich jedoch aus Augen an, die so flach und undurchsichtig wirkten wie Kieselsteine. «Es bedeutet, daß er Andrew und Mary sehr wohl ermordet haben konnte, bevor er das Haus verließ, um Master Thomas Cozin zu besuchen. Die Kinderstimmen, die Bridget Praule und Agatha Tenter gehört haben, waren von ihm gekommen, aus *seiner* Kehle.

Sogar als Eudo Colet, wie Bridget ausgesagt hat, am Fuß der Treppe stand, zu den Kindern hinaufrief und Mary antwortete, war das nur Illusion. Da war Mary schon tot, und ihr Bruder auch.»

Grizelda starrte mich noch immer an wie in Trance und zog dann mit einer plötzlichen Bewegung, die mich zusammenzucken ließ, die Schultern hoch.

«Du scheinst sehr gut informiert zu sein», fauchte sie. «Wer hat dir das alles erzählt?»

«Ich war während der letzten beiden Wochen unterwegs nach London und zurück. Ich habe Mistress Napier aufgesucht.»

«Ah! Ginèvre!» Grizeldas Augen wurden wieder ausdruckslos, unmöglich zu sagen, was sie dachte. Gleich darauf sagte sie jedoch: «Aber als Eudo von Master Cozin zurückkam, waren die Kinder verschwunden. Wie hat er sich ihrer Leichen entledigt?»

Ich löste mich von der Wand, richtete mich zu voller Höhe auf und lockerte die Schultern.

«Das», gab ich zu, «scheint auf den ersten Blick ein Problem zu sein, das nicht leicht zu lösen war.» Ich ging zum Tisch und zupfte, mich vorbeugend, an Grizeldas Ärmel. «Dieses blaue Kleid», sagte ich, «ist schon sehr abgetragen. Ich habe dich nie in einem anderen gesehen. Nicht einmal beim Hocking. Jack Carter, der mich bis Exeter in seinem Wagen mitgenommen hat, erzählte mir, du hättest nie viele Kleider gehabt und seist von deiner Cousine so gemein behandelt worden, daß sie dir kaum einmal eines ihrer abgelegten Kleider überließ.»

«Na und?» Das Blut schoß Grizelda ins Gesicht. Ich hatte ihren Stolz berührt; den Stolz, der dadurch, wie sie im Haus der Crouchbacks behandelt wurde, in Fetzen gerissen worden war. «Feine Sachen haben mir nie viel bedeutet. Ich war mit dem zufrieden, was ich hatte.»

«Aber als du das Haus verlassen hast, hast du zwei Kleider

vergessen, in dem Zimmer, das du mit den Kindern geteilt hast, in einer Truhe. Leugne es nicht, denn ich habe sie gesehen.»

«Spioniert und geschnüffelt, wie? Das scheint eine deiner weniger erfreulichen Gewohnheiten zu sein.» Die dunklen Augen waren nicht mehr ausdruckslos, sondern brannten vor Zorn, doch sofort wurde ihr Feuer wieder gedämpft, als Grizelda sich noch einmal beherrschte. «An diesem Morgen war ich nach meinem Streit mit Master Colet sehr aufgeregt. Es war kaum überraschend, daß ich nicht alles mitgenommen habe. Als ich merkte, was ich vergessen hatte, war es zu spät, und ich wollte Eudo Colet nicht mit der Mütze in der Hand bitten, meine Sachen holen zu dürfen. Nun? Bist du zufrieden?»

Langsam schüttelte ich den Kopf. Die Handflächen auf die Tischplatte gepreßt, beugte ich mich noch einmal vor.

«Wenn du so wenige Kleider hattest und zwei hier vergessen hast – warum», wollte ich wissen, «warum war dann deine Truhe so schwer? Warum mußte Jack Carter, nachdem er sie die Treppe heruntergezerrt hatte, den Stallburschen rufen, der ihm half, sie auf den Wagen zu laden?» Sie antwortete nicht auf meine Frage, aber sie riß plötzlich die Augen weit auf vor Angst. «Ich werde es dir sagen», fuhr ich hartnäckig fort und beugte mich noch näher zu ihr, bis mein Gesicht nur einen Zoll von ihrem entfernt war. «Deine Truhe war so schwer, weil darin die Leichen von Andrew und Mary lagen.»

Das Kaninchenstew, das so lange nicht umgerührt worden war, kochte über und erstickte die Flammen des Feuers mit einem dampfenden Zischen, aber wir achteten weder auf die Dampfwolken noch auf den Gestank brennenden Fleisches. Ich bezweifle, daß wir sie überhaupt bemerkten. Erst hinterher wurde mir bewußt, daß ich das eine gehört und das andere gerochen hatte.

Es schien eine Ewigkeit zu dauern, ehe Grizelda sprach, obwohl ich vermute, daß es höchstens Augenblicke waren.

«So!» sagte sie und lächelte völlig unerwartet. «Wie bist du nur zu diesem Schluß gekommen, Roger?»

Ich streckte den Rücken und kreuzte die Arme über der Brust.

«Es gibt keine andere Erklärung», sagte ich. «Du hast Eudo Colet nicht gehaßt und er dich ebensowenig. Vom ersten Moment an habt ihr euch zueinander hingezogen gefühlt, obwohl ich vermute, daß seine Leidenschaft für dich nicht so groß war wie die deine für ihn. Er war schließlich mit seiner Stellung als Rosamunds Ehemann recht zufrieden. Ihr Entschluß, ihn zu heiraten, muß ihm wie die Erfüllung all seiner Träume erschienen sein. Der absolute Gipfel des Glücks. Er brannte nicht gerade darauf, seine Stellung zu gefährden, indem er sich allzuweit mit dir einließ. Tatsächlich war es für ihn besser, wenn eure Beziehung für alle Welt keine besonders freundschaftliche war. Höchstwahrscheinlich war Rosamund sehr eifersüchtig auf ihn. Aber er mochte Frauen, hatte den Ruf, ein Frauenheld zu sein, und im geheimen blühte eure Freundschaft. Er vertraute dir die Geschichte seines Lebens an und unterhielt dich gewiß auch mit Beispielen seines merkwürdigen, aber faszinierenden Talents.»

Die Wange, auf der Grizelda die Narbe hatte, begann zu zucken.

«Sprich weiter!» befahl sie.

«Du hast deine Cousine gehaßt», sagte ich. «Vielleicht nicht ohne guten Grund. Sie und Sir Jasper haben dich von Anfang an wie eine Magd behandelt. Du warst eine Verwandte, warst von ihrem Blut, doch in ihren Augen zählte nur, daß du arm warst, nichts sonst. Dein Stolz hat dir jedoch nicht erlaubt, dich zu beklagen. Du konntest deinen Kummer niemandem anvertrauen, also hast du getan, als wäre alles in Ordnung; als stündet ihr euch so nahe wie Schwestern, du und Rosamund. Sogar als sie dich absichtlich von einem Baum stieß

- 272 -

und du dir das Gesicht so verletzt hast, daß man die Narbe heute noch sieht, hast du allen erzählt, es sei ein Unfall gewesen und du wärst vom Baum gestürzt. Habe ich nicht recht?»

Grizelda griff nach einem Hocker und setzte sich, bevor sie antwortete.

«Vielleicht ja. Vielleicht nein. Erzähl mir mehr. Erzähl mir, welche Rolle ich bei der Ermordung der Kinder gespielt habe.»

Ich holte tief Atem. «Eudo Colet ist ein schwacher Mensch und von einem stärkeren Willen leicht zu beeinflussen, im Guten wie im Schlechten. Es war sein Pech, daß das Schicksal ihn einer Frau in den Weg führte, die einen Hang zum Bösen hatte und deren Groll gegen ihre Cousine und die Kinder ihrer Cousine mit den Jahren zuerst zu Abneigung und dann zu Haß geworden war: dir. Denn ich wäre bereit zu wetten, daß Andrew und Mary, wie die meisten Kinder von ihrer Mutter beeinflußt, dich genauso geringschätzig behandelten wie Rosamund selbst. Mehr noch, es waren Kinder, die schon früh gelernt hatten, ihre wahre Natur vor Erwachsenen zu verbergen, und die alles andere als die frommen kleinen Wesen waren – zwei kleine heilige Unschuldslämmer, wie Mistress Cozin sie einmal genannt hat –, für die ältere Leute sie hielten.»

Grizelda verzog spöttisch die Lippen und spuckte plötzlich in die Binsen auf dem Boden. «Sprich weiter», sagte sie abermals.

Das tat ich.

«Um mich zu wiederholen, du hast dich leidenschaftlich in Eudo Colet verliebt, doch obwohl er deine Zuneigung erwiderte, wollte er seine Ehe nicht gefährden und Rosamund nicht aufgeben. Das hast du in Wirklichkeit auch gar nicht gewollt, denn du wolltest außer dem Mann auch das Vermögen deiner Cousine, deshalb mußte Eudo nach ihrem Tod erben. Zweifellos beschäftigte sich deine furchtbare Phantasie schon mit Mordplänen, als das Schicksal dir zuvorkam und dir die Arbeit ersparte. Rosamund starb im Kindbett, und das Kind kam tot zur Welt. Jetzt galt es für dich und Eudo nur noch, eine schickliche Zeit zu warten. Aber dann wurde dir oder vielleicht auch ihm bewußt, daß ihr euren Reichtum mehren könntet, wenn Rosamunds Kinder auch sterben würden. Laut Sir Henry Skeltons Testament, das du sehr gut kennst, erbte Eudo als Rosamunds nächster Verwandter das Geld, das ihnen ihr Vater hinterlassen hatte. Also mußte man sich ihrer entledigen, aber so, daß weder du noch Eudo verdächtigt werden konnte. Eine schwierige Aufgabe, wenn man bedenkt, daß Eudo der einzige Nutznießer dieser Mordtat war.»

Grizelda lächelte langsam und geheimnisvoll. «Und?» sagte sie gleich darauf.

«Nun, auf einmal – und ich zweifle nicht daran, von wem die Idee ursprünglich stammte – wurde dir klar, wie man dieses merkwürdige Jahrmarkttalent nutzen konnte. Du hast einen Plan ausgeheckt; einen Plan, der viel damit zu tun hatte, daß die Räuberbande in der Gegend ihr Unwesen trieb. Aber zuerst hast du während der beiden ersten Monate nach Rosamunds Tod den Eindruck erweckt, daß du und Eudo von Tag zu Tag schlechter miteinander auskamt. Um Bridget Praule und Agatha Tenter zu überzeugen, habt ihr euch immer heftiger wegen der Kinder und der Haushaltsführung gestritten. Ihr beide habt euch in weiser Voraussicht nie die Sympathie anmerken lassen, die ihr füreinander empfindet, zweifellos, damit du deinen Platz im Haus Eurer Cousine behalten konntest, und das kam dir jetzt sehr zustatten.»

«Du scheinst ja alles zu wissen, Chapman», sagte Grizelda gelassen. «Aber ich unterbreche dich. Fahr bitte fort.»

«An dem Morgen, an dem die Kinder ermordet wurden, bist du in die Kirche gegangen. Kurz vor deiner Rückkehr – der Zeitpunkt war Eudo natürlich bekannt – brach er einen heftigen Streit mit Andrew und Mary vom Zaun; einen Streit, der noch andauerte, als du aus der Kirche zurückkamst. Wie besprochen, bist du die Treppe hinaufgestürmt und hast Bridget und Agatha unten zurückgelassen. Oben wurde weitergeschrien, aber jetzt waren es du und Master Colet. Bridget erinnert sich, daß du ihn einen bösen, herzlosen Menschen genannt hast, weil er zwei unschuldige Kinder so quälte. Er antwortete, du wärst eine Harpyie, die man an den Tauchstuhl binden sollte. So ging es weiter.» Ich fing ihren Blick ein und hielt ihn fest, ließ es nicht zu, daß er mir entschlüpfte. «Und in dieser Zeit, während dieses lauten Streites, hast du die beiden Kinder ermordet. Ich glaube, du hast sie erwürgt. Du wolltest keine Blutspuren riskieren, konntest also kein Messer benutzen, und sie zu ersticken hätte zu lange gedauert und wäre vielleicht erfolglos geblieben. Aber ein Strick oder Hände um den Hals einer ahnungslosen Person – das mußte gelingen, besonders wenn die Opfer viel kleiner und schwächer waren als die Täter. Die Leichen wurden in deiner Reisetruhe verstaut und füllten sie aus, so daß für etwas anderes kaum noch Platz war. Danach hast du Bridget befohlen, Jack Carter zu holen. Du könntest in diesem Haus nicht länger bleiben, hast du gesagt, und daß du heim willst, in dein Gehöft am Bow Creek.»

«Und wie bin ich die Leichen losgeworden?» wollte Grizelda wissen.

«Du bist eine sehr kräftige Frau. Irgendwann in den nächsten Wochen hast du die Leichen, vermutlich in Etappen und wahrscheinlich nachts, durch den Wald ein paar Meilen weiter ans Flußufer getragen, wo du sie so hingelegt hast, daß ein zufällig vorbeikommender Fremder oder ein Waldarbeiter sie entdecken mußte. Doch vorher hast du sie verstümmelt, um die Würgemale zu verbergen. Du bist aber das eine oder andere Mal von einem Mann beobachtet worden, der dir grollte. Von einem Mann, der durch deine Rückkehr in das Cottage das Dach über dem Kopf verloren hatte. Und als Innes Woodsman dich eine schlechte Frau nannte, hast du angefangen, eine mögliche Gefahr in ihm zu sehen. Wieder hast du die Raubzüge der Banditen und die Tatsache, daß sie auch dich heimgesucht und deine Henne gestohlen hatten, für deine mörderischen Absichten genutzt. Du hast Innes Woodsman gesagt, du würdest bei deinen Freunden im Dorf schlafen, und hast ihn in deinem Cottage übernachten lassen. Wahrscheinlich hast du ihm etwas von deinem starken Ale auf den Tisch gestellt, weil du wußtest, daß er sich bis zur Besinnungslosigkeit betrinken würde. Und während er schlief, hast du das Cottage angesteckt.»

Ich wartete darauf, daß Grizelda ein schuldbewußtes Gesicht machte oder heftig leugnete, aber sie zuckte nur mit den Schultern, sagte: «Ich höre noch immer zu.»

«Nun schön, doch meine Geschichte ist fast zu Ende. Ich bin abgeschweift. Ich kehre zu dem Morgen zurück, an dem der Mord geschah. Als du mit Jack Carter und der Truhe – deiner schweren Truhe, in der die Leichen der Kinder lagen – das Haus verlassen hattest, war es an Eudo, seine Rolle zu spielen. Er mußte hinuntergehen, frühstücken und die ganze Zeit so tun, als wären Mary und ihr Bruder noch am Leben und oben in ihrem Zimmer. Bridget und Agatha haben nicht erwähnt, daß sie die Kleinen hörten, während Eudo frühstückte, aber als er Mantel und Hut holte, konnte er noch einmal, Andrews Stimme nachahmend, ein ‹Gespräch› mit ihm führen. Er rüttelte mit der Schlafzimmertür und knallte sie zu, damit es so aussah, als sei sein Stiefsohn noch immer wütend. Und, wie ich schon einmal gesagt habe, als er herunterkam, setzte er wieder sein außergewöhnliches Talent ein, um Zuhörern vorzugaukeln, Mary spreche mit ihm. Dann ging er zu Thomas Cozin, wies aber vorher die Mägde an, sie sollten die Kinder in Ruhe lassen, denn dann wären sie bestimmt besserer Laune, wenn er zurückkam. Als er dann wieder da war, schickte er Bridget hinauf, um die Kinder zu holen. Aber natürlich waren sie nirgends zu finden.»

Stille breitete sich in der Küche aus. Das Feuer war ausgegangen. Der Gestank von verbranntem Fleisch verpestete die Luft. Nach einer Weile nickte Grizelda.

«Ja», sagte sie bedächtig. «Alles ist genauso geschehen, wie du es geschildert hast. Du bist ein kluger Mann.»

«Aber warum hast du mich dann aufgefordert, die Sache für dich zu untersuchen?» fragte ich. «Was wolltest du damit erreichen?»

Sie lachte. «Eudo erschrecken, damit er aus dem Cottage von Dame Tenter auszieht. Er fühlt sich dort zu wohl, ist mir zuviel und zu eng mit Agatha zusammen. Ich mußte ihn daran erinnern, daß ich ihn in der Hand hatte, ihm ganz schöne Schwierigkeiten machen konnte, wenn ich wollte. Was ich unglücklicherweise nicht vorhergesehen habe, war, daß der Narr versuchen würde, dich mit seinen albernen Spielchen abzuschrecken.» Sie sprach mit liebevoller Verachtung. «Eudo ist kein Menschenkenner. Er begriff nicht, was mir klar war, daß es keinen Sinn hatte, dich abschrecken zu wollen, weil du dann nur um so hartnäckiger versuchen würdest, die Wahrheit zu finden.» Sie stand vom Hocker auf und schüttelte ihren Rock aus. «Und da jetzt du und zweifellos auch noch andere – denn ich kann nicht glauben, daß du zu mir gekommen bist, ohne deinen Verdacht jemand anders mitzuteilen – wißt, daß ich Komplizin bei diesen Verbrechen war, was bleibt mir noch, wenn ich nicht auf dem Scheiterhaufen brennen will?» Bevor mir klar war, was sie tun wollte, griff sie nach dem Messer, mit dem sie Kräuter gehackt hatte. «Nur der Tod von eigener Hand. Aber ich habe nicht die Absicht, allein zu sterben.»

Rasch kam sie um den Tisch herum, die Spitze der Messerklinge direkt auf mein Herz gerichtet. Ich wich zurück, wagte nicht, sie aus den Augen zu lassen, um mir selbst eine Waffe zu suchen. Ich verwünschte mich, weil ich meinen Knüppel nicht mitgebracht hatte. Wieder lachte sie, hoch und hell und ganz ohne Fröhlichkeit.

«Du entkommst mir nicht, Roger. Ich bin so stark wie du, und du hast die Außentür selbst verriegelt.»

«Ihr irrt Euch, Mistress Harbourne», sagte Oliver Cozin,

die Küche betretend, einen Sergeant und zwei Mann von der Burggarnison hinter sich. Das Messer rutschte aus Grizeldas plötzlich kraftlosen Fingern und prallte klappernd auf dem Boden auf. «Der Händler hat nur so getan, als habe er die Tür verriegelt. Master Colet ist schon in Haft und hat alles gestanden. Und diese Männer und ich können bezeugen, was zwischen Euch und Chapman gesprochen wurde, denn wir sind ihm ins Haus und durch den Hof gefolgt, während er Euch in ein Gespräch verwickelt und abgelenkt hat. Wir haben seit einer halben Stunde vor der Küchentür gestanden.» Er wandte sich an den Sergeant. «Nehmt diese Frau fest, wenn eine so verworfene und schlechte Kreatur diesen Namen überhaupt verdient, und bringt sie weg.» Totenblaß und mit starren Augen wurde Grizelda ohne große Umstände abgeführt, während Oliver Cozin mir die Hand entgegenstreckte. «Master Chapman, Recht und Gerechtigkeit sind tief in Eurer Schuld – einer Schuld, die nie zurückgezahlt werden kann. Wann immer ich etwas für Euch tun kann, braucht Ihr nur zu mir zu kommen. Mein Name», fügte er mit schlichter Würde hinzu, «hat in Devon und darüber hinaus Gewicht. Ich schmeichle mir auch zu behaupten, daß man mich sogar in London kennt.»

Ich dankte ihm, und als er fragte, wie meine nächsten Pläne aussähen, antwortete ich, ich beabsichtigte, in die Hauptstadt zurückzukehren. Mein Gewissen sagte mir, daß ich nach Bristol gehen und meine kleine Tochter besuchen sollte, aber ich wurde von dem Verlangen überwältigt, mich eine Zeitlang in den Lustbarkeiten von London zu verlieren. Ich fühlte mich merkwürdig besudelt durch die Zuneigung – und es war noch mehr gewesen –, die ich für ein so bösartiges Geschöpf wie Grizelda Harbourne empfunden hatte, und es erschreckte mich, daß meine Menschenkenntnis so irregeleitet werden konnte. Ich wollte mit meinen Gedanken nicht zu lange allein sein. Ich brauchte Zerstreuung, und je früher, um so besser.

«Euer Bruder hat mir freundlicherweise für diese Nacht Zuflucht unter seinem Dach angeboten», sagte ich zu Oliver Cozin, «aber ich werde schon vor Tagesanbruch wieder gehen. Aus Gründen, die allein mich betreffen, werde ich froh sein, Totnes zu verlassen.»

Und ich folgte ihm durch den inneren Hof, den Flur entlang, zur Tür hinaus und schüttelte zum letztenmal den Staub dieses verfluchten Hauses von den Füßen.

Glossar   *Chère Reine Cross* – heute Charing Cross. Anno 1291 ließ hier Edward I. das letzte von 13 Kreuzen aufstellen, die die Stationen des Trauerzugs der Königin Eleanor of Castile von Harby/Nottinghamshire zur Westminsterabtei kennzeichneten.

Engelstaler – alte englische Goldmünze mit dem Bild des Erzengels Michael; zuerst geprägt während der Regierungszeit von Edward IV.

Färberwaid – Pflanze, Kreuzblütler, früher zur Gewinnung von Indigo angebaut.

Gamander – Gattung der Lippenblütler mit mehr als hundert Arten; Kräuter, Halbkräuter oder Sträucher mit ährigen, traubigen oder kopfigen Blüten.

Gideon – einer der großen Richter, von denen die Bibel erzählt, um 1100 v. Chr. Befreite die Israeliten von räuberischen Kamelnomaden.

Historia Britonum von Nennius – Quelle für die *Historia regum Britanniae* von *Geoffrey of Monmouth*, die eine Mischung aus Legende und Geschichte ist.

Hock Monday – zweiter Montag nach Ostern, an dem die Frauen – Hockers genannt – in Gruppen den Männern auflauerten und von ihnen ein Pfand verlangen durften. Ein manchmal sehr derber Brauch. Am Dienstag durften die Männer sich revanchieren.

Honitonspitze mit Blumenranken – nach dem Ort Honiton in Devon, wo sie zuerst hergestellt wurde.

Kamelett – feinstes Kammgarngewebe.

La Pucelle – kommt bei Shakespeare in *König Heinrich VI.* vor; Teil 2 wurde zuerst anonym veröffentlicht.
La Pucelle – (die Jungfrau) burleskes Epos von Voltaire über Jeanne d'Arc; veröffentl. 1755.

Lawnkerchief – feines Leinentüchlein, vermutlich von Laon/Frankreich abgeleitet.

Midianiter – nomadischer Verband von Stämmen, der nur durch das Alte Testament bekannt ist. Lebten in der syrisch-arabischen Wüste.

William of Occam (oder Ockham), gest. 1349 (?) – Englischer nominalistischer Philosoph, der den Konflikt zwischen Nominalismus und Realismus beendete und sich gegen das Papsttum auflehnte. Sein Axiom, daß von mehreren Theorien diejenige die beste sei, die mit den wenigsten Existenzannahmen auskomme, ging als «Occams Rasiermesser» in die Philosophiegeschichte ein.

St. Bartholomew's Fair – in London auf dem West Smithfield, früher bekannter Turnierplatz außerhalb der Stadtmauern; im 12. Jh. auch Richtplatz. Von 1100 bis 1840 alljährlich um den 24. August große Woll- und Tuchmärkte; zugleich alle Arten von Volksbelustigungen.

Tauchstuhl – mittelalterliches Straf- und Foltergerät.

Town Warden – Stadtaufseher

Die	«Rosenkriege» nennt man jene Folge von Aus-
Rosenkriege	einandersetzungen, die im Zuge eines dreißig-
	jährigen Adelsbürgerkriegs (1455–1485) die

Landschaften Englands verwüstete. In diesem Krieg kämpfte das Haus York mit seinem Anhang gegen das Haus Lancaster um die englische Krone: das Feldzeichen der Yorks war eine weiße und das der Lancasters eine rote Rose. Doch beide Rosen waren dem gleichen Stamm entsprossen.

Die Ausgangslage

1429 hatte das Auftreten der Jungfrau von Orléans die Wende im hundertjährigen Krieg zwischen England und Frankreich gebracht: von da an ging es für die Engländer stetig abwärts. Auf dem englischen Thron saß Heinrich VI., ein unglücklicher und nervöser Mann, der die Bücher mehr liebte als den Krieg und eher einem Mönch als einem König glich. Während einer Waffenpause wurde er mit Margaret von Anjou verheiratet, deren Willensstärke den völligen Mangel an Tatkraft bei ihrem Mann um so stärker ins Auge fallen ließ. 1452 verlor Heinrich den letzten Rest Frankreichs, den Hundertjährigen Krieg und schließlich den Verstand.

Insgesamt konnte die Lage kaum düsterer sein: Handel und Gewerbe lagen darnieder; aus Frankreich strömten die brutalisierten Söldnerheere zurück, die nach neuen Betätigungen suchten; ein Söldnerführer namens Jack Cade nutzte die soziale Not dazu aus, einen wüsten Volksaufstand anzuzetteln; vor allem aber hatte die Schwäche des Monarchen dazu geführt, daß die großen Adligen des Reichs eine eigene Machtpolitik betrieben und ganze Netzwerke von Anhängern, Abhängigen und Parteigängern aufbauten. Sie hielten sich eigene Armeen, führten Privatkriege, versorgten ihre Anhänger mit wichtigen Ämtern, schüchterten die Gerichte ein und setzten ihre Kandidaten bei den Wahlen durch.

Der Streit zwischen Lancaster und York

Dynastische Kriege sind nur verständlich für den, der sich in den Verzweigungen von Familien-Stammbäumen auskennt. Der gemeinsame Wurzelstock der weißen und roten Rose war der alte König Edward III. (1327–1377). Neben anderen Kindern hatte er drei Söhne, auf die es hier ankommt: Edward, der Schwarze Prinz, war

- 283 -

der Vater König Richards II. John of Gaunt war der Stammvater des Hauses Lancaster: sein Sohn Heinrich IV. setzte seinen Vetter Richard II. ab und begründete die Linie der Heinrichs aus dem Hause Lancaster: auch der arme König Heinrich VI. war also ein Lancaster. Aber sein Recht auf die Krone schien unsicher, weil sein Großvater als Usurpator hingestellt werden konnte. Das war der Haken, an dem die Nachfahren des dritten Sohnes, Edmund von Langley, ihre Ansprüche aufhängten, und aus diesen Nachfahren bestand das Haus York. An seiner Spitze stand der mächtige Richard, Herzog von York.

Nun war König Heinrich VI. bis 1453 kinderlos. Schließlich gebar ihm seine Königin Margaret unter Aufbietung aller Willenskraft einen Thronerben. Als der König in Umnachtung fiel, wurde sie als Vormund ihres Sohnes Chefin des Hauses Lancaster. Das frustrierte den mächtigen Herzog von York, der sich selbst Hoffnungen auf die Thronfolge gemacht hatte. Statt dessen mußte er sich mit der Rolle des Reichsprotektors zufriedengeben. Als dann gar der König aus seiner Umnachtung wieder erwachte und seinen Rivalen Somerset zum ersten Mann des Königreichs machte, griff der Herzog von York zu den Waffen und warf sich selbst zum Kronprätendenten auf. Das war der Beginn des Bürgerkriegs. In der Schlacht von St. Albans (1455) wurde König Heinrich gefangengenommen und sein Günstling Somerset getötet. Zwar setzte der Herzog Richard den König selbst wieder ein, aber Königin Margaret wollte auch ihrem Sohn den Thron retten. Nach einer neuerlichen Niederlage der Lancaster-Partei entschied das Parlament, daß Heinrich zwar König bleiben, aber Richard von York sein Nachfolger werden sollte. Nun schlug die Stunde von Margaret: sie setzte den Kampf mit noch größerer Härte fort, besiegte das Heer Richards, nahm ihn gefangen und brachte ihn um (1460). Den Kopf seines Sohnes Rutland aber ließ sie an das Stadttor von York nageln. Mit dem Tod des Herzogs beginnt die nächste Phase der Rosenkriege.

Edward IV. und der Königsmacher Warwick

Richard von York hatte einen Sohn, Edward, der seine Ansprüche erbte und in diesem Bild der Düsternis einen gewissen Lichtblick darstellte: Er galt als der bestaussehende Mann Englands und erwies sich als glänzender Soldat; er konnte großherzig sein, liebte den Luxus, hatte Geschmack und wurde nur beim Anblick schöner Frauen schwach. Sein mächtigster Partner und Anhänger aber war Richard Neville, Earl of Warwick, genannt «Der Königsmacher». Er war ein gewiefter Stratege, ein unermüdlicher Planer, ein geschickter Diplomat und ein liebenswürdiger Heuchler.

Nach seines Vaters Tod stellte Edward die Truppen des Königs in der Schlacht von Towton Moor in Yorkshire (1461): den ganzen Palmsonntag über fochten die Heere, bis sich der weiße Schnee vom Blut der Gefallenen und Verwundeten rot färbte. Am Abend hatte die weiße über die rote Rose und York über Lancaster gesiegt. Margaret floh nach Frankreich, König Heinrich wurde später gefangen und im Tower eingesperrt, wo er in wahnhaftem Stumpfsinn vor sich hindämmerte. Der Sieger aber bestieg als Edward IV. den Thron und begründete die Dynastie der Yorks.

Zum eigentlichen Herrscher wurde jedoch der Earl of Warwick. Während der neue König sich in der anregenden Gesellschaft der Damen von den Strapazen des Krieges erholte, regierte Warwick England und dirigierte die auswärtige Politik. Dabei fädelte er eine Allianz mit Frankreich ein, die er durch eine dynastische Heirat mit einer französischen Prinzessin zu besiegeln gedachte. Da aber machte ihm das Temperament des Königs einen Strich durch die Rechnung: Edward verliebte sich in die hübsche Elizabeth Woodville, heiratete sie und beförderte ihre neureichen Verwandten zu Günstlingen. Das wiederum empörte den heimlichen Regenten Warwick so sehr, daß er nach vielen Winkelzügen zur Partei der Lancaster überlief, sich mit seiner alten Feindin, Königin Margaret, verbündete, König Heinrich befreite, ihn wieder auf den Thron setzte und Edward zur Flucht nach Holland zwang. Doch dann zeigte sich wieder das soldatische Genie des Königs: mit Hilfe Burgunds und der Hanse kehrte Edward an der Spitze eines Heeres nach England zurück und schlug Warwick bei Barnet Field und Margaret bei Tewkesbury (1471). Das Ergebnis war ein furchtbares Gemetzel. Warwick fiel in der Schlacht, Margarets Sohn wurde erschlagen, König Heinrich wieder gefangen und dem Gerücht nach von Edwards Bruder, dem Herzog von Gloucester, im Tower ermordet. Das Ganze wurde durch ein Blutbad unter den Anhängern der roten Rose abgerundet. Schließlich zog Edward im Triumph in

London ein, wobei er Margaret als Gefangene mit sich führte. Danach konfiszierte er die Güter seiner Feinde, erpreßte seine Freunde, machte sich auf diese Weise finanziell vom Parlament unabhängig und warf sich dem Wohlleben in die Arme. Im Vollbesitz einer beachtlichen Körperfülle starb Edward in seinem Bett. Er hinterließ zwei minderjährige Prinzen: den zwölfjährigen Thronerben Edward V. und den neunjährigen Herzog Richard von York. Und er hinterließ einen Bruder, den finsteren Richard von Gloucester. Damit beginnt das Finale jenes dreißigjährigen Kampfes.

Finale

Richard Gloucester hatte sich als fähiger Berater des Königs erwiesen. Zugleich beeindruckte er die Zeitgenossen durch sein Aussehen: er war mißgestaltet, hatte einen Buckel, einen Klumpfuß und scharfe Gesichtszüge. Nach dem Tod des Königs bemächtigte er sich des Kronprinzen, ließ ihn als Edward V. zum König erklären und sich selbst zum Vormund und Reichsprotektor ernennen. Unter dem Vorwand angeblicher Verschwörungen brachte er auch den jüngeren Prinzen in seine Gewalt und sperrte beide Kinder in den Tower. Dann ging er gegen die Familie ihrer Mutter Elizabeth vor, ließ etliche ihrer Mitglieder hinrichten, bezweifelte die Legitimität ihrer Ehe mit Edward und ließ sich selbst als Richard III. zum König ausrufen. Wenige Tage später wurden beide jungen Prinzen im Tower ermordet. Bis heute ist nicht geklärt, ob das auf Veranlassung Richards geschah. Aber die Zeitgenossen glaubten es. Und dieser Doppelmord wurde zur Motivquelle für einen erneuten Aufstand unter den Adligen Englands. Ihr Anführer war Heinrich Tudor, Graf von Richmond. Er vereinigte die dynastischen Ansprüche der weißen und der roten Rose: seine Mutter war eine Lancaster und seine Frau eine York. 1585 trafen bei Bosworth Heinrichs Truppen auf ein weit überlegenes Heer König Richards. Doch obgleich Richard ein Königreich für ein Pferd bot, weigerten sich die königlichen Söldner zu kämpfen. Mit der Krone auf dem Haupt unternahm Richard einen Verzweiflungsangriff und wurde dabei getötet. Seine Krone wurde in einem Dornbusch gefunden. Noch auf dem Schlachtfeld wurde sie dem Sieger aufs Haupt gesetzt. Damit bestieg Heinrich Tudor als Heinrich VII. den Thron und beendete den Krieg der Rosen.

Ergebnisse und Nachruhm

Mit Heinrich VII. beginnt die große Zeit des Hauses Tudor, das so erfolgreiche Herrscher wie Heinrich VIII. und Elizabeth I. hervorbrachte. Unter ihrem starken Regiment sollte England einer glanzvollen kulturellen Blüte entgegengehen. So schaurig es klingen mag: Voraussetzung für diese unvorhergesehene Blüte war der Aderlaß der Rosenkriege. Saßen im letzten Parlament vor dem Bürgerkrieg über 50 Magnaten, waren es nachher weniger als 20. Einige waren ins Exil gegangen, in zahlreichen Familien lebten nur noch die jüngeren Söhne, und ganze Sippen waren im Mannesstamm ausgerottet. Erst diese Schwächung des normannischen Adels machte den Weg frei für eine starke Monarchie, die allein den inneren Frieden garantieren und jene kulturellen Energien freisetzen konnte, denen die Welt das Wunder des Zeitalters, William Shakespeare, verdankt.

Als Shakespeare nach 1590 zuerst ins Rampenlicht der Weltgeschichte tritt, sehen wir ihn mit der Dramatisierung der Rosenkriege beschäftigt. In den letzten beiden Stücken der sogenannten York-Tetralogie – Heinrich VI., dritter Teil und Richard III. – beschwört er die Geister all jener Figuren, die sich während der Rosenkriege gegenseitig umgebracht haben. Seitdem sind sie nicht mehr zur Ruhe gekommen und leben fort in jenem Gedächtnis der Menschheit, der Literatur.

Dichtung und Wahrheit

Die markantesten Züge trägt dabei der verschlagene Richard III. Mit seinem Buckel und seinem Klumpfuß präsentiert ihn Shakespeare als Urbild des Teufels: ein Meister der Verstellung und der Intrige. Dabei hat er ihn – mit Hilfe einer Biographie von Thomas Morus – wohl stärker angeschwärzt, als es der historischen Wahrheit entspricht. Der arme König Heinrich dagegen war anscheinend wirklich das, als was auch Shakespeare ihn darstellt: fast ein Heiliger, aber völlig unfähig zu regieren. Das erhöhte den Kontrast zu seiner Frau Margaret von Anjou: sie war eine eiserne Lady, hart, entschlossen, machtbewußt und grausam; sie war es, die den Krieg gegen die York-Partei führte und sich niemals geschlagen gab. Nach Heinrichs Tod kaufte ihr Vater sie aus der Gefangenschaft los, und sie verbrachte den Rest ihres Lebens in Anjou. Entscheidende Verantwortung für die Verlängerung des Krieges trägt wohl die Figur, die vielleicht Shakespeares Richard III. am ähnlichsten ist: Richard Neville, der Earl of Warwick. Sein Verhalten beleuchtet die eigentlichen Gründe für das Gemetzel: immer stützen sich die Könige auf mächtige Magnaten, die im Falle der Minderjährigkeit sogar die Rolle des Regenten spielen. Erlangen sie zuviel Macht, werden die abgesetzt, laufen zur Gegenpartei über und greifen zu den Waffen. In diesem Getümmel hat sich nur der glanzvolle Edward IV. behauptet. Er allein starb in seinem Bett; allerdings erst 41 Jahre alt, aber schon das war eine ungewöhnliche Leistung.

Dietrich Schwanitz